江西近代名家別集輯刊

瓶城山館詩鈔

[清]周劼 著

朱潔 點校

江西人民出版社
Jiangxi People's Publishing House
全国百佳出版社

圖書在版編目（CIP）數據

瓶城山館詩鈔 / (清) 周劼著；朱潔點校 . -- 南昌：江西人民出版社，2024.12

（江西近代名家别集輯刊）

ISBN 978-7-210-12853-3

Ⅰ . ①瓶… Ⅱ . ①周… ②朱… Ⅲ . ①古典詩歌—詩集—中國—清代 Ⅳ . ① I222.749

中國版本圖書館 CIP 數據核字 (2021) 第 257280 號

瓶城山館詩鈔

PINGCHENG SHANGUAN SHICHAO

［清］周劼 著

朱潔 點校

責任編輯：聶柳娟　洪雪梅　王聖堯

裝幀設計：章　雷

出版發行：江西人民出版社 Jiangxi People's Publishing House 全國百佳出版社

地　　址：江西省南昌市三經路 47 號附 1 號（郵編：330006）

網　　址：www.jxpph.com

電子信箱：642335741@qq.com

編輯部電話：0791-86898565

發行部電話：0791-86898801

承 印 廠：長沙超峰印刷有限公司

經　　銷：各地新華書店

開　　本：880 毫米 ×1230 毫米　1/32

印　　張：17.875　　字　　數：357 千字

版　　次：2024 年 12 月第 1 版

印　　次：2024 年 12 月第 1 次印刷

書　　號：ISBN 978-7-210-12853-3

定　　價：158.00 元

贛版權登字 -01-2024-988

ISBN 978-7-210-12853-3

9 787210 128533 >

江西近代名家别集輯刊

本輯刊由江西省高等學校人文社會科學重點研究基地南昌大學文化資源與産業研究院、南昌大學人文學院資助出版

序

江西一域，人才輩出，典籍浩繁，向以「文章節義之邦」馳譽天下。其於宋、元、明三代，文采風流，濟濟彬彬，如龍光射斗，炫彩蒼穹。迄至清季，作者之盛，不讓前代，而傑然挺秀，確乎不逮。若夫置身其境，於衆説羣疑，紛然馳騖之中，有進退失據，茫然自失者，誠無待言矣；而其間識時務、知進步者，成就卓卓，終不可掩。今之視昔，不能不有喟歎。豈文章之得失，亦因時變之新舊乎？

覽近代江西諸士夫詩文辭，托命存亡之際，凛然自守，扶顛不絶呼號，悲憤迸濺翰墨，節義騰湧胸襟，令人展卷不禁淚目，非特傷其多困於時之不幸，乃深感其操持之正，求索之苦，志行之堅也。况復其人爲學精勤，側身廊廟則直筆亢言，退居鄉野則匡文扶教，信乎先道德而後能文章也。風氣潛移，得失相偶。時代劇變，則新得舊失不可相較，是以前賢托名山事業而以俟來者。近代中國，内憂外患，無以收拾，革命共和乃必然之大勢，文化傳統風雨飄摇，終歸離析。當其時，江西士人思想大多偏於保守，抱殘守缺，似不足論。然百年一瞬，回顧來路，則一域一時之歌哭，覃思深慮之論説，家國憂患之情感，珠纇巨細，莫不見諸其詩文辭，當足爲考史者之所重也。更有千慮一得，片言至理，必有善擇者表而出之，此則前賢不以空文垂後世也。

入其國，未嘗不想見其爲人；其爲人，讀其書可知也。江西人物森秀，文獻可征，非一代也。然近代諸賢文集，少有理董薈蕞。而今江西學人搜整近代江西名家别集，固爲保存鄉邦文獻，以助欲知其人者得讀其書；亦有商量舊學、培養新知之意寓焉。是爲序。

南昌大學古籍整理研究所

前言

周劼，字獻臣，號瓶城老人，江西彭澤人。道光二十七年（一八四七）丁未科進士，同年分於河南爲官，歷官河南淯川縣、輝縣、桐柏縣、南陽縣、睢州、汝陽縣、太康縣、商丘縣。周劼一生浮沉，四十歲後仕途潦倒。科舉場上，他是年少有爲的得志之人，三十一歲便考取貢士，春風得意馬蹄疾，一時快意。也曾作勤政爲民、振廢起興之想，但生不逢時，晚清官場凋敝，周劼也無治政天賦，剛上任即因調查任地户口資訊多參差舛錯，被「交部議處」。其間又因輝縣民鬧事件被革職查辦，政治生涯幾乎終結。不久服喪歸家，四年後才得以返豫續任。此次返豫，一直到五十八歲，周劼都未能再回家鄉。周劼撰述有瓶城山館詩鈔。此外，周氏曾參與修纂同治十二年（一八七三）彭澤縣誌十八卷。

周劼在十六卷本瓶城山館詩鈔「初存自序」中寫道：「凡予二十餘年中，足跡所到，身世所經，見諸吟詠者，於是乎在。」在「續存自序」又言：「予四十以後，賦閒之日居多，潦倒宦途，窮年兀兀。況遭時多故，蒿目艱難，益以離別之情，死生之感。每動於中，即有不能已於言者，故偶爾吟詠，不過如蛩鳴秋夜，自寫愁懷。」瓶城山館詩鈔記録了周劼從道光辛卯（一八三一）至咸豐丙辰（一八五六）二十餘年間的所見所感，足跡所至、身世所經皆成詩句。有對文人仕途的悲歡之感，有對地方風物的遊覽之興，有朋友之間的酬唱贈答，也有對生命無常的慨歎。此外，周劼一生沉淪下僚，接觸的是更加真實的官場與社會。其詩作除抒發個人情感，敘寫其人生境遇外，還從基層官吏視角出發，關注時事民瘼，通過詩作反映晚清社會種種現狀。無奈、彷徨與寄情山水、縱酒高歌的背後，是周劼矛盾痛苦的內心，更是他想要廓清天下的激情。

周劼詩作體式多樣，五言、七言、雜言畢具，律詩、絶句、歌行兼備，有紆徐婉轉之作，也有恢麗奔放之篇。作爲西江詩派成員，周劼師法陶淵明，飲酒集陶十首、閒居律陶十首等十分常見，他對於蘇軾的作品更是偏愛，多有仿擬蘇詩之作，詩題中「用東坡某某詩韻」頻頻出現，十二月十九日蘇文忠公生辰，詩以爲壽、東坡生日以梅花作供也習見。

周劼官場上雖庸碌一生，但詩歌創作方面，在同時代詩人中小有名氣，國朝正雅集、吟林綴語、東京志略、晚晴簃詩匯等均收録其作品。另有六人爲各版瓶城山館詩鈔作序，其中包括道光二十七年（一八四七）狀元張之萬。符葆森所輯國朝正雅集收録多首采自瓶城山館詩鈔的詩歌，並記時人對周劼詩歌的評價「詩根性情，有紆徐之致，有沈摯之思，有揮灑奔放之作，置之長慶、劍南集中，差可仿佛」（咸豐六年京師半畝園刻本），評價很高。戴文選吟林綴語録有周劼牛烈女一詩，敘云：「周獻臣劼大令，西江詩人也，著有瓶城山館詩鈔。余誦其牛烈女七古云云，表芬勵俗，維持風化之作也。」（清詩紀事）宋繼郊東京志略輯有數首周劼以開封風物景致爲吟誦物件的詩歌，徐世昌晚晴簃詩匯（一九二九年天津徐氏退耕堂刊本）録周劼明熹宗小斧一詩。此外，周劼曾參加汪鳴相等人結成的瓠舟吟社組織的詩社活動，甚至有朝鮮貢使向周劼索贈瓶城山館詩鈔。這些都是周劼詩學成就的證明。

瓶城山館詩鈔共有六個版本，分别爲二卷本、咸豐二年（一八五二）至咸豐四年（一八五四）仲夏間刻四卷本、咸豐五年（一八五五）冬鐫六卷本、咸豐七年（一八五七）刻八卷本、守素堂藏十二卷本以及同治四年（一八六五）刻菊隱園藏十六卷本，除二卷本外，其餘五版留存至今，保存完好。五版瓶城山館詩鈔聯繫緊密，以四卷本爲開端，六卷本、八卷本、十二卷本、十六卷本均以前一版爲基礎，另行「補」「删」「改」「編」而得，而菊隱園藏十六卷本是保存作品最多、跨越年份最長、時間順序最明顯的版本。故此次整理瓶城山館詩鈔以菊隱園藏十六卷本爲底本，參校六卷本、八卷本和守素堂藏十二卷本。

爲方便讀者閲讀，這次整理將生僻的異體字改爲常用字，一些錯訛之處出校記説明。

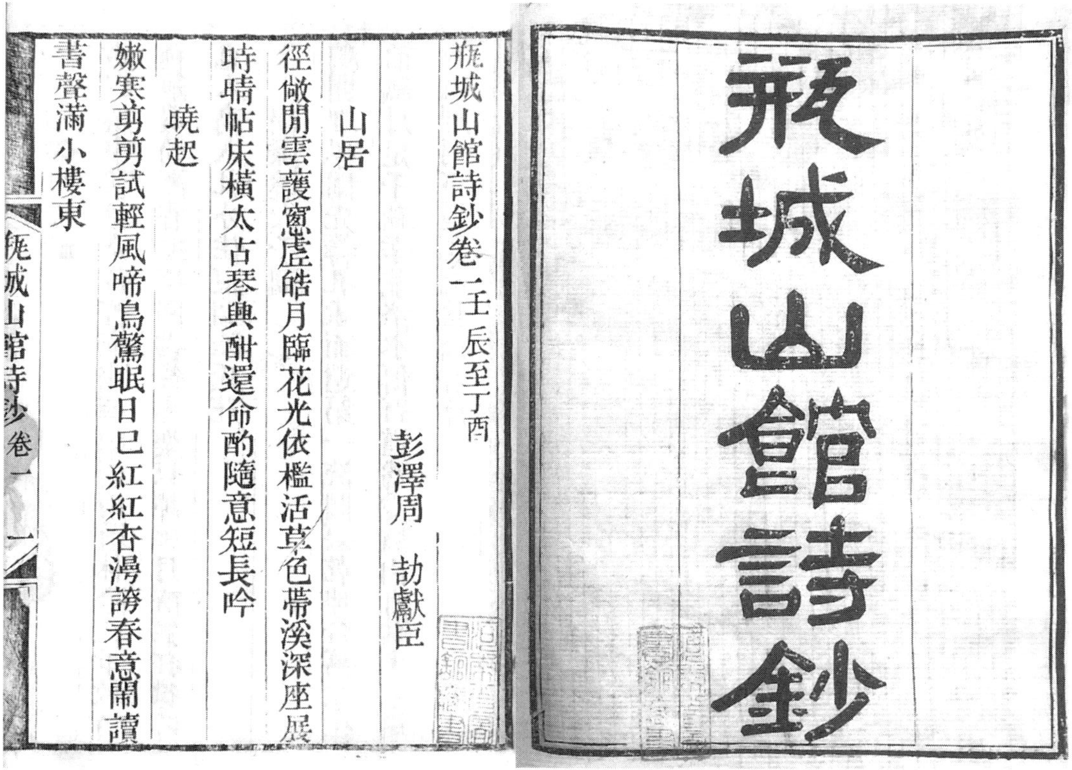
瓶城山館詩鈔

瓶城山館詩鈔卷一 壬辰至丁酉

彭澤周　劼獻臣

山居

徑儆開雲護窗虛皓月臨花光依檻活草色帶溪深座展
時晴帖床横太古琴興酣還命酌隨意短長吟

曉起

嫩寒剪剪試輕風啼鳥驚眠日巳紅紅杏濕誇春意鬧讀
書聲滿小樓東

瓶城山館詩鈔　卷一　一

河南省圖書館藏瓶城山館詩鈔四卷本書影

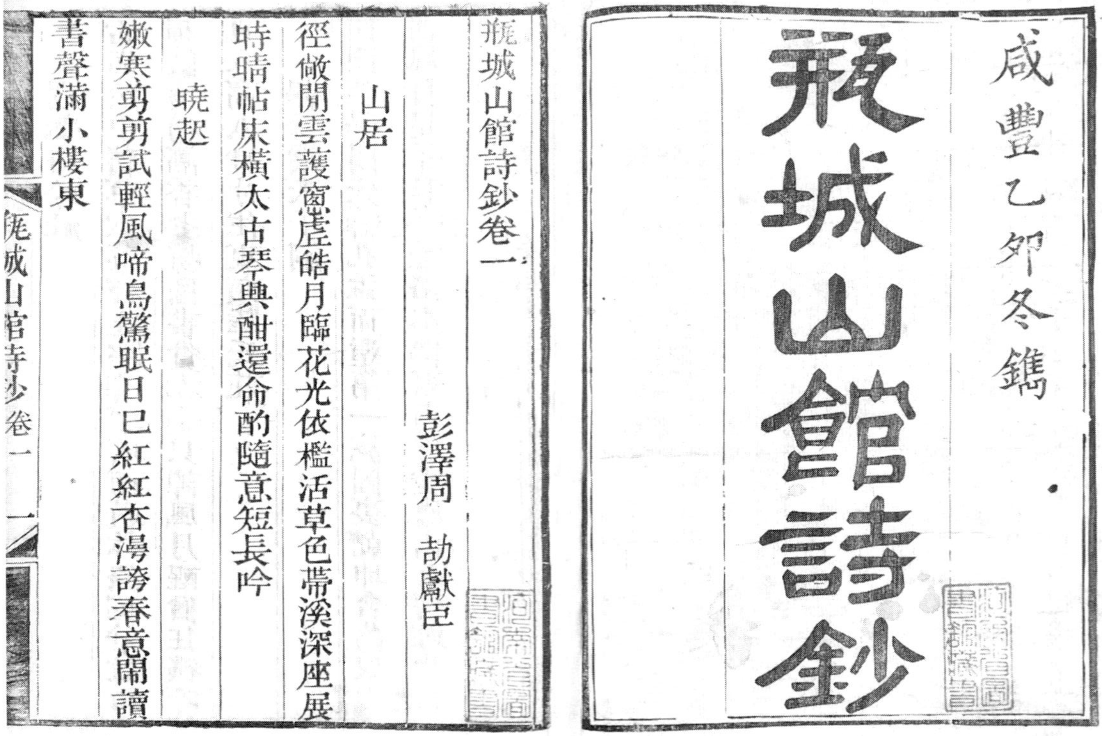
咸豐乙卯冬鐫

瓶城山館詩鈔

瓶城山館詩鈔卷一

彭澤周　劼獻臣

山居

徑敞閒雲護窗虛皓月臨花光依檻活草色帶溪深座展時晴帖床横太古琴興酣還命酌隨意短長吟

曉起

嫩寒剪剪試輕風啼鳥驚眠日已紅紅杏漫誇春意鬧讀書聲滿小樓東

瓶城山館詩鈔卷一　一

河南省圖書館藏瓶城山館詩鈔六卷本書影

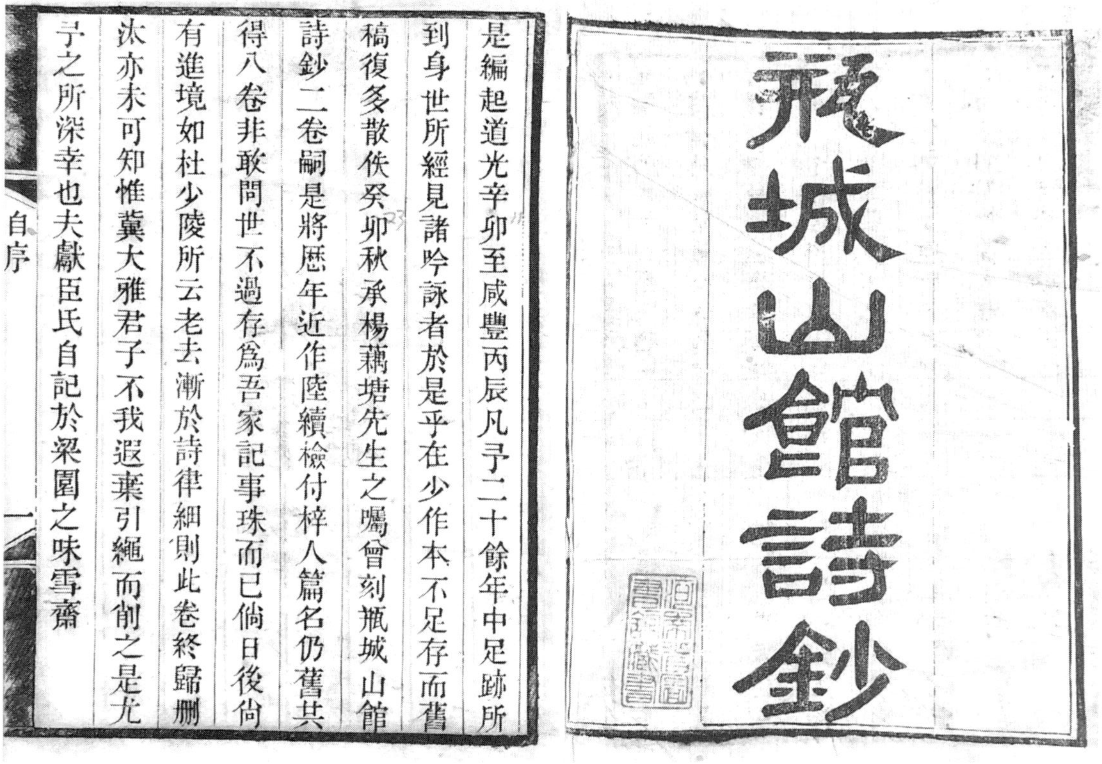

瓶城山館詩鈔

是編起道光辛卯至咸豐丙辰凡予二十餘年中足跡所到身世所經見諸吟詠者於是乎在少作本不足存而舊稿復多散佚癸卯秋承楊藕塘先生之囑曾刻瓶城山館詩鈔二卷嗣是將歷年近作陸續檢付梓八篇名仍舊共得八卷非敢問世不過存爲吾家記事珠而已倘日後尚有進境如杜少陵所云老去漸於詩律細則此卷終歸刪汰亦未可知惟冀大雅君子不我遐棄引繩而削之是尤予之所深幸也夫獻臣氏自記於粱園之味雪齋

自序　一

河南省圖書館藏瓶城山館詩鈔八卷本書影

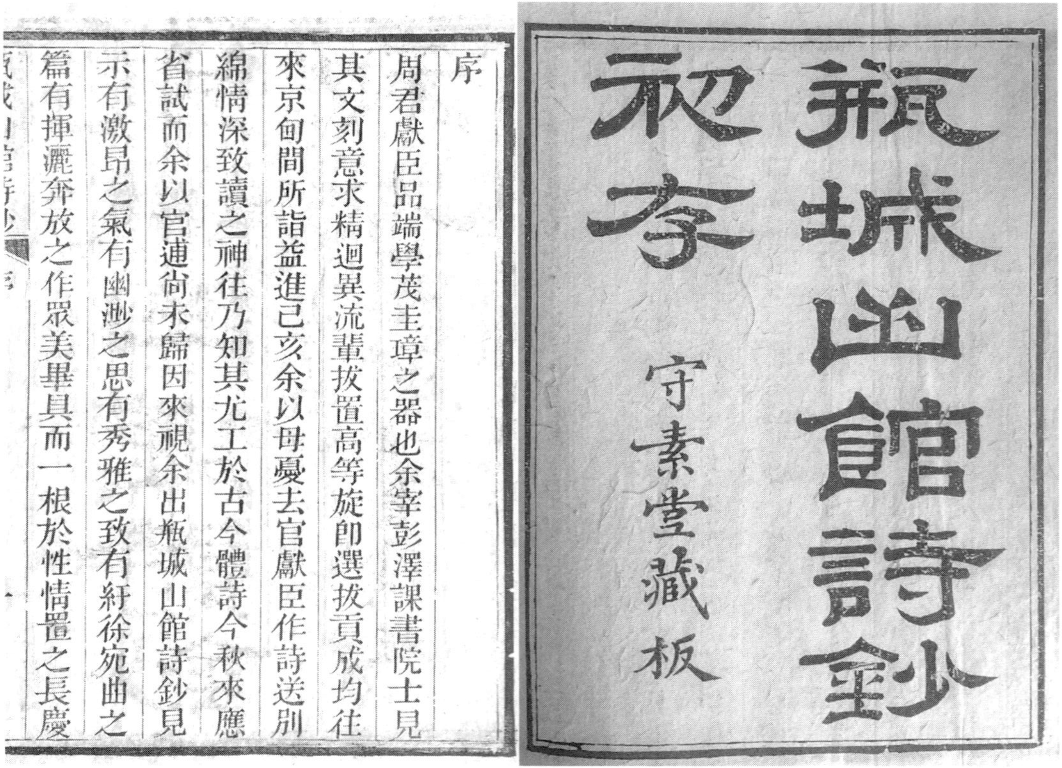

瓶城山館詩鈔

初存

守素堂藏板

序

周君獻臣品端學茂圭璋之器也余宰彭澤課書院士見
其文刻意求精迴異流輩拔置高等旋即選拔貢成均往
來京甸間所詣益進已亥余以母憂去官獻臣作詩送別
綿情深致讀之神往乃知其尤工於古今體詩今秋來應
省試而余以官逋尚未歸因來視余出瓶城山館詩鈔見
示有激昂之氣有幽渺之思有秀雅之致有紆徐宛曲之
篇有揮灑奔放之作眾美畢具而一根於性情置之長慶

新鄉市圖書館藏瓶城山館詩鈔十二卷本（初存）書影

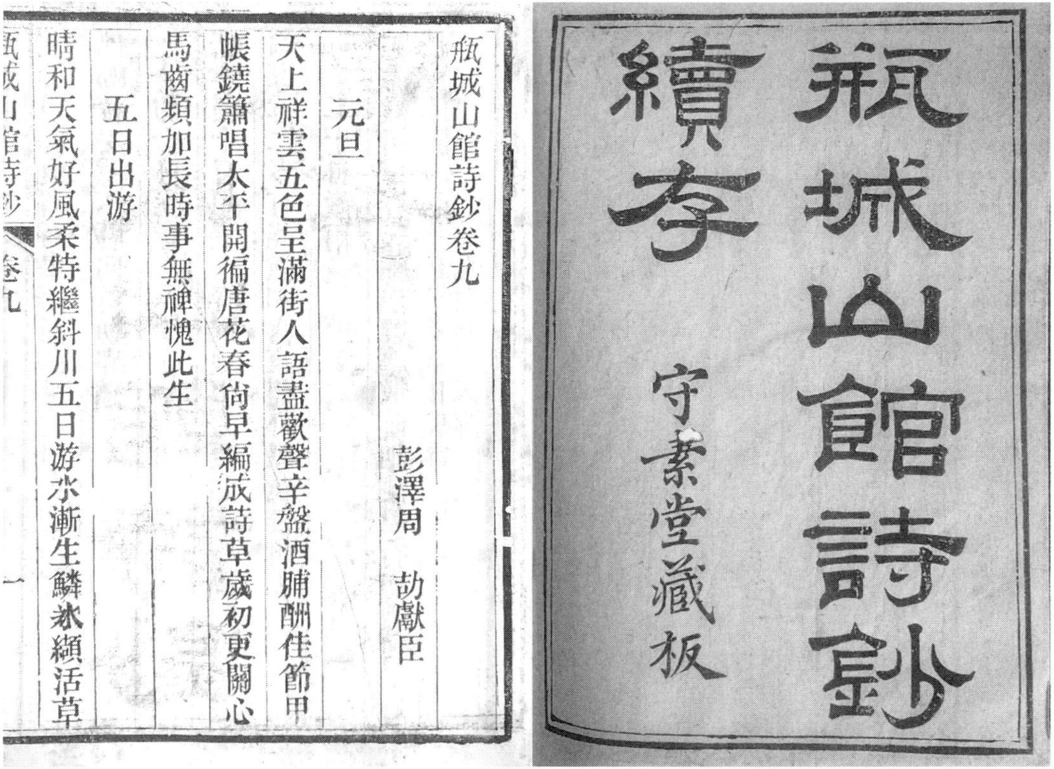

瓶城山館詩鈔

續存

守素堂藏板

瓶城山館詩鈔卷九

彭澤周　劼獻臣

元旦

天上祥雲五色呈滿街人語盡歡聲辛盤酒脯酬佳節甲帳鐃簫唱太平開徧唐花春倘早編成詩草歲初更關心馬齒頻加長時事無禆愧此生

五日出游

晴和天氣好風柔特繼斜川五日游亦漸生鱗鮝纈活草

瓶城山館詩鈔　卷九　一

新鄉市圖書館藏瓶城山館詩鈔十二卷本（續存）書影

瓶城山館詩鈔續存
菊隱園藏板

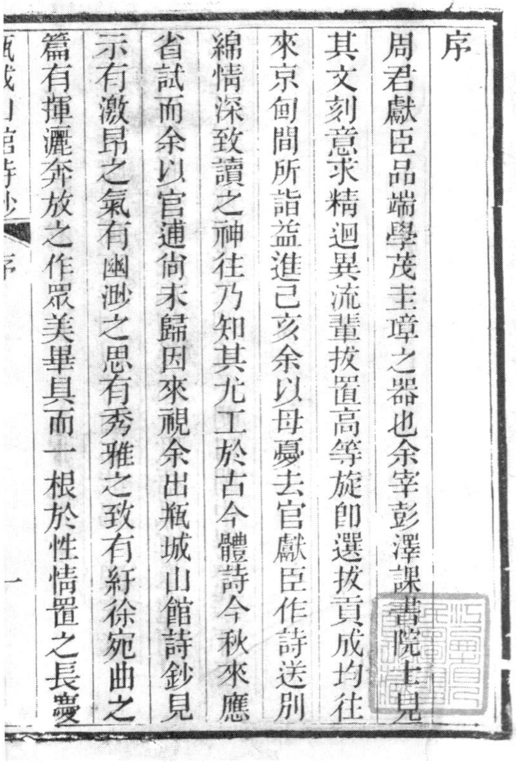
序
周君獻臣品端學茂圭璋之器也余宰彭澤課書院士見
其文刻意求精迴異流輩拔置高等旋即選拔貢成均往
來京甸間所詣益進己亥余以母憂去官獻臣作詩送別
綿情深致讀之神往乃知其尤工於古今體詩今秋來應
省試而余以官逋尚未歸因來視余出瓶城山館詩鈔見
示有激昂之氣有幽渺之思有秀雅之致有紆徐宛曲之
篇有揮灑奔放之作衆美畢具而一根於性情置之長夔

瓶城山館詩鈔　序　一

江西省圖書館藏瓶城山館詩鈔十六卷本書影

目録

瓶城山館詩鈔初存

瓶城山館詩鈔卷三……七〇

瓶城山館詩鈔卷七……一九〇

瓶城山館詩鈔卷八……二二五

瓶城山館詩鈔續存

瓶城山館詩鈔卷十……二九四

瓶城山館詩鈔卷十三……三八一

遇事輒排解，吾鄉人士咸愛之。部居與予最近，朝夕過從，遂爲莫逆交。旋擢大孤山千總，予赴豫章時，往來猶得一見。及遠宦中州，音問間達。軍興以來，則渺無消息矣。頃閲邸抄，知屢著戰功，洊升參將，已於咸豐九年五月間，進攻景德鎮，力戰陣亡，被害較烈。蒙恩照副將例賜卹，予謚壯愍，並准在康山前明丁普郎等忠臣廟側建立專祠，列入饒郡祀典。褒崇已極，大節永垂，洵爲一代完人，允足光昭信史。予欽仰公忠，倍增私感，爰製新

瓶城山館詩鈔卷十五……四四四

至聖大成殿祀位，四配外，十哲已增爲十二；東西兩廡先賢，七十二已增爲七十九。東西兩廡先儒，自唐迄明，只二十八。國朝自雍正二年至同治二年，已增爲六十一。皇上右文稽古，重道崇儒，鉅典煌煌，至隆且盡。近日臺諫中猶復連章累牘，請增先儒升祔學宮。歷經奉旨，交部核議。原以朝廷鄭重，配饗隆儀，恐滋昌濫。昔朱太史彝尊，以淹通博雅之儒，不肯删風懷百韻，不願食兩

瓶城山館詩鈔初存

序一

周君獻臣，品端學茂，圭璋之器也。余宰彭澤，課書院士，見其文，刻意求精，迥〔一〕異流輩，拔置高等。旋即選拔貢成均，往來京甸間，所詣益進。己亥，余以母憂去官，獻臣作詩送別，綿情深致，讀之神往，乃知其尤工於古今體詩。今秋來應省試，而余以官逋尚未歸，因來視余，出瓶城山館詩鈔見示。有激昂之氣，有幽渺之思，有秀雅之致，有紆徐宛曲之篇，有揮灑奔放之作，衆美畢具，而一根於性情，置之長慶、劍南集中，差可仿佛。獻臣年纔及壯，方應科目，固將出所藴爲大廷獻，豈獨在詩。即以詩論，亦能鳴國家之盛者。榜發果雋，將復遊於京甸。從此矢歌梧鳳、珥筆槐螭，其所就又可量乎哉？道光癸卯孟冬朔日，閩中楊際華拜言。

【校記】

〔一〕迥，原文爲「逈」，當是形近而誤，徑改。

序二

歲丙辰，余歸自京師，時方有國朝正雅集之選。符南樵孝廉、蔡梅盦編修因余寓書大梁，索君詩，屬訂交焉。過輝縣，游百泉，得讀君宰輝時題詠各詩刻，斐然肫然，信爲儒吏。既相見于大梁，迺知君嘗宰洧川，與家君有一見之雅，懽然稱兩世交，得盡讀其瓶城山館詩。西江詩派肇自淵明，君詩實宗之，益恢衍爲宏麗，風格則出入蘇、陸，胎息元、白，不規規尺寸自合也。故所爲詩組續而不傷意，紆婉而不傷氣，琱鍊而不傷韻。其爲令，素以廉能稱。雖官事有與俗牴牾不相入者，而君處之泊如，無幾微噍殺之旨。讀其詩，可以知其人矣。

今年二月，重至大梁，造君飲。君曰：「正雅集刊成矣。」出所得本，就燈下反復辨論之，相與太息。百二十年間，聚海内詩人若干家，爲集若干卷，而書成于四方多事之日，亦不可謂非幸也。有坐客前曰：「是不已好事乎？」余與君笑謝客，客亦逕去。嗟夫，詩道難言，其盛也，必有一二長老爲之倡，群起而和之。西江詩徵自晉淵明迄我朝鉛山蔣氏，彬彬稱極盛矣。以余過庭見聞所及，若張鶴舫、吴白庵、曾賓谷、吴蘭雪、郭羽可、黄樹齋諸先生，皆當時主名壇坫，遨遊公卿閒者。至今日風流寖衰，君奮然復古，其氣已不可當，而又歛然常不自足，其詣力其可量哉。

夫人壯盛之年，序列其生平著述，不惟稱之，唯其進之。稱之者一時已成之名，進之者千秋未已之業也，故言有揄揚極至而不得爲知己者。讀者即君自序推君之意，其可與論君詩也夫。是爲序。咸豐七年丁巳八月羅田陳昌綸。

自序

是編起道光辛卯至咸豐丙辰，凡予二十餘年中，足跡所到，身世所經，見諸吟詠者，於是乎在。少作本不足存，而舊稿復多散佚。癸卯秋，承楊藕塘先生之囑，曾刻瓶城山館詩鈔二卷。嗣是將歷年近作陸續檢付梓人，篇名仍舊，共得八卷，非敢問世，不過存爲吾家記事珠而已。倘後日尚有進境，如杜少陵所云「老去漸於詩律細」，則此卷終歸删汰，亦未可知。惟冀大雅君子不我遐棄，引繩而削之，是尤予之所深幸也夫。獻臣氏自記。

瓶城山館詩鈔卷一

山居

徑敞閒雲護，窗虚皓月臨。花光依檻活，草色帶溪深。座展時晴帖，床横太古琴。興酣還命酌，隨意短長吟。

曉起

晴旭半竿上，煖烟三徑生。添香焚寶鴨，捲幔聽金鶯。露尚紅蕉釀，茶剛紫筍烹。闌干閒徙倚，送到讀書聲。

游雙峰寺

春深巖壑草花開，絶頂登臨第幾回。一笑東風吹酒醒，白雲扶我下山來。

月波上人邀至正覺寺看梅

老僧招我看梅花，踏雪新逢賣酒家。笑指杖頭錢未挂，沽春還典舊袈裟。

謁陶靖節先生祠

先生居亂世，淡泊全其天。身在義熙末，心游懷葛前。折腰甫八旬，遂詠歸來篇。五柳植門外，黄菊栽籬邊。有酒且銜杯，有琴不安絃。賦詩偶見志，舒卷隨自然。時還讀我書，亦或理園田。桃源在人境，風景何幽偏。東皋可舒嘯，北窗可高眠。守此固窮節，胸中無俗緣。古來隱者流，其孰如公賢。柴桑本故里，三徑餘荒烟。彭澤稱舊治，往蹟今猶傳。翻翻飛鳥過，邁邁時運遷。我生千載後，懷古空流連。

登雪佛巖

飄然出郭作閒遊，傑閣高登最上頭。山色青連平野秀，夕陽紅入大江流。花明曲檻侵禪榻，鳥帶殘烟送客舟。見説佛從天上落，散花身本住瓊樓。

過瓠舟吟社

古樹陰中舊草堂，莓苔庭院薜蘿牆。雨過林際花争放，竹種籬邊筍漸香。坐擁圖書貧亦樂，只譚風月醒猶狂。微吟也入高人社，分住東頭陸氏莊。

江上望小孤山

江流分劈幾何年，海門氣象幾萬千。狂瀾力乏萬牛挽，中流一柱擎蒼天。千奇百怪鎮壓不敢動，鼋鼉蛟龍魚鱉藏深淵。兹山奇詭秀特難具狀，疑俯疑仰疑側疑尖圓。想是壁華巨靈伸一臂，上探月窟摩星躔。將毋東海神山失左股，走入中土餘一拳。又如淩波玉女擁螺髻，雨梳風沐真堪憐。不然騰空擲下一枝筆，浪花飛舞生雲烟。分明方壺圓嶠在人境，奚事虚無縹緲求神仙。中有珠宫貝闕互掩映，蜃樓海市金碧争鮮妍。一聲兩聲清磬落水底，三片四片白雲飛岫顛。其外松杉竹柏滿巖壑，群鳥軥輈格磔紛喧闐。隔江城郭如畫裏，萬家烟火遥相連。擬乘扁舟渡江去，登高笑拍洪崖肩。可惜山靈有約每孤負，此身鹿鹿難脱塵中緣。

和歐陽六寄孝廉山齋四首原韻

樹多軒

萬緑叢中住，濃陰繞畫廊。隙留篩月地，深罨繡苔牆。鳥語枝頭脆，林花屋角香。文章應號樹，多士恰相當。

户外一峰

翠屏當户展，坐對擁青氈。小拓三弓地，高撐半壁天。嵐光浮榻軟，雲影盪空圓。不着遊山屐，烹茶調澗泉。

午欄花韻

闌干圍曲曲，芳韻溢晴皋。鈴院語聲細，琴牀風調高。衆香開世界，小飲聚朋曹。穩向北窗卧，寄情聊和陶。

二分樓

此地堪栽竹，平分緑影遮。月明高士宅，春滿醉侯家。蒼翠排雙闥，丹黄當五車。莫嫌容膝處，風景正無涯。

楚南武陵石崑山因避亂來彭，時相過從，將歸，賦此贈之

烽火吹殘萬井烟，辭家人上洞庭船。風塵潦倒覊孤旅，骨肉流離悵各天。客路有誰蘇鮒涸，書生無分到燕然。幸君能具鍾王手，筆陣猶堪埽五千。崑山工書法。兵氣全銷日月明，凱歌高唱奏昇平。料應梓里終無恙，重入桃源擬再生。到處雲山增閲歷，感時花鳥倍牽縈。依依彭澤河橋柳，爲折長條贈遠行。

感物

凡物皆有情，不情惟明月。今日照團圞，明日照離別。離別何太苦，關山悲隔絶。惜爾三五時，亦自有盈缺。

凡物皆有情，不情惟明鏡。今日照朱顔，明日照衰鬢。好醜窺人心，喜怒伺人性。惜爾太分明，與世終多競。

雜詩

猗蘭生空谷，幽姿殊衆芳。騷人采作佩，静中含古香。奈何溷蕭艾，猶恐荆棘傷。豈不自珍愛，雜處難爲防。

今日良宴會，有客彈瑶琴。渺渺山水志，泠泠太古音。俗耳頗不悦，無人知此心。筝琵競繁響，四座皆傾襟。

澗底千尺松，本作拏雲狀。枳棘據峰巔，勢反居其上。得天雖各殊，托地不相讓。守此歲寒心，終須逢大匠。

腰間佩干莫，出匣光陸離。長途剸兕象，大海截蛟螭。何處來射工，匿影寒江湄。含沙伏疻痏，寶劍將安施。

太行高萬疊，群歌行路難。穆王駕八駿，到此猶摧顔。豈知世途險，相較尤巑岏。羊腸九折坂，屈曲羅心肝。

鸚鵡得人憐，實由妙言語。人生重口舌，巧辯悦儔侣。古有蘇張輩，朝秦暮復楚。抵掌華屋中，公卿憑博取。

險區無折轂，事以小心成。安流有覆舟，禍以輕心萌。敬怠本互勝，平陂恒遞更。偉哉漢諸葛，謹慎惟一生。

在昔淮陰侯，千金報一飯。少年胯下辱，不聞尋舊怨。恩重而仇輕，此情逾萬萬。幾見受恩人，能了生平願。

阮公見錢入，即日棄其官。陶公懶折腰，飄然解組還。所慕非榮利，道勝不可干。胡爲宦成者，猶懼饑與寒。

入洛素爲緇，踰淮橘爲枳。誰謂性難移，習染已如此。逃墨與逃楊，趨向本殊旨。君子審從違，哲人葆終始。

群真苦修煉，龍虎燒汞鉛。金丹未九轉，緑鬢成華顛。長生求大藥，渡海愁風烟。何如信天翁，平地作神仙。

佞佛本無謂，闢佛亦奚爲。人各有好惡，理各存信疑。所以佛家流，其説猶兩歧。殺者爲解脱，生者爲慈悲。

山寺

梵閣依巖起，參差翠靄分。牆穿雲補罅，碑斷蘚連紋。烟影樹中颺，磬聲天外聞。老僧無箇事，閒供佛香熏。

和芥舟兄雨夜話別原韻

世路崎嶇甚，含愁强自歡。交憐貧賤久，詩録別離難。芳草天涯遠，孤燈夜雨寒。腰間三尺劍，斫地與君看。

題劉東橋解元夢坡圖

富貴一場春夢散，坡仙曾遇村婆唤。七百年〔一〕來夢再圓，内翰前身今外翰。先生秉鐸司南安，蝴蝶堦閒住冷官。好參玉版禪中味，獨對空齋苜蓿盤。雪堂忽並東坡坐，白戰狂吟人兩箇。飛鴻泥爪任東西，磨蝎命宫嗟坎坷。可認今吾即故吾，掀髯一笑同歡呼。豪情各飲黄州酒，曾識東方欲白無。摩挲醒眼分明記，手繪爲圖見深致。笠屐逍遥現後身，峨嵋猶記前生事。對此披吟感不禁，一彈指頃去來今。借用蘇句。詩名各自傳千載，我亦思從夢裏尋。

【校記】

〔一〕六卷本「七百年」作「六百年」，誤。東坡卒于一一〇一年，至道光間，歷時七百餘年。

雪中吟爲芥舟作

漫天雪花大如掌，路上人蹤絶來往。東山山下小坳堂，中有詩人抱幽賞。此際千人事大難，漫勞縣尹送猪肝。閉門鎮日酣高卧，穩伴梅花耐歲寒。宵來獨自吟肩聳，火種圍爐堪坐擁。畫叉錢乏酒誰賒，驅寒那得深杯捧。情懷畢竟黨家豪，淺斟低唱炰羊羔。一曲陽春終寡和，冷鄉風味只孤高。

饑鳳行和雙峩作

鳳凰産丹山，類本異凡鳥。毛羽耀九苞，翱翔出雲表。胡爲困飲啄，竹實恒苦少。側翅空彷徨，天地籠中小。烏鳶燕雀東南飛，到處稻粱供一飽。鳳兮落拓誰爾憐，太息天心殊草草。

西門行

步出城西門，望望長江邊。人聲若鼎沸，岸泊官家船。船頭銅鉦鳴，船尾紅旗鮮。傔從各烜赫，行李紛羅駢。疊疊鏤金箱，裹以紫茸氈。云是宦成歸，好官多得錢。光輝動里閈，嘖嘖群争憐。嗟哉窮巷士，一室如磬懸。鶉衣苦百結，餬口乏粥饘。所幸富文史，腹笥誇便便。

歌聲出金石，意氣高雯天。豈不慕鐘鼎，惜難抛槧鉛。銅山固可恃，轉眼空雲烟。

書汪芝衫詩草後

一方寒硯苦吟身，字字鐫鏤思入神。記得新城傳昌谷，能詩多是布衣人。
鬼才争説李長吉，瘦句真如賈浪仙。獨闢空靈詩世界，也通易理也通禪。

檢讀亡友楊雲卿茂才詩稿感賦

嗚呼！雲卿何竟死，人生難得惟知己。令我涔涔淚不收，恍惚吟聲猶在耳。馬當山下舊蓬廬，抱膝年年只讀書。家學青箱傳世守，薄田饘粥已無餘。騷人幾箇頻來往，黄憲（半村）汪倫（青選）與周昉（芥舟）。我亦乘風打槳來，徹夜高談時抵掌。偶向潯陽作寓公，杜陵病肺悲秋風。吹笙竟控緱山鶴，凄絶黄壚酒盞空。（君病殁於潯陽旅次。）伯道無兒天太慘，遺書每爲中郎感（僅遺一女。）檢讀詩函字字珠，豐城實劍光難掩。

游顯靈菴

群峰環繞徑紆迴，竹樹陰中紺宇開。四面浮嵐生足底，一聲清磬落雲隈。香銷不覺談禪久，花好都因獻佛栽。難得老僧能好客，山厨蔬筍進新醅。

題鍾馗畫像

依然進士舊袍藍，颯颯鬚眉虎視眈。直使群邪投有北，何妨捷逕在終南。高明室裏偏容瞰，香火緣中亦許參。比似金剛原努目，雅宜彌勒與同龕。

游琵琶亭

夜聽琵琶撥宫徵，白傅當時幽怨起。此情此景竟千秋，惹得遷騷都若此。窅窅孤亭俛大江，濤聲日夕相舂撞。主人送客歸何處，流水猶餘腸斷腔。春來秋去自年年，無數商人上下船。船中不少商人婦，誰復重來撚四絃。我來撫景情何極，不見古人空太息。如此江山幾輩才，詩情吏隱都陳跡。回首斜陽兩岸多，柳陰深處掉船過。臨風不墮琵琶淚，且聽江頭漁父歌。

懷榷使唐蝸寄先生

腰綰銅符督榷關，半生心跡在吟壇。每緣招客輸〔一〕清俸，雅愛談禪博古歡。白水有盟留住久，青山無恙等閒看。多情只合同司馬，如此風流繼起難。

【校記】

〔一〕六卷本「輸」作「捐」。

琵琶亭傾圮感賦

江流滚滚碧波長，風月千秋孰主張。漫説琵琶人已往，即今亭子亦荒涼。
斷瓦頹垣委草萊，荷花池畔野花開。幾回送客秋江上，絃管無聲莫舉杯。
多少碑嵌四壁詩，半歸剥蝕半斜攲。都成楓荻無窮恨，惟有青山緑水知。
獨上池西百尺樓，青衫遺像至今留。閒游何與飄零感，話到滄桑我亦愁。

題鎖江樓

奔流滚滚赴東瀛，得水魚龍破浪行。底事長江憑鎖住，波濤常作不平鳴。

烟水亭納涼

窗開四面水當中，倒影欄杆映日紅。幾隊遊魚吹浪起，滿湖菱葉亂摇風。

柳蔭一道覆長堤，堤上人家緑蔭齊。最好蟬琴剛聽罷，笛聲吹出小樓西。
老僧對客頗風流，一曲琴音〔一〕水上浮。更有生花雙管在，畫來蘭竹各清幽。謂石舟上人。

【校記】

〔一〕六卷本「琴音」作「瑶琴」。

僧庵消夏

焚香掃地獨徘徊，窗爲迎涼四面開。恰好圍棋佳客至，偶因攤卷古人來。簟紋淺淺鋪黄竹，簾影深深映緑苔。底事頻催詩夢醒，一蟬吟到井邊槐。
不衫不履小遊仙，最好逍遥六月天。柳下風來拋扇坐，桐陰人倦枕書眠。疏臨古帖慵磨墨，偶憶良朋喜劈箋。漫學長齋供繡佛，何妨借醉也逃禪。
遊具隨身客當家，詩天酒地是生涯。三餐便飽伊蒲飯，七椀常烹顧渚茶。矮紙閒抄搜出典，小瓶時養折來花。晨鐘暮鼓都聽遍，門外新添兩部蛙。
悄悄禪關養性靈，何須問字到元亭。芸緗展讀誅蠅賦，棐几閒繙相鶴經。砌草不除留蛺蝶，瓦松初長立蜻蜓。雨餘涼意清如許，繞郭山光分外青。

送別丁定齋

君正言歸歸有期，欲行不行船開遲。離恨緜緜勿復道，停雲靄靄長相思。清談促膝共誰席，好夢回頭吟我詩。記取平安替傳語，到門先報高堂知。

晚眺

一逕疎籬兩岸楓，牧童飲犢過橋東。餘霞散綺明秋水，斜日銜山紅更紅。

秋聲

四壁寒蛩唧唧餘，蕭騷落葉滿堦除。平生最怕凄涼感，每聽秋聲懶讀書。

瓶菊

真箇成瓶隱，猶存魏晉風。清吟添硯北，佳色采籬東。漫笑無錢對，聊堪有酒供。瓣香常在座，澹與此心同。

秋日郊行

西風吹袂不勝清，攜着雙柑得得行。山到秋來無俗態，水逢彎處有餘情。草根蟲語參差和，樹底蟬聲斷續鳴。欲寫剡溪藤一幅，卧遊好景更分明。

岳忠武帥印

將軍銅印大如斗，拜命登壇懸在肘。專閫威名三使遷，鎸銜合倩舒通手。涅背常懷報國忠，兵機妙運一心中。岳家軍較山難撼，氣壓金人戰壘空。兩宮悽絶兩河警，誓抵黄龍齊痛飲。薰天宰相獨求和，小朝廷裂中原鼎。十載勳勞一旦隳，書生叩馬竟先知。銀章怎及金牌重，忍淚全收壓陣旗。獄成三字埋冤慘，臣死終能瀝肝膽。回望燕雲唾手難，長使英雄動哀感。君不見，篆刻摩挲七百年，功名應共鼎鐘鎸。銅駝石馬皆荆棘，軍令如山萬古傳。

文信國琴

正氣蒼涼託宮徵，七絃再鼓悲風起。凛凛忠肝鐵石鎸，琴心孤憤臣心死。平生節烈起豪華，聲伎盈前散似沙[一]。一聲白鴈河山換，九廟烟塵痛趙家。君義臣忠難兩得，三載幽囚繫徽纆。獨抱瑶琴古調彈，天荒地老無顔色。清原寺裏雨瀟瀟，絃外遺音伴寂寥。撫軫裁詩偏蘊藉，夢魂猶自戀南朝。何來讕語汚青史，樽酒黄冠思故里。畢竟丹心照汗青，琴兮汝亦長如此。人琴雖杳各千秋，太古聲希誰與儔。世間不絶廣陵散，爲公一洗五坡嶺外、零丁洋裏之悲愁。

【校記】

〔一〕六卷本「散似沙」作「似散沙」。

楊忠愍硯

君不見文信國，玉帶生留金石泐。又不見謝文節，建陽一硯精靈結。二公忠烈炳青史，異代惟公能繼起。端溪紫石亦珍玩，慷慨銘心資礪砥。此硯真堪寶，奏除馬市疏諫草。此硯亦何貴，指摘嵩姦書十罪。誰知磨墨墨磨人，硯不曾焚災逮身。三木横施錦衣衞，圜扉血染紅苔新。輪囷不藉蚺蛇膽，死因乞代臣何敢。摩挲知爾心太平，死無遺憾生無忝。吁嗟乎！長安遺宅松筠古，義士同聲矜節苦。永矢堅貞磨不磷，酬恩何待忠魂補。

明熹宗小斧

委鬼當頭政令弛，太阿之柄倒持矣。何事君王執斧柯，競傳兒戲深宫裏。金字煌煌斧背鐫，龍飛歲月明天啓。九重宴坐一事無，鎮日摩挲此奇技。惜把銛鋒誤指揮，不斬貂璫斬正士。廟堂鐘簴歎銷沈，内殿旋聞斧聲起。從來淫巧蕩君心，無愁豈是真天子。此鐵何人鑄六州，大錯幾將神器徙。

羅漢松

千尺老松標勁節，歲寒劫歷冰霜雪。道是金剛不壞身，幻成寶樹長生訣。比數欣逢十八公，如來一葉悟仙蹤。慈雲覆處應眠鶴，法雨沾時定作龍。忽聽濤聲響山徑，梵樓鐘磬遥相應。清宵明月照林間，放大光明參上乘。虬枝高欲逼諸天，蓋影重重瓔珞懸。濃似佛頭青欲滴，浄如僧眼碧堪憐。只緣閲世心空久，坦開胸臆無何有。一莖草尚化金身，十丈陰偏横九畝。尋師有客到山中，也合南無拜下風。好證祇園歡喜果，拈花落子現神通。

雪羅漢

亂墜天花裏，莊嚴現此身。觀空參絮果，著地浄根塵。頂上光明放，胸中坦白陳。風霜今墮劫，鉛汞昔修因。生面全離垢，冬心合耐貧。冰壺堪濯魄，銀海别通神。世路低眉久，泥痕印爪頻。梅邊閒伴我，松下笑看人。寶相頭陀幻，瓊華眼纈新。襧襹披鶴氅，解脱褪龍鱗。

有象飄瓔珞，無聲轉法輪。十方寒月照，一院凍雲皴。皎潔園林寂，皈依鳥雀馴。三清超色界，六出應芳辰。好供瑶池藕，休傳火宅薪。暖融功德水，普被大千春。

移居次雙峩原韻

生涯澤國感窮居〔一〕，兩度遷移十載餘。門户敢誇新第宅，簦箱聊檢舊琴書。此身慣作尋巢燕，無計真同涸轍魚。但得卓錐猶有地，萬間廣厦願徒虚。

水竹三分屋二分，還留隙地好鋪雲。蘆簾紙帳夢常穩，茶竈筆牀香自薰。懶畫丹青裁牖帖，不施黝堊掩苔紋。買鄰浪説錢千萬，聊唤鄰翁酒共醺。

隨分方知得自由，何須艷羡富民侯。婦能執爨炊桐尾，我欲謀耕仗筆頭。閒遞詩筒招友至，卧看粉本當山遊。茫茫塵海渾無岸，去住何妨不繫舟。

【校記】

〔一〕六卷本「生涯澤國感窮居」作「生涯我自笑窮居」。

卜居次芥舟原韻

冷硯寒氊老屋中，書生翻作可憐蟲。姸媸待判歸秦鏡，得失無端付楚弓。士不逢時惟待命，才如有用且安窮。著鞭肯學聞雞舞，五夜君應有夢同。

久向山林刷羽翰，乘風擬望九霄摶。偶爭棋劫頻翻局，爲整詩軍屢上壇。焦尾獨彈琴調古，橫腰常拂劍光寒。人情翻覆波瀾險，頗覺中流立脚難。

欲答春暉願未償，愧無升斗養高堂。璞羞獻客留真氣，花不投時少艷妝。每到關情惟骨肉，敢云報國有文章。微軀原似鷦鷯寄，底事移巢换樹忙。

一花一卉足棲遲，又爲貧交感别離。明月當頭思共賞，短箋〔一〕到手不停披。怡情聊讀閒居賦，寄舊頻賡和韻詩。安得兩家同卜築，故園幾畝闢荒基。

【校記】

〔一〕六卷本「短箋」作「寸箋」。

和黄壺舟先生伊行留别原韻

一官百里枉長材，又逐天山頂上埃。絶代聰明難造福，幾人風雅解憐才。忍抛錦字愁蘇蕙，轉爲斑衣哭老萊。令嗣用萃下世。幸有原鴒同急難，穹廬對飲夜光杯。令弟琴樵偕行。

茫茫搔首問天公，覽鏡驚看兩鬢蓬。垂老功名輕蟣蝨，浮生得失感雞蟲。退飛已作風中鷁，遠去翻隨塞外鴻。見説封侯須萬里，此行應莫歎途窮。

座上春風隔幾霜，摳衣曾記問凡將。柳洲課夏心猶戀，先生課五柳書院士，獎訓殷勤。菊圃吟秋事未忘。在彭時著有歐圃秋吟〔一〕。入夢公侯虛借枕，送行弟子未登堂。天台竟作無情別，閒煞桃花舊徑荒。先生台州人。

手版輕投且息肩，生平安用直如弦。怕教祖帳離亭外，錯悔埋輪大道邊。十丈蒲颿收瀚海，萬重葱嶺度冰天。賜環定見君恩早，歸路吟鞍猛著鞭。

【校記】

〔一〕六卷本「在彭時著有歐圃秋吟」作「在彭時有歐圃秋吟詩草」。

書船山詩草後

瀛洲小住又萊州，飄瞥雲烟此宦遊。沉醉不辭千日酒，多情只合一生愁。眼中人少名箋貴，囊底錢空祖硯留。慧業更憐才子婦，梅花仙骨定雙修。

説鬼搜神氣不平，談天有口又談兵。干戈擾攘悲秦蜀，湖海飄零感弟兄。退守枯禪支病骨，折除艷福悔才名。叢殘遺稿誰收拾，淒絶刊傳仗友生。

過村塾偶書所見

覆甕些些物，終教讀破難。非關蟫食牘，應是鼠銜殘。破書。
石古硯無池，楊花點不知。他年須鑄鐵，磨到鐵穿時。破硯。
老守頭巾在，曾隨雨雪風。倘教來漉酒，恐與漏卮同。破帽。
羞澀既太甚，一錢猶未圓。孔兄難自保，何暇説周全。破錢。

遊洪山寺

雲逕崎嶇繞石斜，薜蘿深處舊烟霞。春陰古寺無人到，草色青青襯落花。

姑塘關

蒲帆到此竟須收，結伴登臨作勝遊。最好黄昏燈乍上，一齊紅到水邊樓。
女兒港裏浄烟波，是處銷金亦有窩。明月三更風露冷，繞船四面送笙歌。

泊南康郡

冷署清如水，閒商静似僧。背山穿鳥道，繞岸掛魚罾。月湧湖心鏡，風生浦面棱。紫陽堤上望，五老未曾登。

登滕王閣

巍然傑閣倚城隈，面面軒窗對水開。落日尚明秋浦闊，好風還送順帆來。已無帝子新圖畫，空憶中丞舊酒杯。物换星移增感慨，江山如此幾人才。

送楊藕塘先生扶櫬歸里

剛好栽花滿縣城，靈萱忽謝北堂榮。蘭陔已畢承歡志，苫塊彌傷孺慕情。渺渺鄉雲千嶂迥，依依牆翣一官輕。春宵況斷池塘夢，愁對諸孤涕泗横。

藉甚循聲説細侯，去思還賴口碑留。勤民每爲桑麻課，教士能將杞梓收。室有絃歌皆化洽，境無蝗虎亦恩流。神君方道來何暮，忍見先生别柳洲。

歸裝兩袖只清風，清白相傳不諱窮。但使苦衷當事諒，如斯廉吏幾人同。史雲宦境艱難際，子美全家感慨中。父老齎錢遮道送，可能選一補囊空。

轉瞬三年隙影馳，莫因廬墓出山遲。待看桃李重開日，猶是桑榆未晚時。猿臂漫嗟身世蹇，鴻毛還借順風吹。兒童竹馬歡聲起，好慰蒼生望歲思。

答袁石可明府感懷原韻

貧宦歸來四壁空，清廉原屬舊家風。何堪老境艱難甚，終是才人遇合窮。剡曲不妨歸賀監，鹿門久已隱龐公。枕頭睡穩黄粱熟，回首邯鄲一夢中。

飛雪漫天徹骨寒，閉門高卧老袁安。空山歲月消閒易，大海風濤勇退難。陳跡衹應尋馬磨，故交誰肯送猪肝。柴桑乞食圖冥報，千古詩人總淚彈。

贈汪夢颿

三間老屋一詩人，物外閒遊自在身。入世早應除習氣，結交原不礙清貧。談來時事天將問，論到文章誼更親。燈火小窗風雨夕，澆寒常藉酒生春。

太息年華似擲梭，無成空自嘆蹉跎。書猶待上裘先敝，硯不曾穿墨苦磨。客路逢人傾蓋少，科名同輩積薪多。與君攜手頻看劍，好唱王郎斫地歌。

新晴

一半春消風雨裏，今朝天特放新晴。滿欄〔一〕花氣紅薰座，繞岸〔二〕山光緑進城。牆角已看蝸作字〔三〕，樹頭〔四〕還聽鳥呼名。芳郊景物清和甚，處處秧田帶水耕〔五〕。

【校記】

〔一〕六卷本「滿欄」作「繞欄」。

〔二〕六卷本「繞岸」作「隔浦」。

〔三〕六卷本「牆角已看蝸作字」作「屋角漸看蛛補網」。

〔四〕六卷本「樹頭」作「牆頭」。

〔五〕六卷本「處處秧田帶水耕」作「帶水秧田處處耕」。

馬當竹枝詞

大江東去水如天，忽轉迴流繞岸邊。上到子安亭〔一〕上望，帆帆都送順風船。

洲頭沙嘴接江過，水落灘横江面多。近日鹽船防淺柁，騙開南岸走西河。

一灣緑樹幾漁家，早起扳罾到日斜。又去王山〔二〕山脚下，夜深隨月放魚叉。

詹家湖裏蓮花香，丁家湖裏荇葉芳。蓮子比儂心事苦，荇帶牽儂心緒長。
四月鰣魚出水鮮，秋來鱸鱠正當筵。别饒一種真風味，還算磯頭縮項鯿。

【校記】

〔一〕六卷本「子安亭」作「馬當山」。
〔二〕六卷本「王山」作「硼山」。

秋夜

秋夜不成寐，明河長在天。窗紗驚落葉，燈影照寒烟。懷古特開帙，焚香疑坐禪。草蟲復唧唧，此意誰與傳。

枕上

窗外月初墮，案前燈尚留。蘧蘧醒夢後，事事到心頭。檐馬忽聞響，階蛩如語愁。披衣欹枕坐，閒自數更籌。

哭丁定齋茂才

彈指韶華廿載餘，匆匆遽返道山居。翻憐慧業難消福，早種愁根悔讀書。入世多情終是累，浮生如夢總成虛。一朝薤露晞何易，腸斷音塵望素車。

終童總角訂交遊，邀月評花遞唱酬。早服君才甘北面，况鄰我屋住東頭。清談竟夕渾忘倦，小別經時尚惹愁。此去那堪泉路隔，黄公壚下淚頻流。

英氣蓬蓬逸趣横，雞蟲睥睨利名輕。德林器識群誇偉，叔寶丰神異樣清。世有斯人偏早折，天於此道太無情。即〔二〕論地下修文急，何故徵才到後生。

淒絶彌留病正殘，强情猶自説平安。世間不死真無藥，天上還魂可有丹。緣淺竟從今日盡，交深更覓此人難。伯牙絃斷風流歇，抱着青琴忍再彈。

知君遺恨一條條，死別生離百不聊。趙氏孤兒纔襁褓，左家嬌女甫垂髫。孀閨可奈青春冷，大母何堪白髮飄。舉室忍看相對哭，九原應也淚難消。

兜率由來別有天，大招何處問神仙。更無酒盞聯今雨，頻檢詩筒剩短箋。玉樹長埋真落莫，曇花一現轉淒然。他時華表飛來鶴，認得君歸續舊緣。

【校記】

〔一〕六卷本「即」作「若」。

題明妃出塞圖

一曲琵琶萬古悲，邊風吹墮鬢雲垂。紅顔底事傷飄泊，爲少黄金贈畫師。

題美人對弈圖

兩行黑白各分明，無限天機觸處生。可是喬家雙國色，不然紙上敢談兵。

題羅漢畫像

古佛低頭眉未展，滿腔愁似不分明。諸天只有阿羅漢，歡喜容顔過一生。

題紅拂小影

丈夫誰有蛾眉俠，着眼英雄甘婢妾。虬髯颯颯英風生，紫衣夜合花鈿貼。一笑相逢本路人，藍橋漿乞酒壚春。腰閒各按雌雄劍，會合須看物有神。太原地峻千峰裏，暫挽鹿車歸舊里。道是龍宫霖雨才，乘時竚奮風雲起。君不見宋室勳臣韓世忠，弓衣卧虎正途窮。梁姬也願絲蘿托，桴鼓平戎策戰功。

題花瑞圖

三春芍藥揚州勝，金帶圍開徵瑞應。幕府張筵羅衆賓，帽檐四朵分持贈。袍青似草位猶卑，花下相逢各舉卮。喜聽槐音都入相，回頭曾記賞花時。歡場盛事群歆羨，到處爭開婪尾宴。豐臺底事競繁華，徒惹游人誇錦絢。美景殿春春正長，還須老圃看秋光。願君再染邊鸞〔一〕筆，添寫黄花晚節香。

【校記】

〔一〕六卷本「邊鸞」作「荆關」。

新正喜王酉山至，即次見贈原韻

君共梅花到最先，别來旬日輒經年。偶〔二〕緣舊雨開三徑，恰〔三〕喜高談動四筵。茶券詩牌中酒候，月華燈影上元天。逢場且自行吾樂，權把狂奴當散仙。

【校記】

〔一〕六卷本「偶」作「恰」。

〔二〕六卷本「恰」作「卻」。

山行即目

白繡毬花滿樹頭，緑桑枝上聽鳴鳩。筍穿石罅横斜出，水抱巖腰曲折流。雲碓無人舂藥臼，烟鋤有客種瓜疇。野麋林鶴如逢着，便訂平生物外游。

閒遣

狹巷何來問字車，翦燈猶自註蟲魚。要離墓下頻澆酒，光範門前不上書。磨劍豈因仇瑣碎，求仙終笑事空虚。解嘲翻覺無聊甚，呼馬呼牛一任渠。

典到衣裳復典琴，怕催酒債攬沈吟。竹須補種遮窗日，花欲移栽避樹陰。讀畫勝當游覽地，焚香静證妙明心。求田問舍非吾事，懶爲窮通課六壬。

游龍津寺

一笑登高便舉觴，東南秋色眺蒼茫。儘堪風月談今夕，絶好湖山在故鄉。飛閣路疑三島近，清歌座有七絃張。石闌干外波濤湧，舟楫紛紛上下忙。

聽墅亭僧彈琴

墅亭上人風格超，撫琴明月懸清宵。泠泠七絃一再鼓，韻洗松風凉夢飄。惜我解聽不解彈，移情海上成連招。横江孤鶴忽飛去，更有何人吹洞簫。

幽居自詠

閉門掃卻閒榮辱，謝客删將冷應酬。何必深山賦招隱，園林負郭亦清幽。
小池購石將山疊，荒肆收書滿架堆。一罄阮囊貧似洗，典衣還趁酒沽來。
書緣偶作兼行草，史爲重繙雜信疑。半醉半醒高枕卧，夢回揩眼獨吟詩。

哭大兄樸存

門祚中衰劇可傷，忽驚雁陣散寒塘。茫茫一别成千古，黯黯孤燈泣數行。自後音容空想像，更誰家事與商量。向平婚嫁何曾了，駒隙光陰如此忙。

髫齡失怙空嗟我，出入相隨賴有兄。手足自然關痛癢，詩書還冀振家聲〔一〕。那堪水患頻仍至，況復蕭牆釁隙生。百尺銅山都已削，倉皇難遣此時情。

弟兄南北各移家，大小山分隔水涯。春草池塘三月夢，秋風叢菊兩園花。依依奉母貧猶樂，碌碌因人計本差。惆悵城西歸去路，數間老屋夕陽斜。

今年上巳聞君病，起訊床前病已深。執手但思來世約，問余可諒九原心。死雖有命情何忍，天竟誰呼慘不禁。漫説營齋復營奠，招魂剪紙杳難尋。

【校記】

〔一〕六卷本「詩書還冀振家聲」作「撐持還冀起家聲」。

題芥舟兄小坳堂詩集

我兄示我瑤華篇，七襄雲錦羅新鮮。我讀兄詩已十年，口常雒誦心磨研。瓣香敬祝南豐前，追陪几席慙惠連。開卷一一猶了然，鍾期聽慣伯牙絃。有時狂吟將問天，詞傾三峽思湧泉。有時塊礧胸中填，幽懷寄託淵乎淵。有時情致增纏綿，綺語鏤出青花蓮。飛軍旗幟騷壇搴，偏師誰破長城堅。瓠舟吟社紛吟箋，幾輩黄金鑄浪仙。（兄曾與汪朗渠、吴杏墅、汪芝山諸君子結瓠舟吟社。）但愁磨蝎身宫纏，名場寸步皆迍邅。居雖負郭家無田，東西飢走塵網牽。皖公多留山水緣，黄鶴樓前掉酒船。望衡九面浮湘烟，登高欲拍洪崖肩。忽然西笑乘風便，長歌擊筑游幽燕。蒲帆一葉吹南旋，馬當僑寓方受廛。貨殖傳偪龍門編，市聲嘈雜吟聲聯。城東老屋餘數椽，典琴欲贖心懸懸。我聞移居喜欲顛，畫圖重寫歸輞川。（兄曾有風雲出屋圖、卜居詩六首〔一〕。）小園半畝拓地偏，秋風黄菊開籬邊。招我觴詠頻往還，狂奴故態猶蹁躚。雞蟲睥睨浮名捐，老境坐擁書城專。行吟不輟篇盈千，我藏副本心拳拳。嗟乎！雙峩遺稿猶待鐫，三十餘卷堆青氈。（雙峩兄著有峩峩軒詩古文集三十餘卷待梓。）二難並刻斯兩全，眉州坡潁齊稱賢。大山小山山並巔，孤山鼎峙名永傳。

【校記】

〔一〕六卷本「風雲出屋圖、卜居詩六首」作「風雪出屋圖、卜居詩八首」。

瓶城山館詩鈔卷二

入都留别諸友

二月春陰尚薄寒，風塵初戴遠游冠。少年作客情原壯，貧士離家事大難。敝服早縫慈母綫，華筵幾費故人餐。殷勤囑我鞭先着，雲路相期振羽翰。

皖江道中遇雨，夜宿黄半村館話舊

自笑平生嬾似雲，出山偏遇雨紛紛。烟花恰過重三節，春色纔消一二分。早料長途難作客，定知前路可逢君。何當剪燭西窗話，小住壺天酒易醺。

桐城阻雨

他鄉偏聽雨，難遣客中愁。短夢醒長夜，孤踪滞遠遊。穢同牛驥皂，寒逼鷫鸘裘。何日天穿補，應占喚婦鳩。

鳳陽道中即目

草屋結團焦，晴烘馬勃燒。驢耕三月雨，婦荷一肩樵。掘野淘胥井，編荆補斷橋。杏花村處處，門外酒旗招。

途中寒食

東風開遍陌頭花，草色青青一道斜。偏爲禁烟逢旅食，偶思沽酒向誰家。春城柳絮飛新燕，古驛棠梨噪暮鴉。孤負踏青諸伴侣，遊踪何獨在天涯。

徐州渡河

長途〔一〕輪鐵嘆銷磨，悵觸離懷似醉魔。到此忽驚風勢壯，無聊偏聽雨聲多。迢迢鄉夢隨流水，滚滚光陰感〔二〕逝波。好趁桃花春浪暖，輕帆一葉渡黄河。

【校記】

〔一〕六卷本「長途」作「年來」。

〔二〕六卷本「感」作「歎」。

樓桑村

童童車蓋指樓桑，過客村邊話夕陽。正統河山留望帝，微時羽葆識興王。盧龍玉壘塵沙積，涿鹿金城草樹荒。慨自大風歌罷後，更無旌旆説還鄉。

過盧溝橋

鹿鹿車塵暮復朝，雞聲催趁馬蹄驕。舉頭日下長安近，回首天南子舍遥。破曉霜華侵鬢角，騰空雲氣護山椒。年年過客知多少，閱盡英雄是此橋。

游龍樹寺

乘車疑泛艇，一徑入蒹葭。古寺鐘聲出，高樓樹影遮。感時春正暮，倚檻日初斜。此地真風雅，詩籠滿壁紗。

開窗空四望，一角露西山。屋瓦魚鱗接，都城雉堞環。屏開金翠裏，雲擁畫圖閒。片片輕鷗泛，陂塘又幾灣。

特結清游伴，參禪到講臺。旛收花落去，簾捲燕歸來。瀹茗丹爐爇，焚香寶鼎開。蒲團容小憩，仙佛共追陪。

朝市真堪隱，山林不在深。偶依清净界，便証妙明心。古碣捫蒼蘚，空庭浸緑陰。會當風雨夕，來寫萬龍吟。

攜酒游法源寺

俊游須趁好春光，花事闌珊過海棠。偶挈東坡真一酒，來尋西竺大千場。僧緣好客開蓮社，我欲持齋禮梵王。唐代憫忠留舊刹，豐碑百尺立斜陽。

謁謝文節公祠

憫忠寺裏忠臣死，丈夫殉國當如是。豈有堂堂七尺身，不及娥江一女子。寺有曹娥碑，即用文節公故事。疊山死去繼文山，正氣常留天地閒。賣卜餘生空涕淚，蒼茫何處是鄉關。紅羊幾換滄桑劫，落日冬青餘碧血。魂魄長依佛殿燈，禪門不長西山蕨。我與先生共梓鄉，信州一瓣奉心香。

幸從京國瞻遺像，何事孤踪問建陽。

送彭志齋孝廉南歸

別恨初消別又催，客中送客且銜杯。代飛燕雁忙如此，君恰南歸我北來。

秋日出都

北馬南船道路賒，無端來去飽風沙。此行竟類搬薑鼠，何事添成畫足蛇。金到盡時難作客，筆從禿後不生花。秋風乍起寒先覺，便爲蓴鱸也憶家。

擊筑歌應碎唾壺，歸來何必嘆無魚。擔囊署飽長安米，垂幕空乘薄笨車。磊落固應聊爾耳，蹉跎每自感居諸。浪遊尚起風塵悔，況是名場嚼蠟餘。

舟中聞雁

忽聞南雁正更闌，客況蕭條思渺漫。風雨重陽佳節近，關山千里尺書難。强持杯酒人聲靜，獨倚篷窗夜氣寒。幾度欲眠眠不得，恐成歸夢轉難安。

舟中月夜

捩柁開頭客夢驚，篙工連夜促征程。月明如水星河皎，惟有前船打槳聲。

舟中同高樹人作

鴻爪何從證夙因，名場蹉礩感勞薪。故園看菊成虛約，遠道飄萍惜此身。抱璞卞和空泣楚，上書季子枉遊秦。行踪莫漫嫌孤寂，幸有劉蕡笑語親。

疊前韻

圍爐烹雪話前因，鎮日彈棋伴積薪。恰好聯牀風雨夜，共傷遊子別離身。往來何用稽尋呂，肥瘠無分越與秦。差補邇來踪跡闊，篷窗鐙火半年親。

再疊前韻

歸思客感兩相因，愁更添愁等抱薪。長夜驚回攲枕夢，殘冬游倦轉蓬身。已無困指堪依魯，況值年饑又報秦。篋裏萊衣收疊久，倚閭空累白頭親。

餞秋次汪朗渠殿撰原韻

繞樹烏啼夜有霜，感時惜别賦河梁。誰家度曲偏吹笛，何處思歸不斷腸。燕子生涯爲客久，菊花天氣逼人涼。買舟好結南來伴，一路西風帶素商。時朗渠奉諱出都。

蕭疎楊柳拂江津，送盡萍蹤浪迹身。芳草祇今綿遠道，落花前度惜餘春。蛩聲冷咽關山月，雁陣寒驚驛路塵。年去年來渾見慣，臨歧何必重傷神。

迷漫雲水客途賒，寒月輕籠兩岸沙。紅樹樓頭聽落葉，黄河天上泛歸槎。遠山已豁樵人路，老圃猶留晚節花。自笑浪遊成底事，好從三徑樂烟霞。

雲皴石瘦繫幽思，巢父安居借一枝。撫景倍添無限感，登高還定再來期。荒村忽報雞聲唱，離緒應惟鶴夢知。從此炎涼將閲遍，陽春交遞未爲遲。

鼻烟十二韻

傳來丹訣艷西洋，劑製惟教鼻觀嘗。草號相思終異臭，花能蠲忿好薰香。酸辛雅配金齏味，燥濕新調玉糝方。貯向膽瓶收沆瀣，繫將腰佩飾琳琅。仙茶飲罷頻傾蓋，聖酒酣餘合解囊。染指幾番供領畧，攢眉片刻襲清涼。頂圩直貫神峰爽，竅坎潛通氣海藏。聞妙静參三覺透，回甘瞥使九根忘。功高辟瘴誇鴻寶，威重驅寒濟虎湯。桂父别教呈術幻，桐君那便擅醫良。

也隨藥裹和丸散，偶進賓筵佐桂薑。尤愛口含雞舌浄，齒牙吐慧愈芬芳。

古意

直木雖挺生，參天無遠蔭。急泉雖順流，出地寡回潤。

折楊柳枝辭

垂垂楊柳枝，東風着意吹。不爲苦攀折，只緣多别離。
新萍泛中沚，楊柳吹作花。萍散有時聚，花飛落誰家。
陽關唱三疊，萬里悲苦辛。不道閨中愁，封侯曾幾人。

不倒翁歌

侏儒體段胡盧㨾，傀儡衣冠食肉相。莊嚴也合供龕中，玩弄不妨登掌上〔一〕。公然笑笑一先生，七竅冥頑鑿未成。但解周旋通面面，側身几席苦逢迎。溷跡塵中難插脚，脚跟飄泊渾無着。跌宕疑看醉態傾，趺跏恍被禪機縛。摩挲番腹自便便，内叩空空亦可憐。畢竟形骸同土木，買來曾值幾銖錢。

【校記】

〔一〕八卷本「玩弄不妨登掌上」作「玩弄偏教來掌上」。

山亭夜坐

四山生白雲，新月出東嶺。風來秋有聲，松高散清影。泠泠泉水鳴，石罅流出冷。撫景獨徘徊，心空萬緣浄。

夜過長壠

露下天高氣正清，歸人恰趁夜初更。漁村野火光連岸，僧寺疎鐘響出城。月入亂流摇碎影，風來遠樹曳殘聲。眼前境界殊空闊，萬頃芳田似罫平。

讀吴梅村詩集書後

驚才絶艷花生筆，好語如珠穿一一。泥人情致最纏緜，樂府歌聲金石出。少年壇坫騰英聲，復社諸賢讓後生。蘇軾文章陸機賦，先生制辭中語。才名不媿動公卿。珥貂早列清華選，從容玉步通明殿。烏程一疏直聲彰，匪懈王臣躬蹇蹇。一朝九廟起烟埃，劫换紅羊事可哀。移孝作忠難兩得，閉門風雨守蘭陔。白髮填詞吴祭酒，中原何忍重回首。竟將富貴誤神仙，約負願雲慚好友。遭際憂危痛此身，死留遺憾總傷神。靈巖但表詩人墓，應諒當時大苦人。

秋海棠

緑章曾與乞春陰，又向秋光取次尋。曲曲欄杆憑不了，一年花事總關心。
疎枝約畧染猩紅，點綴閒階小院中。一種幽芳清絶處，只含涼露不禁風。

秋海棠萎而復甦，詩以志喜

眼前花事亦滄桑，逃過紅塵换劫忙。佛國輪迴原有例，人間魂返豈無香。倘非勾漏留丹井，定是通明奏緑章。彷彿桃花依舊笑，天台重到想劉郎。

將赴章門留别秋海棠

無多景物日相親，獨賞幽芳理浄因。入座君能超俗艷，出山我又走風塵。自憐萍梗三秋客，孤負園林八月春。對此早知離别苦，前身花是斷腸人。

留別高藕峰

碧天雨過萬山秋，好借長風送客舟。樽酒强留三徑別，林泉剛伴半年遊。數行修竹鳴窗外，幾卷圖書置案頭。更有海棠須管領，怕西風莫捲簾鈎。

滕王閣阻風

終朝閒伴水雲眠，底事空乘下水船。送我江風應笑我，十年未了去來緣。

菊花

獨抱秋心冒雨開，看花有客早歸來〔一〕。清高那肯同凡格，隱逸何嘗是散材。徑未就荒堪寄傲，人如此淡許追陪。空庭〔二〕盡日惟拚飲，多少閒情付酒杯。

蓬鬢何堪插滿頭，足供清玩古香留。采來籬下猶含露，瘦到吟邊易感秋。佳色叢開應共賞，西風狼藉不勝愁。更聞作枕能明目，乞與淫盲藥兩眸。

說來鍾愛本難同，誰繼淵明栗里風。靜境深藏惟氣韻，好香隔斷是簾櫳。枝經折後花無艷，園到寒時鳥亦空。差免人間搖落感，此身原不辱泥中。

得天氣足放何遲，潦倒霜中也自持。塵世繁華多俗擾，吾鄉風味少人知。隣誰送酒偏耽醉，貧即餐英可樂飢。自分粗枝兼大葉，愧無新様合時宜。

綽有芳情亦可人，生來澹定見天真。磨礲晚節非無意，點綴秋光倍入〔三〕神。江上芙蓉空抱怨，岸旁〔四〕桃李只争春。此花開盡誰堪續，迎歲新梅是後身。

烟景迷離夕燒殘，遠廊閒煞畫闌干。半窗清影參禪易，一種芳心寫照難。真氣獨存因益壽，浄根無礙竟忘寒。由來風雅知名久，寄語司花仔細看。

枯坐蓬廬百不聊，閒評花史見清標。轉憐別院逢迎苦，獨賞孤芳出處超。高士襟懷殊落落，神仙風致總飄飄。此中真趣天然合，老圃猶堪慰寂寥。

無端風雨負重陽，阻興人偏惹恨長。漫擬部頭歌樂府，强和詩草貯奚囊。品原似玉閒方見，色卻如金冷不妨。惟有自憐還自護，菀枯何必問穹蒼。

【校記】

〔一〕六卷本「看花有客早歸來」作「特教彭澤早歸來」。

〔二〕六卷本「空庭」作「相看」。

〔三〕六卷本「入」作「有」。

〔四〕六卷本「旁」作「傍」。

長至日偶成

落日荒荒落葉飛，天寒鎮日掩荆扉。卻憐貧女猶添綫，只爲他人作嫁衣。

柯香輪國博七十壽

荷花生日君生日，此景看看七十年。白髮有緣真福命，黄粱無夢亦神仙。情多穩插塵中脚，累少閒遊物外天。翹首少微星照處，老人星正耀珠躔。

古稀争羨壽方長，濃福能兼樂未央。吉利花開原並蒂，科名草長竟齊芳。安居泉石龐公里，供養雲烟陸氏莊。特把海籌來進祝，也隨珠履共稱觴。

郭母王太孺人八十壽，爲郭虚谷邑侯作

堂北金萲享大年，池西雪藕啓華筵。鴈林好供長生果，鶴髮真成不老仙。一朵慈雲花縣覆，兩行萊彩錦衣鮮。蒼黎萬户齊聲祝，争誦賢侯壽母篇。

板輿迎養莅龍城，楚水吴江一路清。共飲廉泉依子舍，早留遺愛助官聲。春暉日駐蘭陔永，秋色星垂寶婺明。恰喜絃歌聽滿耳，琴堂還奏白華笙。

盈庭佳氣靄芝蘭，點頷依依帶笑看。教種甘棠成蔽芾，蔭分慈竹結團圞。絳闈每繫桑麻念，

清俸堪承菽水歡。賢尹獨持冰蘖節，料因午夜授熊丸。

惠風坐我幾經秋，猶憶歡迎郭細侯。作宰飛來天上舄，祝親添數海邊籌。瓊華闕敞翬章賁，晝錦堂開鞠酒浮。待母百年官一品，熙朝佳話口碑留。

二貞女詩爲淩雲亭逢盛貳尹作

雲亭秉篆于江隅，服官廿載猶寒儒。一女幼字文氏壻，一子幼聘王氏姑。兒女姻緣天作合，兩姓絲蘿歡結納。向平婚嫁須待時，十年一瞬星期匝。兒正初冠女及笄，夭桃穠李鬬芳菲。會看喜氣門闌溢，比翼鴛鴦對對飛。忽報秦樓失蕭史，東床月色寒如水。凶耗猶瞞侍婢知，偏來噩夢深閨裏。越歲佳兒亦病危，靈樞素問苦難醫。無端慘抱西河痛，風雨連摧玉樹枝。膝下無人真懊惱，茫茫何處詢天道。到眼優曇頃刻空，愁心病鬢催人老。有女終身願事親，自憐長此未亡人。代兒問視尤勤摯，休恨緹縈是女身。王家女亦知風義，守貞獨矢冰霜志。願入空帷伴小姑，素車縞袂飄然至。井臼親操同作苦，漆室孤燈共淒楚。形影相隨誓不分，嫠嬬猶是嬌兒女。一朝鸞鶴空中迎，小姑含笑心怦怦。昕夕承顏有佳婦，死無遺憾全吾貞。婦也驚聞增愴惻，豈忍偷生成獨活。可奈高堂太不聊，一死何堪空塞責。戚里爭傳有二難，死歸生寄總悲酸。魂來應化山頭石，身在徒傷井底瀾。君不見，色絲齏臼碑文古，曹娥貞節誰爲伍。又不見，高臺百尺築懷清，奕禩猶傳巴婦名。芳徽早入輶軒采，我亦心儀逾十載。式里曾過寶石村，柏節松筠青不改。

高節母詩爲高藕峰作

此身可死不可生，單皃寡鵠徒悲鳴。此身可生不可死，堂有翁姑室有子。母爲淩氏女，嫁作高家婦。鴻案相莊禮，不愆女箴閨。範傳人口憶，昔從親宦粵。西山南紫石，授金閨于歸。車載經箱滿玳瑁，梁看雙燕棲結褵。數載甘荊布，並蒂花枝連理樹。一朝鏡破鸞影孤，識發蓍蠶悲薤露。拔劍呼天殉以身，漆燈應伴九原人。苟延薄命絲重續，强抱遺孤忍受辛。銜痛趨庭奉甘旨，婦能代夫勤問視。養生送死大事當，三十餘年一彈指。撫兒課讀軋機聲，牆角篝燈夜月明。父書兒讀承家學，養望膠庠有令名。矢志守貞今白首，六旬進祝高堂壽。詞曹星使重褒嘉，閨閣完人稱不朽。學使許滇生先生給以「閨閣完人」匾額。旌典行看下九天，幽光潛德總能宣。生猶及見貞砥立，彤管徽揚節孝全。

題霜帷荻畫圖爲家蓮農作

死人忍聽生人哭，血淚灑棺兒在腹。兩葉宗祧一綫延，一死哀宗更誰屬。銜酸數月遺孤生，丹山雛鳳聲何清。阿孃恃此襁褓物，未亡人慰將來情。頭角岐嶷看漸起，弓冶箕裘本經史。母能以母兼作師，書聲機聲燈影裏。望兒長大願兒賢，採得芹香方妙年。午夜丸熊偏食苦，聞雞催起着先鞭。佳兒遠慕歐陽子，畫荻遺徽深仰止。繪作霜帷一幅圖，賢母後先真媲美。我與蓮農車笠交，况聯族乘盟椒聊。高堂苦節每覼述，冰蘗永茹貞桐焦。披圖轉爲蓮農勗，此身珍重豐年玉。報答春暉在顯揚，表宅旌閭聖恩沃。君不見，瀧岡阡表文字奇，蛟龍攫取神護持。孝思文行獨千載，誰及廬陵孤露兒。

楊貞女詩爲楊漢堂司馬作

女貞一樹青參天，空山夜半啼杜鵑。豐碑大篆娥臺矗，節以死著名生傳。名媛生長關西族，柳絮工吟才思速[一]。緹縈恨不作男兒，父書枉説從頭讀。赤繩繫足月宫仙，江夏黄童締夙緣。射雀屏風欣中選，碧池初種並頭蓮。歲在龍蛇傳噩耗，玉樓竟[二]赴修文召。織素空繅寡女絲，青春十七文姬少。骨相崚嶒劍氣寒，鵾絃雖斷璧終完。山盟一諾堅於石，心定難翻井底瀾。終朝縗絰深閨裏，粉盒珠環抛棐几。桃花無語半年餘，經旬絶粒從容死。與郎永隔生前面，今日重泉始相見。皦如白日此心明，身是精金經百鍊。桑梓流傳起敬恭，大吏入告光名宗。煌煌褒詔從天降，綽楔凌雲馬鬛封。

【校記】

〔一〕六卷本「柳絮工吟才思速」作「柳絮庭前咏佳句」。
〔二〕六卷本「竟」作「人」。

登小孤山

隔岸遥呼一葉舟，登高横覽大江秋。萬重山外孤峰立，十二年閒兩度遊。佛嶺菩提皆舊識，僧房菊釀喜新篘。邇來曾探金焦勝，爲問風光似此不。
東去濤聲日夜催，中流砥柱萬牛迴。層層樓閣空中起，葉葉風帆樹杪開。龍帶暮雲歸洞急，鳥拖殘照過江來。仙山好是人閒境，城郭分明傍水隈。
靈山得到便參禪，我亦凌虛飄欲仙。好倚欄杆吹鐵笛，漫携詩句問青天。風清殿角鈴聲静，水旋磯頭浪影圓。安得時時頻打槳，偷閒多結去來緣。

再次入都留别

春風吹花開，道邊艷桃李。緑波新漲高，盈盈一江水。乘時整輕裝，孤帆指千里。西笑向長安，又落風塵裏。貧家輕别離，遠人戀桑梓。臨歧深踟躕，欲行行且止。老母在高堂，循陔念遊子。兄弟携手言，行路難如此。阿姪頻牽衣，簦緗解料理。風雨敝廬中，含愁各相視。前年曾遠行，挾策過燕市。點額礩龍門，空曝河干鯉。敝到黑貂裘，枉試雕蟲技。車庫感勞薪，何日肉生髀。仍下仲舒帷，窗蠅鑽故紙。星霜三載更，隙裏駒光駛。捷逕還重尋，壯心猶未已。我生廿九年，寸長何所恃。駑力須及時，碌碌真可恥。同輩少年多，大半拖朱紫。猛著祖生鞭，五夜聞雞起。底事長傭書，終年困泥滓。男子志四方，桑蓬驗弧矢。倘獲洗腆供，應博慈顔喜。

靈澤夫人祠

步障空教掩鏡鸞，江流〔一〕遺恨總漫漫。風濤悵望荊門險〔二〕，魂魄愁歸〔三〕蜀道難。虎踞祇今銷霸氣，蟂磯終古抵狂瀾。玉魚金盌無人見，祠樹蒼茫鎖暮寒。

【校記】

〔一〕六卷本「江流」作「千秋」。

〔二〕六卷本「風濤悵望荊門險」作「烟花枉説吴宫麗」。

〔三〕六卷本「愁歸」作「遥飛」。

采石謁李供奉祠

磯分牛渚水瀠洄，躡屐登臨眼界開。伴我不妨邀月至，謁公何敢帶詩來。布帆天際長風送，雲樹江東暮色催，千尺青山鄰謝眺，凭欄撫景倍低徊。

維舟白下過訪隨園

詞壇久識魯靈光，海内風騷獨主張。異地相思偏隔代，過門何幸更升堂。林泉都帶清華氣，金石猶餘翰墨香。生本神仙兼吏隱，天教管領水雲鄉。

三徑宏開地百弓，此中樓閣最玲瓏。六朝山色當窗擁，四面溪光繞檻通。古樹平分芳草碧，小橋低亞曲欄紅。誰知王謝争墩後，墩姓千秋竟屬公。

共羨山中宰相尊，安排巢許别成村。九州羅綺都修贄，八座貂蟬屢款門。邱壑分明新畫本，亭臺多少舊題痕。名園贏得香如海，七百梅花繞屋存。

小倉景物足流連，聊向溪頭坐晚烟。三月春風遊子路，數聲啼鳥落花天。到來合慰平生願，過後知留未了緣。行篋尚攜詩稿在，也應開卷更纏綿。

揚州旅次

城郭垂楊緑水邊，烟花三月艷陽天。買舟曾入繁華境，重到揚州卻四年。

屐跡閒尋廿四橋，晚風吹斷美人簫。多情誰覺青樓夢，枉説腰纏十萬銷。

螢苑荒涼噪暮鴉，芳魂空弔玉鈎斜。二分衹有當時月，猶照雷塘十里花。

平山堂下幾遊人，近日風花也愴神。樓榭半空歌舞歇，蕪城不似錦城春。

高郵留别朱淦泉刺史

扁舟一葉泊盂城，兩岸垂楊管送迎。甓社湖邊烟乍散，露筋祠畔雨初晴。北來有客思淮海，東道何人識長卿。恰好陳蕃作州牧，早教下榻爲留行。

登文遊臺

三十六湖秋，高臺一望收。四賢留韻事，千載紀文遊。烟柳隄邊路，人家岸上舟。詩緣誰再結，弔古過秦郵。

立夏前一日宿遷道中作

坐消髀肉竟何因，逆旅勞勞感此身。繞卸雲帆辭水驛，又聽霜鐸逼征塵。關河遥滯三千里，風雨頻消一半春。添出無端離别苦，東君同是遠行人。

宿滕縣南沙河，見旅店有汪朗渠殿撰題壁一首，字痕依舊，墨瀋猶新，對此淒然，感而有作

壁閒殘墨幾人知，到此披吟繫我思。爪跡偶同投宿處，風情如見吮毫時。不教畫墁先書稿，未暇籠紗更和詩。十二洞天君遽返，傷懷恍對峴山碑。末署「十二洞天主人」七字，係殿撰私印。

汶上縣題壁

柳絲拖雨麥摇風，正是春深夏淺中。客裏光陰虚過隙，天涯蹤跡久飄蓬。人情到處多翻覆，花樣從來有異同。記取酒家名士詠，新詩半爲寫愁工。

破寺

野徑無人古寺存，青青草色擁禪門。布金泥佛鬚眉脱，補衲沙彌眼目昏。殿上無燈篩月影，

壁閒有碣罨〔一〕苔痕。翻增劫界興衰感，一樣滄桑事莫論。

【校記】

〔一〕六卷本「罨」作「長」。

旅店偶作

日落茅檐且解鞍，翻勞地主勸加餐。燒將餺飥黏牙苦，煮到黎祁濺齒酸。剪韭公然逢郭泰，無魚轉自笑馮驩。塵羹土飯誰堪耐，莫怪何曾下箸難。

東平途次

雨絲風片送郵程，茅屋炊烟四野生。駑馬竟供田舍用，陸車偏挂布帆行。井邊抱出園公甕，席上彈來姹女箏。齊魯好峰青未了，旁人指點略知名。

茌平道中

纔梳新髻學盤鴉，便囀歌喉入酒家。生就聰明真絕代，優曇可惜現空花。

傾城原不避人看，猶覺低眉笑語難。我是潯陽江上客，琵琶莫向座中彈。

過柳下惠墓

屹屹豐碑委草萊，芳徽千載重低徊。鄙夫偶向林間過，也有和風拂面來。

塵中

已墮塵中劫，人都似土摶。鬚眉驚换易，面目得真難。影自防沙射，花疑帶霧看。此心灰不得，一寸尚留丹。

題蔡槑盦太史韻香書室伴讀圖，即慰其悼亡

幽幌低垂護碧紗，讀書長此愛春華。恰聞閨裏吟聲答，雙管應生並蒂花。

底事烟銷鏡檻春，羊家條脱遽生塵。采鸞寫遍唐宫韻，便了情天劫界因。

書傳青鳥總茫茫，特借生綃着淡妝。留得畫圖終是伴，小窗燈火夜焚香。

檢點遺編一卷成，珠璣滿目倍傷情。卻從東觀添佳話，詠絮争傳道韞名。

夜出瓜州

瑟瑟蘆花白，驚看兩岸秋。冷風侵鬢角，寒雁聚灘頭。邀得三更月，飄來一葉舟。櫓枝摇短夢，星夜出瓜州。

金山寺

樓閣輝丹碧，烟波四面浮。鐘聲鳴上界，塔影倒中流。開士金曾獲，坡仙帶尚留。欲知泉味美，我亦此間遊。

九日丹徒舟中

山横北固影蒼蒼，客裏登高天一方。歸路尚遮千里目，離愁頻繞九迴腸。長堤紅樹明秋水，小艇烏篷帶曉霜。醉把茱萸何處插，孤踪岑寂過重陽。

閶門返棹

忽打迴帆鼓，歸心逐水流。子猷空訪戴，王粲漫依劉。裘馬難同侶，蒓鱸〔一〕易感秋。

鐘聲嗚夜半，有客别蘇州。

【校記】

〔一〕六卷本「莼鱸」作「鱸魚」。

儀徵小泊

帆檣萬點聚闤河，城郭千家繞碧波。瓜步潮痕侵岸淺，秣陵山色隔江多。鷗邊夢冷思莼〔一〕久，雁外天晴鼓棹過。回首揚州二分月，照人無賴惹愁魔。

【校記】

〔一〕六卷本「莼」作「蓴」。

宿龍江關

徹夜巡防〔一〕警，沿闤擊柝聲。吏胥争犬吠，客子待雞鳴。皓月波心印，寒燈柁尾明。

布颿無恙挂，破曉且孤征。

【校記】

〔一〕六卷本「巡防」作「巡邏」。

秦淮紀遊

兩岸明窗護碧紗，欄杆紅襯夕陽斜。四絃低唱玲瓏曲，知是青樓第幾家。
風清日午畫簾開，對影波光是鏡臺。惹得遊人遊不了，輕舟盪過小橋來。
桃葉當年打槳迎，祇今花發尚多情。生憎渡口垂楊柳，摇曳風前管送行。
徵歌選舞錦纏頭，燈火樓臺夜氣浮。紅豆拋來應記曲，一聲聲裏儘勾留。
衣裳薰透女兒香，連日同飛竹葉觴。大醉不知天地窄，博歡須及少年場。
持來團扇索塗鴉，隨意吟成贈麗華。漫説旗亭争畫壁，拂將紅袖當籠紗。

偕彭霽帆中翰過訪王酉山

半江紅樹雜青黄，林際昏鴉噪夕陽。指點人家圖畫裏，王維原住輞川莊。

特地操舟訪舊來，得逢君更笑顏開。彭宣亦是登堂客，各訴離情共舉杯。

萬藕舲同年過訪不值

無端天上故人來，寂寂蓬門竟未開。別隔三秋深悵惘，緣慳一見失追陪。漫教鳳字留題去，空使鴻泥印雪回。自悔不曾投井轄，更誰同覆掌中杯。

聞道

聞道羊城練甲屯，蚩尤霧捲陣雲昏。空將鐵鎖横魚海，已見樓船入虎門。民命本來依將略，鬼方何敢瞰中原。聖朝撫馭多寬詔，底事陳書尚訴冤。

聞道閩山兵燹攻，狼奔豕突太匆匆。奪關竟作齎糧盜，沿海都成伏莽戎。蜃市空排鵞鸛陣，鱟帆偏走馬牛風。臺灣翻恃孤城險，破虜猶收一戰功。

聞道餘杭戰舸呼，三千强弩駐西湖。兵窮已似危巢燕，民困真同繞樹烏。群醜竟將山撼易，渠魁曾見水擒無。共欣干羽苗能格，鼠輩宵奔敢負嵎。

聞道金陵待解圍，江淮草木助兵威。艨艟擊戰黄天蕩，鼛鼓喧闐采石磯。帳下豈無纓可請，軍中應有將能飛。和戎魏絳真奇策〔一〕，一掃欃槍奏凱歸。

【校記】

〔一〕六卷本「和戎魏絳真奇策」作「漫言滋蔓圖難盡」。

避債行

門前剥啄急如雨，大聲疾呼索阿堵。登堂箕踞言炎炎，努目撐眉坐哮虎。手持私券頭亂摇，錙銖難緩須臾取。先生自顧腰纏空，四壁蕭然貧且窶。澤國年來災復災，薄産租收僅釜筥。翻嗟歲惡硯田荒，金盡床頭無小補。擔簦兩度走長安，北馬南船累貲斧。一官未得歸去來，空嘗季子風塵苦。忽聞索逋驚且僵〔二〕，滿腔格格不能吐。先生面愧酒潮紅，私語孔方傾肺腑。孔方一笑前致詞，人侮必由君自侮。平時銅臭每生瞋，揮擲黄金如糞土。鬻産偏賙故舊貧，典衣日日饜酒脯。浪吟高聳山字肩，懶向桑宏學勾股。書中自有禄萬鍾，竟被一言誤千古。焚券馮驩世已無，指囷誰復周依魯。惟有踰垣師段干，避之則吉行踽踽。吁嗟乎，債臺之高高幾重，恨難兩腋生輕羽。丈夫頭地須出人，償此區區何足數。擬將賦賣投金門，一字一縑抵皇甫。空空手亦獲餘貲，汝曹莫漫欺儒腐。持籌握算真可憐，忙殺人間守錢虜。

【校記】

〔一〕六卷本「鷩且僵」作「僵且鷩」。

觀棋

結得林泉坐隱班，何妨冷眼看人閒。但教黑白能分別，即論贏輸亦等閒。局外偏多操勝算，就中每自失機關。茫茫浩劫争難盡，若箇神仙妙解環。

偕曾藹士、項甸民兩明經過東林寺

同來恰趁菊花天，小住新烹夜鑿泉。到此便生塵外想，何人重結社中緣。橋霜店月鷩殘夢，梵偈詩情憶往年。落落行蹤誰送客，未妨三笑過溪邊。

題韓蘄王湖上騎驢圖

不騎汗馬跨疲驢，回首河山百戰圖。宋室中原如此大，祇留一片好西湖。

張睢陽廟

淮水孤城陷，兵殘力不支。死終爲厲鬼，恨豈是男兒。嚙齒空鏖戰，傷心枉乞師。精忠告天地，留得陣前詩。

狄梁公祠

天上女星高，唐家社稷摇。僅存真宰相，能鎮僞臨朝。立廟群邪沮，焚祠大義昭。斗南深悵望，猶想舊丰標。

早梅

冰肌玉骨浄無瑕，韜影空山度歲華。漫説南枝春信早，何人來賞未開花。

梅湘帆明經出示近作，即書其後

清詞麗句抵兼金，島佛推敲費苦吟。九轉神丹三昧火，一燈寒雨十年心。客游雲夢胸懷闊，路入夔巫感慨深。自悔操絃終未慣，移情剛遇伯牙琴。

題王東漁泛宅浮家圖，即送之金陵

年來浪跡等輕鳧，恰合烟波署釣徒。賃廡梁鴻攜德曜，游山司馬挈清娛。一船書畫家無累，千里江關夢不孤。好去六朝風景地，收帆應傍莫愁湖。

題李葆齋太史三生清福圖

一枝疎影緑窗横，好謝塵緣見性情。獨抱清才占清福，前修何止是三生。
庾嶺春回得氣先，君身風格本翩然。羅浮領略游仙夢，小住蓬萊已六年〔一〕。君南安人。
花下吟來字亦香，冰肌玉骨費評量。一篇細讀風人賦，早露平生鐵石腸。君自題「詠梅十首」於圖右。

【校記】

〔一〕六卷本「六年」作「七年」。

栽竹

緑窗何日滿清陰，種樹年來費苦心。求速莫如栽竹好，一春新筍便成林。

簷鐸

瑟瑟西風滿小樓，卧聽簷鐸雜更籌。依人廡下偏饒舌，徹夜丁東響不休。

高子湘畫秋花數種見貽，偶題一絶

疎枝密葉影横斜，點綴風光處士家。知我性情宜冷淡，吟窗清絶供秋花。

雙崁、芥舟相繼殂謝，詩以哭之

芥舟已殁雙崁死，寥落騷壇失主盟。山水空留觴詠地，池塘難遣弟兄情。才堪用〔一〕世偏無福，詩可成家合有名。遺稿收存親告奠，滿腔熱淚向誰傾。

【校記】

〔一〕六卷本「用」作「經」。

瓶城山館詩鈔卷二

新正偕高樹人焜門兄弟、許赤城、彭志齋北上，次赤城原韻

纔轉年頭樂事賒，好聯吟伴走天涯。雞聲落月村村路，鴻爪新泥處處家。細雨勻霑官道柳，東風暖綻驛樓花。相攜薄取春醪醉，野店青帘一角斜。

帽影鞭絲颺客旌，輕車並轡輾塵生。陳雷早信同膠漆，儀廙欣誇有弟兄。各話艱難歎時事，好從貧賤見交情。年來狂態猶如故，我亦平原肝膽傾。

臨淮道中即目

高樹連村緑尚稀，溪流清淺浸苔衣。鷺鷥水面忽驚起，低傍馬頭相並飛。

蘸碧微渦科斗生，橋頭策策小魚行。短叢密葦緑無縫，中有水禽三兩聲。

門外清流灣復灣，枌榆村社結團團。老翁牽犢水旁立，閒看兒童持釣竿。

草色黏天一望齊，龍鱗原隰有高低。土膏飔動雨膏足，茅屋人家争罱泥。

徐州渡河紀事

馬蹄直踏蛟龍窟，河上車聲河底越。沙堆岸脊高於山，灘面平鋪一泓月。昔聞此水天上來，崑墟星宿洪源開。如何滄海桑田换，不復桃花煖汛催。去年堤決東河口，横飛駭浪滔天走。九曲朝宗故道乖，豫州竟作徐州藪。庚辰底用鎖支祁，疏鑿功難神禹施。好築金隄固天塹，安瀾即是順流時。君不見，汴梁橐鼓鼕鼕急，土功徵役無休息。聖主常廑宵旰憂，飛芻輓粟紓民力。

野籬有海棠一株，楚楚可愛，無人移植，擯棄堪虞，東坡云土人不知貴也，詩以惜之

海棠滿樹開如沸，雨足郊原得春氣。野籬何幸種名花，可惜土人不知貴。君不見，永豐坊裏垂垂柳，東角荒園屬誰某。賺得詩人幾字珠，上林移植君知否。

寒食

寒食閒尋賣酒家，門前都插柳枝斜。卻逢冷節風光煖，水郭山城放杏花。

楊花曲

匆匆遠道逐紅塵，慣送離人馬上身。只覺年來飄泊甚，萍蹤何處認前因。
輕煖輕寒二月中，紛飛萬點舞晴空。繪成一段春光好，縷縷烟和剪剪風。
短長亭外酒旗邊，宛轉柔情亦可憐。惹起閒愁千萬緒，曉風殘月總纏緜。
關河惆悵路漫漫，欲挽遊絲絆住難。料得江南開似雪，有人凝望倚闌干。
説到顛狂最忌猜，本來瀟灑絶塵埃。逢場莫漫投朱户，十二湘簾不肯開。
茵溷何從問是非，也隨塵土撲征衣。天涯底事嫌飄蕩，會向蓬山頂上飛。

宿柳泉村

風狂偏爲阻車行，野店荒涼駐客旌。編就寒蘆鋪卧榻，支將小石作燈檠。地爐賣酒騰高價，塵竈烹齏和太羹。好夢難成眠未穩，中宵起舞聽雞聲。

曉發兗州府

破曉驅車過兗州，烏亭鷺堠紀庚郵。岱宗萬笏排雲起，泗水千年繞郭流。絃誦好尋真樂地，井田猶説古諸侯。匆匆未縱南樓目，杜老詩應在上頭。

趙北口茶亭小憩

游騎連年那暫停，燕南趙北路重經。似曾識我梁間燕，到處逢人水上萍。蕪草碧分深淺色，山桃紅映短長亭。岸旁不少漁舟泊，罟網平鋪曬滿汀。

道旁翁

髮如霜，鬢似雪，殘年衰朽真淒絶。履決踵，襟見肘，尖風削骨真難受。終朝匍匐塵沙裏，搶地哀號聲不已。逢人只是乞人憐，聞者驚心淚盈眥。吁嗟乎，紛紛紈褲乘花驄，輕車飛走如雲中。撒手千金教歌舞，一錢誰擲道旁翁。

彭志齋將赴湖北，索詩誌别，書此贈之

宣南纔聚首，行跡又荆襄。漸覺家山近，休嗟客路長。文章增感慨，歲月笑奔忙。打疊輕裝好，相隨古錦囊。

我尚長安寄，無聊强送行。酒難消别恨，詩怕帶離聲。冷煖悲時事，疏狂見性情。重逢應不遠，訂約待春明。

都中感懷寄呈弓篠鄉夫子

忙着槐黄道上鞭，看花杏苑竟無緣。不材轉負師門望，落劫難争我輩先。客裏年華空逝水，病中心事類枯禪。側身敢向長安笑，潦倒風塵已七年。

升沈原自有參差，閲徧人情冷煖時。緘口或應招忌少，捫胸卻恨讀書遲。事難如願翻成悔，天縱憐才未可知。蟲臂鼠肝須任化，平心到處總相宜。

一琴一劍客身單，秋雨秋風夜氣寒。燕市蹉跎增感慨，鴈聲嘹嚦雜悲酸。何曾酒膽驅愁易，奈有名心割愛難。落拓盧生思借枕，不應無夢到邯鄲。

吾廬低傍大江東，水患頻仍四壁空。門第回思全盛日，弟兄多在别離中。早知寫帖難求米，不信工文許送窮。幾度商量歸計拙，謀生竟作可憐蟲。

迴望南雲倍愴神，高堂尚有白頭親。强承色笑憑中婦，定識晨昏念遠人。枝上慈烏猶返哺，天涯寸草不成春。板輿羨煞安仁樂，慚愧男兒七尺身。

別夢依依繞絳紗，知公福分占清華。絃歌滿耳吟聲健，伉儷同心韻事賒。鎖院頻年持玉尺，山城隨處種桃花。可曾燕寢香凝候，猶憶門前問字車。

游仙詩

蓬萊金闕聚群仙，鸞鶴清班羽翼聯。同是玉皇香案吏，霓裳高詠大羅天。

紫府分曹典石渠，牙籤萬軸列瓊琚。細繙蝌蚪蟲魚字，都是人間未見書。

各撰新文進玉墀，廣寒宮殿上梁時。九霄昨夜傳丹詔，大赦瓊筵賜酒巵。

閒乘白鳳五雲軿，王遠何妨過蔡經。守户癡龍都睡着，主人面壁搨黄庭。

朝來嶺上嚼丹霞，暮去溪頭採箭砂。喫過胡麻仙子飯，又邀劉阮看桃花。

嵰山紅雪最鮮明，橘裏彈碁偶對枰。莫怪塵寰多角逐，洞天猶自競輸贏。

東風吹破碧雲冠，小立瓊樓白玉欄。特喚雙成添半臂，誰知高處不勝寒。

一品衣披占上頭，神山深處溯靈修。滄桑閲徧朱顔改，桃熟頻添海屋籌。

庚子，余試南闈，同年項甸民試北闈，皆未獲售。余從家塾中漫成菊花詩八首，借物遣懷，郵寄就正。今春入都，已五閱歲，偶檢甸民存京舊簏，見緘箋具在，評語鱗加，愧里句之未工，感故人之阿好，率賦一律，仍質諸甸民

五年偶得舊詩函，評語分明至再三。嗜處竟成痂有癖，説來真覺肉同甘。黄花栗里秋仍淡，紅樹燕山色正酣。安得小窗燈火共，推敲午夜律深參。

贈劉寅生孝廉

文章事業感中年，搔首茫茫欲問天。但覺形骸容放浪，竟忘世路有周旋。交從最淡情偏永，家爲長離夢不圓。便典鷫鸘拌貰酒，買來沈醉亦欣然。

詠晚香玉

惜花如惜玉，珍重肇嘉名。傍晚偏多致，分香倍有情。芳閨簪朵朵，小巷賣聲聲。芍藥應同贈，豐臺恰並生。

送萬藕舲同年典試黔中

絳節分持下紫宸，詞曹星使馭飆輪。官堦逾次清班少，鎖院量才寵遇頻。秋色遥瞻金筑路，蠻烟須慎玉堂身。一條冰上頭銜好，恰照珊瑚出網新。

文章花樣有參差，風教由來仗主持。佛現慈航原渡劫，山圍羅甸儘搜奇。好將金向沙中揀，猶自珠防海底遺。記昔與君同下第，初心不負我深知。

由都中赴潞河偶作

乍離燕市月，又泛潞河槎。世事原無着，吾生詎有涯。涼深秋氣老，愁重酒懷賒。卻被閒鷗笑，頻年客當家。

潞河舟中即目

茅舍村村傍水涯，沿堤車馬走風沙。蕭疎葦桿編籬短，圍住一叢紅蓼花。

河畔園丁汲水忙，爲貪秋末晚崧嘗。黄柑好釀來春酒，一樹垂垂佛手香。

水鳧相對若忘機，也自梳翎弄夕暉。我有鄉書憑雁寄，清秋八月已南飛。

蘆花風起暮寒生，扁豆棚邊蟋蟀鳴。看到漁莊秋色好，萬枝蟹火映星明。

天津中秋對月

秋容無迹露華新，清月依依欲近人。獨對團欒天上影，那堪飄泊客中身。愁心疊疊書難盡，鄉路迢迢夢不真。遥憶棘闈人盡望，筆花飛舞尚精神。

望海寺題壁

鎖鑰津門控上游，荒荒海氣望中收。重洋沙綫來商舶，專閫旌旗起戍樓。珠水千尋縈岸脚，鹽田萬頃接潮頭。環瀛自昔資雄鎮，一樣東南重越甌。

樓臺鎮日按笙歌，城市如雲競綺羅。裕賦儘教鹾政肅，居奇但覺賈人多。萬家井竈民風雜，八省糧艘節鉞過。纔隔燕塵三百里，望洋争歎好烟波。

將之山左，舟中别許赤城孝廉

客路添新别，臨歧各惘然。我方趨汶兖，君正返幽燕。流寓萍浮水，韶華矢在弦。挑燈情話久，猶喜對牀眠。

預訂聯吟約，他鄉抵故鄉。深情惟舊雨，來日定新霜。劍古留真氣，花寒吐異香。曰歸歸未得，一笑戀名場。

津門晤衞瑩齋守府，買舟同赴東昌

貂蟬累葉席簪纓，棨戟光摇細柳營。祖武克繩終報國，儒書能讀即知兵。方欣鼙鼓軍門静，底事風波宦海生。歸卧儘容林下好，衢歌也是答昇平。

曾麾旌旆守潯陽，遥隔長江水一方。喜締新交來北冀，恰隨歸棹赴東昌。君真放浪無官樂，我尚奔波爲口忙。好去沿途看秋色，收將風景入奚囊。

獨流鎮晚泊

老樹掛殘照，叢鴉棲古祠。蕭蕭木葉脱，瑟瑟江風吹。遠道歎行役，故鄉傷别離。愁懷不可極，説與秋蛩知。

閒眺

萬葦孤村護，炊烟淡夕陽。水痕灘面白，秋色樹頭黄。棗實隣園臏，藤花野徑荒。鷺鷥閒更好，拳足立魚梁。

滄州阻風

送客風偏順，作客風偏阻。老天何曹騰，離人太凄楚。况乘上水船，馬牛更相拒。舟師强牽纜，移步僅累黍。一卧凌滄州，蘆花吹滿渚。篷窗終日閉，默默共誰語。擬呼風伯助，搔首獨延佇。我本馬當人，江神倘見許。

守風

空江夜半讀離騷，捲地風來萬木號。倒湧銀河星斗近，横飛烏鵲月輪高。唾壺亂擊悲歌壯，詩鉢頻催逸興豪。偏讓人醒容我醉，笑看左手正持螯。

舟中月夜飲酒

一燈照影太無聊，魂礧填胸借酒澆。但覩秋光同冷淡，不成歸計只飄揺。對人自笑氍毹鶴，作客空隨上下潮。兩岸寒螿吟夜月，聲聲都是可憐宵。

滿窗涼氣上征衫，爲答家書手自緘。有夢轉添游子恨，無官私署散人銜。露横野水侵枯岸，風捲寒雲擁衲帆。怎似園林風味好，一生安穩託長鑱。

詠雉

飲啄隨時好，宜尼寄託深。羽毛惜文采，莫漫出山林。

補篷

篷背漏斜陽，篙工將罅補。始信閲歷深，綢繆宜未雨。

過東光縣

蕭疎落葉響孤篷，殘夢驚回一笛風。次第郵程連日記，明朝前路是山東。

孤灘夜泊

打槳寒溪夜已深，荻花蕭槭也驚心。榜人笑我耽吟苦，可有詩名動緑林。

秋日柬蓮農二以煦庭諸姪

寥寥幾箇吟詩伴，蠡水燕山各一天。客裏秋風偏易到，别來明月只空圓。江鄉紫蟹肥堪憶，老圃黄花瘦可憐。知否離人獨惆悵，閒愁聊付衍波箋。

憶菊

一年離思滿天涯，又爲重陽憶菊花。南雁驚寒先惜别，西風吹夢未還家。魏公圃裏秋容淡，陶令籬邊瘦影斜。我尚故園親手種，開時偏惹客愁賒。

别衛瑩齋

客路相逢又别離，離懷千種亂如絲。江干黄葉秋風老，莫上河橋折柳枝。君歸轉覺太愁予，傳語平安當寄書。行過馬當三十里，小孤山畔是吾廬。

重九後望諸同人南北闈榜音

故人消息總關心，蕊榜同登望更深。儀儼或應光族乘，韓歐久擬慶朋簪。九秋鷹隼舒長翮，千里鱗鴻盼好音。大海珊瑚收鐵網，争誇北賁與南琛。

重赴潞河旅店書懷

車馬勞勞底事忙，風塵奔走太郎當。屠龍自分輸長技，射虎偏猶戀戰場。千里孤蹤輕劍佩，一年兩度賦河梁。燕臺竟作歸來路，安得移家住帝鄉。

宿富莊驛，店主即前彭澤令胡公率德孫也，因憶胡公爲先君子受知師，撫時感事，詩以記之

無端邂逅話滄桑，隔世通家事未忘。遠客生涯飄似葉，故侯門第冷于霜。風塵易醒繁華夢，月夜同傾瀲灩觴。到處泥鴻留爪跡，縶維今夕倍情長。

古松

鱗褪腹無縫，貌癯心有脂。前身證羅漢，落劫何人知。古月獨留影，老鶴猶棲枝。我來採丹藥，根應生紫芝。

道中詠衰柳

過眼風光亦等閒，章臺憔悴雨潸潸。撫時愁絶桓宣武，作賦悲深庾子山。迎送乍增新感慨，起眠猶記舊容顔。聲聲莫唱陽關曲，愁倚長亭不忍攀。

潞河僧舍即事

客裏移家未是家，偶依初地託生涯。打包恰類僧行脚，攜得筠籃佞佛花。
掃地焚香道味濃，消閒底事問歸宗。黄粱自理風爐煮，怕聽闍黎飯後鐘。
梅送寒香户不扃，尋詩隨意步中庭。半窗晴日烘冰釋，也吮霜毫讀内經。
夜静三更響木魚，倍添清況感離居。老僧不放靈山鴿，爲藉飛奴好寄書。
茶竈深燃榾柮紅，煖烟吹滿梵王宫。説鈴有客攤書坐，檐下紛來曝背翁。
分明愛海住南能，門對芳塘澈底澂。童子抛塼剛戲罷，更騎竹馬走堅冰。
比鄰冬學尚喧譁，曉夢驚殘筆上花。好是嫏嬛真福地，書聲都透碧窗紗。
自悔蹉跎誤黑頭，浪仙詩佛只工愁。敝裘翻觸無端感，季子還鄉我客游。

感事吟

既不能上金門，登玉堂，文章黼黻增輝煌。又不能提鹿盧，執干將，丹青麟閣銘旂常。仰天四顧空茫茫，藐躬進退誰主張。衣奔食走徒倉皇，南船北馬終歲忙。雕蟲小技壯夫鄙，蹴躃數載鏖名場。一蹶再蹶長安道，但看左肘生垂楊。同輩巍科積薪起，九天天路争翱翔。輕帆飽看順風駛，扁舟一棹沈馬當。唐衢痛哭底所用，補牢猶自追亡羊。君苗筆硯未焚棄，案頭久禿中書芒。夜闌獨坐命杯酌，挑燈起草搜奚囊。客中景况何淒涼，車輪轣轆迴枯腸。舉頭望月思故鄉，三千里隔雲山長。家事如毛心更傷，閒愁萬斛難斗量。慈闈兩鬢漸堆雪，洗腆未進君羹嘗。縫衣密密手中綫，草心何敢春暉忘。舉家拙食魯公粥，摒擋生事惟季方。阿買東頭徙新宅，澤國水患頻年荒。寥寥八口尚散處，嗷嗷鴻雁謀稻粱。矧我天涯泛萍梗，空餘夢草生池塘。何日潘安板輿御，舞衣樂獻瑶池觴。何日東坡二頃置，卜歸陽羡開山莊。更擬乘風攀天閶，一一事須如願償。安得杜陵萬間廣厦庇寒士，白傅千丈長裘蓋洛陽。

寒夜獨坐用東坡聚星堂雪詩韻

寒風落盡千林葉，冷月昏黄天欲雪。蕭條蘭若寄萍蹤，鐘磬琤鍧最清絕。一樹蠟梅初着花，索笑巡檐肯輕折。深宵漏永眠尚遲，古佛伴人燈未滅。消寒無計聊沈吟，碧海長鯨愧難掣。

填胸已滿十斛塵，敢絢心葩争眼纈。天涯作客仍持家，累我米鹽殊瑣屑。枯坐翻驚髀肉生，年頭臘尾光陰瞥。攢來離思無時無，閒情合向如來説。擬破愁城仗酒兵，寸寸肝腸須鑄鐵。

柬梅湘帆用前韻

學書寫偏芭蕉葉，尋詩踏到天街雪。消遣流光筆一枝，箇中景味稱雙絶。每攜樽酒共論文，動中肯綮頗心折。祖約談深恒失眠，半榻茶烟篆痕滅。意氣安用錢刀爲，羞澀囊空忘肘掣。地爐活火分餘熏，養取唐花鬬春纈。門外車聲闐九衢，馬頭十丈飛塵屑。獨攜古硯心太平，過眼雲烟任飄瞥。莊生有夢足清幽，爲蝶爲周儘堪説。孤山可奈林逋孤，高卧重衾寒似鐵。

書家信後仍用前韻

浮生飄泊輕于葉，慣向他鄉聽雨雪。上書獻策計全疎，不成一事真愁絶。世路崎嶇行更艱，到處羊腸防九折。常鱗只合守沙泥，大海風濤多變滅。幾人相劍似風胡，漫露寒芒争電掣。敝裘仍着臨行衣，紈褲紛紛誇綺纈。故山舊雨渺雲樹，誰共清談霏玉屑。燕書寄罷鴈書續，彈指流光眼前瞥。貧家兄弟每傷離，除卻牢騷無可説。努力春華惜寸金，鑄錯何須六州鐵。

冬日仿吴穀人、張船山兩太史八冰詩

冰嬉

白戰騰身起，兵機運用奇。琉璃光壁壘，風雨會旌旗。背水鵶軍整，衝寒鶴練披。鼙喧臘鼓，飲至恰班師。

冰牀

卧游真有具，牀竟當舟牽。好借臨流枕，翻驚落井眠。對疑宵聽雨，坐是地行仙。片刻尋歸路，蘧蘧夢未圓。

冰窖

北陸方藏候，窮陰積累層。光明偏不露，渾厚總常凝。但使虚中受，仍着澈底澂。開時風正煖，圭角尚崚嶒。

冰燈

幻出傳燈術，寒芒動水星。此心原共白，有味向誰青。餤自分珠乘，光猶冷畫屏。金錢争買得，低唱玉瓏玲。

冰花

頃刻翻新樣，花真翦水工。瓊樓憑四照，玉樹綴千叢。好抱冬心在，何妨冷眼空。從無茵溷感，開謝任天公。

冰筯

此筯真難下，垂垂玳瑁檐。分排依玉案，倒挂映晶簾。把盞風情憶，翻匙雪影添。有誰前席借，擎比畫叉尖。

冰鮮

寒江方罷釣，敲凍好叉魚。應慰蓴鱸想，誰貽錦鯉書。卧求殊愧我，涸濟轉愁予。莫漫歌彈鋏，登盤餞歲餘。

冰齏

雪圃看抽甲，寒齏入饌香。恩常叨地主，味每憶家鄉。合許和梅嚼，應同倒蔗嘗。儒酸宜塊粥，雅稱冷風光。

消寒四詠

炙硯

別藏春氣入簾櫳，親炙偏宜石友同。雪案香凝蟾滴潤，紙窗冰釋麝煤融。消寒吟趁梅花白，解凍書成柹葉紅。須信文章資火候，漫將頭腦笑冬烘。

熏衾

小閣重衾午夜寒，分來餘熱亦顔歡。騷人雅愛熏香久，高士何愁卧雪難。煖並鸘鷞眠正穩，春回蝴蝶夢常安。自慙孤負姜家被，坐擁圍爐客影單。

煖酒

香積厨邊芋正煨，提壺偏趁撥殘灰。驅寒合設常燃鼎，買醉難求自煖杯。醸出黄柑添活色，燒餘紅葉倒新醅。糟邱莫説風光冷，懶向塵中帶熱來。

烹雪

不須安筧挹山泉，夜雪新烹蟹眼圓。黄竹纔歌翻水調，紅爐乍點颺茶烟。細分玉乳寒留客，爛煮瓊花淡欲仙。最好瓶笙聲互答，有人閒踏聳吟肩。

呈匡鶴泉夫子

秋風遞泛使臣槎，桂籍持衡物望賒。共幸文章歸品藻，偶經山水富聲華。金鍼度世裁雲錦，玉筍分班侍絳紗。藥籠不遺葑菲采，自慚潦倒舊侯芭。

登科記裏溯前緣，不道師生沆瀣聯。夫子與余同入選拔通譜。文望早欽燕國手，仙風肯助馬當船。羽毛似我偏難滿，衣鉢如公未易傳。清夜倍深知己感，酬恩私願副何年。

擔簦强自戀名場，卧雪猶然滯異鄉。每對圖書呼負負，敢憑卜筮問茫茫。禁寒且着西華葛，結契誰傾北海觴。知駕疲駑難逐驥，尚需鞭策歷康莊。

一年燈火伴維摩，小住宣南又潞河。由都中移寓通州皆僦僧舍。佛粥分餐齏共斷，貝經繙寫墨重磨。欲談實相塵緣雜，未遣離懷結習多。卻悔歐門虛講席，愛禪也合笑東坡。

懷高樹人

客裏何堪路更歧，秋風前度共歌驪。我游東魯迴帆早，君向西秦返轡遲。三絶鄭虔官獨冷，萬言臣朔腹偏飢。遥知夜月增惆悵，分照離人兩地思。

婚嫁縈懷累向平，途中怕聽子規聲。貧家離别原成例，物色風塵合有情。好借酒杯澆塊壘，料攜吟管紀行程。來時定發新桃李，竚望看花入錦城。

書香蘇山館詩後

蓮花博士舊知名，梅隱中書了一生。海國傳箋稱弟子，都門倒屣徧公卿。裁雲自是天孫錦，按拍真成鐵笛聲。刺史尚攜蠻素去，不教老大減風情。

讀楚辭作

颯颯西風起白蘋，招魂應向楚江濱。芰荷秋冷思公子，蘭芷春深憶美人。讒謗無端空抱憤，别離從古最傷神。瀟湘斑竹痕多少，怎似三閭淚滿巾。

禪悦

沈檀熏處引仙風，帶着烟霞入梵宫。慧劍破除煩惱浄，智燈朗徹劫塵空。三千薝葡祇林白，十丈蓮華火宅紅。太息儒酸多執拗，上乘妙諦本圓通。

禪懺

蒲團坐破苦修因，紫府清虚也厭貧。佛爲貝多方度世，丹非金鍊不通神。華嚴樓閣成原幻，頃刻優曇現豈真。飛汞走鉛翻自悔，憑空解脱是何人。

羸僕

頭童兼齒豁，老拙已難禁。頗少炎涼態，安貧無叛心。

懶僧

佛閒僧更閒，佛坐僧高卧。一燈不肯明，恐照僧夢破。

偶成

雲堦月殿冷于冰，古井泉温氣上騰。犬伺客餐思棄骨，鼠窺人卧舐殘燈。當風易老無皮樹，汲水偏忙有髮僧。窗愛多明糊白紙，夢回剛見日初升。

旬夜四更時，輒不成寐，閒愁雜感，五内焚如，作小詩自解

怪爾愁魔擾，宵深夢屢驚。况當爲客久，難遣此時情。四壁悄無語，荒雞聞乍鳴。如何心迸碎，不是曉鐘聲。

富貴浮雲幻，何須太認真。不妨頭責我，甘受墨磨人。嘲己憑斯世，貧難病此身。養生應著論，多感損精神。

遥憶

遥憶長江繞郭流，沿堤多繫釣人舟。我家恰住垂楊岸，儘好閒眠對水鷗。

遥憶孤山水上孤，嵐光縹緲擬蓬壺。丹青早染黄荃筆，特繪中流砥柱圖。

遥憶瓶城舊草堂，手栽花木滿庭芳。北山應有移文至，猿鶴笑人如許忙。

遥憶亭邊竹二分，琅玕萬个緑成雲。邇來胸次多塵俗，卻悔經年别此君。

遥憶秋堦發海棠，一枝穠艷稱新妝。多情只合藏金屋，留得輕旛護曉霜。
遥憶寒梅窗外開，月明曾記我徘徊。暗香疎影增惆悵，那見江南驛使來。
遥憶蓴絲千里羹，鱸魚味美倍關情。五侯鯖好難將母，封鮓偏教愧此生。
遥憶青琴壁上懸，鞠通養静亦疑仙。吹竽近日翻新調，誰賞遺音太古絃。
遥憶書帷萬卷横，丹黄甲乙各分明。行縢漫載牛腰重，略檢詩篇束筍輕。
遥憶吟壇舊雨聯，迢迢歸夢滯幽燕。如何紅豆生南國，不寄相思一寸箋。

詢雷祉陔孝廉近况，詩以代柬

倜儻誇雷義，低徊繫我思。子猷應訪舊，長吉定論詩。碑版臨千徧，瓶梅供幾枝。料翻金縷曲，添詠比紅兒。

歲暮閒遣

養得閒雲適性靈，邀來明月印心經。翻緣避債離家好，轉爲參禪入世醒。覽鏡自慙眉未白，逢場但覺眼都青。虚舟隨意飄無定，合是江湖處士星。

空明窗紙當頗黎，掩映紗籠舊客題。竹樹恰圍亭左右，草堂原愛瀼東西。暫離車馬辭勞頓，常對蟲魚費攷稽。鎮日清談渾不倦，耳邊添畜處宗雞。

安心有法即安身，爲少逢迎氣自真。偶借方書參藥性，耽嘗日鑄慕茶神。忍寒鶴向梅邊守，就煖貓從座上親。凍合硯池慵作字，久疎虎僕與龍賓。

泠然一磬落雲房，虛白能生滿室光。玉版且尋燒筍味，瓦盆新學拗花方。門無剥啄酣朝睡，爐有旃檀爇晚香。消得餘閒繙稗史，正逢添綫日初長。

社鼓村燈逼臘殘，蘆簾紙閣耐冬寒。讀書此味成鷄肋，作客何人進馬肝。青嶂未妨招隱易，白華終覺補詩難。平生自笑嵇康懶，蓬鬢蕭騷不整冠。

蓍龜底用卜窮通，閲歷深沈是塞翁。世俗毁譽徒嚼蠟，生涯離聚只飄蓬。幾人愛古今休薄，一摞論才命不同。好是醉鄉容我住，放懷敢放酒杯空。

風雨聲中共翦燈，異鄉兄弟有良朋。狂歌欲動低眉佛，兀坐還偕退院僧。賭韻更番吟喜雪，擘箋連日賦敲冰。溪邊也合成三笑，猶記東林入社曾。

天涯王粲怯登樓，遥望江南起暮愁。飄泊一年空抱佛，平安兩字抵封侯。好商宵夢尋歸計，爲浣衣塵悔浪游。早報家人知住處，繡幢影裏暫勾留。

寄煦庭

汝才頗不羈，汝胸頗不俗。種花庭院紅，插架縹緗緑。養閒能讀書，風雨龍城曲。寄興偶揮毫，得天清氣足。可畏後來人，可寶豐年玉。

嗟予舊門第，門第殊難支。兄弟兩三人，區區守零畸。銅山日以削，薈萃歌朝飢。只此經與史，猶爲裘與箕。硯田敢就荒，亦既勤敷菑。

我生三十年，碌碌何所得。奔走風塵中，泥痕滿車轍。三度來長安，强臺屢潰北。今歲仍淹留，雕蟲苦篆刻。禄養知何時，倚閭頭漸白。

八月寄鄉書，期汝步蟾宫。九月接鄉書，知汝悲秋風。兩地泣路歧，相憐病毋同。春華須努力，日出扶桑東。鳶肩必騰上，鵾羽終摩空。

立春前一日作

臘尾光陰赴壑蛇，驚心餞歲更思家。術難縮地愁何補，貧不還鄉計本差。旅夜那堪聽爆竹，深閨底事卜燈花。明朝又見迎春早，迸入新年别緒賒。時臘月二十七日。

偕赤城、菉泉偶出東城，見梅蘭盛開，枝頭鳥囀，仿佛春風中人，喜而賦此

一冬天氣煖如春，那俟寒消九九辰。滿樹梅花幽趣遠，幾叢蘭箭古香勻。都從北地開偏早，

郤説東皇令已新。枝上鳥聲聽百囀，提壺應是解留人。

謝黄菉泉同年惠筍

尖尖犢角嫩黄胎，有客分甘笑口開。特借唐花同獻佛，憐他遠自故鄉來。
蔬氣猶含沁齒香，登盤恰共五辛嘗。山肴畢竟饒真味，比似花豬味更長。
滿把浮蛆泛碧螺，虚窗浸月酒生波。空腸芒角難消郤，又爲當筵感觸多。
何人誦咒入山林，驀聽春雷長漸深。我欲移栽蓮鉢裏，參禪也證妙明心。

除夕醉後祭詩，戲作長歌

僧厨醉倒長安客，乘醉檢詩度除夕。理將亂稿如理絲，尚有删存須決擇。頗勞吾精神，長年咀苦辛。非慰以酒脯，奚足酬吟身。獨不見，鄉中老農藝稷黍，秋成賽社祀田祖。又不見，軍中將士奏凱旋，策勳飲至開華筵。祈必報，遣必勞，以此例詩情恰肖。開我聽雪軒，攜我古錦囊。照以光明燭，焚以甲煎香。偶學南膜頂禮朝上方，一任詩魔享祀，隱隱質兩旁。老僧諦視忽絶倒，笑謂儒酸同賈島。吟來强半出牢騷，祭之未必除煩惱。何不學韓愈，作文送窮窮遂去。何不學楊雄，作賦逐貧貧敢從。但願食肉雄飛起，佛本慈悲亦歡喜。壁上題痕墨正新，會須籠入碧紗裹。我感斯言殊惘然，擬將搔首問青天，天公或亦於我垂矜憐。朝食飽風沙，暮宿同牛驥。東西南北身如寄，黔無曲突煖無席。飢不欲人知，寒不因人熱。抵掌華屋羞誇説，不存吾舌存吾骨。彼蒼視聽雖茫茫，我行我素惟主張。委懷一以隨造化，鷄蟲得失何必攖肝腸。見事遲遲堪太息，達觀畢竟須禪力。醉中逃禪禪不深，我欲狂歌破岑寂。僧扣缶，我擊壺，仰天大作聲烏烏。不管千愁與萬緒，只此杯中之物不可無。一杯復一杯，青袍阜帽歡。追陪今夕是何夕，千金一刻難買來。收拾吟箋樂未已，墨卿楮客重料理。萬家爆竹一聲鐘，吟詩再自明朝始。

瓶城山館詩鈔卷四

元旦試筆，時客潞河

大地春回早，今朝喜放晴。風塵羈舊客，林鳥變新聲。煨芋灰餘鼎，銘椒酒滿觥。老僧忘甲子，也自賀王正。

潞河留别杲華上人

小住參禪地，相依証道心。半年棋酒賦，一瞬去來今。陡覺塵思擾，無端别恨侵。都門尋舊侶，翹首五雲深。

苦雨

瀝淅連朝暮，愁聽是客中。那堪騎月雨，竟阻試燈風。鵲語依檐寂，蝸涎篆壁工。纔南傷澇患，馳報達宸聰。

雨後登陶然亭

久雨放新霽，清風來遠皋。嵐影萬峰翠，野水孤亭高。載酒且獨酌，披襟聊自豪。車塵日碌碌，堪歎勞人勞。

過水月禪林

春陰已過落花天，茶夢真宜此地圓。久溷風塵忘作客，偶逢水月欲參禪。古碑剥蝕留殘蘚，寶相莊嚴湧妙蓮。半晌蒲團閒説法，得交方外亦前緣。

春闈獲雋，因患微疴，有稽殿試，詩以志感，時乙巳四月十一日也

走馬千門看榜時，泥金乍報喜揚眉。愈風偏少陳琳檄，止瘧誰吟杜甫詩。醒醉情懷渾似酒，輪贏科第本如棋。旁人翻惹猜疑甚，連日紛來問疾醫。

磨蝎身宫太累人，輪蹄八載困風塵。漸逢佳境初嘗蔗，又抱愁懷正採薪。丹熟久經三昧火，花寒猶勒一分春。觚棱回首留殘夢，簪筆曾經到紫宸。戊戌朝考曾在保和殿覆試。

挾策江湖笑浪游，雕蟲小技壯夫羞。何當塵海逢青眼，且喜高堂慰白頭。語燕更番依舊壘，燭武何曾壯不如，馮驩休歎出無車。床頭可奈金方盡，病裏誰知客漸疎。攬鏡朝梳元髮落，挑燈夜坐緑窗虚。黄楊暫厄今年閏，閉户先移乞假書。

余兩次出許滇生師門下。登龍幾輩到瀛洲。客中鉛槧難抛卻，求劍依然又刻舟。

中秋日都中留别諸友

還鄉休説錦衣行，依舊飄蓬事遠征。日下長安居不易，天涯小草病重生。圍棋看賭羊元保，賣賦愁深馬長卿。遥指南天倍惆悵，循陔思慰倚閭情。

踪跡摶沙又散沙，匆匆兩載客京華。汪倫送我情何限，王粲依人計已差。此去河橋休折柳，重來閬苑正看花。今宵天上團圞月，偏照當筵别緒賒。

任城登太白樓用壁間韻

一葉扁舟繫，登臨汶水頭。我來禮金粟，情比見荆州。客路難沽酒，狂吟易寫愁。蒼茫容獨立，明月照高樓。

天妃閘

上水船如上青天，長繩倒挂千夫牽。下水船如落井底，萬鈞撒手弦離矢。懸流十丈波濤驚，舟子牽舟岸上行。入坎出坎脱重險，舉酒爲賀猪羊烹。從來作閘通漕運，縮板留潮待潮信。啓閉憑渠閘吏忙，船比游魚銜尾進。扁舟遠自臨清來，七十二閘重門開。水平如掌路如砥，獨聞此閘驚奔雷。馮夷鼓浪蛟龍舞，有人色變疑談虎。那得人間盡坦途，漫説江湖多險阻。我家居近大江東，見慣風波膽尚雄。好祝神功默呵護，歸帆安穩乘長風。

淮浦舟中

窄窄蒲颿小小舟，客中忘卻阻風愁。劉郎曾記天台路，又聽清歌上酒樓。
檢點青衫舊酒痕，歸遲芳草怨王孫。韋娘莫漫歌金縷，不折花枝也斷魂。
底事當筵舞柘枝，强能識字畫烏絲。索書勞我生花管，便寫旗亭壁上詩。
芙蓉江上晚生烟，幾日東風醉管絃。潮水去來猶有信，相思何處不纏綿。

平山堂懷歐陽文忠公

公家廬陵我彭澤，梓里西江浸寒碧。謁公祠宇讀公文，一瓣心香感疇昔。片帆東下維揚州，仰止此邦公舊游。文人作郡亦風雅，政罷壺觴兼唱酬。十里垂楊二分月，笙歌繚繞神仙窟。一官終日住樓臺，衆賓讌飲忘簪笏。手種荷花自在香，招邀風月來斯堂。祇今夏日有餘艷，此花遺愛如甘棠。錦繡江山誇第一，爲政風流世無匹。到來心跡喜雙清，豈獨繁華消暇日。有客都宜署醉翁，豪情各付酒杯中。尋芳尚記紅橋路，真賞樓前拜下風。

滸墅關

關吏如虎蹲，一嘯雄風生。關吏如犬卧，一吠乞兒驚。有時聚如蟻，搜牢以爲名。有時竊如鼠，售私不敢聲。風利賈舟泊，賦税宜輸征。算緡較錙銖，留滯三日程。忽到大官船，寸刺飛來輕。不納水衡錢，舟子鳴鉦行。書生一葉舟，飄然江口横。壓裝無長物，詩瓢兼酒觥。當關竟大索，盡將囊篋傾。搜剔百無有，莫慰貪饕情。妙手歎空空，何以報瑶瓊。我窮轉自笑，彼怒尤難平。吁嗟乎，設關詰奸商，奸商偏奇贏。設關稽禁物，禁物偏充盈。徒飽吏胥橐，偷漏誰伺偵。寄語司榷者，弊竇何由清。

虎邱看花

萬花如海深，忘是花深處。郎自花中來，妾在花中住。

花開復花謝，惟有春風知。但賞花開日，誰憐花謝時。
郎愛花合歡，妾愛花連理。蝴蝶恰雙雙，飛入花叢裏。
好花不同樣，投時花樣新。莫作背時花，孤芳愁煞人。

題畫蘭

幽花標格好，空谷有餘春。譜入離騷裏，終須讓美人。

詠蘆花

一夜西風兩岸秋，花明如雪滿船頭。何堪楓葉同蕭瑟，又爲琵琶起暮愁。
溥溥清露結爲霜，洄溯伊人水一方。玉樹遥看相倚處，最憐風景是横塘。

高淳舟中同陳紫珊作

蓼渚蘋汀繫短篷，朝南暮北守樵風。聯吟詩似同功繭，兀坐人如負蝂蟲。岸柳尚餘三月緑，江楓初染一分紅。翦鐙好劈團臍蟹，莫放深宵酒盞空。

到家

到家翻似客，舉室倍相親。書畫庭中古，泥金壁上新。好斟延壽酒，特慰倚閭人。白紵剛拋卻，征衫涴麴塵。

喜雪，用東坡江上值雪效歐公禁體詩韻

天心底用測蓍龜，雨暘寒燠時可知。節逢大寒便得雪，打窗獵獵狂風吹。圍爐坐擁火無焰，硯池呵凍閒撚髭。倒懸冰筯已數尺，澗水那得流澌澌。枯林黯澹寒雀噤，斷橋滑仄行人危。水天一白渺無際，蓑笠老漁垂釣絲。呼僮入市沽美酒，此日不飲將奚爲。濁醪儘有漢書下，左手可惜無螯持。醉鄉風味本清絕，宵深不畏寒砭肌。閉門好唱郢中曲，何須檀板歌紅兒。惹我檐前索共笑，梅花一樹全開時。古香徐徐沁肺腑，冷艷簇簇明書幃。漫空柳絮正飛舞，轉憐搖曳風中姿。輞川芭蕉入畫本，伸紙潑墨何淋漓。尋詩苦說在驢背，行吟偏喜巡堦墀。不持寸鐵敢白戰，滿腔情緒猶紛披。人生快意每難得，隙中容易駒光馳。擬招舊雨趁良讌，聳肩共泛蒲萄巵。泥鴻爪跡各飄泊，安得綦履長追隨。雪車冰柱繼高詠，賞音合遇韓退之。

十二月十九日蘇文忠公生辰，詩以爲壽

玉局文章傳不朽，千秋此日爲公壽。設祀先懸笠屐圖，薦羞只酹郫筒酒。平生志節懍公忠，信有奇才制策工。理亂安危如燭照，青苗早見法終窮。絶大胸懷出經濟，徐州水患嚴城衛。杭郡量移善政多，安恬民氣消疵癘。大器原堪宰輔儲，會須雨露拜宮壺。烏臺詩案偏奇絶，竟類東京黨錮誅。宦途涉歷艱如此，大海風濤渡儋耳。買田陽羨願空懷，老去心情似江水。千仞眉山名並高，東西鴻爪任飄飖。一場富貴同春夢，時運詩成只和陶。當年赤壁留陳迹，兀坐危磯俯千尺。紫裘有客來翩翩，長笛一聲江月白。我亦騷壇爇瓣香，敢邀白戰聚星堂。黄金願把坡仙鑄，聊敞瓊〔一〕筵晉壽觴。

【校記】

〔一〕八卷本「瓊」作「華」。

舟中望廬山

山如好友偏長别，相晤依然面目真。江上孤帆忙送客，雲中五老笑窺人。占霖定有潭龍起，

時大旱望雨。載酒誰教野鹿馴。何日草堂歸卜築，東林來結樂天隣。

游鹿洞書院

松張華蓋影蒼蒼，古院苔新徑未荒。白鹿不來紅鶴去，山深閒煞讀書堂。在院肄業者甚屬寥寥。
古碑多少卧牆陰，理學淵源此處尋。莫把游蹤等閒過，鳶魚飛躍見天心。
匡廬識面久徘徊，一笑今緣五老來。可惜藏書多未見，嫏嬛空覩洞天開。院内有賜書數種。
一灣流水學琴鳴，載酒溪邊得得行。我有衣塵憑澣濯，羨渠泉尚在山清。
乘籃小住白雲鄉，鎮日看山興正長。九疊屏風三疊水，好攙詩料入奚囊。
負笈當初憶惠連，池塘春夢倏成烟。南船北馬緣何事，遲我來游已十年。
得到仙山福分清，窮經還讓魯諸生。再來好訂他年約，五嶽終須待向平。

夜宿定江王廟下守風

仙寰高擁白沙明，蠡水東西一鏡清。絶好湖山偏住佛，曾聞旗鼓此屯兵。神光湧現燈無影，雪浪横飛夜有聲。颿卸卻尋安穩處，風濤休惹夢魂驚。

游東湖徐孺子亭

清風一榻足千秋，空谷何須束帛求。太息群奸躋北闕，祇應高士卧南州。茫茫湖水烟痕淡，草草亭臺樹影幽。爲憶當年人似玉，生芻我亦奠荒邱。

游藏園

十笏蝸廬託地偏，滿庭竹樹緑陰圓。早游湖海知才子，小隱山林作散仙。歸夢尚依青瑣闥，全家曾滯白門烟。琅琅大集傳忠雅，壇坫詩名動九天。

喜雨

一雨人心定，年豐米價低。蒼生起溝壑，衆望慰雲霓。官吏馳書報，神壇賽樂齊。詩成聊當賀，泥飲小亭西。

登黄鶴樓

危樓千仞俯城隈，檻外濤聲萬馬迴。玉笛吹殘仙已去，梅花落後我剛來。早知到此停詩筆，更共何人賭酒杯。芳草白雲依舊在，夕陽影裏獨徘徊。

游劉氏靄園

頗得湖山趣，風光楚水濱。樓依黄鶴近，鄉與白鷗鄰。結構何嫌小，登臨未厭頻。淡紅香白裏，舉酒酹花神。

過黄州

茫茫漢水拍天流，萬頃晴波一葉舟。難得酒人游赤壁，且隨鶴影下黄州。清風遠度隣船笛，古樹深藏野岸樓。我是大江東去客，銅琵也合唱高秋。

湖口縣阻風

逆風休怨阻歸程，似爲山靈管送迎。可是老坡詩弟子，特教留聽石鐘聲。

重游隨園

一徑入修竹，重游經五年。地誇香雪海，人住蔚藍天。澄碧泉無恙，棲霞領尚懸。何須賦招隱，到此即神仙。

籬深門徑窄，真稱野人家。風雨三層閣，林亭四照花。嗛山紅雪映，柳谷緑陰遮。倘較西湖勝，金陵樂更賒。

青山曾識面，魚鳥倍相親。橋跨雙湖水，園留六代春。引人真入勝，小住亦前因。邱壑藏胸久，相期結比隣。

此地堪千古，斯人已百年。風流誰似續，著作久流傳。游屐山中滿，題痕壁上妍。詞壇門外漢，也有再來緣。

莫愁湖歌

莫愁生小盧家婦，以此名湖艷人口。水環羅帶净烟波，山横眉黛當窗牖。滿湖千朵白蓮開，照影分明是鏡臺。楊柳陰中鸚鵡唤，游人剛掉酒船來。笙歌嘈雜朝連暮，歡場近接秦淮渡。新詞聽唱小排當，一闋雙聲誇絳樹。茶煙半榻颺花風，消夏真宜住此中。十二湘簾高捲起，曲欄低亞夕陽紅。人生到處須行樂，况有樓臺堪寄託。遺懷好藉玉玲瓏，買醉奚辭金鑿落。一幅江山入畫圖，花容也合共描摹。廳上懸莫愁畫像。金陵依舊風流在，漫説人爲世上無。吁嗟此地傳湯沐，王府山邱感華屋。那堪寂寂是英雄，兒女香名徧耳熟。

秦淮漫興

一椽兩椽水閣，三更四更畫船。唱徹玉簫金管，蝎來月地花天。
十二珠簾捲起，一雙燕子飛來。巧和蘭房絮語，前頭鸚鵡驚猜。
金縷纖纖度曲，銀釭艷艷開樽。省識傾城傾國，相迎桃葉桃根。
襟上酒痕依舊，扇頭詩句猶新。識字聰明蘇蕙，入山惆悵劉晨。

登報恩寺塔

來游不二門，恰登第一塔。丹梯萬丈高，眼底大千納。金碧耀諸天，四面雲霞匝。下界鳴鐘聲，鈴語半空答。滿壁鐫頭陀，億萬金身雜。爲問六朝僧，幾人高處踏。

途中贈李硯卿同年應田

我家彭蠡岸，君自嶺南來。相值黄河曲，同登市駿臺。沿途問風景，結契感岑苔。客裏惟拚酒，狂吟歌莫哀。
慷慨悲時事，艱難説海疆。妖氛能捍禦，民力不倉皇。琛賮輸中夏，衣冠雜外洋。書生無將畧，報國只文章。

走馬長安道，輕車踏軟紅。春官桃李笑，秋隼羽毛豐。莫歎緇塵涴，硯卿有「素衣久被緇塵涴」之句。行看晝錦同。我争前路導，猶待補牢功。

各自悲行役，庭闈有老親。斗升需禄米，定省失昏晨。密密縫衣綫，勞勞陟屺人。相期原不薄，珍重此時身。

東阿道中

四面山圍驛路長，銷磨輪鐵石硠礑。雨餘陌上初飛絮，人過橋頭尚有霜。荒冢殘碑思霸業，高樓遺韻感賢王。何堪馬上逢寒食，潦倒銜杯入醉鄉。

茌平曉發

風露宵深釀薄寒，又攜殘夢上征鞍。横腰劍佩頻三拭，送客琵琶莫再彈。燈似故人猶繾綣，月從旅夜易團欒。年來苦被浮名累，行路勞勞如此難。

過趙北口

三月風光暖更晴，長橋十二柳絲縈。人家低傍蘋汀濕，湖水遥連麥隴平。雀舫夷猶堪把釣，鷗鄉安穩好尋盟。北來偶得烟波趣，勾起江南無限情。

途次口占

古寺荒頽住野禪，聲聲清磬道旁圓。窮愁竟到慈悲佛，老衲扶來乞一錢。

出都

容易秋風又出都，難分清福住蓬壺。棋方争着偏輸劫，博正呼梟竟擲盧。一落塵中空類鶩，重來天上只飛鳧。慰情差免唐衢哭，焚卻君苗筆硯無。

琉璃河

孔水源頭活，房山地脉開。經途千騎擁，駐驛六龍迴。石色瑩如玉，車聲響似雷。名因劉李誤，過客尚疑猜。亦名劉李河，見王沂公行程録。

過定興感鹿太公遺事

慷慨猶懷烈士風，卻從世亂見英雄。周旋楊左艱危際，難倒當時鹿太公。

方順橋訪夏氏樂志園，今已蕪落，不勝慨然，作詩誌感

保陽有逸叟，鄉里稱善人。五代兒孫萃，八旬夫婦親。家傳十具牛，積粟皆陳陳。書讀秦漢上，歌嘯完天真。小拓半弓地，林園風景新。緑滿草不除，四時花盡春。飛觴每醉月，來往招比憐。門前剥啄聲，過客停車輪。入林何必密，到此心無塵。題詩滿四壁，投贈羅殊珍。聞風久慨慕，小憩皆前因。獨恨我生晚，茲游難及辰。桃李委蹊路，蘭蕙成荆榛。搔首三歎息，緬懷空愴神。策馬登古道，斜陽明水濱。

荆軻故里

漸離歌罷筑聲殘，白日蕭蕭易水寒。事敗何關疎劍術，深謀從古得人難。到底英雄膽足誇，白衣相送已無家。千秋大快人心事，不獨椎秦博浪沙。

郭隗故里

黄金臺，半空起。駿馬骨，千金市。昔有燕王愛賢士，平原信陵堪媲美。落落當途誰薦賢，慨然貢身自隗始。辛衍旋來受館餐，樂將軍亦登壇矣。汗血誰空冀北駒，白頭漫笑遼東豕。我來憑弔郭公里，寒烟落日荒村裏。太息鶯花督亢陂，一代繁華空逝水。

明月店

何處無明月，偏留此地名。易分圓缺影，難遣别離情。草草初成夢，迢迢屢問程。中宵應起舞，臺畔有雞聲。此地有聞鷄臺，相傳燕太子丹宿此。

正定道中

新栽夾道柳成行，行盡花封百里長。羡煞此邦賢令尹，枝枝他日是甘棠。

過滹沱河

河流逢水淺，來往藉輿梁。策馬銜殘月，聞雞踏曉霜。岸平沙草積，柳老驛亭荒。遥望炊烟起，前村麥飯香。

過趙州

柝聲催併五更鷄，重整輕裝趁馬蹄。凉嫩乍驚秋信早，漏殘猶覺夢魂迷。輕車似水流難住，斜月如鈎落漸低。漫向中原生感慨，酒酣宵度趙州西。

柏鄉道中

萬樹長隄柳，濃陰十里遮。馬驕嘶遠道，人倦卧平沙。屋角紅心棗，籬根緑蔓瓜。何堪解消渴，苦水進新茶。

魏文毅公故里

平泉花木影重重，翁仲無言對遠峰。隔代易名邀曠典，孤標同仰魏寒松。

過邯鄲

疎星斜月五更闌，襆被登車冒曉寒。一醉曹騰渾未醒，正圓好夢過邯鄲。

觀盧生睡像

枕頭高卧已千春，一夢黄粱太認真。我要先生開醒眼，急流勇退恐無人。

由杜村鋪至磁州

清渠夾道繞長流，近水人家事事幽。紅到荷花三十里，藕香風裏過磁州。

柳陰纔聽午鷄啼，沿路看花日漸西。攬轡特教行緩緩，未容孤負此清溪。

鄴下作

漳水流殘霸業空，當時天下此英雄。生稱武帝謀皆遂，死學文王計亦窮。疑冢荒烟埋宿草，歌臺斷瓦墜秋風。月明依舊烏啼樹，故國河山感鄴中。

岳忠武祠

天意朝廷小，偏生檜樹枝。精忠空報國，和議竟班師。百戰兩宫痛，千秋三字疑。如山軍令在，風雨顫靈旗。

殷比干墓

宰樹久飄零，孤忠炳日星。題碑宣聖筆，四字傳係至聖親筆。封墓武王銘，但使臣心白，終留簡汗青。林泉環左右，天地此鍾靈。武王封墓銘有：「左林右泉，前岡後道」八字。

延津道中阻水

古風今不復，除道更何人。有水皆行地，無梁苦問津。騾綱悲斷靷，車庫惜勞薪。揭厲終奚濟，栖栖笑此身。

大梁旅廨感賦

纔入夷門駐短車，驚心風物感桑麻。特鈔治譜從頭讀，好種河陽一縣花。

羞澀真如新嫁娘，未諳姑性進羹湯。操刀使割談何易，事事心頭費忖量。

疎懶由來與性宜，書窗風味夜燈知。從今星月都披戴，敢戀黄紬睡起遲。

自分原無能吏才，申韓羅吉實堪哀。循良傳裏人須識，帶得書生面目來。

題畫册

淺紅深白鬬芳菲，一幅雲藍信手揮。濃淡竟分貧富態，梅花清瘦牡丹肥。

芭蕉葉葉復莖莖，修竹摇空影亦清。最好讀書風雨夜，窗前一併助秋聲。

咏白菊花，爲張子振茂才題畫扇

清高品格出風塵，偏是花中隱逸身。彭澤何緣有知己，爲從澹處見天真。

羅蔚亭刺史因公鐫級，詩以慰之

無端宦海感滄桑，車庫勞薪廿載忙。太傅那堪遷賈誼，郎官偏易老馮唐。本來射影難防蜮，何處輪埋早避狼。劍氣終騰鋒偶挫，願君珍重好干將。

漫向秋風訴不平，何須恩怨太分明。花飄茵溷春誰主，棋判赢輸局屢更。但使知仁觀我過，祇求無事與人争。燃犀若果深深照，碧海原多漏網鯨。

陣掃千軍筆有神，才華如許竟風塵。折腰已覺非真我，强項翻教累此身。花滿河陽差自喜，田無下潠且安貧。結交須信黄金貴，戴笠乘車本路人。

酒盞頻澆魂磊空，敢將時事問天公。觀魚且學濠閒叟，失馬甘爲塞上翁。畢竟封侯須骨相，自來養晦是英雄。雙鳧猶望飛騰起，荆樹分栽兩地紅。時令弟藹入明府官杞縣。

自戊申冬奉諱南旋，蓬廬寂處，筠管慵拈，彈指流光，閲今四載。服闋，偶成一絶，時辛亥暮春廿一日也

蓬廬戢影酣高卧，閒煞吟箋忽四年。欲撫瑶琴彈一曲，手生荆棘怕操絃。

曾潤田參軍出其尊甫壽恬大令板輿迎養圖，追題二律

參軍捧檄莅龍城，話到重闈燕喜情。蘐廕一庭輝綵服，棠陰兩世繼家聲。扶鳩共羡郊迎樂，封鮮差酬禄養榮。遮道有人呼衆母，須知慈母訓先成。

披圖使我黯神傷，報答春暉願未償。欲補笙詩愁束皙，空餘阡表説歐陽。平反無復慈親問，定省徒虚愛日長。始信團欒家慶好，君家簪笏滿琴堂。

補詩

真趣原從即境生，偏於事後動吟情。亡羊終向歧途獲，覆鹿重教幻夢成。蘭譜繙時懷舊雨，萍蹤過處憶行程。酒家尚有尋常債，又覺詩逋了不清。

删詩

鑄錯堪憐見事遲，略删行篋舊裁詩。風懷轉覺才猶俗，腐論終嫌字不奇。恰似經霜芟草候，渾如和露剥蕉時。情殊割愛偏留戀，何礙吹毛更索疵？

改詩

推敲幾度費沈吟，一字求工比揀金。底事知非遲後日，不妨改轍易初心。點睛墨妙精神聚，换骨丹成鍛鍊深。倘得他山助攻玉，師資端合感苔岑。

編詩

平生踪跡付吟箋，舊稿删存手自編。滿目丹黄攙和作，從頭甲子訂行年。鈔胥尚恐臨時誤，薄技偏思過後傳。笑指名山藏副本，偷閒檢點白雲篇。

歷年所作試帖釐爲二卷，將付剞劂，忽被竊去，無復存者，賦此志感

我詩本剽竊，牙慧拾他人。裒然已成帙，敝帚聊自珍。乃忽等漫藏，誨盗亦有因。胠

篋出不意，使我奚囊貧。但憐嘔心肝，隻字咀苦辛。秘惜伴琴劍，十載長隨身。一朝若叟屨，悃悃失所親。我聞古君子，防患由至仁。方平善化導，梁上驚奔塵。姜肱重友愛，宵小還衣緡。子敬守青氈，誡賊煩諄諄。李涉唐博士，緑林敬如賓。我胡獨不然，此意難爲申。返己還自愧，若輩何足瞋。衣冠尚竊位，高爵誇鼎茵。雞鳴與狗盗，食客售經綸。區區此偷兒，徒效東施顰。寶不竊弓玉，目不識金銀。只此兩卷詩，猶雜玒與珉。棄之縱可惜，讀之招笑嚬。何事竟掩襲，甘作攘雞鄰。或者因憐才，竊取情意真。我欲爲解嘲，爾情堪具陳。老元偷格律，得句殊清新。靈運呼山賊，詩筆如有神。盗亦安用諱，成例詩家循。瓜李釋嫌疑，與爾供吟呻。免我禍梨棗，替我傳遺薪。完璧倘歸趙，大義猶然伸。得櫝倘還珠，敬謝無懷民。

攜眷赴汴梁，七夕頴上舟中作

深宵風露正淒清，恰聽篷窗笑語聲。共乞人間今夕巧，遥憐天上此時情。銜杯好對纖纖月，數驛偏饒去去程。一事神仙應羡我，不須離緒話平明。

辛亥分校闈中作

纔聽應官曙鼓催，忽持冰鑑佐掄材。西江雲水清如許，雙眼曾經洗過來。

曠典新傳鳳詔宣，一朝恩榜重元年。紅箋添寫科名記，同詠霓裳看衆仙。
花樣文章少定衡，觀場我亦舊書生。拈毫點竄尋常事，中有人間歌哭聲。

清明日偕同人登古吹臺即事偶成四律

垂楊作絮草成茵，佳節清明火正新。折簡擬爲真率會，看花剛趁艷陽辰。馬馳並轡堪行樂，鳥唤提壺合買春。半日偷閒翻自笑，也教俗吏出風塵。

三三野徑翦蒿萊，今雨攜偕舊雨來。醵飲不妨聊席地，放懷最好是登臺。中庭古柏參天立，小苑夭桃帶露開。我亦梁園倦游客，愧無詞賦繼鄒枚。

青疇滿眼偏春耕，便爲關懷課雨晴。麥氣朝浮聞雉雊，桑陰晝暖聽鳩鳴。幽風恰繪圖中景，治譜偏饒物外情。報道征西傳露布，且持杯酒慶昇平。

茶烟禪榻足徜徉，莫認牽絲傀儡場。社裏儘容陶令醉，座中應恕次公狂。摩挲碑版追前代，徙倚鐘樓話夕陽。還訂永和修禊約，重三天氣好流觴。

游百泉作泉出輝縣蘇門山。

暫抛案上幾堆塵，來踏城西一片春。草正齊腰堪駐馬，山如識面解迎人。闌干屈曲循溪轉，樓閣玲瓏映水新。得到蓬萊清淺地，合從仙界認前身。

此地曾經駐翠華，宫門晝静五雲遮。和風燕語長隄柳，細雨鶯聲滿院花。萬斛泉源滋地脈，九重題詠燦天葩。無端觸我春明夢，猶戀觚棱日影斜。

嘯臺千仞勢嵳峩，繼踵芳徽安樂窩。從古名山留翰藻，本來高士愛煙蘿。樹圍村角陰成幄，橋跨池心水旋渦。閒向徵君祠畔望，夏峰還占白雲多。夏峰爲徵君故里。

野籬門徑總常開，多少游人特地來。風月幾曾論價值，山林原不着塵埃。烹茶好試清泠水，載酒宜斟瀲灧杯。鷺嶼鷗鄉圖畫裏，得消閒處且徘徊。

白露園小飲

野籬乍入春風香，小橋緩步巡迴廊。古松百尺向人立，新筍萬竿如我長。天氣融和鳥聲脆，坐聽檻外調笙簧。水清魚樂近可數，静觀物我追蒙莊。樓臺半面忽倒影，四圍樹密篩斜陽。招邀舊雨共情話，對此湖山思故鄉。中山有酒且痛飲，一醉世事無閒忙。風塵自媿俗吏俗，故態難改狂奴狂。五斗倘爲折腰卻，會須坐嘯蘇門旁。

庭前花木數種，饒有生趣，各繫一詩

老槐一千年，閱世自唐代。霧幹豁心空，霜皮縈蘚黛。拳曲作龍形，猶聳拏雲蓋。

古柏立亭亭，高枝標勁節。歲寒無改柯，歷盡冰霜雪。春風縱世情，依舊心如鐵。

杏花好時節，遥憶江南春。獨坐小樓中，雨聲愁煞人。最是長安道，花開正及辰。

海棠嬌欲語，春睡尚難醒。紅雪艷成海，映將猩色屏。雅宜巢上飲，招客醉芳醽。

丁香冰雪姿，洗盡繁華俗。淡月照溶溶，輕雲籠簇簇。玲瓏一樹花，虛白三間屋。

月季花如錦，花開歷四時。牆陰朝露滴，屋角晚風披。好是春長在，飄零終不知。

木槿開偏麗，芬芳小院東。繁英争爛漫，奇石倚玲瓏。幸不編籬落，同生枳棘叢。

白榆錢滿枝，紛紛吹匝地。乞將天上星，溥作人閒利。託根偏耐貧，不向銅山植。

四月三日泛舟百泉，用陸劍南四月三日游湖上諸山韻

涓涓泉水流，公然容舴艋。舍櫂尋源頭，來自蘇門嶺。歕玉兼湧金，清淺蓬萊境。池面抵湖寬，測畝已過頃。繞岸彳亍行，坐觀忘日永。中央起樓閣，到此俗塵屏。仰止思賢亭，俯瞰靈源井。竹深雲意遲，松高日色冷。淡蕩縐韡紋，晶瑩開鏡影。照我寸心清，洗我雙眸炯。絶好水雲鄉，天教來管領。惜無桑者閑，耕釣負箕潁。

偕于邗山司馬小飲百泉，即書四絶以贈

君自還山我出山，白雲兩朵判忙閒。蘇門攜手舒長嘯，安得塵緣一例删。

照人空水共澄鮮，首夏剛逢浴佛天。高會一觴兼一詠，不教孤負好林泉。

每開樽處便招邀，不着衣冠懶折腰。安樂窩邊且閒憩，莫嫌蹤跡溷漁樵。

爲愛山泉聽水聲，座中心跡喜雙清。果然莊惠濠閒樂，非我非魚各有情。

贈邗山司馬，兼酬畫扇

偶揮談塵便相親，始信文章意氣真。自昔蘇門多隱士，由來司馬屬詩人。虎頭雅善將軍畫，猿臂渾忘醉尉瞋。應是倒嘗甘蔗好，滿籬松菊伴閒身。

紅榴一株，花開頗盛，詩以誌之

閒來隨意撫庭柯，滿樹嫣紅映緑莎。小吏從旁先報道，今年花比去年多。

游山口占

無端心事欲盟鷗，爲愛林泉鎮日留。卻恐山靈騰冷笑，浪將冠蓋作閒游。

偕計秀峰、李烈堂兩孝廉游百泉

翩翩游騎走輕雷，攜手林間笑語陪。每爲羊求開徑望，恰逢禽向看山來。風花往事頻摩劍，湖海豪情各舉杯。安得衣塵同擺脱，讀書長傍水雲隈。

蘇門詠古六首

孫公和嘯臺

一嘯竟千古，高風傳到今。山中無嗣響，世外少知音。鸞鳳渺然遠，烟霞如許深。生芻奠空谷，令我懷遐心。

邵康節安樂窩

名教有樂地，如公真得之。涉園撫桃竹，閉户陳龜著。静衍先天數，閒吟擊壤詩。安居三不出，清味少人知。

周程三夫子祠

萬古圖書闡，三賢俎豆聯。斗山欽雅望，濂洛溯真傳。道統斯文續，風光此地偏。閒尋舊游蹟，想見性中天。

耶律文正公祠

濟世抱偉略，遭時良獨難。奇書搜讖緯，静况愛煙巒。琴調秋風古，梅花夜月寒。逍遥好亭榭，相憶愧粗官。

孫夏峰先生祠

獨卻兩朝聘，甘爲肥遯身。范陽儕烈士，睢水得傳人。手澤遺編富，躬耕舊業貧。宫牆欣列祀，何止重鄉鄰。

餓夫墓

避世身無着，皇皇竟出疆。首陽空仰止，蘇嶺此徜徉。地僻風霜冷，林深草木香。憐君姓名隱，揮淚酹椒漿。

游吕祖閣贈道士

紅塵不到客偏過，小憩雲房便養和。山露嫌渠松翠薄，水寬容得月華多。清談閒把玉如意，暢飲須傾金叵羅。何事蘭亭尋搨本，道人先我惠籠鵝。閣上多石刻，道士惠搨本數幅。

雨後登嘯臺

微雨歇高嶺，夕陽開晚晴。萬樹雜花放，一聲山鳥鳴。望古渺無極，懷人空復情。汲泉瀹新茗，洗滌襟塵清。

壬子分校闈中作

蓮漏宵沈瑣院嚴，清風習習隔重簾。好將秦鏡妍媸照，竟有羲爻得喪占。下筆敢教輕勒帛，論文遮莫可酬縑。採珠貢玉原吾分，只怕唐衢熱淚添。

早知刮目要金鎞，兩度分來玉尺攜。十二人曾三戰捷，辛亥分校本房，得士十有二人。一千卷又五花迷。各房分卷約計千數。丹黄各别深防範，濃淡相兼費品題。最是焚香初薦候，升沈頃刻判雲泥。

記曾落第困名場，墮淚青衫尚在箱。常恐初心今日負，卻慚舊業近來荒。挑燈夜半猶披校，掩卷胸中尚忖量。收拾珊瑚歸鐵網，牆頭防窘賀知章。

暫拋案牘吏如仙，選佛場開締夙緣。笑指頭銜聯舊雨，房考多係上科同事。愁將手版謁同年兩科主司皆余同年。奇文共賞荆山璞，落卷重搜劫火蓮。河嶽鍾靈今更盛，中州星斗耀中天。

蘇門玩月

明月在天不可呼，倒垂忽點波心珠。水天一碧盪空影，遶岸化作琉璃鋪。山頭遥映火明滅，樹梢斜挂星模糊。重重深透竹林密，一一朗照松毛疎。水清見底白如晝，遊魚噴沫依菰蒲。鷺鷥驚起傍人立，滿天霜落啼棲烏。千峰萬峰，一望渺無翳；三更四更，澈夜生清娱。合是瓊樓玉宇最高處，如此晶瑩世界人間無。抱我琴一張，攜我酒一壺。對影不厭冰輪孤，隨身況有長鬚奴。招邀道士偶促膝，風貌頗類癯仙癯。樓頭黄鶴久乘去，不吹玉笛吹寒蘆。人生行樂每不易，偷閒何可忘須臾。高登絶頂發長嘯，恍聞鸞鳳聲相俱。未識廣寒宫裏四萬八千户，可能容我到處遊戲飛雙鳧。

删竹

萬个修篁緑映池，晴窗日午漾風漪。園丁養竹偏加意，歲有删存似改詩。

感粵西近事

小醜跳梁起鬱林，穴藏狡兔萬山深。揭竿誤認民非盜，漏網翻誇縱是擒。帳下孫吴多袖手，軍中韓范寡同心。養癰數載今成患，時事艱虞感不禁。

次邗山司馬獨坐感懷原韻

灘江烽火已難支，楚水妖氛更可悲。轉餉連年金穴竭，調兵終夕羽書馳。窮黎失措籲呼日，大將憂邊坐鎮時。曲突誰知薪未徙，祗今無計理棼絲。

次邗山司馬雪夜感懷元韻

梅邊誰復放高歌，空憶揚州水部何。此際宜春簪綵燕，幾時報捷獻金鵝。早知政爲催科拙，自笑顔因避債酡。世有醉人稱瑞應，莫嫌今日醉人多。

冬夜偶感，時聞岳州、武昌警信

虎旅鴟兒擁陣雲，可曾天上下將軍。孤城失守悲湘水，萬鬼含冤哭楚氛。海甸久經培養厚，昊蒼何忍亂離聞。自慚報國無奇策，也爲憂時五内焚。

瓶城山館詩鈔卷五

憶兄介生

杜陵遥憶弟，我亦有兄存。社鼓驚新歲，烽烟慘故園。關山鴻雁影，風雨鶺鴒原。望遠無消息，相思欲斷魂。

元方屈指五旬過，荏苒流光似擲梭。我亦平頭剛四十，中年偏恨别離多。分散何堪問死生，還家有夢不分明。青山準擬歌招隱，春草池塘看耦耕。

許赤城親家北上，信宿共城，始得故鄉近况，詩以誌感

故山鼙鼓震，消息近如何。舊雨殷勤話，中原感慨多。撫時遷歲序，沿路梗干戈。堪羡書生膽，身從虎穴過。

袖我家書至，真堪抵萬金。親朋誰聚首，骨肉更關心。離亂悲生别，平安即好音。故

園幸無恙，遥憶尚霑襟。

過石門口

滿山雲氣萬重遮，幾處人烟三兩家。鳥道百盤森古木，龍潭千尺浸明霞。春風已茁葳蕤草，石壁初開枳殼花。我欲摩崖書大字，記從此地採丹砂。

贈張乙垣同年

窮愁偏不累清狂，冷淡論交有熱腸。鴆酒漫疑羊叔子，鳶肩誰識馬賓王。文章大雅推前席，湖海豪情卧上牀。笑指闌干生苜蓿，看花猶自戀名場。江湖兵燹亂如麻，琴劍飄零客當家。行篋圖書翻橡草，故山兒女卜燈花。樓臺變幻憑虚蜃，歲月奔忙赴壑蛇。轉惹鄉愁千萬疊，中原落日聽悲笳。

河中之水歌

河中之水向東流，狂瀾莫挽愁復愁。滔滔直下一千里，蔽江戰艦森戈矛。武昌地勢古形勝，控扼荆楚稱咽喉。壁壘雖堅乏守禦，粤匪穴地踰城陬。哀哉疆吏猶坐鎮，束手待斃無一籌。

四門洞開烽火急，頃刻華屋成荒邱。殺人如草血漂杵，白骨高於黃鶴樓。援兵遥遥渺難即，節鉞相機屯上游。逆燄鴟張破空下，旌旗遠接蘄黄州。側聞天子復遣帥，江南十萬驅貔貅。設險固圉恃天塹，雄師堵截潯江頭。元戎保身太明哲，退守金陵持老謀。養癰貽患已可咎，開門揖盜夫何尤。皖水孤城陣雲壓，重闉鎖鑰無人收。梁山對峙静鼙鼓，彼此視同風馬牛。三軍吹律死聲競，秦淮鬼哭聞啾啾。石頭城高蟻附上，水關蜂擁來群酋。衣冠殉難塞衢巷，子女玉帛供窮搜。六朝宫闕久榛莽，狐鼠竊據冠沐猴。長城一壞竟至此，衣租食税誰同仇。將帥無功餉需竭，杞人猶爲青天憂。聖主焦勞廢寢饋，東南兵甲何時休。

百泉駐兵紀事

分明一帶好烟巒，吏隱神仙共往還。忽覩旌旗蔽邱壑，蘇門竟作定軍山。
嶺嶠彎環壁壘堅，一溪流水一山烟。小橋隔斷行人路，洞裏桃源别有天。
營開細柳緑陰多，嘈雜軍聲混鸛鵝。掬得清泉堪洗甲，那須天上挽銀河。
虎帳朝炊萬竈烟，晝長高枕石頭眠。烹茶好試旗槍味，各挈軍持取澗泉。
燈火沿堤夜氣清，欣聞鼓吹亂蛙鳴。殷勤囑咐林閒鶴，莫作中宵警露聲。
鳥虎龍蛇演陣圖，風雲變幻小蓬壺。閒來也看兒童戲，一一抛墻逐水鳧。

野宿貔貅兩岸旁，將軍帷幄水中央。天憐六月戎車苦，荷芰香風送晚涼。
山前山後樵歌起，道是軍中撤凱旋。忽又移營山裏去，八騶齊唱白雲邊。

楊尉農都轉畫扇上墨竹見贈，詩以志謝，時都轉隨訥節相參贊戎幕

老子十萬富甲兵，本如成竹胸中橫。有時畫竹用兵法，紙上拉雜天風鳴。一竿直上挺然立，堂堂正正誰敢攖。一竿斜折筍旁茁，偏師制勝攻長城。先生示我有深意，永矢勁節懷堅貞。虛心願下此君拜，穆如吉甫清風生。

覃懷行

太行山頭壞雲壓，兵臨沁水重圍合。烽燧連天村落焚，月明繞樹烏三匝。赤眉遠自粵西來，都城到處門洞開。汴梁一過解圍速，人力那得爭風雷。粵匪攻汴梁時，一夕大雷雨，圍遂解。笑指西行將北渡，虎牢關外條條路。賈勇群登汜水舟，懷州頓起蚩尤霧。援兵催調尚山東，警報偏遲道路中。七十三朝城固守，睢陽雀鼠已全空。偉哉神君裘令尹，名寶鏞，河間人。登陴督隊戎行整。賊智爭傳出地雷，甕聽偏能捕風影。粵匪每以地雷攻城，裘公詢知獄囚中有能察聽者，使坐甕中聽之，果得數處。幾度攻城城夜愁，偶然轟陷水東頭。齊呼畚鍤登登築，不抵萑符死不休。同時我作共城宰，咫尺

隣封盡驚駭。籌防誰惜客頭焦，一官獨守空城在。鼠輩宵奔西復西，平陽火急望中迷。莫羞治水隣爲壑，且喜丹河息鼓鼙。

天津令

天津令，素得民心民用命。整軍禦賊楊柳青地名，練甲争誇犀角勁。津門重地偪幾輔，鎖鑰燕山此門户。曲突何人預徙薪，能使長安安樂土。君不見，宰相于思棄甲歸，臨洺關裏刦灰飛。鄗城北向蟲沙滿，七十二沽强虜圍。區區令尹孤城守，雀羅鼠掘空何有。一鼓親持壓陣旗，誓掃妖氛馘群醜。吁嗟乎，倉皇幸盼援兵至，背水一軍偏失利。中鎗慘絶佟將軍，忽報縣官同死事。此是畿南第一功，獨流一戰退諸戎。萬民哭泣專祠建，我亦臨風懷謝公。諱子澄，四川人，賜謚忠愍。

清暉閣晚眺

返照暮山紫，松陰凝晚凉。一水護樓臺，四面烟茫茫。有客凭闌干，天風吹衣裳。舉頭望雲中，鴈字初成行。低首看魚游，蓮葉摇秋芳。泉聲從西來，汩汩送斜陽。鐘磬隔前溪，餘音飄上方。恍惚登蓬萊，行欲歌滄浪。呼童瀹清茗，澆此枯詩腸。小住且爲佳，木樨聞妙香。

歸路近咫尺，明月生輝光。

題静樂園

園主人趙氏，籍隸新鄉，慕蘇門山水之勝，構園於清暉閣西偏，花草竹樹滿庭，翳如嵐影溪光，挹之不盡。惜主人不常居此，而余與主人亦未之見也。愛斯園風景，不能無詩。

蘇門山麓盤且紆，百門泉水清而姝。此間合是神仙居，古來高士多結廬。嘯臺高矗天一隅，窩名安樂心坦舒。水中樓閣疑蓬壺，游人蠟屐來于于。春秋佳日何清娱，紅塵不到俗慮祛。松雪主人意自如，移家寫入溪山圖。買田一廛宅一區，草堂門闢臨清渠。桂爲梁兮松爲櫨，闌干曲曲檽疎疎。籬編麂眼簾蝦鬚，一條仄徑濃陰鋪。千竿萬竿森篠箹，滿庭花木尤紛挐。參天一樹留古榆，木樨石榴三兩株。幽蘭箭箭香染裾，雞冠七尺紅珊瑚。葡萄萬顆垂明珠，瓦盆新種金橘奴。供以浄几遮籧篨，閉門高卧忘百須。逍遥好讀蒙莊書，泉聲到枕調笙竽。苔痕上堦鋪氍毹，攜竿石上觀游魚。牆頭鳥語聞朱朱，樽開明月先招呼。清風價買四萬銖，如此清福人間無。浮雲富貴皆子虚，山林之樂樂有餘。静中尋樂洵非誣，惜哉主人塵網拘。爾音金玉愁白駒，三徑未埽成荒蕪。梅花空付園丁鋤，我因愛屋兼及烏。操舟訪戴心蘧蘧，所思不見增欷歔。琴彈古調清興孤，他日相邀村酒沽。游山同出乘籃輿，三間老屋容我租。此生但守愚溪愚，何必君王賜鏡湖，好山好水皆吾徒。

前商邱縣令錢公文偉、前永城縣令吕公贊揚同寓歸德郡城，賊至遇害，人共惜之，感賦其事

城門啓，縣官逃，逆賊闖入窮搜牢，殺人如草腥風號。錢公死，吕公繼，二公懍懍持正氣。視死如歸此心慰，錢公駡賊賊轉喜，謂是好官當恕彼，愈駡愈厲賊刃矣。吕公殺賊賊大怒，手提長戈殺無數，賊殺全家報仇故。賊已去，民殮尸，紛紛道路哭，颯颯古鬚眉。幸哉二公留子孫，江南有籍家猶存，營齋營奠招忠魂。大吏驚聞咸感泣，爲國捐軀宜請䘏。吁嗟能幾人，不愧董狐筆。

壬子、癸丑兩遇覃恩，疊邀封誥，恭紀一律

百里花封强備員，頭銜虚轉愧鶯遷。兩番渥荷絲綸賁，三世均沾雨露偏。堂構新迎雙鳳誥，衣冠遥拜五雲天。微臣何幸邀榮遇，且誦鴛鴦福禄篇。

牛烈女詩

太行山高高，百泉水粼粼。中有太古風，閨閣鍾完人。牛氏有弱女，父母同居處。惜若掌珠看，篝燈伴機杼。父母偶出門，弱女守户閾。隔牆惡少年，無端生鬼蜮。女身潔如璧，

女心清似冰。可死不可辱，風骨尤崚嶒。父母方歸來，哽咽相對泣。青絲三尺懸，女命閨中畢。我來下車始，信讞猶未成。輾轉罪人得，咸知貞女貞。摭實告大吏，大吏聞於朝。峩峩墓碣鐫，行見天章褒。

吴氏妾節烈詩

夫爲輝縣民，妾爲汲縣女。丈夫無子妾獨憂，主婦不容妾獨苦。迫令他適何所歸，歸依母家難久處。忽聞阿翁喪，持服淚如雨。奔喪固所願，咫尺路終阻。忽聞親戚來，爲妾婉傳語。願服吴氏役，終身事井杵。主婦堅持誓不許，妾若重來仍見拒。吁嗟乎，賤妾身，何足數。賤妾心，自有主。恥爲東西溝水流，豈同上下楊花舞。堂堂三尺青絲縷，生不逢辰死得所。此身雖比鴻毛輕，此心已足昭千古。

獨坐白露園偶感

偶招風月便開軒，散步真宜獨樂園。幾輩登峰都造極，何人飲水肯思源。雲知歸去非無意，石解飛來似欲言。到此翻教增懊惱，門前游騎尚塵喧。

驅蠅

到耳何來此惡聲，攪人清夢混雞鳴。趨炎只爲羶腥飽，引類偏多羽翼成。玉本無瑕遭點污，窗原有隙苦鑽營。既驅復集真堪惱，看汝秋風了一生。

翦藤

叢叢擁翠礙庭軒，亂葉虬枝刺眼繁。倚樹此中多曲折，循牆惟汝善攀援。陰能蔽日天無縫，蔓可藏蛇毒有根。便共荆榛同剪取，好留芳草緑當門。

題曹謙三上舍梅花幀子

半生看遍洛陽花，獨賞孤芳處士家。疎影一枝憑寫照，稱君風格最清華。

畫香難得趙師雄，畫爲趙大令所作。曾記羅浮有夢通。一箇放翁花一樹，又添近事到吴中。君常州人。

謝邗山司馬餽菊

先生逸興寄東籬，贈到黄花有所思。益壽只緣高晚節，餐英猶可慰朝飢。無錢對處偏沽酒，滿鬢簪來自詠詩。觸我鄉情憶彭澤，故園應放舊栽枝。

接家書有感

家住大江東，身寄大河北。迢迢二千里，音問本疎闊。况經兵燹時，道路干戈塞。驀接故鄉書，差慰離家客。展讀兩三行，口咄心驚訝。紙尾讀未終，淚如綆縻下。骨月慘流離，親朋痛狼藉。休養二百年，忍見此凋謝。五月兵船至，十室已九空。八月兵船至，擾奪來城中。十月兵船至，焚掠無終窮。劫運至此極，徒爲號蒼穹。蒼穹渺不聞，大水灾復灾。禾黍悵漂没，華屋悲烟埃。目斷中澤鴻，嗷嗷尤可哀。中流失砥柱，狂瀾誰挽迴。阿兄和淚書，家無擔石儲。阿姪和淚書，出門無完裾。處處燕巢幕，五日三移居。虎口脱餘生，此幸當何如。家世本書生，荷戈非素習。難請終童纓，漫投仲昇筆。鄉人聞議團，守望須努力。報國倘有成，毁家何足惜。柴桑吾舊里，淵明曾隱居。蘇門吾宦游，孫登曾結廬。世變已非昔，皆成荆棘區。落落此一身，位置猶躊躇。

搔首向南望，南望涕交揮。兩翅不生腋，夢裏空言歸。太息參與商，欲見心事違。願爾寄書鴈，終年南北飛。

送計秀峰孝廉歸里

且唱公無渡，驪駒竟在門。烟塵悲滿目，離别黯銷魂。事業中年感，文章大命存。嘯臺鴻爪印，莫忘舊泥痕。

和孫遠音少府游百泉原韻

蘇門山色足流連，空谷高風景昔賢。今日與君圖雅集，向來留客挹清泉。垂竿橋畔魚依藻，瀹茗松陰鶴避烟。四面烟雲開畫本，游人多少姓名鐫。

瓣香知爲夏峰來，蠟屐還應上嘯臺。遥溯淵源華胄接，仰瞻祠宇曲闌迴。清高雅愛神仙尉，赤緊端資吏治才。豪氣未除拚痛飲，醒狂同覆掌中杯。

論交東野願爲雲，攜手看山正樂群。池水圓翻珠萬顆，竹林深罨屋三分。欣逢浴佛娱佳日，好共吟朋話夕曛。真率會堪追洛社，游踪遮莫動星文。

柴桑歸去談何易，久别匡廬思惘然。有酒且尋行樂地，無家誰贈買山錢。偶平雀鼠心差慰，每註禽魚手自編。我欲誅茅來卜築，靈源亭子岸西偏。

白露園即景

游魚一寸二寸，修竹千竿萬竿。雨過鷺拳池上，日斜蟬噪林端。

繞岸花影樹影，隔溪泉聲鳥聲。雲起山頭絮擁，風來浦面紋生。

高閣去天尺五，小亭在水中央。螺髻幾堆亂石，虹腰一道迴廊。

穿竹西偏取路，看松北向開軒。南去溪流漲淺，東來人語聲喧。

新種芙蓉艷冶，舊栽楊柳蕭疎。緩步無人放艇，閒游有客提壺。

雲影天光淡蕩，松風水月清華。指點上方仙界，安排中隱人家。

椰子冠逢道士，筍皮鞋遇園翁。滿塢藥苗蒼翠，壓籬瓜蔓青葱。

藉草林閒弄笛，掃苔石上横琴。莫放春秋佳日，難忘山水清音。

過陳莊，老農留飲而别

山莊容得太平身，飲我醇醪即部民。菰首芋魁登饌美，藕芽菱角薦盤新。巡檐語共雙雙燕，出水鮮供六六鱗。記得勸農曾此過，杏花村裏本朱陳。

和但禔齋農部五十感懷原韻

屈指番風放牡丹，相逢曾掇菊英餐。遠離燕市方歸隱，流寓蘇門久耐寒。世態頻年看爛熟，道途到處説艱難。客中生日愁中過，借枕邯鄲夢欲闌。

對策争傳董仲舒，清貧依舊馬相如。全家避亂旅愁集，冷宦歸田生計疎。北隴移文應附鶴，東華爆直早焚魚。薜蘿肯把簪纓换，變幻雲烟一任渠。

七十慈親兩鬢皤，斑衣舞綵未蹉跎。潘安捧御承歡久，李密陳情得養多。苦爲移家虞孟浪，敢緣負米畏奔波。兒孫繞膝團圞好，漫向風塵歎奈何。

磨驢勞碌隙駒忙，身世平心細忖量。齊物外篇懷漆吏，游仙内景記曹唐。圍棋打劫閒猶樂，客路看花老更狂。笑我柴桑歸未得，脚靴手版尚倉皇。

署齋八詠

嘉蔭軒

我室本虚白，滿窗横緑陰。俯仰萬籟息，可以眠瑶琴。

槐陰疊石

拳石嵌玲瓏，朵朵芙蓉削。直欲置壺中，九華分一角。

白丁香館

窗開瓊樹花，人住衆香國。藐姑冰雪姿，桃李無顔色。

海棠巢

一樹裹紅雲，妙列神仙品。便唤海棠顛，登巢拚痛飲。

小醉微吟室

不醉難驅愁，不吟胡遣興。藉此消餘閑，一觴還一詠。

浮芥坳

鑿池盈半弓，坳堂杯水覆。底事芥爲舟，中庭看鷺浴。

鸜鵒廊

對人偏解語，心思覺分明。堪笑羊公鶴，氋氃舞未成。

小詩城

裝潢千首詩，照耀半間屋。風騷此建壇，便抵百城築。

題龔堯甫運副乘風破浪圖

鯨呿鰲擲氣如虹，萬里滄溟眼界空。舟楫莫輕誇利涉，終須安穩駕長風。

登嘯臺有感

南天搔首獨徘徊，滿目烽烟慘不開。我欲蘇門山色裏，最高添築望鄉臺。

寶劍

寶劍在腰久，緣何鳴不平。百年幾恩怨，慷慨此平生。星斗欲無色，風雷時有聲。況逢多事日，江漢正傳兵。

秋日雜感

葉落庭梧報早秋，嫩凉天氣雨初收。争誇樂歲香秔熟，恰喜芳林棗實稠。朔雁影飄湘水遠，暮蟬聲咽漢宫愁。西風吹恨知何限？團扇恩深恐未酬。

自烹香茗滌煩襟，每對清泉照素心。枕畔亂書開闔看，酒邊斷句短長吟。中宵欲舞劉琨劍，下邑空張單父琴。籠鳥檻猿真懊惱，生來野性本山林。

坐對青山罷放衙，訟庭閒似野人家。緑槐送到蕭疎影，紅蓼開將瑣碎花。振觸離懷逢客燕，攪殘清夢惱官蛙。緑莎廳外三弓地，儘好呼僮學種瓜。

自笑疎狂涉世難，塵中青眼幾人看。才華本覺輸同輩，吏計何由重上官。七品茶嘗隨分足，四知金卻此心安。高情獨羡陶宏景，神武門前早挂冠。

手中蓍揲似流光，數載蹉跎愧傴塲。客至好爲風月主，宦游難得水雲鄉。峰頭立馬迎朝爽，濠上觀魚話夕陽。從此老韓堪合傳，種花何礙課農桑。

早知治賦本非仁，政拙催科累此身。薄税尚憐民力困，積逋誰念長官貧。馬齋好共廉泉飲，鶴俸平分月料匀。三徑無資歸不易，移文休誚折腰人。

時危隨地總風波，進退艱難可若何。賈誼陳書惟痛哭，杜陵憂亂只悲歌。江東月冷宵横槊，塞上霜寒夜枕戈。自分封侯無骨相，邇來豪氣漸消磨。

大河南北路迢迢，一紙鄉書久寂寥。風鶴傳聞驚變幻，雪鴻踪跡悔飄摇。妻孥尚覺隨身好，兄弟偏憐入夢遥。料得田園半蕪落，籬邊松菊也蕭條。

逢人羞説早歸耕，潦倒塵埃已半生。宦味卻從愁外淡，禪心穩向定中清。風緣草勁偏難偃，蟲爲秋鳴本不平。一枕黄粱終是夢，世間無用只浮名。

搔首茫茫且問天，幾人才福得兼全。緑榕擁腫清陰大，黄菊遲開晚節堅。儒素本來争際遇，佛家從古重因緣。平生磨折經多少，菱角真成芡實圓。

閒揮麈尾愛清談，舊雨聯裳恰兩三。韻事儘教添硯北，家山苦唱望江南。書空殷浩門應閉，斫地王郎酒正酣。好結嘯臺鸞鳳侶，筆床茶竈供詩龕。

幾時可息漢陰機，雲想還山鳥倦飛。人爲多愁疎懶慣，官無起色應酬稀。升沈底事關榮辱，今昨何堪問是非。醉讀離騷偏痛飲，巾箱早製芰荷衣。

秋日過田家

一灣流水護山莊，幾樹蟬聲送夕陽。拂面好風吹不斷，稻花香間棗花香。

柿子微黄橘漸紅，梧桐葉已墜西風。槿籬一帶添秋色，沿港家家種水葓。

蟹籪魚椿野岸邊，旁通罯罶到山前。更張三面虞人網，攜出珍禽翠羽鮮。

竹樹周遮屋二分，柴門飛過鷺鷗群。淮南雞犬應無恙，絶好人家住緑雲。

屋角葡萄壓紫藤，豆棚瓜架結層層。兒童摘食園中果，又向方塘唱採菱。

夏子覲大令書來，道不得意，詩以答之

鬱居君未展愁顔，遺我魚書擬閉關。四十年華官七品，應憐同病白香山。

生子志喜

四旬人是抱孫時，我正生兒慰望思。沿俗雅開湯餅宴，連朝疊晉菊花巵。余與兒子皆九月生。

乍爲人父真驚喜，可惜吾親未見知。但願無災復無難，書香似續漫嫌遲。

居然兒女也成行，文褓嫛婗各繞床。弄瓦頻年曾卜吉，夢蘭今日始徵祥。每聞啼笑全家喜，

但識之無我願償。待得向平婚嫁畢，游山應帶鬢邊霜。

庭中蓄一鸚鵡，羽毛鮮翠，惜未能言。余初疑其少慧，然或即緘默以自高者，感而有作

生來慧舌慣翻瀾，底事含情欲語難。從古能言多賈禍，不如緘默得身安。

翻憐綵翠入雕籠，咫尺雲霄路莫通。輸與凡禽偏灑脱，隨緣飲啄萬山中。

鷺巢樹上忽墮一雛，家人拾而蓄之，長成恐其飛去，爰剪兩翼飼於庭中。余憐其遇之佳，而又惜身之困也，賦此志感

鷺鷥啞啞鳴，棲止庭樹枝。每當春夏交，結巢無愆期。巢成伏鷇卵，雛生賴母慈。朝出溪田閒，暮去河水湄。嗷嗷雛待哺，覓食爲哺兒。一雛立不牢，墮落中庭陲。本無覆巢慮，墜地聲何悲。家僮急拾取，愛護供兒嬉。漸漸毛羽豐，高飛會有時。汝飛豈不願，歸期恐難知。願汝久侍側，勿傷長別離。并州快剪刀，畧鎩雙翎垂。從此户閾閒，跬步常追隨。坳堂覆勺水，刷羽如臨池。雞鶩不争食，兩小無猜疑。得主亦云樂，相安誠所宜。但惜尺寸地，局汝淩霄姿。絛鷹與籠鶴，抑塞同數奇。迺殊不謂然，甘心守樊籬。雲程九萬里，倀倀究何之。稻粱雖可謀，世路多險巇。藉此合養息，用晦終履夷。請看斷尾者，猶且憚爲犧。

題赤城竹隱圖

我擬菊隱圖，君先隱於竹。菊淡只宜秋，竹清能避俗。一日無此君，滿腔塵碌碌。左右得修篁，便享山林福。蕭蕭風雨聲，爽籟戛寒玉。林深圍緑陰，罨畫二分屋。有琴隨意彈，有書隨時讀。有酒且呼朋，有棋且安局。林下儘逍遥，此願神仙足。不圖君得之，煙雲揮滿幅。君本竹主人，家住方湖曲。文竹敞高軒文竹閣爲君家别業，吟聲畣山谷。作客趣亦佳，淇泉久信宿。

刻翠每留題，筠箋如筍束。我亦竹林遊，夢繞蘇門麓。安得兩家春，分蔭萬竿緑。擕將竹葉觴，來賞東籬菊。

唐槐歌

共城署中有槐一株，相傳爲唐時物。古茂鬱蟠，中空外直，旁抽一榦，廣蔭逾畝，樹狀若龍，亦名龍槐，因作歌紀之。

老龍盤盤勢張王，一臂拏雲高十丈。虬枝拗鐵腹全空，角宿虚星應天上。突兀真成老樹精，傴僂轉類承蜩形。密葉周遮作屏障，恰將嘉蔭名吾庭。閲人成世歷千載，幾見桑田變滄海。道是昆明刼後身，拔地高柯青不改。托根何不依蓬萊，碧桃同向雲中栽。齷齪衙齋伴俗吏，茫茫宦海悲塵埃。嗟爾輪囷享祀久，大匠不逢時不偶。拳曲雖非梁棟材，盤根卻獲岡陵壽。君不見，召公遺愛留甘棠，勿剪勿伐思慕長。此槐偃蹇亦千古，應有德澤同流芳。

聞邘山司馬卧病寓齋，久不得見，心甚悵然，詩以代柬，用韓昌黎寄盧仝韻

先生遯跡蘇門裏，坐對青山頭白矣。林泉好作逍遥遊，三徑苔痕侵屐齒。平生襟抱高於雲，

目中落落無餘子。宦囊羞澀詩囊富，抱膝沈吟逾一紀。琳瑯架插三萬軸，没字碑荒真可恥。胸羅青史縱偉論，上泝唐虞五千祀。玩易閒尋安樂窩，門外清泉便洗耳。登高時坐嘯臺嘯，更入竹林招隱士。夏峰講學企高躅，咫尺枌榆鄰故里。共城僑寓多前哲，僂指先生能繼起。肯將蘿薜易簪纓，世外烟雲供驅使。逃名何必學韓康，交似晨星寡知己。我從去歲領巖邑，車笠訂交自此始。一見能將肝膽傾，午夜談深猶未已。自慚服軛如駑駘，每爲識途詢騄駬。五斗累人强折腰，聊把一官代耘耔。簿書尺許苦齷齪，翻悔硯田棄良耜。先生出處獨超絶，愧我身猶羈禄仕。亦思掉頭歸去來，種秫無田何所恃。柴桑草屋八九間，半就荒蕪剩基址。此身進退實狼狽，跋胡疐尾差可擬。况當江漢久不靖，妖氛猛烈惡難似。故園骨肉慘分散，竟占凶象滅頂趾。大河南北亦荆棘，從兹決計定行止。倘傍先生水竹居，樂數晨夕猶可以。争道歸田趁黑頭，我今四十更何俟。買山卻笑腰纏空，相將賃廡住城市。忽聞先生偶示病，僮僕皆爲色不喜。方朔詼諧每動聽，鄒衍談天有至理。一卧兼旬不進城，秋水蒹葭溯河涘。蓬蒿已滿仲蔚宅，獨行允足傳野史。酬唱詩筒互投遞，彼此相贈類桃李。還待重陽就菊花，先寄吟箋當雙鯉。

詠老少年

天空南雁叫清秋，染出猩紅葉葉稠。怪道朱顔長不老，一生知爾本無愁。

詠雞冠花

風雨瀟瀟秋氣賒，數枝紅襯短籬斜。雄冠磊落真無匹，只放當頭第一花。

詠竹夫人

瘦影横陳印簟痕，月明簾額伴黄昏。合歡團扇争新寵，同夢方床感舊恩。一枕清風欣在抱，五更涼雨黯銷魂。記從林下歸來後，認取珊珊秀骨存。

詠湯婆子

那畏嚴寒到被池，温泉堪調煖方滋。一場春夢卿先覺，五夜霜華我未知。翠袖熏籠斜倚候，清茶沸鼎正烹時。熱中原不因人熱，相伴應惟冷處宜。

張子青學使同年重游百泉，偕蔣鷺汀太守同至

使星重到動經秋，赤壁東坡賦後游。數竹卻添籬外笋，看雲還倚水邊樓。渾疑吹笛乘黄鶴，閣上祀吕仙。恰好眠沙伴白鷗。説與蘇門鸞鳳侣，雪鴻今日又勾留。

太守風流並馬來，群仙高會小蓬萊。燈光一道明星海，嵐影千重落酒杯。池上芙蓉知漏轉，

亭前桂樹報花開。當頭遥指文昌宿，曾照深山第二回。

逢場竿木各隨身，偶憩林閒笑語親。敢戀雲山成錮癖，轉憐風月屬閒人。奔流泉水殊清濁，放浪形骸忘主賓。座上勿輕談世事，烟巒藤壑恐生瞋。

相看把臂共流連，一宿臨歧便黯然。別後尚思圖畫寄，臨別囑繪圖相贈。碑陰定許姓名鐫。余曾鐫蘇門碑版數幅。親人魚鳥都無恙，留客溪山信有緣。安得八騶齊挽住，飛觴十日飲林泉。

邗山司馬多髯，自刻「髯翁」私印，戲贈一首

詩人昔有蘇髯公，髯而詩者誰能同。吟聲落落七百載，不圖司馬今髯翁。司馬豪情高北斗，掀髯笑哆談天口。每懷玉局瀝忠肝，豈獨騷壇稱敵手。老坡磨蝎身宫纏，儋耳謫宦悲迍邅。左遷例更及司馬，即論遭際皆前緣。大筆淋漓縱揮灑，放眼交游空四海。我欲重描笠屐圖，鬑鬑兩個詩人在。

鴟梟歎

鴟梟鴟梟，厥名惡鳥。胡不效樹上之慈烏，反哺呀呀侍親終老一解。胡爲乎任爾翱翔，謀爾稻粱。有母在堂，饑餓徒傷二解。一朝銜恤，缾罄罍恥嗟何及。行路聞之，皆爲感泣三解。

爾竟無聞，隔千里兮空望白雲。只謂受羈塵網，道途阻絶妖氛四解。彈指兮三年，抱恨兮終天。爪跡泥痕兮枝棲異地，尸饔有母兮不及黃泉五解。安莫安兮爾心，深莫深兮親恩。木拔本兮水塞源，獨不思爾有子孫。鴟梟鴟梟，即烹爾爲羹，尚何罪之足論六解。

鸚鵡蓄將一年，忽爾逸去，訪爲城外童子所獲，贖而歸之，詩以紀事

好鳥相隨如好友，風雨晦明常聚首。一朝星散傷別離，主人落落誰爲偶。知爾雲霄志未忘，雕籠乍脱恣翱翔。不甘家食同雞鶩，秋隼齊飛天路長。人閒到處多羅畢，此身文彩宜珍惜。息機好入舊山林，莫戀塵中香稻粒。遠舉偏教近市廛，弋人篡取群欣然。垂憐幸矢生擒願，攜出韝絛翠羽鮮。報道楚弓仍楚得，僮僕驚聞皆喜色。争誇合浦還明珠，且贖文姬歸故國。舊主依依情更深，周防何事起猜心。倦飛也算知還鳥，去住從茲兩不禁。

張君子振別已六年，今歲從江南來，迂道過訪，即次東坡喜劉景文至韻

樽開明月猶招呼，故人遠在天一隅。梁園判袂已六載，戢影江淮音信無。相思千里忽命駕，擔簦躡屩戒僕夫。入門一見發狂笑，彼此握手行相扶。君容落落依舊瘦，我面鬑鬑頗有須。西窗剪燭酌清醑，高談文字闊且迂。五斗尚爲食指困，筆墨安足供樵蘇。短轅局促歎良驥，蓬門卑隘愁名姝。囊空似洗竟同病，依然故我成今吾。何日扁舟共移棹，雨笠烟蓑歸鏡湖。

夜坐

一盞寒燈坐夜深，隔窗斜月影沉沉。愁來欲借書遮眼，境過偏留事在心。菱楮何堪供轉餉，樓蘭可許見生擒。盾頭草檄非吾分，每爲濡毫感不禁。

半嶺天風忽滿樓，驚聞畫角起城頭。幾人出塞稱飛將，何處尋鄉署醉侯。紙上是非難盡信，局中成敗竟無由。卻虧五斗名場客，擔得人間萬斛愁。

劉氏二烈婦

松柏本並直，冰雪原雙清。劉家二烈婦，苦節同峥嶸。王氏適三星，兩載絲蘿盟。張氏適卿雲，九月伴雞鳴。倏爾遘家難，疹疫相糾縈。三星慘易簀，王氏忍獨生。强顏慰妯娌，弱女悲煢煢。茹毒瞑雙目，比翼歸九京。卿雲復遽逝，舉室淚交横。張氏獨含意，願與王偕行。家人密環伺，刀繩毋使攖。七日竟絶粒，鸞鶴空中迎。嗟哉二烈婦，死豈鴻毛輕。矯矯名門姝，堂堂閨中英。王氏爲通守廣恕之女，張氏爲觀察坦之女。卯金舊望族，閥閲緜簪纓。庭前茁雙玉，魯宫芹藻賡。三星、卿雲皆列諸生。忽赴修文召，頓沈琴瑟聲。婦也甘同穴，大義何分明。慷慨與從容，滿腔皆血誠。

此事足千古，早重鄉閭評。況紀史臣筆，張太史桐作傳徵詩。定邀天子旌。我有同年友，君家爲弟兄。三星、卿雲皆余同年位卿比部之弟。分曹白雲司，入告堪陳情。綽楔矗霄漢，兩難垂令名。感泣播詩歌，清芬揚女貞。

王松庭孝廉贈梅誌謝

經年不見江南客，魚鴈關河千里隔。嶺頭誰寄一枝春，空對綺窗新月白。松庭知我百無聊，遠贈梅花破寂寥。插向膽瓶供清玩，夢迴紙帳暗香飄。尺書入手開緘笑，索我吟成憑寫照。幾生修到此花身，鐵石心腸寡同調。欲睹尖叉下筆難，圍爐痛飲酒杯寬。探春懶踏溪橋路，好伴孤芳耐歲寒。

偕孫心樵同年、許赤城親家百泉觀梅

看花須看向南枝，賞花須賞未開時。南枝春信破臘早，共道向陽花木好。游人花底夢羅浮，翠羽一聲天色曉。凍蕾禁寒不肯開，横斜疎影傍林隈。孤芳落落有奇致，高士雪中遲未來。我忽呼僮命載酒，背著錦囊隨我走。水邊籬落獨徘徊，一片冷香吹入口。偕來況有江南客，索笑巡簷行得得。孫楚風流共性情，許渾瀟灑同標格。好邀明月到芳樽，莫閉孤山處士門。

枝上一雙仙鶴守，溪橋斜颺晚烟痕。爲囑園丁特珍護，幾見高寒如此樹。領袖人間萬種花，未開原不關遲暮。與客飲花前，花枝照酒何芳妍。與客詠花下，畫意詩情並風雅。山色蘇門青不改，老梅幾樹春長在。我欲連山徧種三萬株，衆香爲國花如海。嗚呼！安得衆香爲國花如海。

劉雲生同年過訪，即送其南歸，用赤城原韻

皁帽黄塵客影單，腰横寶劍與誰看。唐衢漫作無端哭，范叔何堪至此寒。推解自知慚慷慨，窮愁差喜報平安。江湖阻絶干戈滿，真覺人間行路難。

和邗山司馬對雪有感元韻

耐得吟懷又歲寒，去冬曾和雪夜感懷詩。人家有福是平安。未謀酩酊心先醉，欲掃欃槍事大難。佩劍平生餘壯膽，珥貂幾輩瀝忠肝。師行竟共年光老，觸我閒愁更百端。

庭霰如花滿地鋪，將軍此夜奏功無。梁園客正揮吟管，樂府歌應碎唾壺。羔酒風流思太尉，江山粉本倩倪迂。怕聽黄竹哀民曲，誰繪逃亡鄭俠圖。

和赤城雪夜偶成原韻，兼懷故鄉友人

雪花兆瑞聽衢歌，安樂年光得且過。地僻陽春知有信，官閒民俗喜無頗。羨他杜老依長鑱，悽絶王章卧短蓑。此夕與君須痛飲，聯吟剛趁筆頭呵。

累我襟懷計米鹽，風塵況復簿書兼。腰圍漸覺經年減，愁緒何堪逐日添。臘鼓敲殘驚歲杪，陰雲凍合壓山尖。談深午夜聞雞唱，特囑遲遲報漏籤。

途中冒雪偶作，兼懷赤城

頻年奔走慣風塵，雪裏鴻泥記夙因。翻羨君爲高卧客，卻憐我亦未歸人。誰家柳絮添新詠，驛路梅花報早春。料得淮西馳露布，九天戰褪玉龍鱗。

歲餘稍暇，買盆梅數本，供置案頭，對此幽芳，不覺有出塵之想，援筆偶成一絶

掃除塵壒小庭幽，贏得寒香几硯留。明月上窗疎影動，五更清夢到羅浮。

瓶城山館詩鈔卷六

和乙垣客中早春原韻

客邸逢春便惜春，故鄉回首重傷神。鬢絲覽鏡憐今我，書卷堆床愛古人。作賦轉添平子恨，賣文難療長卿貧。嘯臺有伴堪偕隱，好枕清流滌俗塵。

偕赤城游百泉，用乙垣韻

挈伴尋芳春復春，又攜斗酒欵花神。一灣流水仍今日，千疊青山似故人。羽客搨碑粗識字，園丁種菜久安貧。魯齊自是蘇門侶，衣上同湔舊日塵。

邘山司馬惠牡丹一本，兼賜以詩，賦此並謝

國色凝香帶露開，恰和香氣送詩來。三章細譜清平調，管領名花要艷才。

姚黄魏紫競繁華，往日風情洛下誇。不道鮫綃張錦幔，別開金谷是君家。
寒較開遲已暮春，恰同婪尾鬬芳辰。唐花漫占春光早，今日空枝轉惱人。

入十八盤，勾當公事，途次偶成

歷盡崎嶇世路難，風塵鞅掌歎粗官。案頭未了三千牘，山頂遥經十八盤。斷壑養雲晴欲雨，陰崖匿雪夏猶寒。置身高處平如砥，九點齊州眼界寬。
雞犬桑麻別有天，谷中隱者舊盤旋。好山相識留真面，佳境重來締夙緣。愧聽鄉閭稱父母，祇談風月即神仙。勸農記入花村路，恰好呼僮覓石泉。

涉縣李璞亭大令毓珍殉難詩

涉縣本嚴邑，路僻人跡稀。界連三晉疆，深山行徑微。此地無屯兵，所恃民團威。群寇忽麕集，谷壑彌旌旗。衆寡勢莫敵，孤城誰解圍。縣官誓辦賊，長戈帶血揮。盡殄狐鼠輩，應化蟲沙飛。力竭齒猶嚼，視死真如歸。丈夫此報國，成仁或庶幾。凛凛古鬚眉，俎豆生光輝。

夏邑縣徐霽峰大令本立殉難詩

天地有正氣，吾鄉鍾偉人。徐公奉新縣人。卓哉徐令尹，報國殉以身。兩載官夏南，訓練團鄉民。賊盜東南來，倉卒圍城闉。聚衆約守禦，刃此千黄巾。巷戰力不支，捐軀無逡巡。同罹鋒鏑慘，闔署多交親。署中數十人同時被害。藉藉城中尸，鬼火飛青燐。守土洵不愧，定須當宁陳。何日祀專祠，春秋薦蘩蘋。尚待請䘏〔一〕。

【校記】

〔一〕八卷本「尚待請䘏」作「死後未蒙請䘏」。

蘇文忠公硯

硯名紫雲端，長五寸，闊三寸餘，左刻「紫雲端」三字，右刻銘曰：「爾本無名，託乎雲水。雲盡水窮，惟一堅粹。夫嘗遇之，顧鑒之外。」下刻「元豐六年東坡刊於承天寺中」。

命宫磨蝎磨至死，墨亦磨人磨不止。一方古硯心太平，石劚端溪紫雲紫。濡染大筆文章豪，才氣浩瀚驅海濤。歐公早讓出頭地，大蘇名並眉山高。一生宦轍總顛倒，身世東西印鴻爪。赤壁逍遥前後遊，無端海外詩人老。區區片石壓輕裝，好伴東坡供雪堂。雲盡水窮堅質在，祇今翰墨有餘香。

謝文節公琴 琴名號鐘，其陰有銘云：「東山之桐，西山之梓，合而爲一，垂千萬古。」

片石橋亭留卜硯，河山瓦解驚塵散。冰絲零落又人閒，無限遺音寄三歎。東桐西梓選琴材，羽换宫移曲總哀。恍聽履霜彈舊調，伯牙山水賞音來。伯牙琴名號鐘〔一〕。離離故國傷禾黍，蒿目家山獨延佇。淚灑冬青幾樹花，淒涼欲共桐君語。裂石穿雲捲怒濤，撫弦誰與慰無聊。同心只有文山叟，夜雨松風共寂寥。文信國琴陰詩云〔二〕：「松風一榻雨瀟瀟，萬里封疆不寂寥。獨坐瑶琴遺世慮，君恩猶恐壯懷消。」

作於清原寺中。

【校記】

〔一〕八卷本「伯牙琴名號鐘」作「伯牙有琴亦名號鐘」。

〔二〕八卷本「文信國琴陰詩云」作「文信國有琴陰詩云」。

題洪幼懷齊雲山館詩草

年年橐筆向夷門，一領青衫漬淚痕。羅隱生平科第蹇，方干没後姓名尊。才堪絶俗無餘子，學本承家有夙根。尊人爲稚存太史。好付麻沙遺稿在，朗吟奇句爲招魂。

讀北江詩話，有五丈原諸葛忠武祠一律，即次原韻

造廬先主起鴻冥，戎幄參籌筆不停。羽扇軍中揮將令，布衣天上應台星。圖成八陣留巴郡，數定三分惜漢廷。曾自卧龍岡下過，南陽山色尚青青。〔一〕

【校記】

〔一〕八卷本「曾自卧龍岡下過，南陽山色尚青青」作「前後出師遺表在，千秋馳譽勝丹青」。

贈陸玨生

高懷嶽嶽氣凌雲，每爲雄談坐夜分。酒國要添新戰壘，騷壇應拜上將軍。偏多妙悟通圖讖，能讀奇書數典墳。如此少年真不易，士龍入洛早傳聞。

送張篠村大令赴辰谿任

十年塵海夢浮鷗，纔向邯鄲借枕頭。甲榜舊成同進士，辰谿新拜小諸侯。編氓疾苦關心久，家學淵源入仕優。今日書生須將略，毛錐無用早應投。

輓何品石明經 一碧

鶴算頻添近九旬，吟詩作字尚精神。四朝喜歷昇平遇，五代欣看繼起人。早信文章驚老輩，不妨山澤作遺民。淒涼一紙徵書到，地下猶留未了因。先生殁已年餘，部選靖安教諭。

久矣青山伴白頭，葛巾朱履自優游。門高共羡如中子，道廣真堪擬太邱。回憶名場皆幻夢，不談時務本清流。少微星忽南天隕，應有文光傍斗牛。

車粼粼

車粼粼，車粼粼，郵亭驛堠驚奔塵。兵差絡繹苦不絶，窮愁交困官與民。昨日陝甘軍帖至，邊營妙選三千士。明日燕山羽檄催，十萬貔貅專閫寄。一齊援勦赴東南，沿路紛紛警報探。多少軍裝須捆載，星馳電掣敢停驂。縣門徹夜傳呼急，抽調兵車編甲乙。那須雇值派門攤，轉輸芻稾資民力。偏裨帳下忽譁然，祖道争需設酒筵。牧圉馬乾隨例給，點行還索導行錢。誅求誰諒有司苦，近日軍書正旁午。一官空坐債臺高，剜肉醫瘡究何補。君不見，千軍萬乘出城闉，一去軍中便不還。禦賊權當堅壁壘，轂摧輪折積如山。

黄河船

黄河船，黄河船，行人欲渡囊無錢。擔簦負笈坐岸邊，篙工醉飽沙上眠。呼船恐觸篙工怒，輾轉崇朝旋至暮。後來有客争先渡，客言本是河東賈。紫標十萬黄標五，慷慨腰纏輸十千。捩舵開頭疾如弩，兩岸小車紛沓至。經商僅獲蠅頭利，三百青銅也解囊。載將船尾猶容易。噫吁嘻！官船本爲便民設，到此翻教行不得。百般需索使人愁，日計度支總乾没。

六月十二日黄文節公生辰

西江詩派公獨開，一字落紙驚風雷。公詩自道痛至骨，要從至性情中來。論文況復貴質厚，孝弟忠義爲根荄。平生大節亦磊落，時事感賦增餘哀。俊游早攬大江勝，皖公山色疑蓬萊。石牛洞口山谷寺，公名與寺同崔嵬。我公距今七百載，浯溪碑版横蒼苔。眉山坡老並旗鼓，騷壇二妙群交推。自笑瓣香爇已久，祠堂曾謁章江隈。勉强學詩愧後進，碔砆那得侔瓊瑰。此日我公正覽揆，靈光宛在空低徊。轉瞬荷花届生日，碧筩先進瓊筵杯。

六月二十一日歐陽文忠公生辰

太守四十稱醉翁，飲酒之樂滁人同。慶歷越今七百載，瓣香敬祝惟我公。公之政績卓且茂，公之大節孝且忠。平生寄託在山水，莊襟老帶懷高風。釀泉涓涓瀉萬壑，瑯琊簇簇羅千峰。豐樂有亭亦並建，時和民氣歸熙雍。揚州宦轍偶印雪，平山堂下荷花紅。移櫂西湖恣清賞，六橋楊柳垂青濃。一官頗愛水雲窟，商量圖畫追游蹤。飄然解組獨超絶，是非疑謗都消融。衣冠束縛笑我拙，折腰十載嗟未工。泉吟峰歗苦無分，塵埃齷齪填滿胸。林巒到處總孤負，對公能勿滋赧容。有酒須醉千萬鍾，人生不樂將奚從。文章政事仰芳躅，我公曠世如相逢。

荷花生日六月二十四日

一樽六月那能空，壽了涪翁壽醉翁。今日荷花生日日，又持清酒酹秋風。前一日立秋。

立秋後連日頗涼，喜成一律

容易秋風到，驚心節候移。涼生蕉扇卻，暑退葛衣知。鵲影横清漢，是日七夕。蟬聲戀故枝。應逢南去鴈，是我寄書時。

月夜

秋風吹我襟，秋月照我心。風月此良夜，虚堂秋氣深。當户耿河漢，疏星淡欲沈。萬籟一何寂，草蟲鳴砌陰。

聞笛

長笛一聲聲，蕭條夜氣清。藁砧思婦怨，雲樹故鄉情。曲度烏栖穩，天高鴈影横。倚樓空四望，獨對月華明。

小園獨步

西園古柏暮棲鴉，樹杪青濃襯落霞。飛到一雙黄蛺蝶，背人閑立馬蘭花。

檢衣

乍凉天氣檢秋衣，彈指年光去若飛。瘦損容顔渾不覺，偶因量帶減腰圍。

喜晤張錦峰司馬，即次見贈原韻

萬里天南一故人，忽來梁苑話前因。相逢各抱升沈感，久别驚看老大身。千首新詩行篋富，十年冷宦客囊貧。梟飛計日長安近，定荷簽名下紫宸。

書陳寄園寄生草後

毫端奇氣本縱横，壽世文章老更成。怪底窮愁書著就，始知天意厚虞卿。
萬里曾爲浩蕩游，從軍西去古涼州。弓衣繡滿新詩句，猶自高吟紫塞秋。
相不封侯數亦奇，寒雲歸卧錦江湄。劇憐種菜英雄老，夢裏空餘筆一枝。

題許韞亭明府逗雨齋詩草

金庭釣石畫圖披，點筆都成絶妙辭。宦味早教雞棄肋，吟情還愛豹留皮。西堂舊雨縈歸夢，南國清風繫去思。多少鴛湖酬唱侶，騷壇牛耳讓君持。

今春遣僕南歸，探詢近事，已五閲月，音耗渺然，積感生愁，有不能已於言者

去歲故鄉來，寒梅花正開。攜我家書數行至，免教風聲鶴唳遥。驚猜今歲故鄉去，楊花開滿路盼汝。黄梅時節正北歸，柴桑松菊應如故。紫燕南飛竟渺然，幾回月缺幾回圓。浮沉倘過投書渚，望遠空勞雙眼穿。江湖阻絶烽烟滿，驛堠郵亭蹤跡罕。行旅猶難卜死生，歸期那得操成算。前度皖江軍信至，孤城待復方持議。忽聞又失武昌城，殺運連年至此極。

我家居傍大江濱，楚尾吴頭恰比鄰。寸步皆成荆棘地，舟車無路只愁人。天涯兄弟難相見，況復音書沈帛雁。流離何處可安居，池塘草作飄萍散。搔首南天淚數行，離懷日繞九迴腸。深宵縱有還家夢，聽雨挑燈轉自傷。家書爭説萬金抵，行路難兮難若此。及瓜待汝秋爲期，昨夜燈花初報喜。

貴州普安令崇野漁璟全家殉難，感賦長歌

君官黔南我大梁，彼此宦轍天一方。君之而翁官沁水，懸車跡寄蘇門裏。尊甫邗山司馬罷官後寄寓蘇門。我與而翁最有緣，吟箋酬唱垂三年。聞君卓薦將北上，而翁終朝倚門望。翁忽來奔色不喜，謂是黔中盜蜂起。普安城小聞已失，不知吾兒可有殺賊力。迢迢一紙天涯書，望遠不來空欷歔。羽檄飛馳奏天子，城亡與亡官已死。翁乃掀髯笑不休，兒得死所吾何憂。君家世胄我能悉，累葉門庭森棨戟。況是襄勤六世孫，必須如此報君恩。睢陽齒，常山舌，只此區區一腔血。大節如君事已難，全家殉難尤悲酸。孺人張，兒婦司，同時一死甘如飴。深閨尚有待字女，服刃投繯各容與。三女皆殉節。小婢偏能大義明，主人已死身何生。一門忠烈真凄絶，金筑峰高聳奇節。幸有佳兒能報仇，揮刀誓斬夜郎頭。一日賊巢破，小醜黃巾俱膽落。二日賊壘空，城狐社鼠逃匆匆。三日孤城已克復，慘入琴堂抱尸哭。劉秩爭誇曳落河，終

童年少立功多。封疆大吏襄平蔣，謂蓮村中丞，入告九重乞褒獎。孝子忠臣實可嘉，彤廷指日宣黃麻。飭建專祠輝俎豆，旌門已見天恩厚。簪笏還傳後起人，花封重綰銅符新。令嗣收復城池恩賞知縣。我乍聞之方感泣，大書欲索董狐筆。爲國捐軀即善終，草木同朽徒庸庸。此情堪爲而翁慰，子作完人孫已貴。駟馬門高愈熾昌，老人受福猶未央。我特銘忠聊紀事，幾人不負千秋志。嗚呼！如君一死足千秋，煌煌信史光長留。

送許親家赤城、張同年乙垣赴都謁選

送行時節正登高，此去知君意氣豪。馳驟喜看聯馬轡，飛騰同見解鷹絛。拚多世路中年感，難得名場左券操。一笑終南逢捷徑，幾人回首尚蓬蒿。

燈火衙齋話舊因，簿書憐我困風塵。客中光景渾疑夢，意外功名又累人。遠志從今成小草，浮蹤何處息勞薪。時危進退須珍重，莫爲艱難便乞身。

署前種樹十餘株，活者甚少，對此自慚，兼以誌感

手栽榆栗望成林，灌溉殷勤費苦心。拙宦自慚遺愛少，甘棠那得有新陰。

感時

感時容易换階蓂，憔悴西風木葉零。忽覩秋霜如許白，未知我鬢可長青。功名草草疎籬槿，身世茫茫大海萍。笳鼓淒涼砧杵急，聲聲入耳不堪聽。

感事

鄉團真上策，比户盡知兵。不料滋頑梗，翻將累治平。民驕乘世亂，官弱惜權輕。時事艱難甚，無能愧此生。

乞假書頻上，迷途悟昨非。棋驚中局變，花逐亂風飛。得馬難云福，焚魚且息機。但愁三徑裹，不見白雲歸。

中年

中年那忍説懸車，宦海尤難賦遂初。爲怕風濤船暫泊，愛鄰水竹屋先租。此邦民氣須馴擾，何日妖氛盡掃除。自分無才甘退處，浮沈身世竟何如。

杜門清晝百無聊，詩卷金經伴寂寥。愁緒似冰寒更積，宦情如雪暖全消。憐才尚覺天心厚，原毁終嫌我舌饒。準擬絶交書再廣，酒徒折簡漫相招。

過山寺不見山僧，偶得一詩，書牆而去

絶澗瀑千尺，空山雲四圍。啼鳥不知處，滿林花亂飛。攀蘿緣石磴，濕翠沾人衣。尋碑叩古寺，烟鎖雙荆扉。籬畔藥苗長，門外松根肥。鐘磬上方寂，山僧猶未歸。煮茗汲清泉，一笑對斜暉。留詩且呈佛，後會心依依。

送乙垣之官皖江三首

我辛共城日，君來訪故知。君今之皖水，是我去官時。

宦味原如嚼蠟，人人偏愛親嘗。可惜書生面目，都成傀儡登場。

竹皮冠好也輕彈，曾把頭銜署冷官。今日牛刀雖小試，催科撫字兩俱難。

乙垣不忍作别，瀕行以詩來辭，余亦未獲走送，答賦三首

情重難爲别，途長易惹愁。分襟終有日，轉悔作淹留。

不忍臨歧握手，何堪倚馬裁詩。矮紙寥寥數語，纏緜萬緒千絲。

收拾陽關結尾聲，不須淒楚動離情。送君宦海抽帆去，但願中流自在行。

送赤城赴楚南清泉任

風人何事作粗官，詩稿編摩墨未乾。便把吟箋抄治譜，强攜酒伴别騷壇。蠅頭字小書銜易，鵝翼身輕稱服難。瘦骨崚嶒腰怕折，思量應悔悮彈冠。

良朋分袂最魂銷，旅館銜杯更寂寥。蘇嶺尚留鴻爪印，衡陽乍聽鴈聲遥。江湖萍梗隨波去，道路楊花似雪飄。一個奴星偏别我，又添離緒話今宵。

幾見名場勇退身，登場不少耐官人。遭時本自無成局，托地須知有夙因。境歷繁華皆夢幻，交從貧賤始情真。年來頗識臨民苦，爲我曾騷案上塵。

宦游彼此便爲家，河北湘南水一涯。烽火連年悲骨肉，江鄉何處種桑麻。民情摇亂治非易，時事艱難願敢賒。今日陳書誰痛哭，囑君親弔賈長沙。

陳節婦詩

生王家，字陳氏，王居雲官村，陳住里仁里，夫號純齋諱延祉。十三能屬文，十五游泮水，十六親結褵。宜家艷雙美，少婦聽雞鳴，勤勤相夫子。伴讀篝燈閨閣裏，三年秋試鵬飛起。胡然二豎灾，咯血驟難止。默禱皇天鑒苦心，妾願將身代夫死，玉樓長吉竟修文，妾年二十今休矣。妾命落花如，妾心堅石比。堂上有翁姑，含泣相對視。膝下無孤兒，何以續宗祀。妾於此時有，死心無生理。但愁事未了生前，地下相逢終愧恥。忍淚侍翁姑，桑榆慰暮齒。猶子即吾兒，歡顔接娣姒。七尺朱棺窀穸安，他年同穴應相俟。井臼苦持家，十載周星紀。一朝笙鶴半空迎，瑶池遠駕飈輪駛。生來死去總分明，結髮恩情托終始。墳上樹枝交倚，墳前水清且泚。闔德閨英永不磨，我欲大書苦節傳閭史。

章節母詩

感豐年，歲癸丑。丹詔下，旌節婦。婦爲誰？莊孺人。夫爲誰？章梅臣。縣佐其官，褒城其治。出離閩中，年纔廿四。服官五載，不名一錢。齏粥荆布，志節同堅。七月朔日，鵩鳥來止。知爲不祥，一病不起。堂上無親，膝下無兒。死者已矣，生者何爲。叔有二子，可繼宗祀。棠棣雖分枝，荆花卻連理。扶旅櫬，返故鄉，山高高，海茫茫。南船北馬，險阻備嘗。歸敝廬，操井臼，撫遺孤，母恩厚。熊丸課讀，篝燈夜紅。雙雙玉樹，同入泮宫。苦節食報，家聲隆隆。我作詩歌，爲揚清風。

金節母詩

夫氏金，妻氏賈，十九新婚廿九寡。夫任耕，妻任織，兩人辛苦謀衣食。記昔來歸日，家室猶寒微。饔飧苦不繼，對泣眠牛衣。百計操勞相夫子，勤儉持家家漸起。求田問舍獲小康，饁耕相敬猶如此。閨中琴瑟方永諧，釵鳳雙飛願忽乖。門户撑持餘隻手，煢煢孤影實堪哀。傷心遥指山中壙，兩世朱棺猶未葬。故鬼荒凉新鬼愁，風霜暴露增悽愴。况復孤兒纔七齡，宗支寥落傷零丁。延師課讀有專責，九原冀妥先人靈。大事屏當心力瘁，此身獨任伊誰貸。白首完貞事亦完，蓋棺論定應無愧。疆吏陳情達九天，道光天子丙申年。太行山麓丹河滸，封碣巍峩尚儼然。

李孝女刲股行

兒身輕，母身重，兒心安，母心痛。母病不可瘳，兒心愁復愁。兒臂不可割，母命何以活。母病忽起，兒身竟死。嗚呼！天之報施善人乃如此，但可死者，百年之身，而不可死者，百世之名。執事上聞兮，爲爾請旌。孝女孝女兮，雖死猶生。

小院月下飲酒

焚香室愛小，邀月庭愛寬。三間廨舍等蝸寄，安能容此清光寒。廣寒仙人不我棄，當頭影墮明蟾娟。能走茫茫萬里天，偏來仄仄三弓地。不倚高樓，不上簾鉤，平鋪白練小庭幽。

三更對影命杯酌，可以銷我昨日今日之煩憂。醉裏無端鄉思起，雲樹迢迢隔千里。幾年不在故鄉看，可能顔色長如此。天涯惟爾最相親，歲歲年年伴此身。三五盈虧都不管，但覺千場萬場酒侶娛佳辰。花爲壁，詩爲屋，良宵況有月爲燭。何必乘風汗漫游，此閒便享神仙福。舉觴一笑問青天，論值何須四萬錢。我欲開樽招便至，月娥同住水雲邊。吁嗟乎！人閒自有清虚府，苦煞塵埃填肺腑。得此清輝豁遠襟，醉鄉願與天終古。

偕同人小飲桃李園，即席偶賦

結隊尋芳踏軟紅，偶攜樽酒醉東風。潭邊禊事剛三月，座上淮南正八公。高閣仙雲看縹緲，虚堂梵唄聽玲瓏。詩成金谷休論罰，我比青蓮句未工。

次韻贈李叔雨明府

冰簾共事訂心知，腐糲儒生各自嗤。十載風塵同鞅掌，幾人宦海得舒眉。出山早惜花飄溷，入世空憐馬相皮。彭澤我方圖菊隱，昨非難是寫真時。

草生花落訟庭清，沙上閒鷗也結盟。半刺疎投緣懶出，一詩纔就許同賡。請纓壯志輸終子，撾鼓豪情愧禰衡。招飲縱談忘漏轉，送歸剛趁月華瑩。

登白雲閣用前韻

春去經旬渾不知，閒情應被落花嗤。柳邊鶯語争調舌，郭外山光快展眉。且倚闌干吹玉笛，須尋仙蹟認榴皮。滿園桃李曾張讌，又見前村打麥時。

百尺高樓接太清，好尋黄鶴舊時盟。游人雅合謀三醉，仙樂何妨聽再賡。是日閣前演劇。草草名場皆幻夢，悠悠塵世少真衡。果然虚室能生白，嵌壁玻璃四面瑩。

游朝陽寺

散步來初地，參禪暢雅懷。佛留真實語，僧喫自然齋。雀舌新茶煮，烏皮小几揩。何如消夏日，短榻此安排。

贈慧如上人

世界清涼稱極樂，聽松高住三層閣。談經舌底蓮花生，瀟灑全空四禪縛。坐破蒲團忽整冠，出家偏愛做僧官。袈裟披了朝衣着，一樣風塵迎送難。

游千佛寺

古寺鐘聲攪落暉，空堂蝙蝠自飛飛。許多座上低眉佛，懶看人間萬事非。

題明潞藩望京樓

城北高樓閲廢興，望中風景感頻增。金銀宫闕俱榛莽，祇有松楸剩故陵。陵在衞郡西三十里。

城東古寺

城隅藏古寺，衰草積丹邱。菜色浮僧面，苔痕上佛頭。頹檐棲瓦雀，壞壁篆瓜牛。歷記滄桑事，山門斷碣留。

初夏感懷

紫楝開遲花信長，東風吹老舊垂楊。頭番新茁貓頭筍，已見成陰緑過牆。

窗外芭蕉三兩株，平分淺緑到堦除。緣何葉葉抽難盡，憐爾愁心總未舒。

年年邀客挈雙柑，愛聽黄鸝酒興酣。今日雨多行不得，鷓鴣聲裏望江南。

茅屋人家餅餌香，那知塵夢有黄粱。酣眠不借盧生枕，但願封侯署醉鄉。

荇帶斜拖柳綫飄，午欄花韻漸寥寥。瓦盆暈碧泥猶濕，晨起呼僮種菊苗。

一枝麈尾供清談，卻爲驅蠅信手拈。座上爐薰烟篆裊，留香三日不開簾。

買來團扇裂紈新，稚女嬌兒索畫頻。揩硯自書求米帖，懶將筆墨乞他人。

閒中消受日如年，且讀逍遥秋水篇。羨煞淵明歸去好，南山種豆北窗眠。

贈李小松教授同年

官冷真宜號冷齋，君自題齋額。枯氈寒硯此安排。烟波都向門前活，風景偏從郭外佳學宮在城外面臨衛河。静對青山臨畫譜，閒招舊雨疊詩牌。倚闌正動看花興，蝴蝶一雙飛上階。

自笑浮生斷梗如，閉門欲廣絶交書。與君翻恨相知晚，同宦猶嫌見面疎。談笑儘容揮玉麈，風塵底事覓金魚。雅人幸有高常侍，尊酒論文共起居。謂高少雲副齋。

謝小松同年惠糭

益智偏慚我，多情卻感君。老饕剛拜賜，稚子竟平分。爛煮桃花米，斜纏箬葉紋。江干投角黍，千里悵鄉雲。

謝徐筆珊通守惠酒

酒如趙璧竟難求，空慕劉伶作醉侯。隸職還思居麴部，移家安得住糟邱。一鴟送我情何重，三雅留賓笑不休。此日正須拚痛飲，高歌拔劍擊泥頭。

消夏雜詠

六月不巾不韈，一身疑佛疑仙。戲縛松枝拂子，指揮如意談禪。
丈六涼棚高敞，二分矮屋清幽。何必綠藤陰下，開樽且自勾留。
特啓東窗待月，每開北户迎風。頭上片雲頓黑，催詩雨意匆匆。
席地平鋪暑簟，安枰小試圍棋。有客索書團扇，闌干先界烏絲。
菱角登盤漸老，藕枝出水猶香。最是綠沈瓜好，沁人肺腑生涼。
排悶偶繙詩草，消閒學養盆花。鎮日小眠微醉，掃除門外風沙。

河決歎

河口決，決蘭陽，蘭陽之北銅瓦廂地名。金堤一潰千丈强，掀天捲地驚波揚。吾山已平鬱桑溢，馮夷亂舞蛟龍狂。遥聞道路紛紛哭，村廬變作鮫人屋。河伯何心太不仁，赤子無辜遭慘毒。東去瀰漫更千里，曹兗居民痛遷徙。繡壤桑麻剷地空，都成一望盈盈水。蒿目災黎畛域寬，嗷嗷鴻鴈澤中寒。况當零落干戈後，欲復瘡痍事大難。九重宵旰關民瘼，軫念群生起溝壑。蠲賑殊恩比海深，難忘衽席安居樂。吁嗟乎！豐北江南早決河，搴茭無計挽頽波。何時兩地宣防塞，萬福同賡瓠子歌。

得赤城襄陽書

名境襄陽古，臨流好問津。碑懷羊叔子，詩憶孟山人。漸領江鄉趣，休驚客路身。回思經過處，楊柳七番新。

得赤城長沙書，知赴靖州勾當公事

一封書到正初庚，暑雨炎風又遠行。作宦偏嘗爲客苦，飲泉休忘在山清。洞庭惡浪須防險，湘水妖氛尚未平。倘過靈均香草岸，莫因荷芰動幽情。

憶乙垣皖江、赤城楚南二首

苦求一第太艱難，唾手偏教博一官。家爲久離鄉夢少，時遭多事宦途寬。即論運數皆前定，各有因緣付達觀。看破世間成敗局，此身隨遇總心安。
半壁東南患已深，兵戈戎馬日駸駸。平居久抱匡時略，薄宦能無報國心。郊外苗須防鼠食，腰間劍可作龍吟。書生倘畫凌烟閣，爲我馳箋遞好音。

由黄河北岸登堤，一路風景頗佳，得絶句七首

沿堤無數好垂楊，鷺堠烏亭記里長。三伏争傳防汛急，年年節鉞駐蘭陽。
疎籬四面浸輕烟，門外栽荷當種田。一葉一花開世界，水鄉風景即神仙。
萬頃平蕪入望長，青青蘆葦水中央。一灣淺草如秧緑，不牧烏犍只牧羊。
結茅地各占高低，樹杪遥看一色齊。偶向緑陰深處聽，山禽時閒水禽啼。
小溪清淺看叉魚，攜出金鱗尺半餘。橋畔鷺鷀空羨着，飛飛還傍釣人居。
午陰驀地走輕雷，白雨跳珠幾陣催。暫向豆花棚小憩，晚晴還送夕陽來。
土牛無恙積陳陳，柳帚經年卻壓新。破費水衡錢百萬，安瀾畢竟仗河神。堤上積土名曰土牛。

詠榕樹

拳曲青榕傍水隈，工師誰肯度將來。行人偶借濃陰庇，莫道風塵有棄材。

溪邊晚眺

青山半角近遮樓，溪水潺湲抱郭流。一縷晚雲微起處，和烟斜挂樹梢頭。

謁羅公祠諱鳳儀，江甯人。

滎陽作宰著循聲，軫念蒼黎患難平。萬户争推賢令尹，一龕如事古先生，漫因五斗嗤微禄，難得千秋享大名。我已三年慚拙宦，甘棠空望緑陰成。

過官舍題壁

颯颯響西風，秋聲滿院東。草猶隨意緑，花是可憐紅。夜静聽檐馬，天高仰塞鴻。軍書方告急，蟋蟀莫開籠。

宿董家堤

村荒開小市，野曠亘長堤。落日征輪息，勞人敗榻棲。篝燈僮秣馬，舞劍客聞鷄。瘠壁詩多少，空留爪印泥。

新店阻風

颯颯狂颷撼樹頭，回車荒店且勾留。風波險阻公無渡，世路艱難我亦愁。敗榻安眠消晝晷，昏燈静對數更籌。勞中轉得閒中趣，漫計征程怨石尤。

渡河

中流容與泛輕舠，兩岸霾烟喜漸銷。數載籌防今亦困，諸軍河上自逍遥。

北來久絶奸人跡，商賈潛蹤亦可哀。如此横流舟楫少，不知誰是濟川才。近因防河，渡船甚少。

入汴城口占

車聲過闕總粼粼，那似雞鳴夜度秦。自笑夷門來往慣，不知監者是何人。

七夕偶感

烏鵲橋成喜氣多，神仙天上遠相過。人間竟有擕家累，一水盈盈未渡河。擬移眷汴城時黄河口決。

秋聲

秋聲何處尋，涼風動林樾。摇摇竹影寒，揉碎一窗月。

見鴈

故里音書斷，還家夢已非。乍看鴻鴈影，憐爾是孤飛。

呈蔣鷺汀太守

黑頭定卜到三公，年少黄堂望已隆。纔見牂河迎竹馬，旋看牧野走花驄。清操自厲䀢臣節，先澤猶留愜聖衷。絶好金張舊門第，衹餘廉儉是家風。

循良深荷九重知，報稱須憑壯盛時。十邑桑麻常綣念，一官琴鶴自追隨。高才敏達關天性，雅度和平植福基。最是同寮商榷處，照人肝膽總無私。

公餘暇日聽吟聲，韻賭尖叉擊鉢成。點綴風花參治譜，招邀賓從締詩盟。裁箋偶寫官奴帖，課士親持月旦評。翻笑錦囊珠玉富，宦游隨處壓裝輕。

曾隸旌麾學折腰，又依棠蔭賦逍遥。縱談時事將天問，特遣情懷借酒澆。一座春風資訓誨，萬家生佛入歌謡。唱酬便寓遮留意，早晚除書下九霄。

擬至白雲閣消夏不果，寄贈道士

丈室清虚好納凉，分雲預掃半閒房。此身苦被紅塵裹，無福消閒到上方。

接于邘山司馬書卻寄二首

一緘鄭重更分明，老友方徵古性情。偕隱自知無福分，蘇門風月屬先生。

宦游草草忽三年，山水原多未了緣。一事至今終抱歉，不曾親別百門泉。

秋懷

故鄉群盜尚如麻，聽到秋風每憶家。繞岸都成烽火樹，滿籬誰種太平花。事難藉手空磨劍，信屢愆期莫問瓜。薄宦無由商進退，飄零萍梗在天涯。

落落交親數亦奇，登場傀儡苦羈縻。風濤閩海無歸路高樹人，蘭芷湘江有怨思許赤城。皖水分符仍偃蹇張乙垣，金門索米强支持歐陽石甫。何時得結香山社，倦鳥飛還恐太遲。

騷壇自昔盛吾宗，倡麗酬妍老屋中。得句儘教評月旦，聯吟各自避雷同。那堪白社風流盡，頓覺黄壚酒盞空。雙峩、芥舟、蓮農、固齋相繼下世。獨聳寒肩無賴甚，傷心何處遞詩筒。

尚有蘇家白髮兄，老來手足更多情。萬言難藉音書寄，五載俄驚歲序更。到處爲家聊避亂，此身何術可謀生。月明兩地看孤影，怕向樓頭聽鴈聲。

重九

登高忽漫逢重九，今日閒居且閉門。獨對黄花供浄几，强持清酒倒芳尊。江湖兵燹悲時事，風雨天涯斷客魂。醉把茱萸共誰插，迢迢空望鶺鴒原。

長至日

一陽乍復律初更，冬暖偏逢日日晴。葭管灰看緹室動，梅花香隔紙窗迎。年光僂指成虛度，時事關心愧此生。閒煞潘安太清絶，拂衣還願請長纓。

贈張子金參軍

衛河橋畔偶逢君，雅度風流迥出群。讀到新篇饒俊逸，詩人從古屬參軍。
陸機賃廡住東頭，咳唾珠璣互唱酬。但使錦囊佳什滿，此生原不羡封侯。
逸氣摩雲酒膽麤，江湖依舊客星孤。征途忽賦從軍樂，也免雕蟲愧壯夫。
稚女嬌兒盡客中，孤燈淒絶老梁鴻。課經好作閒消遣，莫爲浮家感斷蓬。

張子金參軍以乩仙所書「廉吏兒孫不諱窮」七字見示，余憶此張船山先生句也。先生烏衣世胄，籍艷蓬壺，詩酒一生，浮雲軒冕，意者慧業文人，應生天上。此日乩仙，或即當時才子耶？漫成二律，以志文字因緣

先生吟興總飛揚，潦倒何曾礙酒狂。此日料應仙註籍，當時祇借醉爲鄉。雄談落落争千古，春夢匆匆了一場。四十年來丁鶴返，巋然如見魯靈光。

殘衫破帽走長安，誰念烏衣子弟寒。廿載蓬山甘冷淡，全家蜀道歎艱難。敢爲險語來天外，苦縱奇愁到筆端。我亦閒吟兼痛飲，可容攜酒上騷壇。

有人談香泉之勝，擬游不果，詩以存記

霖落峰高未許攀，蘇門山好久留連。竊將兩地私心較，未必香泉勝百泉。

瓶城山館詩鈔卷七

哀二忠詩

安徽巡撫江忠烈公忠源

飄然出仕尚儒冠，報國俄登上將壇。甲胄擐身摩敵壘，江湖援手障狂瀾。獨先士卒功成易，兼任封疆職守難。淒絶盧陽鼙鼓急，罡風吹墮大星寒。

湖南提督塔忠武公齊布

年少英姿蓋代雄，威名早震大江東。洞庭水戰楊么困，夏口兵燒孟德窮。鼓角欣聞嗚地下，旌旗慘見入雲中。此才重爲朝廷惜，誰似將軍汗馬功。

獨鶴篇

鶴兮，汝何不隨南鴻北燕相翺翔，長空比翼飛成行？鶴兮，汝何不隨家鷄野鶩謀稻粱，群安飲啄同徜徉？胡爲乎遺世獨立，彳亍彷徨，形單影隻，四顧茫茫？徒見汝頂如血，毛如霜，兩膝如鐵不肯屈，挺身兀傲如人長。豈不知終南有捷徑，汝獨忍寒耐凍孤山旁〔一〕；豈不知桃李競春豔，汝獨寂守梅花耽古香。囊空兮分汝無俸，歲歉兮飼汝無糧。琴不攜兮，好音落寞。軒不乘兮，門徑荒涼。笑氍毹而不舞，憫縮瑟之堪傷。見招兮何日，遠舉兮何方。將欲吹洞庭之玉笛，誰共汝樓頭三醉飛羽觴？將欲看揚州之明月，誰助汝腰纏十萬壯行裝？噫吁嘻！出無路兮歸無鄉，孤蹤落落徒倉皇。汝身仙骨豈不貴，旁人錯認狂奴狂。吾勸汝：羽毛振刷，接翅鸞凰。好將儔而命侶，毋匿影而韜光。一聲清唳聞天閶，雲霄萬里憑悠揚。祝汝壽兮壽無量，又何必問人間之冷煖與塵世之滄桑。

【校記】

〔一〕八卷本「旁」作「傍」。

題胡子卿三餘詩草

莎廳安硯緑盈窗，得〔一〕句真如白璧雙。太息人才沈末吏，鮑參軍與賈長江。

鄒枚已奪騷人席，壇坫風流久不聞。何幸梁園深雪裏〔二〕，一枝吟管恰逢君。

【校記】

〔一〕八卷本「得」作「覓」。

〔二〕八卷本「裏」作「裏」。

伊陽令許鴻儒同年罷官卻寄

一場春夢不分明，早料風塵誤此生。作宦本來分巧拙，對人何事寡逢迎。艱難歷久才逾斂，憂患經多氣轉平。我亦蒼茫成獨立，牢愁莫遣客中情。

和陳檄生初度感懷原韻

隙中駒影去堂堂，四十過頭暗自傷。心苦每憐蟲食蓼，身勞卻笑鼠搬薑。漫誇北冀孫陽馬，空羡東京博士羊。報道糟床春酒熟，會須轟醉百千觴。

生平與俗本聱牙，塵海浮沈感歲華。歸隱欲栽彭澤柳，倦游久看洛陽花。詩情漸減清如水，世味〔一〕深嘗薄似紗。差喜年來踈簿領，酒杯棋局託生涯。

【校記】

〔一〕八卷本「味」作「俗」。

疊前韻

白傳何時築草堂，風塵牢落劇堪傷。繁華易褪嗟桃李，本性難移類桂薑。旅食已無分俸鶴，門生幸有束脩羊。情懷作惡身偏懶，强自驅愁且盡觴。久抱青琴訪伯牙，每憑浄几讀南華。摇摇毀譽風中絮，草草功名鏡裏花。能證心空惟白水，足令人俗是烏紗。飄飄托處渾難定，須信吾生未有涯。

答橄生

入洛争傳作賦名，襟期卓卓貌觥觥。人生但使逢知己，狗監何妨薦馬卿。

二月十三日得赤城長沙書，賦此答寄

二千里外隔郵程，兩度湘南遠寄聲。怪我閒愁疎作答，感君高誼重交情。飄摇宦海同爲客，惆悵家山未洗兵。落落當途知寡合，風塵原不稱書生。

開緘情致儘纏緜，喜道家常意灑然。各有弟兄欣健在，早教兒女締因緣。神仙挈眷添官廨，蘭竹生孫仗福田。君連得二孫。從此代飛勞燕鴈，好音南北遞年年。

二月二十五日，接兄姪手書各一函，喜賦卻寄

鄉書未達又經年，忽接南中五色箋。骨肉幾人同性命，道途四載梗烽烟。季方遠徙臨溪宅，阿買難耕負郭田。妙術可能求縮地，深宵聽雨對床眠。

畧話平安只話愁，情多語簡更綢繆。居民近日欣無擾，徭役頻年苦未休。壠壙急應培馬鬣，功名原不羡羊頭。兩家各有添丁慶，弓冶須將祖硯留。

阿嫂衰頹阿姊貧，捫胸五夜亦傷神。愁聞故土驚戎馬，愧乏廉泉濟涸鱗。離別共看千里月，團欒猶戀一家春。須知環堵蕭然樂，較勝風塵襁襶人。

我有東頭屋數閒，瓶城近對鳳凰山。未逢兵燹成灰燼，好約鄰翁共往還。壓架圖書千卷富，當春花鳥滿庭閒。仰天夜看狼星斂，解組他年擬閉關。

介生兄家信後寄詩二首，依韻答寄

家信纔開喜不支，暢懷更誦老坡詩。幾生修到今兄弟，五載悲深古别離。烽火連江愁浩劫，田園近歲寡餘貲。最憐暮景飛騰至，料得新添兩鬢絲。

老屋城隅徑就荒，全家偕隱白雲鄉。山深遲見新花放，水近微聞早稻香。無事好尋觴客地，有兒須築讀書堂。三年定踐歸來約，春草池邊夢正長。

附原作

大厦難將一木支，關懷每念脊令詩。門庭未免傷寥落，時世何堪入亂離。望遠空歌招隱曲，移居偏乏買山貲。年來事事艱虞甚，心緒棼如有萬絲〔一〕。

堪嗟世亂更年荒，幾棱蕪田在水鄉。築圃冬收蕎麥熟，供盤春煮菜薹香。賃將隴北新茅屋，閒煞城西舊草堂。寂寂家居眠未穩，卻思同被度宵長。

【校記】

〔一〕八卷本「年來事事艱虞甚，心緒棼如有萬絲」作「年來事事多艱窘，心緒棼煩渾似絲」。

和介生兄生子志喜原韻

福至知君心太平，從來仙果本遲生。詩書好付承家業，啼笑欣聞在抱聲。蚌産明珠原有價，花開老樹更多情。荆枝從此加培護，須信人間重弟兄。

附原作

婚嫁何從了向平，枯楊還見一稊生。敢云積福修因果，子命名福果。尚冀承家振遠聲。萬事真堪誇足意，百年惟此最關情。沿堦多種科名草，膝下新添好弟兄。

寄姪静葊

少年同學長同居，惜爾科名付子虚。入世竟疑窮五技，讀書無暇足三餘。頻遭水患空奔走，況值妖氛未掃除。莫把貲郎自輕薄，此官還稱馬相如。

尚有慈闈六十親，好將菽水奉昏晨。文鴛新續閨中婦，雛鳳剛添膝下人。但得團欒皆樂事，休緣落寞損天真。我慚臣叔癡無用，莫救阿咸北阮貧。

家信將緘，再疊前韻

身世飄零强自支，每因排悶且吟詩。家從亂後書難寄，官到閒時僕早離。平子四愁聊獨遣，陶公三徑苦無貲。中年哀樂偏多感，也合東山戀竹絲。

久拋鉛槧業全荒，課子何如在故鄉。滿架圖書無俗韻，一庭草木有清香。探奇好入謨觴洞，誇耀奚須晝錦堂。十幅浣花箋紙盡，緘來語重更心長。

寄姊丈汪五樓

泮水同游日，匆匆三十年。近聞誇宅相，衣鉢能早傳。我歎遲生子，猶思後起賢。人生論福命，幾個得兼全。

數載沈音問，何由近況知。正逢多事日，應是請纓時。歲入原無幾，年荒恐不支。嗟余貧更甚，猶自宦塵羈。

春晝偶成

焚香供淨几，鎮日下簾櫳。風雨春將半，情懷酒正中。窗明虛室白，院小落花紅。商略閒吟好，流鶯語未終。

過王小屏寓齋

但得清閒地，堪容自在身。小齋低似艇，新竹矮於人。拭几攤書卷，開窗净麴塵。會當攜酒過，泥飲百千巡。

一春

一春風雨閉門居，掃地焚香讀道書。夢幻不妨身化蝶，心空差喜我知魚。幾曾佛法逃塵劫，何礙浮雲點太虚。蠢爾蚿夔尚憐愛，多情振觸轉愁余。

静中

閉户倏然歲月紓，静中吾亦愛吾廬。女初學字貪磨墨，兒强拈毫慣抹書。砌草喜滋新雨後，盤蘭分種暮春初。古人聚處牙籤滿，漫爲離群感索居。

自笑

湖海元龍氣尚豪，何時秋隼解長絛〔一〕。愁懷似草芟難盡，詩品如棋着不高。自笑一身殊落落，相隨八口正嗷嗷。故園依舊烽烟警〔二〕，慘對南雲首重搔。

【校記】

〔一〕八卷本「何時秋隼解長條」作「十年塵夢只空勞」。

〔二〕八卷本「故園依舊烽烟警」作「故園烽火何時息」。

無成

十年宦海感浮沉，一事無成錯到今。從此急商行樂法，向來徒有好名心。疎庸愧對循良傳，風雅難躋著作林。最好觀空成自在，三乘妙諦静中尋。

春盡日作

頭上雙丸霻霻飛，東皇今日又遄歸。呼晴隴畔鳴鳩老，營壘梁間乳燕肥。萬片殘紅花作陣，十分深緑柳成圍。傷春惜别年年事，誰遣長戈返落暉。

由蘭儀龍門口渡河，是日風雨

河源天際溯崑崙，九曲黄流萬馬奔。燒尾可曾來此地，也隨風雨過龍門。

過淇縣

塵沙飛撲短長亭，取道朝歌幾度經。只有淇園修竹好，水邊依舊向人青。

湯陰謁岳忠武祠

莽莽河山古戰場，森森松柏舊祠堂。英靈早信歸天上，魂魄應猶戀故鄉。竟使一門成節烈，誰從三字問蒼茫。傷心我亦騎驢客，何日西湖奠酒漿。

鄴郡二首

東吴西蜀角奇謀，戎馬匆匆苦未休。築就高臺教歌舞，一生能得幾回遊銅雀臺。

荒冢纍纍野草春，奸雄畢竟枉欺人。三分割據終何益，無地堪容死後身疑冢。

過自怡園

廣廈層軒敞，疏欞曲檻遮。園垂羅漢果，門映佛桑花。月朗宵聞笛，風清午焙茶。牆頭新竹子，借看魯東家。

哭許鴻儒同年

海上仙龕遽返真，紅塵偶現宰官身。問年甫覺躋中歲，同調〔一〕今看剩幾人。芻束我慚徐孺子，麥舟誰作范純仁。不堪迴望閩山遠，旅櫬淒涼汝水濱。

無端宦海起波瀾，論定終須待闔棺。恩怨幾曾圖報易，是非從古得真難。門多桃李垂新蔭，邑有絃歌念舊官。絶好才華偏折福，蒼蒼莫問淚空彈。

【校記】

〔一〕八卷本「調」作「榜」。

獨漉篇

獨漉獨漉，泥深没足，坦坦周道，車行折轂一解。黄河之水，一瀉千里，堤決水乾，蛟龍泥滓二解。菌生枯樹，形如紫芝，中有伏毒，不可療饑三解。迷陽迷陽，其膚多刺，吾行恐傷，行路當避四解。蘭蕙蕭艾，宇宙並生，薰蕕雖異，同此枯榮五解。歐冶干將，光閃如雪，不能柔之，過剛必折六解。千斤體重，莫如犂牛，縱供釣餌，魚不可求七解。

出東門

出東門，烟塵昏，千乘萬騎如雲屯。宋都六鷁退飛處，蚩尤霧捲迷前村。村民處處號咷哭，挺而走險驚奔鹿。争道鄉閭盜賊多，焚燒擄掠滋荼毒。大府憂民急調兵，那容魑魅日中行。區區小醜跳梁技，一鼓應須見盪平。潛滋暗長嗟圖蔓，滿地黄巾逾十萬。潁亳淮徐羽翼成，雉河築壘酣鏖戰。九重宵旰廑深憂，特簡忠良借箸籌。殺賊立功思報國，出師敵愾誓同仇。果然一月傳三捷，虎狼直擣新巢穴。迅掃妖氛四境恬，尚期餘蘖根株絶。可惜渠魁未就擒，吞舟魚漏入淵深。敬兒赤谷家猶在，困獸終防有鬭心。捻首張洛行尚稽顯戮〔一〕。

【校記】

〔一〕八卷本無「捻首張洛行尚稽顯戮」。

猛虎行

南山有虎聲咆哮，山前山後行人逃。北山有虎聲猛烈，山前山後居民絶。虎兮汝本利牙爪，慘絶食人如食草。深山梟獍無時無，何不啖之供一飽。忽聞老嫗號咷哭，吾夫死焉果虎腹。

剩有孤兒纔數齡，視尚眈眈欲逐逐。豈乏腰弓與挾矢，探汝穴兮取汝子。除暴即可安善良，千古鋤奸同一理。吁嗟彼蒼原至仁，好生大德洽斯民。虎兮願汝化爲麟，百獸不食誰汝嗔。

羶蟻行

一蟻聞羶衆蟻喜，萬千成陣紛紛起。牆根一綫大道馳，拔來報往疾如駛。前者負重愁不勝，後者佽助駢肩行。大者攘奪據要路，小者退走奔兼程。旁穴有蟻忽出戰，中途驚潰摶沙散。衆擎粒米閧道歸，邱垤自封比京觀。吁嗟乎，尋腥逐臭吾汝哀，强弱相争起禍胎。縱使貪饕能得飽，南柯一夢總空回。

五更

案上昏燈伴五更，頽然欹枕睡難成。中原近日殊多事，莫道荒雞是惡聲。

可歎

犬知戀主門邊卧，貓解親人座上偎。可歎饑鷹剛得飽，遠颺一去不歸來。

閒遣

委懷任運聽浮沈，琴本無絃自賞音。舊雨不來常閉户，清風乍到且披襟。書留兒讀頻頻檢，酒帶愁消淺淺斟。差喜耳邊啾唧少，從今忘卻是非心。

睡起

半榻茶烟裊篆絲，夢回剛覺午陰移。看來雲意閒於我，聽到禽言妙似詩。憂樂無端聊縱酒，贏輸難定且觀棋。敲門喜至從軍客，爲話甘泉報捷時。

閒居偶作

風清日午緑窗虛，興味蕭然也自如。扇面揮毫妻問字，案頭磨墨婢知書。偶騷粉壁驅蠅虎，特檢芸編走蠹魚。門外有人剛載酒，旁觀錯認子雲居。

聞捻匪復行猖獗感賦

城狐社鼠本爲災，况復重然有死灰。九曲羊腸争路險，幾人馬革裹尸回。軍門早聽鐃簫唱，月夜猶聞鼓角哀。既倒狂瀾終待挽，匡時須仗出群材。

鄉愁

盧循樓艦滿江河，誰向東流挽逝波。每爲數奇悲李廣，卻因年老惜廉頗。將軍閫外宵傳箭，壯士營邊夜枕戈。漫道危城空雀鼠，凋殘民命已無多。

南服妖氛久蔓延，江城畫裹〔一〕盡烽烟。居民此日真無地，逆虜何人肯共天。早見銅山空一炬，枉教鐵鎖尚〔二〕重淵。吴兒莫唱家山破，我已離鄉近六年。

【校記】

〔一〕八卷本「裹」作「裡」。

〔二〕八卷本「尚」作「練」。

聞萬藕舲少宰奉命領兵，由浙江赴江西廣信辦理防勦，喜賦

艱難時勢正需人，簡在終憑帝眷真。共道名儒爲上將，可知孝子是忠臣。少宰奉諱奏留浙江。

風雲帳下馳驅易，韜略胸中運用神。從此麒麟高閣裏，戎裝添畫玉堂身。

股肱任重寄封疆，山斗名高震梓鄉。兩石彎弓猿臂健〔一〕，三軍飛檄馬頭忙。好乘巨艦平倭寇，定見長纓繫粵王。當代論功誰第一，願君繼武郭汾陽。

【校記】

〔一〕八卷本此句後有注文：「聞少宰任學政時，每於暇日習射。」

晨起偶書所見

貪涼僮僕朝酣睡，有客相尋尚掩扉。墜地兩鴉仍互鬭，穿花雙蝶忽分飛。疎簾垂牖防蠅入，新稻堆籠待鴿歸。一炷爐香供净几，盤空輕颺篆痕微。

漫興

日長渾似歲，屋小竟如巢。熟客兒知揖，新詩友代鈔。琴添花外韻，書佐酒邊肴。頗得衡門趣，閒愁逐漸抛。

故人書來，久稽裁答，作此自嘲

懶散嵇康百事疎，蹉跎空自負居諸。故人遠道新來札，半月猶慵作報書。

秋日偶感，有懷赤城

笑看羅雀舊門庭，荒徑三三草尚青。往事回頭如昨日，故交屈指似晨星。子雲對客嘲應解，元亮逢人酒不醒。九辨〔一〕九歌天莫問，欲飛魚素寄湘靈。

南天已見鴈飛迴，可是衡陽去復來。才子昔曾遷外宦，神仙誰共倒深杯。瀟湘聽雨琴堂静，岣嶁尋碑嶽色開。滯我獨吟梁苑雪，停雲落月總低徊。

【校記】

〔一〕八卷本「辨」作「辯」。

飲酒集陶十首

有酒不肯飲，何以稱我情。嘯傲東軒下，杯盡壺自傾。懶惰故無匹，好爵吾不榮。深得固窮節，斯人樂久生。

素襟不可易，性本愛邱山。窮巷寡輪鞅，虛室有餘閒。漉我新熟酒，安得不爲歡。達人解其會，千載乃相關。

了無一可悦，委懷在琴書。俯仰終宇宙，慨然念唐虞。命室攜童弱，誰謂形蹟拘。且爲陶一觴，栖遲固多娱。

結廬在人境，誤落塵網中。有客常至〔一〕止，區區諸老翁。奇文共欣賞，賦詩頗能工。挈壺相與至，聊得長相從。

蒼蒼谷中樹，榮榮牕下蘭。冉冉星氣流，紛紛飛鳥還。幾人得其趣，余襟良已殫。飲酒不得足，取琴爲我彈。

寒暑有代謝，今日天氣佳。靡靡秋已夕，良辰入奇懷。濁酒聊自適，疑我與時乖。有客賞我趣，稟氣寡所諧。

野外罕人事，晨夕看山川。峩峩西嶺内，依依墟里烟。鳥哢歡新節，鷄鳴桑樹顛。即事多所欣，閒飲自歡然。

袁安困積雪，仲蔚愛窮居。衞生每苦拙，屢空常晏如。一觴聊可揮，過此奚所須。且當從黄綺，何事乃躊躇。

愚生三季後，舉世少復真。誰知非與是，言笑難爲因。談諧無俗調，念我意中人。揮杯勸孤影，偃息常所親。

衰榮無定在，人道每如兹。雷同共譽毁，世俗久相欺。積善云有報，我今始知之。酒能祛百慮，縱心復何疑。

【校記】

〔一〕八卷本「至」作「同」。

閒居律陶十首

閒居執蕩志，卧起弄書琴。栖遲詎爲拙，苟得非所欽。勁風無榮木，微雨洗高林。焉測塵囂外，遥遥沮溺心。

開荒南野際，每每顧〔二〕林園。但道桑麻長，而無車馬喧。提壺接賓侶，擁褐曝前軒。自我抱兹獨，心在復何言。

鼎鼎百年内，一日難再晨。且進杯中物，空負頭上巾。量力守故轍，解顔勸農人。抗言談在昔，憂道不憂貧

敝廬何必廣，心遠地自偏。梅柳夾門植，桃李羅堂前。清飈矯雲翮，池魚思故淵。華

軒盈道路，于我若浮烟。

素月出東嶺，夜景湛空明。昭昭天宇闊，淡淡寒波生。哀蟬無歸響，來鴈有餘聲。瞻望邈難逮，緬焉起深情。

開徑望三益，徘徊邱壠閒。清風脱然至，飛鳥相與還。窮巷隔深轍，形跡滯江山。願留就君住，斗酒散襟顔。

山川一何曠，撫劍獨行游。望雲惭高鳥，閒步觀浮鷗。去去轉欲遠，悠悠迷所留。情通萬里外，顧瞻無匹儔。

班荆坐松下，臨歧羨物生。春秋多佳日，園林無俗情。衆蟄各潛駭，寒花徒自榮。凉風起將夕，歸鳥趨林鳴。

荆扉晝長閉，鼓腹無所思。竟抱固窮節，何事紲塵羈。開春理常業，登高賦新詩。人當解意表，情隨萬化遺。

家爲逆旅客，吾亦愛吾廬。詩書敦宿好，貧賤有交娱。所保詎乃淺，少許便有餘。今我不爲樂，空歎將焉如。

【校記】

〔一〕八卷本「顧」作「願」。

偶感

說到行藏每自慚，腳跟無着我何堪。未能運甓陰抛寸，忽漫銜杯影對三。壯志空懷千里驥，浮生已似再眠蠶。宦場約略嘗滋味，荼薺分明異苦甘。

雨夜

滿榻殘書擁百城，襟懷猶覺腐儒清。秋風老屋蝙蝓畫，夜雨空堦蟋蟀鳴。有用年華閒裏擲，無端愁緒酒邊生。古今怪事知多少，咄咄何須歎不平。

中秋

銀河如綫耿長空，秋色平分此夜中。兒女團欒欣啖果，弟兄離別悵飄蓬。嚴城哀角千家月，古驛高樓一笛風。容易年年佳節過，又聽落葉下疎桐。

聞鴈

幾年河朔駐征驂，撩亂鄉愁酒半酣。自笑不如雲裏鴈，隨陽猶得到江南。

蓼花

七尺珊瑚照影斜，水邊籬落映明霞。白蘋冷落紅蕖老，占斷秋江是此花。

秋燕

纔看玉剪掠花梢，藻井雕梁忍遽抛，地主有情偏送別，天涯何處不論交。關心尚記曾縈縷，回首難忘已定巢。舊雨春明須訂約，青旗楊柳認東郊。

送王夢嵩員外入都

一曲驪歌萬柳黄，秋風吹袂別河梁。客窗吟罷三冬雪，驛路飛將九月霜。仙侶移家攜眷屬，書生報國仗文章。金臺百尺群英集，畫省分明傍玉堂。

仕宦科名趁盛年，聞鷄常着祖生鞭。好攄素抱憂天下，莫讀離騷到酒邊。當代憐才非我獨，及時行樂讓君偏。邯鄲過處黄粱熟，應向純陽借枕眠。

雕鞍輕跨出東門，握手臨歧黯客魂。旗捲黄塵飄細雨，鴉翻紅葉下前村。雲車風馬人千里，露堠星郵酒一樽。我向長安正西笑，尚遲游騎待春温。

雲天高誼念祁公，甥館依依十載中。此日登程應有淚，他時屬望正無窮。音聲樹暗槐廳緑，及第花開杏苑紅。雲路扶摇鵬翮健，梁園須記爪留鴻。

送孫鐵如歸里

身世多艱感斷蓬，文章無據哭秋風。出山空逐遼東豕，歸路剛隨塞北鴻。未必成名非豎子，何堪覓食是英雄。梁谿且作菟裘計，種竹須謀地一弓。

登禹王臺即吹臺故址

迴野高樓接大荒，憑闌縱目思茫茫。遥山過雨連天碧，細草經霜匝地黄。烟火萬家依玉壘，河堤千里鞏金湯。吹臺歌館都岑寂，肸蠁今猶祀禹王。

鼙鼓喧傳畫角催，布金樓閣已成灰。沙飛石走原堪駭，鬼爛神焦亦可哀。春雨斜陽三徑冷，秋風明月幾人來。横流纔歷恒河劫，眼底滄桑又一回。此地十年前曾經水患。

重九日出游，用昌黎寒食日出游韻

酒可療愁花療病，尋花載酒游人盛。籬邊黄菊開叢叢，紅葉滿林相掩映。喜聞鐘磬出禪房，道路幸無笳鼓競。偶逢高處便登高，好繼山陰闢觴詠。木落霜濃初授衣，節侯無愆稽夏正。

記曾幾度恣閒游，裙屐招邀今且更。巡廊彳亍玩清景，只覺愛花如性命。拍斗高歌牛飲豪，座上雄談揮麈柄。快聯舊雨共題餻，綦履同占盍簪慶。放浪形骸忘主賓，卓錫老僧偏起敬。茶烟禪榻午風清，鼎篆縈香度幽敻。陶然三爵任酣呼，林下銜杯堪樂聖。始知出郭少塵事，釣水採山真可併。漫誇鸞鶴雲霄姿，差怡麋鹿山林性。投筆從戎愧未能，南服妖氛尚强横。烽燧連天年復年，滋蔓難圖江楚迸。安得兵銷日月光，九垠寰海清如鏡。今日騰空作嘯聲，暫來酒國行殤政。拇戰頻驚大敵摧，不數前茅與後勁。騷壇還欲張吾軍，寸鐵不持嚴禁令。

牛學海貳尹邀同陳勉堂司馬、張敦甫大令、劉郁生記室讌聚禹王臺，即用前韻

一雨能蘇草本〔二〕病，秋花比似春花盛。拂衣侵曉出城游，樓臺初見朝暾映。馬頭雲起車輪輕，小春尚覺南風競。解人喜遇牛僧孺，招我壺殤同嘯詠。襟懷磊落見天真，朋字奚須嫌不正。買得霜螯左手持，前度銜杯今日更。况值聯裳多故人，我輩鍾情如共命。陳登豪氣未全除，時雜詼諧添話柄。兩載荆襄戎幕參，玉關恰獲生還慶。張旭疏狂本不羈，衣冠轉致登堂敬。縱飲三杯膽復麤，逸趣如雲入高敻。劉伶愛酒亦稱豪，那管濁賢與清聖。今雨來偕舊雨來，賞心樂事同人併。偶瞻原野便開顔，早識山梁堪悦性。縱目危樓極大荒，避渠撲面塵沙横。摩挲碑版認前朝，模糊字跡苔紋迸。白社欣逢退院僧，身是菩提心是鏡。此時無事各消閒，差免在官譏廢政。快聯歸騎日西斜，乘興猶誇酒力勁。城門將閉柝聲催，已聽金吾傳號令。

【校記】

〔一〕八卷本「草本」作「草木」。

月夜獨步，用東坡定惠院寓居月夜偶出韻

虚堂露冷秋氣清，皓月當頭此良夜。折簡難招舊雨來，空教獨剪西窗下。閒行巷尾柝聲喧，長空萬里銀河瀉。紅燈如豆酒家樓，門前尚見青帘亞。蟲語蕭騷砌畔吟，鵲巢安穩枝頭借。偶憩梁園作寓公，兩度秋風看代謝。始信吾生自有涯，宇宙茫茫皆旅舍。幾年宦海總飄萍，何日湖田堪種蔗。名場利藪安所求，覆雨翻雲洵可怕。夜行誰識故將軍，倘逢醉尉遭訶駡。

夜話蕭眉生明府寓齋用前韻

寓齋無事正高眠，有客敲門過半夜。何須秉燭宴園中，儘好開樽來月下。疎簾瑟瑟涼風吹，

矮屋娟娟寒露瀉。君本神仙李郭流，我亦疎狂嵇阮亞。八餅綱茶嬴僕烹，一瓻窨酒隣翁借。放膽高談到古人，狂呼拍案燈花謝。偶論詩律亦精嚴，老將登壇應避舍。對菊偏持海國螯，思鄉欲啖霜林蔗。一官寫意懶折腰，束縛衣冠良可怕。書生紙上也談兵，敢撾雷鼓軍門駡。

眉生行

眉生事事與時左，趨媚逢迎無一可。廿年辛苦博一官，自入宦途更坎坷。摳衣朝暮府中趨，君獨恬然耽懶惰。黄金上壽堆滿盤，君獨囊空苦無那。脅肩諂笑工取憐，君獨羞顔赬如火。紈褲紛紛廣結盟，君獨交游類碩果。數椽矮屋打頭低，竟似枯禪此間坐。閉門惟與古人親，疊架堆床書籍夥。一醉瞢騰萬事休，名利何知有韁鎖。感時花鳥助豪情，鎮日孤吟頭欲裹。蕭閒頗覺世情踈，偶爾折腰殊未安。滿擬爲君一寫真，竊恐圖中還是我。

偕顧月墀明府登龍亭，用東坡武昌西山韻

亭上游人傾緑醅，亭下楊柳緣堤栽。亭中道士有高致，瘦於老鶴清於梅。孤亭矗立三萬仞，中天砥柱瞻崔嵬。丹梯入雲振衣上，置身儼在通天臺。齊州九點烟縹緲，瓊樓高處無塵埃。眼底黄河向空瀉，帆檣出没銀濤堆。萬家烟火擁城郭，村墟凹凸疑瓶罍。淺窪積潦成巨浸，

蛙黽跳躍禪房隈。豐碑崱屴圖五嶽，尋看屓贔橫蒼苔。凌虚殿閣耀金碧，雲霞五色窗中開。恍惚華嚴現彈指，優曇那畏罡風摧。人閒此景詫奇絶，登高一嘯聲如雷。顧侯興發不可遏，邀我並轡從西來。風塵轗軻歎已久，今日酒酣歌莫哀。

寄懷邗山司馬

蘇門攜手久盤桓，世路論交淡最難。留戀雲山同此癖，沈淪詩酒不宜官。别來慰我書常寄，老作吟人興未闌。無限夕陽紅更好，多栽竹子報平安。

洞然僧餽菊

僧愛種花僧不俗，小園開到重陽菊。瓦盆分餉兩三枝，便覺清香吹滿屋。令我慚顔對此花，東籬空憶夕陽斜。圖中菊隱成虚願，孤負柴桑處士家。

游鐵塔寺

楞伽精舍足清游，風景偏從北郭幽。鳥帶白雲栖鐵塔，僧隨紅葉下經樓。泉香古井宜初地，菊老疎籬已暮秋。愧對遠公難入社，茶烟禪榻暫勾留。

檢書

料理芸籤管蠹魚，縹緗什襲總瓊琚。似聞脉望私相笑，民社方膺又檢書。

醉卧

洗滌塵心浄六根，繁華如夢了無痕。周妻何肉終爲累，怨李恩牛總莫論。世事浮雲蒼狗變，名場舊日黑貂存。風沙擾擾眯雙目，醉卧書堆晝掩門。

聞向提督榮薨於軍中

軍令森嚴細柳營，中台忽失將星明。六年戰守參功過，九錫恩榮繫死生。嶺嶠風雲曾繞帳，江淮草木亦知名。朝廷久作長城倚，未挽東南半壁傾。〔一〕

【校記】

〔一〕八卷本「朝廷久作長城倚，未挽東南半壁傾」作「雄才此日真難得，誰挽東南半壁傾」。

郭亦梧大令鳳恩宰夏邑，素著政聲，尤善治盜。適歸德捻匪蜂起，邑失陷，郭公被執，罵賊，竟以死殉，作詩弔之

夏邑城，小如斗，皖豫交，賊盜藪。前年粵寇至，徐公誓死守。三日力已竭，心肝爲賊剖。郭公幹濟才，接踵綰符綬。猛鷙若鶚鷹，斬俘若雞狗。殺一可警百，城門必梟首。宵小畏火烈，聞風漸卻走。誰知拔薤難，萑苻銜怨久。區區此一官，跋前多疐後。潢池復弄兵，脅從萃群醜。城下敢聲言，甘心願得某。長官慘被縛，罵賊不絶口。含辱倘偷生，未免君親負。鼎俎奚所辭，懸崖竟撒手。迴憶廿年前，與我金蘭友。君已作完人，聲名長不朽。狐鼠尚披猖，猘獍猶哮吼。空説將才多，媿君顔恐厚。

題朱補陔明經南莊漁隱圖

丈夫金印不懸肘，便斫漁竿攜在手。雨笠烟蓑寄此身，銀鷗雪鷺偕吾友。苕霅當年有釣徒，浮家泛宅傍菰蘆。垂綸更見南莊叟，收取溪山入畫圖。圖中竹樹參差緑，一個扁舟二分屋。風月偏多浩蕩緣，烟波獨占清涼福。對此披吟思惘然，蓴鱸鄉味憶江邊。幾時得着羊裘去，也泛桐江釣雪船。

明經漁隱圖，戴醇士閣學未遇時所畫。迄今三十年，閣學亦退歸林下。披覽之餘，倍增感慨，附題一絶

承明著作幾經年，偏向西湖釣晚烟。寫照替傳漁隱意，青山早結畫中緣。

惜鶴

照影臨池刷羽翰，不堪回首碧雲端。相隨野鶩家雞裏，只與凡禽一例看。

陳檝生寄示游嵩山諸作，中多奇警之句，書此以志服膺

陳生瑰異才，落筆鬬奇險。示我紀游詩，裒然成一卷。硬語盤空中，此事誰能敢。擲地作金聲，山靈驚破膽。一讀一欷歔，開緘當游覽。行將詣嵩少，欲借江郎管。

黄子幹同年過訪，即送其之官湖北

冒雨匆匆訪故人，相逢各話轉〔一〕蓬身。閉門陶令非耽酒，捧檄毛生爲養親。時可見才官亦好，地緣經亂宦尤貧。定知五袴歌來暮，曲突還應待徙薪。

【校記】

〔一〕八卷本「轉」作「梗」

攜酒偕沈璞園寺中賞菊，戲成二絶

晚節留香正小春，傲霜猶放一枝新。西風吹老黄花瘦，恰似東陽姓沈人。李義山句：「瘦盡東陽姓沈人」。

此地何人送酒來，自攜小榼笑顔開。佛前偏食花猪肉，爛醉僧房三百杯。

游孝嚴寺

小憩談經室，焚香理凈緣。有詩堪讚佛，無酒且逃禪。紺宇榮冬菊，青瓷湧妙蓮。喧囂城市裏，此地卻幽偏。

百歲胡僧去，數年前有百歲老人住此，今不知何往。三衣老衲歸。僧能海住持有年，今歸浙西矣。堂空明月照，院静落花飛。龍井思茶味，鴛藍欸竹扉。苾芻閒話久，相見也依依。

憶昔曾開讌，移樽到講臺。客緣招飲至，僧亦放參來。寶藏清嚴地，瓊筵美滿杯。門前旌旆影，古佛尚驚猜。

積水涵虚閣，平沙護短墻。當年楊氏宅，此日贊公房。苔蘚碑文古，栴檀梵夾香。可容蓮社入，來往任徜徉。

偶檢書篋，得徐愛泉同年德周手書舊作小屏一幅，展誦凄然，不覺有人琴之感，率賦一律，聊誌愴懷

十年烏兔急相催，舊雨云亡劇可哀。在昔金閨曾視草，只今玉骨久生苔。鍾王翰墨留遺蹟，燕許文章歎異才。遥望瓊樓最高處，蓬山應有鶴歸來。

贈洞然僧

一瓶一鉢强支持，不向塵中掛一絲。黄菊關心開謝日，白雲隨意往來時。觀空自笑無無老，説法真成點點師。我似東坡悦禪味，每從方外結相知。

題夢禪居士洛中秋圃圖

爲結香山社，居鄰八節灘。龍門秋色好，收入畫圖看。天地容吾蝨，斯人俯仰寛。飄然塵壒外，懶作應酬官。

松菊滿三徑，堪招賓侣游。壺觴終日醉，棋局不須收。嵩少最佳處，閒身此寄留。幽

棲剛半畝，亭欲署休休。

唐雲閣、蕭眉生兩明府寓齋小飲

久抱冬心耐歲寒，偶招舊雨强尋歡。瞢騰其醉中山酒，騷雅誰登上將壇。一樹老梅香古淡，數竿修竹影團欒。蒼松也合成三友，卻笑風塵有冷官。余購有松竹梅，置諸廳事，招同人共賞。

讀賈退崖觀察後洛中吟

去洛偏吟洛，多情戀舊游。澗瀍流水咽，嵩少暮雲愁。好友紛投贈，高僧互唱酬。謂詩僧了亮。叢書藏石室，何止口碑留。觀察手輯賈氏叢書，板存嵩山寺中。

張瓊軒司馬有抱孫之慶，余亦適得次男，喜而賦此

故人書至報生孫，我亦添丁鵲噪門。掌上明珠看並耀，階前丹桂喜同根。衣襦遞換憐兒女，梨棗交推冀弟昆。卻笑宦囊羞澀甚，傳家惟有一經存。

寄赤城書，附題一絶

遠寄黄河雙鯉魚，故人消息近何如。衡陽不少飛來雁，猶望湘南早報書。

觀舞伎並演長生殿傳奇

氍毹貼地錦成團，舞罷銀貂小契丹。夜半雪花如掌大，燈紅酒緑不知寒。
梨園法曲不堪聽，嗚咽琵琶泣海青。莫問長生舊時殿，馬嵬羅襪久飄零。

瓶城山館詩鈔卷八

梅邊飲酒作

朝飲梅花下，暮飲梅花前。以花爲性命，直欲呼梅顛。花似感我意，向人開愈妍。經冬復歷春，寒消五九天。巡檐索共笑，情致增纏綿。餘香入酒杯，沈醉尤歡然。屈指舊游地，與梅多夙緣。我家東城東，樹樹紅梅鮮。隨園七百株，雪滿倉山巔。烟月古揚州，疎影紅橋邊。蘇門有梅亭，招客常開筵。今我寄粱苑，無花已二年。入座致清友，頗費囊中錢。藉此慰岑寂，慨然塵慮捐。况兼松竹鄰，結契疑神仙。落落每獨賞，細嚼和詩篇。何時驛使至，寄我南中箋。行將掉頭去，歸種梅花田。

牡丹價昂難購，作此自嘲

妄求富貴愿徒賒，囊底青錢剩畫叉。只合家風守寒素，牡丹不看看梅花。

一枝穠艷鬬時新，入市居奇等席珍。多少人家花似錦，笑儂孤負洛陽春。

元夜觀燈戲偶感

村燈社鼓滿春城，月爲元宵分外明。漫把烽烟作兒戲，可憐江漢未休兵。
五劇重門徹夜開，笙歌繚繞擁樓臺。遥知今夜征南將，定奪雄關撤凱回。

春日獨遊吹臺有感

春風吹煖東城東，桃李花濃相閒紅。五年重到舊游地，滄桑轉瞬樓臺空。粵匪竄擾汴梁，臺燬於火。鄒枚韻事跡已渺，狂吟李杜留高風。石闌徙倚縱遐矚，弔古可惜無人同。宦場舊雨各星散，指爪東西飄雪鴻。壬子春日，偕王子倬、黃雲階諸君曾醵飲于此。老僧烹茗坐移晷，令我匡廬懷遠公。

陳凝甫中翰用蘇詩韻惠題拙集，次韻奉酬

去歲相逢聽落葉，今日重來賦春雪。同客梁園初訂交，拍案論詩稱快絶。君家詩學有淵源，早於此道肱三折。食古硯齋吾服膺，劍氣珠光不磨滅。量齋讀書破萬卷，大海長鯨筆能掣。都門倒屣徧公卿，騷壇錦簇新花纈。我詩寒瘦類郊島，韉綫短材殊瑣屑。名場偃蹇託秋吟，

廿年回首光陰瞥。得見平原肝膽傾，滿腔愁緒從頭説。深宵把酒對寒花，尚有老梅心似鐵。

清明日游鐵塔寺

寺古禪逾寂，園荒草自春。佛頭棲鳥雀，塔頂長荊榛。世界三千迴，風光百五新。會須攜斗酒，來作聽鶯人。

董家堤遇雨，用蘇公歧亭韻

獵獵捲風沙，濛濛飄雨汁。車轍那暫停，掀帷衣乍濕。杏花紅滿村，酒家何處得。幸逢地主賢，呼取開樽急。入座問姓名，笑比能言鴨。斗室火爐温，矮户油簾幂。一盞瓦燈明，窗影暈微赤。長劍久懸腰，偶露虹光白。時事縱高談，披襟還岸幘。萍蓬無定蹤，歡笑雜悲泣。五夜静捫胸，此身實多缺。三萬六千場，光陰同過客。攲枕未成眠，百端已交集。

延津旅店，用壁間韻

楊花如雪草烟緜，細雨冥濛薄暮天。車馬勞勞成底事，兵戈擾擾感頻年。塵容漸老休臨鏡，旅夢初回且着鞭。大海風帆收未得，鄉愁無限落尊前。

衛郡遇徐閬峰夜話，仍用蘇韻

共君清夜談，如啖甘蔗汁。誘掖及箴規，使我汗交濕。直諒古所聞，不圖今再得。見善固思遷，改過更宜急。自維進步難，躑躅類土鴨。藐焉七尺軀，苦受塵網羃。向誰肝膽傾，撫此寸心赤。雙眼自摩挲，此中有青白。故態猶狂奴，露頂脱巾幘。縱論到古人，往事動歌泣。但教衣蝨捫，遑惜唾壺缺。時事歎艱虞，同是無家客。樽酒且言歡，莫漫離愁集。

寓齋感懷

一枕黄粱夢未殘，巾箱重檢舊衣冠。風塵易換浮生局，簿領終慚本分官。退院老僧仍托鉢，罷兵羸將又登壇。旁人相笑應相諒，無以爲家去住難借句。

匆匆駒影隙中馳，壯不如人老可知。自分粗官原寫意，相逢塵世總低眉。才雖有用須兼福，命或無憑且待時。一事竟教初願負，從今宦海卸帆遲。

懷人詩

此才堪奪命，真賞記吾師。錦繡胸中貯，烟雲腕底隨。浮名輕睥睨，捷徑懶奔馳。局外論成敗，閒商打劫棋。歐陽九雲拔萃。

橫絶才無敵，逢人説項斯。雄談驚四座，文陣擣偏師。蟾窟探香冷，燕臺泣路歧。芙蓉深閣裏，抱膝苦吟詩。項甸民拔萃。

百斛龍文鼎，惟君筆獨扛。牧之名第五，江夏譽無雙。簡鍊才逾放，窮愁氣不降。長安思走馬，烽火奈連江。家琴叔孝廉。

羨爾雲中鶴，飄然本不群。方期躋顯第，何止冠童軍。才莫論升斗，陰宜惜寸分。所嗟猶未遇，矮屋困劉蕡。家煦庭茂才。

總角論交早，東西屋兩頭。潯江常共硯，章水每同舟。嘯傲烟霞侶，招邀汗漫游。池中偏久困，猶爲稻粱謀。丁子如茂才。

十三纔舞勺，便採魯侯芹。祖德陰鳴耳，生才定出群。科名原有數，場屋漫論文。且喜詩壇將，猶能張一軍。丁辛亭茂才。

十載音書斷，河濱更海隅。宦途嗟潦倒，世路歎崎嶇。招隱知何日，相逢定老夫。蓬瀛都未到，筆硯早焚無。高人大令。

貧士需升斗，聊承菽水歡。天教遲出仕，人羨早彈冠。製錦原非易，登瀛本大難。才堪爲世用，雅稱牧民官。歐陽虞生大令。

一衿艱若此，有志事終成。老屋青燈伴，中年白髮生。傳經誇令子，拾芥繼家聲。把酒論文夜，難忘廿載情。汪夢颿茂才。

兀傲平生性，窮愁老學庵。逢人無煖眼，對客只清談。格律參功過，交情驗苦甘。偶然吟興發，硯北與花南。家二以茂才。

貧也原非病，翛然適此生。一椎輕博浪，孤劍寄豐城。遣興敲詩鉢，驅愁借酒觥。憶從章水別，助我買春情。張醉六明經。

彼此成童日，文壇角勝時。芹香同採掇，花月共追隨。夙抱凌雲志，群誇不世姿。緣何騎欵段，故故出山遲。劉舜臣孝廉。

讀書傷不遇，末吏竟沈淪。皖口初逢日，交情分外親。憐才如性命，談笑總天真。亂後無消息，相思倍愴神。雨香少府。

妙筆鍾王擅，端書更入能。冷官猶有待，上第苦難登。羈靮空悲驥，韝絛未脱鷹。品高誰比潔，對坐玉壺冰。李烈堂孝廉。

亦知詩趣好，卻恨讀書遲。身世耽吟管，生涯付酒卮。山中甘奉母，市上懶居奇。落落超塵表，風情野鶴宜。張谷上舍。

文筆誇雙絶，才華數二難。聯翩登蕊榜，蹀躞上長安。屢鍛春風翮，空燒寶鼎丹。巍科原不易，天竟靳粗官。曹繩菴述堂昆季兩孝廉。

解珮辭金闕，庭闈侍老親。况逢多事日，甘守故園貧。一自大梁別，幾回江上春。尺書難遠寄，搔首汴河濱。蕭庚生侍御。

依舊貧如此，高官二品膺。封侯輸骨相，歸夢戀觚棱。世澤多男繼，遐齡老母增。公卿争健羡，解組幾人曾。李晴川少宗伯。

論交宜殳執，梓誼倍相親。遇事衷腸熱，逢人面目真。藤廳供舊職，柏府荷新綸。慷慨陳時務，群欽骨鯁臣。蔡鼎臣給諫。

年少多豪舉，相期第一仙。揮金如糞土，落紙滿雲烟。白水心堪證，黄粱夢不圓。俄然游萬里，風雪憶窮邊。王柳坪比部。

我愧爲前導，風塵困此生。三年養毛羽，君竟到蓬瀛。對策詞源富，陳書國是争。高堂欣健在，羡煞板輿迎。李硯卿檢討。

三載因依久，如君實可嘉。言防圭有玷，品類玉無瑕。貧士田惟硯，游蹤客當家。鯨鯤横海物，終不困泥沙。童蕉屏布衣。

短李詩才捷，珠璣咳唾生。七言新樂府，五字古長城。風度欽瀟灑，頭銜笑老傖。腰閒三尺劍，應作不平鳴。李筠莊茂才。

卓哉孟夫子，閉門甘索居。懶獻賈生策，羞陳蘇子書。庭空惟養鶴，水近每觀魚。富貴本非願，浮雲過太虚。孟菊莊處士。

不見黄叔度，匆匆二十年。圍爐思雪夜，把酒憶江天。家運否應泰，詩懷窮益堅。滕王高閣近，偏滯馬當船。黄半村茂才。

傳經儕伏勝，稽古媲桓榮。著作推前席，科名起後生。家懸金鑑朗，品較玉壺清。喜應初元詔，軺車促遠行。張介菴孝廉方正。

福命如君少，天倫樂事全。老親迎養久，令子克家賢。簪盍竹林秀，吟詩花萼鮮。瀛洲〔二〕偏早到，平地作神仙。蔡槑盦編修。

懶作風塵吏，京師冷宦成。相看趨畫省，差喜近蓬瀛。傲骨終難貶，憂懷總未平。早朝詩倡和，風味舉家清。蔡賓田戎部。

讀書兼養氣，淡蕩見天真。蕭寺同聽雨，長安共惜春。十年仍偃蹇，一别又風塵。何日東林社，相邀結比鄰。黄菉泉孝廉。

每恨相知晚，争傳有道名。梁園欣邂逅，談論氣縱横。腹拄五千卷，胸藏十萬兵。時危應見用，諒不負平生。郭鐵夫孝廉。

避亂真無策，商量進退難。望雲虛子舍，就日住長安。客邸傷孤影，離愁攬萬端。何時烽火息，家室慶團圞。歐陽石甫農部。

卓卓才無敵，英英氣自豪。金門初射策，畫省恰分曹。讖緯先機兆，科名左券操。蓬山休恨遠，差免折腰勞。家篠昆儀部。

【校記】

〔一〕八卷本「瀛洲」作「蓬瀛」。

八哀詩

歐陽培菴茂才

交情殊落落，於我獨相親。持己惟崇儉，承家未是貧。如何僅中壽，竟爾喪斯人。伯道偏無子，難爲問夙因。

高焜門孝廉

貧極真無奈，全家生計難。襟懷殊耿介，骨格自高寒。闉嶠游蹤冷，長安舊夢殘。獨憐陳仲子，蓋禄未分餐。

家蓮農茂才

不屑治生産，晨昏只苦吟。年年望科第，老母暗沾襟。好客常賒酒，售書復典琴。豐城埋寶劍，牛斗夜沈沈。

家固齋茂才

鏖罷文壇戰，難操奪命權。唐皋空洒淚，靈運早生天。猶誦新詩句，堪傷美少年。科名兼仕宦，賚志到重泉。

彭霽帆大令

八載薇垣住，鵷鸞接羽翰。不圖成進士，翻遣作粗官。藉甚棠陰頌，承將菽水歡。黄粱猶未熟，短夢過邯鄲。

劉寅生孝廉

竟荷隨身鍤，無殊劉伯倫。但求杯裏物，卻少眼中人。一第才終困，孤懷氣不春。飄飄鴻爪印，魂魄尚風塵。

禹仲甫大令

捧到粱園檄，栽花興正濃。名成官未遂，才大福難容。揮霍空金穴，恩仇斂劍鋒，何人扶旅櫬，泰岱返仙蹤。

程春園上舍

妙術誇盧扁，身偏二豎侵。養生惟浄業，入市有遐心。鄉夢黄山外，萍蹤蠡水潯。烹茶解消渴，丹竈杳難尋。

題王苓塘乞兒獨醉圖

酒國無邊天地窄，醉鄉不住朱門客。歌板臨風唱竹枝，園桃巷柳無顔色。君本揚州舊酒豪，聽殘螢苑美人簫。千金一擲渾閒事，回首烟花廿四橋。芒鞋踏徧江南道，到處紅樓争醉倒。飄然曳杖來夷門，六十侯嬴不知老。衣奔食走擔頭輕，一個吟瓢了一生。萬事不如杯在手，儘容長揖見公卿。幾多食客頻徵逐，東郭墦閒饜酒肉。縱驕妻妾亦何爲，轉露乞兒真面目。世態看來欲放顛，繁華過眼皆雲烟。殘衫破帽終無恙，不受人憐只自憐。襟懷若個如瀟灑，賴有酒腸寬似海。願乞黄河化酒泉，壺中不必須錢買。

題吴鑑塘少府小照

絲絲垂柳碧毿毿，花正嫣紅春色酣。絶好風光圖畫裏，教人能不憶江南。
曲徑疎籬水竹居，滿庭花鳥共相於。披襟石上科頭坐，消受南華一卷書。

擬老杜諸將五首

何時大凱唱鐃簫，塗炭生靈久不聊。幕府誰爲嚴節度，將軍苦憶霍嫖姚。蜂巢蟻穴屯偏衆，蝟斧螳鋒挫未銷。到處羽書争報捷，可憐予室尚飄摇。

數戰軍儲不易供，九州金穴已全空。理財劉宴書頻上，轉餉蕭何計亦窮。䖝滿征衣湔碧血，馬敲瘦骨作青銅。模糊枕藉尸骸積，誰向沙場弔鬼雄。

紛紛小醜困潢池，擒賊擒王會有時。將令自揮諸葛扇，軍書休亂謝安碁。英雄底事論成敗，世俗何堪定信疑。但使功高膺懋賞，天家雨露本無私。

江北江南盡列營，森嚴虎帳夜談兵。已聞降將收高傑，且喜元戎用孟明。十萬旌旗歸總制，九重鈇鉞賜專征。軍心挾纊歡聲起，僕射由來似父兄。

天心久已厭旄頭，火報平安望戍樓。左道早傳方臘死，豪民何礙李波留。調停時事需長策，鄭重兵機仗老謀。歷盡茫茫千百劫，痌瘝難釋至尊憂。

聞粵匪所過之地，佛寺悉被焚燒，殊可歎也

一炬灰揚舍衛城，竟教火宅放光明。浮圖燬去留空影，餘燼收回念衆生。逆燄合成銅馬隊，炎風吹斷木魚聲。金剛不壞身偏捨，佛法猶難浩劫争。

題文姬歸漢圖

贖得蛾眉返漢關，旌旗遥擁舊云鬟。玉門誰見王嬙入，青冢空留塞外山。明駝萬里送還鄉，回首邊塵淚數行。賴有曹瞞恩義重，無兒休恨蔡中郎。

題馬蔭嘉少尹攜酒聽鶯圖

絶好神仙尉，翛然物外心。偶攜桑落酒，來聽栗留禽。滿目霏紅雨，科頭坐緑陰。更饒清興遠，呼取石床琴。

送劉介兹茂才從軍

意氣昂霄迥不群，秀才自古樂從軍。嵇康有送秀才從軍詩。陰符夜讀悲秋雨，寶劍朝磨掃陣雲。

虎帳無聲知草檄，燕山有石待銘勳。笑他屋下傭書者，垂老徒攻合格文。

申貞女詩

申氏有淑媛，隨父淮安城。髫齡即孝謹，能慰高堂情。周氏有佳兒，頭角方峥嶸。兩姓官一處，遂締絲蘿盟。鴛鴦對對飛，鴻鴈雝雝鳴。雙珠明的的，一水看盈盈。郎年忽十七，讀書欣有成。女可十五餘，纖手能調羹。會見門庭爛，偕老笄珈榮。胡爲遘閔凶，一朝郎命傾。女願以身代，矢此方寸誠。昊天慘不吊，弱影悲煢煢。號慟幾欲絶，何忍孤桐生。守志誓靡他，此語格幽明。昔聞周共姜，又聞魯陶嬰。伉儷洵不負，寄託實匪輕。繩以從一義，本爲人禽爭。明明未嫁女，孱弱閨中英。結褵猶有待，所天無主名。既非節婦節，何緣貞女貞。禮教乃素嫻，綱常須拄撐。此身業已許，天日垂光晶。古井水不波，食蘗甘如餳。忽忽十五載，獨處沈疴攖。同穴本素願，接跡歸九京。始終與生死，從此徵完行。作詩爲闡幽，所愧非瑶瓊。褒揚藉彤管，行受朝廷旌。

送族弟斐如南歸

時事竟如此，浮生將奈何。送汝故鄉去，增予愁緒多。連年交水旱，前路滿干戈。回首大河北，相依三載過。竟挈妻孥返，長途更可憂。風霜經未慣，資斧計難周。樂土究何處，歸家空復愁。平安但遥祝，計日到江州。

古意

飛蓬拔地起，得勢升層霄。賦此輕薄質，托身何太高。轉瞬飄風息，墮落林塘坳。根株亦已絶，不如谿澗茅。妖狐蒙虎皮，百獸駭爲虎。猛視亦眈眈，負嵎成怨府。有客腰弓至，射死荒山塢。九尾露真形，遺臭同鼠腐。

贈王平子

天壤王郎磊落才，翩翩名士過江來。早知白璧高無價，豈有青雲鬱不開。能事本非文字了，悲歌長爲古人哀。西風匹馬中原路，捷足應登市駿臺。

贈童蕉屏

交道依然見古風，曾憐患難與君同。劍非輕試鋒鋩斂，酒不常澆魂礧空。萍水無端悲聚散，滄桑多故感窮通。悠悠行路黄金貴，車笠何人訂始終。

得李烈堂同年都中書，知將作歸計

丈夫不得志，懷刺將何之。勉强作歸計，江漢無安枝。筋力亦已倦，衣塵空復緇。念爾遠遊客，搔首徒傷悲。

醉翁吟，歐陽文忠公生日作

人生何事堪行樂，惟有壺觴朝暮酌。人閒何處可消愁，惟有酒國春長留。我愛醉鄉好，醉鄉自古能終老。我作醉翁吟，醉翁千載有同心。芳踪已杳風流歇，今我舉觴空對月。相望遥遥七百年，文章政事久流傳。作記名亭亭不朽，高情誰出醉翁右。一醉能澆魂礧多，有酒不醉將奈何。請爲醉翁歌一曲，長醉不醒吾願足。

敖慕韓大令國琦因公解任，主講伊陽書院，頃聞其歿，詩以哭之

感逝頻年涕淚傾，丁未，分發河南，即用計十四人，轉瞬十年，亡者過半。伊陽噩耗又心驚。三春梁苑纔分袂，五月京華舊結盟。晝錦早成唐進士，夜燈仍伴魯諸生。一官長物空無有，旅櫬難爲萬里行。淒絶良朋視蓋棺，返魂無術覓金丹。身後事皆伊陽少尉孫公料理。全家久耐生離苦，孤館尤傷死别離。有子遠來遲異地，令嗣遠來省親，到伊時君下世已半月矣。何人厚賻念同官。中年未免生天早，只作輕塵短夢看。

孝嚴寺贈能海上人

琳宫深鎖篆烟寒，古汴城西拓地寬。四面軒窗三面水，一泓積潦當湖看。識得禪堂老辯才，西湖歸去又重來。靈花忍草終無恙，都是生公舊日栽。静聽華嚴演法車，消閒且喫趙州茶。近來多少滄桑事，話到亭西日影斜。

偕顧月墀明府登禹王臺小飲

半年不到吹臺遊，一路蟬聲忽報秋。花落難禁芳樹老，客來偏爲夕陽留。上方蓮社僧容入，大海蒲帆我未收。好借酒杯拚痛飲，欲寬懷抱且登樓。

岳忠武銅爵爵存西湖岳廟

生前未飲黃龍酒，滿腔熱血噴刁斗。區區銅爵留人閒，祠墓還教子孫守。土花繡澀光陸離，雲雷深護蟠躨跜。象形古鼎跂三足，摸棱哆口牟鴟夷。趙家神器歸何處，金牌十二隨烟去。誰向南枝酹一杯，淒淒風雨冬青樹。金牛湖上幾斜陽，手澤偏留供廟堂。七百餘年精魄結，犧尊龍勺共輝光。

嵩縣王嵩三大令萬齡剿匪遇害，詩以弔之

乙巳完人涉縣李，李璞亭同年殉難，嵩三贈「以乙巳完人」靈額，數年閒竟成讖語。君今亦作完人矣。臣節原同嵩嶽高，君名恰與嵩高比。君本槃槃有大才，到處循聲歌樂只。綰符偶至西洛西，蔀屋歡騰下車始。城外洶洶猛寇來，手提長戈奮身起。萑苻膽落畏先聲，倒捲旌旗入山裏。誓將辦賊盡成擒，欲爲此邦除莠秕。一鼓長驅再整軍，簡練虎賁三百士。群醜誰知鬼蜮多，穴鼠城狐分角犄。山腰掩襲跋狼胡，陣前嚼碎睢陽齒。知君含笑赴重泉，見危授命古君子。此時大節炳中州，他日精忠光信史。

過隱仙菴

寒烟霏霏滿山谷，白雲深處石爲屋。松花墮地有餘香，瑤草當門春自緑。隱仙未識何姓名，學道當年丹早成。倘爲赤松與黄石，何妨採藥相偕行。

游朝陽寺

浮生何處着根塵，重入鴛藍感宿因。樹古渾如千劫佛，花開又隔兩年春。驚心鼓角屯兵地前年曾駐兵寺中，轉眼風濤渡海身。差喜老僧能識我，談禪説法尚津津。

秋日延津旅店題壁

孤館凄凉夢不成，嚴城畫角夜三更。蛩鳴暗砌和琴語，葉落空階作雨聲。奇想每從顛倒出，亂愁多向寂寥生。年來輪鐵消磨盡，閲遍人間冷煖情。

旅夜不寐偶賦

蟋蟀鳴四壁，誰能知此心。幽人怨長夜，共汝託秋吟。斗室冷如冰，簷鈴寂無語。落葉下空廊，響雜階前雨。

疲騾兼病馬，辛苦事長征。客夢偏相擾，床頭齕草聲。
架上殘書疊，齊諧與諾皋。滿腔偏抱憤，開卷讀離騷。
露氣侵簾幙，孤衾生薄寒。轉憐征戍苦，戰士尚衣單。
爐香烟漸消，枕簟涼風度。起視天微明，鴉聲滿高樹。

夜坐

一穗明燈照，空階白露寒。多愁知氣損，無夢轉心安。酒待花時飲，書留枕畔看。蕭閒得禪味，趺坐愛蒲團。

偶成

客來方解榻，琴在且安絃。飲酒防泥醉，吟詩怕苦連。小窗三面啓，私印兩頭鐫。若問青氈壽，相隨已七年。唐志氈壽五年。

邛山司馬書來，有重游百泉之約，作詩答謝，即以代柬

老子婆娑逸趣生，一封書至尚多情。勸儂好蠟遊山屐，還到蘇門聽水聲。

林下銜杯幾勝儔，夢尋蕉鹿怕回頭。從今峰歗泉吟處，都付丹青作卧游。
南州有榻儘高懸，那得重來共醉眠。樽酒偏教懷舊雨，不曾容易結詩緣。
卻怪平生懶是真，感君先我寄書頻。移文久被山靈笑，未作抽帆到岸人。

于邗山司馬寄賜和作，復呈二律

小隱泉源久白頭，空山麋鶴訂交游。尋常得失如雲過，七十光陰似水流。抱膝閒吟貧亦樂，閉門高卧老何求。黔南忽報飛書至，五馬行看領大州。大令孫軍功以知州留黔補用。
論交君我竟忘年，文字從來有夙緣。別後何人共樽酒，愁中無暇和詩篇。雪飛梁苑游應倦，飯熟邯鄲夢再圓。笑指共城壽星現，此翁知是地行仙。

十月十七日陸放翁生日作

漫云先世少高年，九十詩翁作散仙。戈馬獨深離亂感，湖山多結嘯歌緣。梅花樹樹前身在，團扇家家韻事傳。絕好劍南風雅主，南園何足累名賢。

邗山司馬畫扇上白頭翁索題，賦此寄答

毛羽翩翩冰雪姿，月明頭上影迷離。想緣憔悴風塵久，贏得星星兩鬢絲。
柳絮梨雲淡淡烟，一枝許借便安然。羨他鶴頂紅如血，笑指冰銜亦可憐。

柳枝詞

冶葉倡條映緑波，年年送客走關河。生憎飛絮纏綿甚，偏惹人家别恨多。
依依翠色傍高樓，夫壻何堪作遠游。聽説深閨兒女樂，近來征戍易封侯。

終朝

終朝起卧亂書堆，欲擬陳思賦七哀。古樹儘教千尺長，好花怕看十分開。鄧通畢竟爲飢鬼，張説偏能鑄横財。廣武城頭私歎息，是誰經世有真〔一〕才。

【校記】

〔一〕八卷本「真」作「宏」

自詠

未著從戎短後衣，小眠微醉養天機。詩因信手忘工拙，事不關心少是非。碌碌一官仍類隱，青青兩鬢忍言歸。卻慚紙尾書名久，欲上强臺願屢違。

和陳九香參軍寓齋感懷原韻

幾年烽火動鄉愁，到處溪山負勝游。赤壁未歸蘇玉局，青衫空老白江州。謀生計絀難爲客，入世情多易感秋。冷醉閒吟都漸慣，短衣何事覓封侯。

送李少峰刺史赴左州任其尊人曾刺是州。

甘棠幾樹緑陰存，朱邑桐鄉尚感恩。父老争迎新刺史，兒童猶識舊王孫。文章事業承先澤，雞犬桑麻認故村。記取絃歌聲在耳，離懷拋卻且開樽。

題相國寺禪室

支老安禪地，生公説法臺。九章雲蕊笈，三洞月苗杯。到此聞根净，當前覺路開。蒲團閒坐久，恍惚見如來。

李晴川少宗伯寄示罷官感懷之作，即書其後

榮華好夢正收場，鐘鼎山林願各償。猶荷恩綸辭魏闕，幸餘禄米養高堂。君今世外尋丹粒，我亦齋前種白楊。讀罷瑶篇還擊筑，捫胸真覺氣蒼涼。原作有「感時頓覺氣蒼涼」之句。

舊有友人囑題東坡紫雲端硯，硯未之見，亦不知藏於誰氏。丙辰秋，晤陳九香丈於梁園邸次，出舊題紫雲端册本見示，名作如林，始知此硯久爲陳氏秘物。因書近作於後，亦翰墨一段因緣也。再繫一詩質陳君，兼質囑題者

□片端溪石，摩挲七百年。竟爲陳氏寶，能替老坡傳。大海風濤氣，名山翰墨緣。珠璣題詠滿，重續紫雲篇。

題陳九香參軍耐園秋色圖，即送其入都就養

南陽有菊水，飲之多壽年。先生愛居此，淡泊全其天。小園半畝寬，秋色何芳妍。冷境苦能耐，老懷窮益堅。一官久匏繫，熟讀逍遥篇。偶爾攝符篆，塵牘無糾纏。歷攝桐柏酈城葉縣篆務。但飲柴桑酒，不求陽羨田。著作等身富，四壁紛吟箋。佳客常至止，揮杯各陶然。惜我隔泥爪，遠聽蘇門泉。嘯臺君所到，珠玉留峰巔。君有游百泉舊詠，予已〔一〕屬〔二〕道士藏之。憶從洧水別，

十載陵谷遷。予洧川時，蒙君過訪，留飲而別，忽忽十年。今日聚梁苑，重話三生緣。太息圖中景，落落疑神仙。寒花傲晚節，紅葉明霜天。近聞多寓公，浮家清穎邊。桃源可避亂，嵩少羅窗前。吟聲互酬答，有子稱象賢。薇垣珥綵筆，拂紙生雲烟。欣就白華養，看舞宫袍鮮。長安多酒肆，此中堪醉眠。回首舊游地，松菊徒可憐。行見展眉頭，春色盈大千。

【校記】

〔一〕八卷本「已」作「屢」。

〔二〕八卷本「屬」作「囑」。

題陳九香參軍食古研齋第四集

宦味冷於雪，吟懷清若秋。淵源溯坡老，風月夢黃州。旅跡耐園寄，歸帆穎水游。全家感飄泊，難遣杜陵愁。

彈指十年別，今看四集成。亂離悲世事，貧賤見交情。官好民如子，身閒禄代耕。才人例沈滯，大抵以詩鳴。

雪夜獨坐

河洛經年作寓公，飄摇身世寄居蟲。孤燈自照形神影，半夜俄驚雨雪風。獨酌雞缸村酒白，頻添獸炭地爐紅。横斜窗外梅花放，一樣生涯冷淡中。

家書盼斷，歲序將周，時事關懷，閒愁益劇，偶成五言二十律，語無詮次，亦仿杜少陵秦州雜詩遺意云爾

異地身漂泊，家山路渺漫。赤眉驚變久，黄耳寄書難。春雨鄉愁遠，秋風旅夢寒。流光真電速，飛雪又冬殘。

六載離鄉井，親朋信息稀。出山無遠志，寄藥有當歸。宦海波濤險，風塵面目非。弟兄久分散，魂夢尚依依。

瀧岡遲表墓，何以妥慈靈。長抱蓼莪痛，空餘蘋藻馨。雲山嗟閒隔，風木愴飄零。愧不從頭讀，青烏幾卷經。

地棘天荆裏，頻將八口遷。燕巢悲處處，鴻爪印年年。塵滿萊蕪甑，家餘子敬氈。欲歸歸未得，陽羨本無田。

謀生真計拙，薪桂米如珠。賃廡驥同皁，分餐雞哺雛。微吟詩竈冷，兀坐債城孤。底

事盟車笠，炎涼世態殊。

中年豪興減，兒女更情長。選盎栽花活，登盤説餅香。無聊惟宦況，至樂本家常。歲歲逢初度，團圞晉壽觴。

門祚雖中落，天心有轉機。堪憐鴻翼比，待看鳳雛飛。經史傳家物，襴衫利市衣。草堂顔守素，彝訓敢相違。

楚皖妖氛警，西江寇轉深。兵戈徒擾擾，歲月自駸駸。焚到崑岡玉，搜殘郭穴金。安危憑將帥，敵愾諒同心。

逆賊來還去，危城失復收。亂離安有豸，居處早無鳩。華屋傷榛莽，荒郊徧髑髏。幺麽盈罪貫，掃穴仗宸謀。

誰戢萑苻盜，干戈動兩河。危時滋蔓易，小醜揭竿多。道路防豺虎，軍聲混鸛鵞。羽書頻報捷，歲歲唱鐃歌。〔一〕

有客游陳宋，津津説戰功。旌旗圍闖外，笳鼓静軍中。雀弁翎飄翠，鵜膏劍染紅。幾人躋顯秩〔二〕，薦牘達宸聰。

殉難知多少，陳情叩帝閽。自天酬卹典，特地慰忠魂。大節銘鐘鼎，餘榮逮子孫。九原隅泣者，誰爲乞君恩。

城郭遭兵燹，田園苦旱灾。凶年魚夢渺，中澤鴈聲哀。社息祈神鼓，堂虛介壽杯。欣聞天雨粟，甘澍會飛來。

灾異蝗尤甚，群飛到六宮。艱難知穡事，悲憫切皇躬。丹詔頒天上，蒼生起壑中。尚期蝻〔三〕孽浄，來歲祝綏豐。

河已東南決，籌思堵築難。陳書愁賈讓，治水惜楊蟠。曠野盈飢魄，長堤住冷官。何時天塹固，順軌慶安瀾。

十羊來九牧，濟濟盛冠裳。到眼驚能吏，論交愧輩行。幾多華袞貴，不少故人亡。自笑馮唐老，終嫌阮籍狂。

屈子離騷作，蛾眉只畏讒。薰蕕千古異，荊棘幾時芟。身在忘憂館，心如不動帆。何當論嗜好，與俗別酸鹹。

惜少君卿舌，奚堪重五侯。士師三見黜，孫昉四宜休。金豈貧交結，珠防暮夜投。南華初讀日，早種一生愁。

寒深酒力薄，沈醉尚銜杯。展卷古人聚，敲門今雨來。唾壺容亂擊，劍匣莫輕開。漫説滄桑事，平生見幾回。

俗吏心情雜，原無翰墨緣。消閒惟此日，多感是中年。棋變支殘局，琴希撫舊絃。清修除八垢，閉户欲參禪。

【校記】

〔一〕八卷本「羽書頻報捷，歲歲唱鐃歌」作「渠魁終漏網，空自唱鐃歌」。
〔二〕八卷本「幾人躋顯秩」作「幾人膺懋賞」。
〔三〕八卷本「蛹」作「餘」。

寺中以坐方丈者爲尊，衆僧希圖此席，可見争名之心，雖空門亦不免也

誰悟優曇只刹那，争看頂禮拜頭陀。空門尚鬭禪鑽巧，莫怪終南捷徑多。
雲房幾輩長僧雛，信手都拈一串珠。百八牟尼參佛果，得來曾自苦修無。

題梅聘海棠圖

一枝白雪映紅霞，堪羡孤山處士家。深夜特燒銀燭照，滿林開徧合歡花。
莫恨無香遜有香，司花青鳥費商量。花神納采諸天笑，昨夜通明奏緑章。
夢醒羅浮冷月過，春陰同聽鳥聲和。神仙眷屬誰堪匹，清福還兼艷福多。

題德硯香太守匡廬聽瀑圖

我家居近匡山麓，日日開門見飛瀑。小别江鄉作北游，風塵卻少看山福。太守趨庭到九江，庾公樓下泛輕艭。曾從廬阜窺真面，卧聽千巖響石淙。名山特倩倪迂寫，畫意蕭閒擅風雅。攜向梁園客邸看，引人恍入東林社。舊游重憶各欣然，都與匡君有夙緣。九十九峰青不斷，此中多少在山泉。含鄱峰是最高嶺，天半銀河落松影。開先遺愛寺門前，午夜濤聲吹到枕。洗耳何如傾耳聽，笙鏞滿谷宫商鳴。雲中五老如相伴，領畧人間天籟生。渺渺潯陽隔江水，祇今嵩少羅窗裏。好補河聲嶽色圖，宦轍之游從此始。

鬢邊新見白髮數莖，感而有作

勞勞身世感中年，忽點霜痕到鬢邊。静驗榮枯同草木，笑看富貴等雲烟。無功尚想牢能補，有恨終嫌海未填。覽鏡不教輕拔白，人生難得是華顛。

東坡生日以梅花作供

秋菊寒泉薦水仙，梅花偏供雪堂前。泥痕偏印三千界，春夢俄驚七百年。蜀郡無家空託地，常州有願未歸田。小峩眉近峰巒好，拜墓曾過汝潁邊。公墓在汝州小峩眉峰下。

余以道光丁亥入泮，越咸豐丙辰，三十年矣。定例：秀才三十年，歲試十次，准給衣領。今倖獲科名，免歸此例。而童時光景，宛在目前，爰綴小詩，聊紀舊事

三十年來爲一世，人生能見幾滄桑。韘觿回憶成童候，早擷宫芹璧水香。

髫齡便〔一〕廢蓼莪詩，畫荻傳經仗母慈。佻達青衿正兒戲，難期吾父九原知。

燈影書聲老屋中，秀才原是舊家風。一方祖硯終須寶，那有籯金可救窮。

奕葉詩書繼緒長，甲科終屬破天荒〔二〕。吾家自泰亨公以進士官侍御，擢湖北廉訪，閱今十世，代守青衿，中間僅兩登鄉捷〔三〕。余雖倖廁甲科，已不免遥遥華胄。文園多少叢殘稿，手澤猶存奉瓣香。先曾祖振軒公著有松園文稿、古文唾餘。父蒹白公著有守素堂文稿。

三月桃花春水生，一篇小賦喜先成。神駒謬荷宗工賞，適副吾師月旦評。謂塾師柯章門、學使福禹門兩先生。

寸寸鮎魚上竹竿，科名似我竟艱難。劉郎終恨蓬山遠，僅博淵明五斗官。

溷跡風塵倏十年，簿書迷悶枕中天。黑頭多少公卿貴，時命難争只自憐。

少年同學太蕭條，誰向山中慰寂寥。近日江鄉烽火急，轉愁無路上丹霄。乙卯江西鄉試已停，丙辰會試，道途梗塞，吾邑入都者竟無一人。

利市襴衫後輩新，陽休莫訝古賢人。卻慚司馬江州日，已怨琵琶老大身。白樂天遷江州司馬，年方四十有二，撫事感時，古今同慨。

雙丸虛擲疾如流，往事關心舊夢留。再過卅年周甲子，也應重到泮宮游。

【校記】

〔一〕八卷本「便」作「幾」。

〔二〕八卷本「甲科終屬破天荒」作「科名畢竟破天荒」。

〔三〕八卷本「捷」作「薦」。

江都符南樵孝廉選國朝正雅集，自乾隆丙辰至咸豐丙辰，萃百二十年詩人，計二千餘家，釐爲百卷，鑒定者爲陶鳧薌少宗伯、張詩舲少宰，開雕於都中崇樸山侍郎之半畝園。一時輦轂名流，群襄盛舉，拙詩亦濫廁其中，恐不免魚目碔砆之誚。感慚交集，戲成一律，寄調南樵

主持風雅繼長洲，是選按沈文慤別裁體例，原擬名續別裁集，更今名。已是騷壇第二流。選武果能操一代，拙詩遑敢望千秋。更逢宗匠精衡鑒，且喜群公互較讎。日下傳觀聞紙貴，須防大樹有蚍蜉。

迎竈

送竈仍迎竈，家家舊俗沿。奥應人共媚，命或爾司權。自笑塵生久，遷居歲祀先。誰憐征戍苦，土銼已無烟。

送窮

前歲送君去，如何今又來。仍依塵竈冷，空自寶山回。賣賦終無補，求人亦可哀。登車重揖別，莫更久徘徊。

祭詩

爲仿詩家例，年年説祭詩。删存初定稿，歎息苦吟時。盡嘔心頭血，行看鬢角絲。名流千百輩，畢竟幾人知。

守歲

歲盡偏教守，流光惜不禁。浮生泡夢影，此夕去來今。離亂鄉山淚，蕭騷旅客心。銜杯須緩酌，一刻值千金。

瓶城山館詩鈔續存

序

東坡云「人生識字憂患始」，予何人斯，敢自命識字？而人往往以識字目之。因或指爲迂疏，或疑爲簡傲，而又不自量，輒好吟咏。所交者半皆不合時宜之人，周君獻臣其一也。獻臣乙巳捷南宫，先予兩科。庚戌，予捧檄至大梁，獻臣適服闋來豫，需次會垣，遂訂爲文字交。厥後宦轍分馳，鞅掌簿書，無復詩筒來往。丁巳，予以事來省，獻臣適亦在汴，得時相過從。予因以含清堂詩屬爲删定，獻臣以舊刻瓶城山館詩屬予重編，每相視莫逆於冷吟閒咏之中，直不知當世之有非笑。過此以往，又如勞燕之背飛矣。或偶一萍合，即爲輕風吹散忽忽焉。中更多故，大抵安樂之日少，而憂患之日多。甲子，予罷官，獻臣亦宦海浮沉，彼此鬱鬱不得志，而寓居相去不數武，較前此蹤跡頗密，但頭顱如許，兩人詩興亦稍衰。今年夏，獻臣舉前刻諸詩，復手自删存，益以丙辰至今十年中所作，共計二千首有奇，併爲一集，得十六卷，較予所刻前後諸作，多至十之四五，而屬序於予。夫以予之不合時宜，一識字耕田夫耳，何足爲獻臣重？且恐爲獻臣累，而獻臣顧諄諄然命之序，或亦如皇甫士安之序三都賦，他日得附之以傳，非予所深幸耶？況獻臣名重一時，問序何求不得？曾見序瓶城詩者若干家，題詞者若干家，評跋者若干家，而獻臣概置之，是不肯借門户以爲標榜，亦可想見其苦心矣。至其詩，高超拔俗，卓然成家，爲大才，爲清才。有真識者自能辨之，固不待予之贅述也。同治四年，歲在乙丑嘉平月上浣，蕭山徐光第謹識。

自序

前詩編自丙辰，越今又十年矣。予四十以後，賦閒之日居多，潦倒宦途，窮年兀兀。況遭時多故，蒿目艱難，益以離别之情，死生之感，每動於中，即有不能已於言者，故偶爾吟詠，不過如蛩鳴秋夜，自寫愁懷。昔人云「窮而後工」，予固未敢深信。旅居無賴，復檢近年所作，編曰續存，合初存共得十六卷。恐此後精力漸衰，簿書鞅掌之餘，無暇更拈吟管。倘能宦海收帆，名山卒業，區區私願，何日償耶？同治乙丑臘月，立春前一日，獻臣氏自記。

瓶城山館詩鈔卷九

元旦

天上祥雲五色呈，滿街人語盡歡聲。辛盤酒脯酬佳節，甲帳鐃簫唱太平。開徧唐花春尚早，編成詩草歲初更。關心馬齒頻加長，時事無裨愧此生。

五日出游

晴和天氣好風柔，特繼斜川五日游。水漸生鱗冰纈活，草方坼甲燒痕留。春皋語脆聽林鳥，社鼓聲喧送土牛。流寓他鄉較安穩，不堪回首動鄉愁。

初十日立春

新年過十日，頗覺立春遲。歲事方更始，天心漸轉移。一冬偏寡雪，二麥可能滋。卻喜東郊外，微黄綻柳枝。

二十日微雨

霏霏微雨早春天，細浥輕塵散曉烟。剛是行厨煎餅熟，正宜今日補天穿。是日爲天穿日，唐詩「一枚煎餅補天穿」。

二月十三日赴都

一别長安十度秋，惱人春夢怕回頭。杜陵亂後身爲客，李廣生來命不侯。漫説識途須老驥，那能忘世狎輕鷗。肉生髀裏無多日，又跨征鞍作浪游。

衛輝道中望太行山

太行山麓幾曾經，又爲看山馬暫停。上黨烟光浮地白，中條雲氣接天青。可容巖穴攜家往，雅愛風泉枕石聽。回憶蘇門留戀久，朝朝空翠落窗櫺。

宜溝驛

獵獵風聲壯，荒荒日色微。村烟沈遠社，塵土滿征衣。大驛軍書警，長亭酒客稀。昔賢傳結駟，門巷已全非。即端木故里。

羑里城

人不經憂患，誰知易理深。當年演爻處，猶記古墻陰。蹇蹇悲臣節，乾乾見聖心。我來一憑弔，據石欲彈琴。

魏家營

別創三分局，風雲起鄴中。文章名父子，事業古英雄。草蔓村墟没，花殘戰壘空。尚餘精舍在，漳水夕陽紅。

嵇侍中墓

忠肝如石骨如鐵，迸作心頭一腔血。血點淋漓濺人熱，石上千年血不滅。青史名留表忠烈，齊芳祇有常山舌。我來墓下拜荒碣，欲薦神明蘋藻潔。梨花滿樹開如雪，杜鵑枝上啼聲咽。

韓魏公晝錦堂故址

驅車過相州，言尋晝錦堂。仕宦至將相，富貴歸故鄉。人情今昔同，嘖嘖咸稱揚。魏公古名臣，青史多表彰。瑞兆金帶圍，早應公孤祥。秋容愛老圃，晚節黄花香。芳徽足千載，梓里猶輝光。山鳥啼舊墟，古樹明斜陽。弔古我心惻，斷甃苔痕蒼。寄語賢守牧，毋令三徑荒。

漳河

三分霸業終何在，七子才名空自留。東去漳河嗚咽水，不堪流盡古今愁。

磁州

平疇萬頃緑黏天，細柳青摇大道邊。我是江南舊鷗鷺，得逢烟水便流連。

烟籠滏水自瀠洄，夾岸荷花尚未開。記得藕香風裏過，年年魂夢尚飛來。

臨洺關偶感近事

窮鄉逢殺運，劫火賸殘灰。空恃山川險，徒誇將相才。抱關能死難，比户尚銜哀。浩浩虫沙滿，風塵眼倦開。

邯鄲旅夜

霧裏看花倦眼迷，風情久似絮沾泥。車塵累我頻游北，國色何人舊姓西。紫鈿彈筝聲已寂，青帘沽酒價難低。多情最是邯山月，猶戀征人送馬蹄。

邢臺

十丈車塵撲面來，一鞭斜照古邢臺。相逢燕趙悲歌客，誰把平原舊酒杯。

内邱

曉霧冥濛尚未消，絲絲風颺柳千條。鶯飛草長侯芭里，馬踏沙平豫讓橋。古戍尚傳軍檄警，荒村莫問酒旗招。乾坤莽莽覊孤客，搔首悲歌去路遥。

沙河

魚鱗雲薄夕陽天，錯繡村墟起暮烟。萬頃平沙浮白鰜，一灣芳草卧烏犍。驛樓香泛花圍錦，堠館陰濃柳正綿。喜聽流鶯啼不住，清歌嚦嚦似珠圓。

趙州喜晤趙玉屏同年即贈，兼以留别

分襟逾十載，相見各歡然。萍水有良晤，苔岑多夙緣。塵沙京國路，烽火故鄉天。無限升沈感，何堪問歲年。

君澆趙州土，我種河陽花。兩地久相憶，一官聊當家。滄桑歎時事，書劍託生涯。小聚亦云樂，行蹤又散沙。

馮唐故里

僕僕風塵裏，愁懷借酒澆。公嗟郎署老，我歎客途勞。計日如奔馬，逢人半珥貂。昔年同榜者，兩鬢也飄蕭。謂玉屏同年。

欒城

雉堞參差隱緑楊，三蘇此地有祠堂。文章父子垂名久，雲樹夔巫入夢長。苔罥殘碑留往蹟，鳥啼深徑易斜陽。停車不覺徘徊久，烽火年來更感傷。癸丑，粤匪北竄，欒城失陷。

滹沱河

滚滚長河歎逝波，斜風細雨渡滹沱。英雄往事偏增感，欲放中流擊檝歌。

千秋亭故址相傳光武即位處。

亭址千秋在，河山漢祚非。星辰羅將種，雷雨助兵威。白草荒籬蔓，黄沙古渡飛。將軍論功處，大樹尚依依。

伏城驛阻雨

東風吹緑雨初酣，半日閒停旅店驂。圖裏消寒剛八九，客中逢節近重三。塵沙漠漠趨燕北，楊柳依依憶漢南。並轡恰隨驄馬使，深宵把盞共清談。途遇范小雲侍御。

新樂

薄寒猶愛酒壚温，孤館能銷旅客魂。山雨淫淫飄遠堠，溪烟漠漠罥荒村。時危差喜長途静，民樸還欣古處敦。晚節魏公留勝蹟，尋芳欲問衆春園。園距縣城三十里。

定州

禾黍離離故園秋，中山遺冢護松楸。古碑無暇從頭讀，暮雨瀟瀟過定州。

明月店

敝車羸馬路行遲，月上林梢到店時。飲罷忽教吟興阻，工墻新粉禁題詩。

清明日偶感

雨絲風片攬郵程，麥飯家家上冢行。遥憶故園應淚落，七年客裏過清明。

干戈草草悲離别，先壟何人掃墓門。南雁不來音信杳，子規聲裏黯銷魂。

道旁見飛騎

殘星初落曙城開，戍吏喧傳羽檄催。可是將軍新報捷，紅塵一騎忽飛來。

觀溪邊釣叟

倏然野叟自優游，羡爾生涯等白鷗。藉草閒看魚出没，釣竿隨意擱橋頭。

方順橋酒家

一灣流水店門迴，穠李夭桃尚未開。意外卻逢花解語，小鬟度曲抱箏來。
石橋南北幾經過，客子光陰感逝波。雨細風斜行不得，當筵莫唱鷓鴣歌。
風情底事薄如雲，偶入歡場酒易醺。座上忽驚紅粉顧，白頭愁煞杜司勳謂小雲侍御。

高碑店

古店垂絲柳，遲遲漸放青。天寒春意滯，酒薄客懷醒。啼鳥林閒寂，征驂野外停。偶來尋斷碣，苔鮮滿旗亭。

樂毅故里

黄金招賢賢士至，值得黄金衹樂毅。振衣千仞臨高臺，千載一時誇得志。破敵功收七十城，兵連五國誰能爭。國士群推舊昌國，買來駿骨無虚聲。食客紛紛何足數，談天鄒衍終無補。

郭隗空聞早貢身，那克中原建旗鼓。薊門烟樹號淒風，狗屠零落燕市空。遺墟憑弔中山族，往蹟還尋碣石宫。

北河謁楊忠愍公墓

明季天子隳朝綱，宵小肆虐紛鴟張。薰天宰相餤獨熾，青詞争頌鈐山堂。東樓稔惡世相濟，國是巨細同平章。舉朝縉紳盡緘默，誰批逆鱗攀天閶。忽聞讜論出朝右，鋤暴獨有樞曹郎。中懷憤鬱髮竪指，即以死報分所當。五奸十罪丁不可，抉摘隱伏窮毫芒。方欣折檻可旌直，魍魎斂跡狐狸藏。天威震怒竟叵測，諍臣苦諍翻罹殃。密搆深文極鍛鍊，斥指謬語稱二王。朝衫碎擲錦衣衛，桁楊桎梏齊鋃鐺。骨糜筋斷血飛濺，紅苔徧長圜扉牆。七尺微軀那足惜，蚺蛇有膽奚須嘗。錚錚一疏妻代死，風日慘澹天無光。從容就義此心慰，家書下筆千言詳。手付兒曹義方訓，一息何敢君恩忘。如此忠貞世罕覯，龍比千秋差頡頏。易名曠典耀泉壤，追錫鉅卿昭太常。兩篇諫草載青史，枷鎖尚留城市香。宣武城南故廬在，松筠獵獵靈風翔。偶經墓下動哀感，北河華表凌穹蒼。征塵滿面肅瞻拜，聊陳野祭羅椒漿。

安肅早發

街頭戍鼓尚聲聲，馭卒喧呼促早行。簷漏星光雞亂唱，槽空芻秣馬爭鳴。清歌一曲纔終聽，濁酒三巡未解酲。最是郵亭易離別，曉風殘月不勝情。

涿州

日邊衝要此專城，堠館郵亭費送迎。一統車書遵正路，八方風雨會神京。各省至京皆由此處會路。村墟尚覺桑陰大，坰野遥瞻霧氣清。聞道鑾輿傳警蹕，衢歌滿耳頌昇平。

道中望西山

極天山影望依稀，十萬峰巒拱帝畿。鷲閣龍樓輝映處，仙雲長護玉泉飛。十年魂夢繞西山，車馬塵勞總未閒。此去也應難蠟屐，畫圖何處覓荆關。

盧溝橋

廿年五渡桑乾水，爲感中年憶少年。世事變如棋换劫，光陰迅似箭離弦。長亭沙積前頭路，斥堠烽銷昨日烟。最是多情橋畔月，照人依舊影娟娟。

偕歐陽石甫農部、家篠昆儀部法源寺看海棠

舊雨同游手共攜，城南路入古招提。名花齊放春如海，夙釀頻斟醉似泥。禮佛暫依三寶地，問僧重覓十年題。最憐蘭若清幽甚，好鳥枝頭自在啼。

蔡梅盦編修招同熊海珊明府、符南樵孝廉頤園餞春

征車纔卸浣衣塵，棖觸離懷又餞春。招飲同開藍尾宴，論交喜得素心人。好憑文字聊知己，偶向林泉寄此身。今日醉歸須盡興，韶光一刻總良辰。

京師南城門外，小有餘芳，爲游人讌集之所。花明柳暗，翠暖紅香，檀板金尊，殆無虚日。瞬閲十年，重經此地，但見芳塘沙積，舞榭塵封。感歲月之頻遷，歎滄桑之易改，聊成鄙什，用抒愁懷

長安軟繡天街新，馬頭十丈飛紅塵。尋芳選勝錦城外，别有金谷豪華春。誅茅小築三弓地，頗覺幽偏足深致。梧桐庭院罨濃青，楊柳樓臺浮暖翠。卍字闌干四面遮，籬編麂眼護瓊花。蠙蛺窗啓迎朝旭，蛩蚷氍鋪映彩霞。香車寶馬游人盛，裙屐争來鬬觴詠。金粉迷離六六屏，玉塵飄瞥三三徑。睡鴨香銷敞畫簾，華堂日永酒杯添。吴兒勸醉紅螺盌，楚客徵歌白鴿鹽。

滿耳笙歌猶似沸，屠門大嚼饒滋味。謝傅山中快治游，荀郎座上留香氣。繁華轉眼易凋零，一片荒苔滿院青。複道迴廊難再覓，哀絲豪竹不重聽。小别名園纔十載，頓覺桑田變滄海。柳包空摇漢殿金，花光不翦隋宫綵。撫景茫茫感觸多，舊游如夢邈山河。諸伶漫唱旗亭句，惹我閒翻懊惱歌。

陶然亭感賦

去天尺五城南路，尋芳此日思前度。亭上曾開北海樽，醉歸喜趁斜陽暮。樓臺轉瞬易淒涼，重聽鐘聲到上方。佛火香銷禪院寂，闌干欹側徑全荒。蒹葭四面依然緑，十丈塵中堪避俗。西山山色抱城來，游人尚豁登高目。羡煞花神福分清，看花小榭築初成。亭前新建花神廟。此間風月何人管，倚檻徒傷過客情。

天橋步月

月色明如畫，天街夜氣清。萬家燈火徹，疑在月宫行。

四月二十五日出都，留别石甫、筱昆

天門偶爾落雙鳧，重整輕裝出帝都。此去愧非初嫁女借句，對人羞畫十眉圖。
把袂何堪話别愁，故人情緒太綢繆。尊前翻惹無窮感，未必重逢尚黑頭。

車中

勞勞身世苦支持，筋力年來已漸疲。獨坐車中無一事，轉憐行路是閒時。

彰德道中聞蟬

古驛垂楊緑蔭成，客中時序感長嬴。一天梅雨初過候，驀聽新蟬第一聲。

七夕是日大風。

長空一綫耿銀河，冉冉秋雲薄似羅。看爾鵲橋安穩駕，不聞天上有風波。

中秋夜，安昌署中路漁賓同年偕飲賦贈

當頭明月一輪圓，瑣院同看已七年。辛亥同事秋闈。河朔喜聯今夕飲，靈山早結此生緣。升沉各自安時命，淡泊依然見性天。走馬沁河堤上過，逢人聽頌使君賢。

贈宋丈大謨

八十高年叟，青燈味正長。天教留碩果，人盡識靈光。轅固經師重，康成帶草香。龍山桃李樹，强半在門牆。

答友人代柬

亂世功名本不難，懶尋捷徑作禪鑽。須知運數由天定，便覺胸懷抵海寬。詩酒別饒安樂法，風塵原屬應酬官。家山但望烽烟息，願共盧敖理釣竿。

逐鴿行

飛來飛去靈山鴿，烏不烏兮鵲不鵲。或居神仙樓，或棲高士閣。主人長相依，隨分安飲啄。朝飼爾糧，暮飼爾糧。朝朝暮暮，任爾徜徉。可奈將雛極辛苦，衆口嗷嗷方待哺。巡檐縱

免搆新巢，伏彀仍須依舊主。主人見之頗不懌，食指頻增事匪易。粒米空令坐耗消，那能倉廩陳陳積。呼僮挾彈來，竟爾欲驅逐。請君勿驅逐，我有一言爲君瀆。鴿兮本微禽，所食能幾何。但願君家世世保豐裕，指困助麥，耳鳴陰德何妨多。

吹臺示嵩雲上人

清絶招提境，來游已仲冬。晴曦瞻北陸，閒坐話南宗。悄悄雲堂磬，青青雪院松。字痕題壁滿，幾見碧紗籠。

謁三賢祠祀李白、杜甫、高適。

爲弔詩人上吹臺，何容此地帶詩來。一千一百年前月，依舊當頭照酒杯。

游仙詩

控鶴王喬正妙年，吹笙聲徹九重天。近來聞向風塵老，也點霜痕到鬢邊。
洞口晴烘兩岸霞，多情流水送桃花。鄉關烽火無歸路，從此劉郎客是家。
牛女年年别恨牽，銀河空説鵲能填。何時賣卻天孫錦，償盡宫儲十萬錢。

苦縣何堪寄此生，函關紫氣御風行。自從解佩元都印，又駕雲軿上玉京。
五雲閣史舊攜家，多累堪憐蔡少霞。點石成金偏乏術，更從何處覓丹砂。
太白星精久未還，忍飢臣朔列朝班。笑談偶爾詼諧甚，惹得狂名滿世間。
堂堂白日等閒過，閱遍炎涼世態多。緑鬢方瞳長不老，祇緣將壽補蹉跎。
黄粱未熟已公侯，枕竅榮華頃刻休。怎似十年纔一覺，烟花隊裏夢揚州。
無事真堪醉百壺，玉漿瓊液總醍醐。青蓮本是長庚謫，依舊藏名一酒徒。
乘龍跨虎各昇天，流品難分十種仙。上界果然官府足，紅雲一道錦衣鮮。
麻姑東海笑揚塵，擲米成珠妙入神。伎倆緣何施狡獪，座中偏有賞心人。
封章擬劾玉皇前，堪惱劉安有俗緣。惹得雲中雞犬鬧，攪人清夢不成眠。
乘槎星使記張騫，尋徧河源直到天。今日朝宗非故道，茫茫滄海變桑田。
九日禳灾費長房，各觴菊酒佩萸囊。兵戈偶换紅羊劫，可有龍宮解厄方。
蜃氣嘘成十二樓，重洋沙綫引潮頭。火輪萬里騰空至，海外原來有九州。
太息求仙便薄情，嫦娥奔向月宮行。青天碧海團圞夜，祇解長生不共生。
誰道仙家不殺生，麒麟脯熟進瑶觥。烹龍炰鳳常開宴，比似人間饌更精。
清幽福地數瑯嬛，玉軸牙籤博大觀。爲問洞天仙子輩，藏書容易讀書難。

正月二十日出東門至繁塔寺，用蘇公正月二十日出郊尋春韻

疲騾輕跨出東門，緑意遥看柳外村。雪後飛鴻留爪跡，雨餘新燕覓巢痕。鄉廬簫鼓聲猶沸，佛寺栴檀火尚温。幾日春風剛送暖，水邊吹返玉梅魂。

游東城外龔雲疇觀察花圃，用蘇韻

土築低牆柳映門，一灣流水自成村。亭圓似笠垂孤影，屋小如舟補漏痕。獨欵花關忘近遠，重來天氣感寒温。去秋來此。焚香掃地園丁慣，到此真堪凈客魂。

贈看園老叟，用前韻

幾番爲我掃蓬門，雞犬桃源别有村。茶熟客留今日話，酒香衣帶去年痕。選花入盎栽初活，藉草成茵坐覺温。羨爾園居饒樂趣，風塵牢落總銷魂。

二月二十三日游吹臺，用前韻

風送鐘聲客到門，蕭條蘭若似孤村。春深草没谿頭路，院小苔黏屐齒痕。欲入竹林尋阮籍，偶瞻柳色感桓温。登臺此日誰高詠，攜酒還招李杜魂。

贈嵩雲上人，用前韻

茶魚粥板託空門，菊徑梅坪接野村。默坐蒲團閒有味，静燒香篆淡無痕。半畦瑶草辛勤種，一卷金經子細温。自笑參禪來往熟，也應方丈繞吟魂。

清明日同人約爲城東之游，因事不果，戲成一絶

野外棠梨萬樹春，墦間麥飯紙錢新。阿儂不敢游東郭，恐有施從蚤起人。

寄答邗山司馬

一笑春風裏，相思劈短箋。勝游空有約，遠别又經年。庭院牡丹發，壺觴多舊緣。定知腰脚健，散步到林泉。

三載蘇門住，相知獨有君。流連文酒讌，此外更何云。躡屐謝康樂，草元楊子雲。香山難結社，兩地悵離群。

新燕

幾家歌管沸樓臺，繡幙珠簾鎮日開。偏是多情新燕子，寂寥門巷也飛來。

咸豐七年十一月，中州俞學使奏請以先師孔子兄孟皮配享崇聖祠，經禮部議准，奉旨遵行。竊惟崇聖祠之設，昉於前明之啓聖祠。然其時所祀，祇齊國公一人。至我朝，易啓聖爲崇聖，自肇聖王木金父以下，崇祀者五代，而配以顔無繇、曾點、孟孫氏。今又增入孟皮，是孔氏一門，同膺俎豆。國家典章明備，千古獨隆，爰摭韻言，以紀盛事

尼山天下萬世師，明並日月光昭垂。金聲玉振大成集，聖中至聖惟其時。杏壇講學時雨化，雅言四教隨所施。爲仁本務即孝弟，庸言庸行期無虧。返躬猶抱未能愧，君父朋友寡慊思。平生手足頗多故，不聞一室稱怡怡。事兄隱痛容或有，孔懷難補鴒原詩。即今廟食溯崇聖，一門五代邀隆儀。顔無繇與孟孫氏，配享尚足光厜㕒。寡兄何獨未列祀，祀典未免嗟缺遺。輶軒使者謹入告，廷臣曰唯帝曰咨。亟修典禮補未備，芳聯俎豆增孟皮。後先輝映世相濟，商搉位置區尊卑。百官宗廟共美富，宮牆數仞同宏規。在天有靈應陟降，寸衷或慰區區私。天倫樂事無過此，國恩隆重奚逾斯。春嘗秋禴享中祀，樂舞八佾陳丹墀。素王繼天立人極，光前裕後膺蕃釐。予生晚近際清盛，製作明備超軒羲。辟雍鐘鼓振雅化，斯文統緒今在茲。涵濡教澤本深厚，師道允足持綱維。巍巍闕里共宗仰，馨香食報無窮期。

題鄭蒙泉司馬看劍圖

匣中久聽蒼龍吼，三尺寒芒射星斗。不願輕施瑣碎仇，摩挱還付佳人手。一笑相看獨舉杯，醉中頗覺心顔開。奇才抑塞自磊〔一〕落，斫地何妨歌莫哀。科頭箕踞蕉陰下，跌宕壺觴擅風雅。英雄兒女總關情，結緣青萍本無價。君不見，海内頻年正用兵，幾人奮袂請長纓。着鞭好作聞雞舞，定勒燕然石上名。

【校記】

〔一〕「自磊」原漫漶不清，據十二卷本補。

短歌行

芝草無根，將相無種。川嶽精英，是生智勇一解。拔之泥塗，榮以佩紋。放下屠刀，立地成佛二解。願效臣忠，敢速宫謗。誓掃妖氛，此心共諒三解。身經百戰，威名隆隆。所向克捷，莫與争功四解。臣節彌堅，君恩愈渥。披一品衣，賜三公服五解。保障江淮，腹心寄託。指日凱旋，圖形麟閣六解。

得符南樵山左書卻寄

先生真健者，賤子託知音。倡和逢青眼，談言愜素心。都門方把袂，宦海遽分襟。偶得齊州信，開緘喜不禁。

久作燕臺客，南歸正此時。道途風鶴警，蹤跡雪鴻知。大雅爭承蓋，名場笑奕棋。牛腰方捆載，萬首別裁詩。時刊正雅集方成。

送蕭薌泉觀察赴甘涼任

祖帳筵開夜舉觴，高歌一曲唱伊涼。九霄鸞鳳辭中秘，萬里騏驎下大荒。井鉞參旗資重鎮，玉關銅柱慎邊防。讀書久抱匡時略，報國方欣日正長。

梁園何處不綢繆，先世棠陰茇舍留。佩韍儘多新伴侶，風塵不少舊交游。漫嗟遠道難爲别，且喜涼飇乍報秋。攜手河橋指眼望，願君開府到中州。

游西峰寺

古佛寂無語，梵樓僧上香。日高松影直，風定磬聲長。有客汲泉飲，披襟招午涼。坐聽蟬噪罷，庭院又斜陽。

山行折花而歸，偶成一絶

草軟沙香步屧遲，看花偶折路旁枝。金環我欲投句曲，合採龍仙第一芝。

戲贈陳橄生

南轅北轍走塵埃，誰辨焦桐爨下材。掘得蘇秦金在否，幾番空自洛陽回。洛陽有蘇秦窖金。

贈日者李蕙田

静握談元塵，逢人騁辯才。簾垂花外雨，爐爇劫餘灰。六甲古龍忌，三庚識獸災。菀枯皆數定，奚事着疑猜。

閉户

緑槐庭院晝愔愔，閉户高歌梁父吟。返白留青原有術，看朱成碧本無心。銷殘一刺懷中字，擊碎千金市上琴。搔首觀空真意遠，竟忘世路有升沉。

秋感

容易秋風歲月徂，干戈依舊徧江湖。驚心哭泣鮮于路，滿眼流亡鄭俠圖。囊橐似聞裝薏苡，韜鈐敢笑畫葫蘆。年來局外閒觀久，我本高陽一酒徒。

讀張鐵如見寄詩偶作

庾信江南舊恨多，胸中奇氣漸消磨。凄涼夜雨摩支曲，寂寞秋風企喻歌。可奈笑人逢鄧禹，料應知己遇常何。銜杯且自瞢騰醉，耿耿寒芒露太阿。

秋夜聞蟬

銀河絡角夜淒清，涼露如珠映月明。陡覺夢回欹枕聽，院邊高樹曳蟬聲。

題陳九香參軍食古硯齋丙丁集後

薄宦浮沉廿四年，白頭仍守舊青毡。人生不朽惟功業，但以詩名亦可憐。

偕胡養泉通守游吹臺

舊雨招邀作勝游，臨風同倚仲宣樓。莫嫌雲樹多遮眼，恐望鄉關起暮愁。

慣驅羸馬出郊坰，古寺鐘聲久耐聽。好客老僧偏解事，特栽花木滿中庭。余每囑老僧多植花木。

晴窗細乳正分茶，比似城中水味嘉。到此便教塵事遠，年來卻悔飽風沙。

弔巡撫銜浙江布政使司李公續賓

君不見百戰死守張睢陽，乞師不至孤城亡。又不見闔門殉難余忠宣，從死地下人盈千。方今盜賊潢池起，毒霧妖氛蔽江水。韜略爭傳江忠源與羅澤南，志決身殲已俱死。天教李廣授兵符，三軍挾纊聲歡呼。將令森嚴屯細柳，誓師東下掃萑苻。破虜威名如破竹，楚皖堅城頻克復。旌旗擁指大龍山，直探虎穴功成速。不道諸戎伏莽多，投鞭真足斷三河。孤軍深入陷重險，雙手難迴東逝波。時戰死三河鎮。援兵盼斷將安賴，一朝頓使長城壞。增竈量沙計已窮，鼓聲猶震軍門外。萬樹風號萬馬喑，頹雲低壓大星沉。男兒死耳何足恨，殺賊終懷報國心。將士銜哀爭擗踊，明知一死泰山重。願作田橫島上人，黃沙白骨堆成壟。將士同死者二千餘人。大義煌煌大節彰，誰其奏者曾侍郎國藩。歷叙殊勳經百戰，麒麟閣上生輝光。天子聞之三嘆息，東南正藉匡扶力。忍看馬革裹尸回，將才如此真難得。九重丹詔褒精忠，國殤賜卹恩從隆。

特命廷臣載史筆，銘鐘勒鼎垂無窮。特喻將曾侍郎奏摺載入國史。

汴梁竹枝詞學使觀風擬作。

孤城四面裹黄沙，烟火城中幾萬家。最怕黑堈河口決，大王廟裏祭金蛇。
帝基曾説五龍宫，宋代河山轉眼空。祇有龍亭高萬丈，尚留砥柱鎮天中。
賈魯河淤不復挑，帑金百萬等烟銷。驅車愁過朱仙鎮，岸火船燈久寂寥。
柳園渡口渡船開，鼓棹揚帆日幾回。夜半還聞呼解纜，軍門加緊羽書來。
曹門知屬古夷門，監者曾聞此報恩。近日中原游俠客，何人刎頸送王孫。
繁塔難齊鐵塔高，鈴聲遥帶野風飄。年年八月中秋夜，萬點明燈徹九霄。
鄒枚韻事艷當時，雪滿梁園賸廢基。偏是詩人高李杜，吹臺東畔有新祠。
廣廈千間記信陵，於今寺裏佛傳燈。一年一度無遮會，多少禪堂受戒僧。
何處開樽每夜闌，孝嚴古寺足盤桓。老僧閒極偏忙煞，日日袈裟接長官。
撫標兩翼蓄精兵，大纛高牙敞緑營。更有駐防嚴守衛，土墻圍作滿州城。
五門練勇枕干戈，壯士争誇曳落河。走馬揚鞭朱亥市，英雄從古大梁多。
一灣緑樹禹王臺，時節清明花正開。相約鄰家諸姊妹，明朝城外踏青來。
三月晴和上巳天，東風吹暖緑楊烟。遊人來往渾如織，争向城頭放紙鳶。

勝會城隍每出巡，家家酬願賽明神。滿城枷鎖香風動，多是深閨善女人。
妾住城東楊柳津，門前鷗鷺日相親。願郎住近龍門口，早作乘風破浪人。
蓮花蕩前溪水灣，胭脂巷口夕陽殘。争傳郎貌蓮花似，更把胭脂比妾顔。
宋嫂魚羹久未嘗，蓴鱸味美憶江鄉。盤餐祇算黄河鯉，出水新鮮入饌香。
瓦盆盛䕢半盛沙，蘭未生蓀菊未芽。待得山東花局到，新年齊放牡丹花。

得赤城衡州書，即事答寄

遲雁樓邊尺素來，披緘使我笑顔開。一家重聚闔天幸，百廢能興見吏才。豖突山中偏化劫，蝗飛境外不爲災。殷勤更把金針度，桃李門前手自栽。時寄來試士擬作。

閒遣

閉門聊謝庾公塵，茗椀熏爐鎮日親。偶把魚腸思俠客，慵占雞骨祀淫神。囊無大藥身偏健，座有名花室不貧。熟讀南華參妙旨，逍遥長作太平人。

送周戟門歸山左

蕭條囊槖如張儉，潦倒風塵似杜陵。老去不教吟興減，白頭仍守舊青燈。還鄉偶動蓴鱸想，便把長竿東海頭。多少簪纓争健羨，幾人林下得優游。

晚行通許道中，時有陳州之役

四野天昏黑，人饑馬亦疲。不知村近遠，轉覺路迂遲。淡月雲端隱，尖風鬢角吹。羨他驅犢者，歸去已多時。

通許旅夜

荒縣城關早，宵嚴道路中。寒鴉争噪雪，倦馬苦嘶風。麵煮桄榔白，爐燒榾柮紅。呼僮沽薄酒，不問主人翁。

太康縣擬訪延勉齋大令不果

長官吾舊識，十載久睽離。獨客停驂候，孤城擊柝時。非關投刺懶，卻爲遠行疲。破曉驅車去，何人折柳枝。

途中遇雪

樹頭老鴉聲楂楂，陰雲凍合風捲沙。長空一白渺無際，天公玉戲飛瓊花。高低原隰倏平坦，道路無復迷三叉。輪鐵深碾馬蹄没，篷背乍重騾綱斜。客子車中縮如蝟，頭裹絮帽油簾遮。僕夫兩腳漸皸瘃，揚鞭手指生薑芽。睨視村店尚里許，欲至不至心煩嗟。入門呼僮急沽酒，一醉那畏寒威加。且就地爐爇藉火，兒童笑語聞喧譁。主人向前忽致詰，如此寒夜偏離家。

雪霽曉發

曉起呼僮乍捲簾，半弓庭院已堆鹽。寒深尚覺重裘薄，歲稔欣從六出占。嚼共梅花香未滅，飲來蕉葉酒頻添。馬蹄又踏層冰去，一路荒村白壓檐。

老冢集

何代留遺冢，松楸大道旁。沉沙埋蘚碣，過客酹椒漿。狐拜深宵月，鼪啼曠野霜。古今一邱貉，誰與問茫茫。

陳州府西關外有緑野堂，近人附會爲裴晉公故址，書此聊以存疑

緑野何年闢此堂，游人錯認午橋莊。多情芳草還妝點，門外平蕪好放羊。即用裴晉公話。

太昊陵

風姓皇基肇，河圖聖瑞彰。結繩參象數，畫卦闢鴻荒。蓍草朱陵秀，松陰紺殿涼。千秋崇望秩，馬鬣壯淮陽。

絃歌臺初名厄臺

聖人逢厄處，君子固窮時。曠野絃歌出，諸賢杖履隨。風塵歸未得，天道渺難知。試譜猗蘭操，猶餘千載悲。

歸、陳兩郡近因捻匪滋擾，廬舍蕩然，村民多倣前人堅壁清野之法，以自衞身家，但法制宜今，而民情非古，不覺感喜交集，偶成二律聊抒予懷

連村方築砦，衆志自成城。守望依衡宇，防維富甲兵。民勞何用勸，冬作不妨耕。從此消烽火，舍和享太平。

新法原成法，今時異昔時。閭閻登袵席，禮義作藩籬。但願桑麻長，毋令蔓草滋。寄言司牧者，安處莫忘危。

淮陽署中偕李叔雨同年夜話，即席賦贈，兼呈孔璧符同年

聽殘臘鼓過淮陽，舊雨相逢夜舉觴。惜別幾更新歲月，感時曾閱小滄桑。交憑文字留真氣，座愛梅花耐古香。更喜通家聯孔李，圍爐聚首話衷腸。

歲事如麻百感來，幾人塵世笑顔開。醉鄉便是忘憂館，客邸真成避債臺。兩袖清風憐宦況，四郊多壘歎兵灾。茅檐袵席安如故，看徧甘棠處處栽。

瓶城山館詩鈔卷十

元日偶成，寄叔雨陳州，用蘇公元日過丹陽，明日立春，寄魯元翰韻

檢點萍蹤甫在陳，倏驚梁苑歲華新。關心歸路逢除夕，轉眼明朝報立春（初二日立春。）。早革飛鴉頒令甲，（去臘奉委陳州辦團練。）恰簪綵燕慶元辰。裁箋擬作椒花頌，聊當梅花寄故人。

正月三日劉舜臣孝廉過訪，用蘇公正月三日點燈會客韻

陽回剛值早春天，四野條風百卉妍。喜遇故人投井轄，縱談長夜掉觥船。迢迢鄉夢二千里，落落交情二十年。我輩窮通關數定，好從剥復驗貞元。

送舜臣北上，用前韻

走馬春光得意天，梅花驛路尚鮮妍。百壺共醉中山酒，千佛同登大願船。可奈亂離悲近事，

不堪哀樂感中年。計程及到長安日，火樹星橋正上元。

正月二十一日招同人小飲，約明日爲城外之游，用蘇公正月二十一日城外尋春韻

縱飲還招舊酒人，不煩尺素托游鱗。燈燃鳳脛張筵盛，筍劚貓頭入饌新。雪夜衹應邀白戰，風塵空自負烏巾。群仙此日成高會，相約明朝更踏春。

新正接叔雨和章，二月初一日余重赴陳州，仍用蘇韻奉答

絳雪飄殘歲已陳，梅花開後柳條新。詩篇遥和剛元旦，淮水重來忽仲春。喜見耕農占小卯，快聯游騎趁芳辰。風塵襶襶真堪笑，何日江湖作散人。

答李霞城明經

老伴蟫魚守硯田，行縢仍載舊青氈。文能壽世科名減，人到安貧造化憐。淮水衹今依廣廈，明湖何日泛歸船。相逢轉覺牽離緒，閒話滄桑各惘然。

答吴振白貳尹

一第無成歎數奇，羸縢槖筆走天涯。過江名士聲華起，入洛才人遇合遲。詩品獨高鍾記室，風情雅繼杜分司。爪痕印遍梁園雪，山色全椒繫夢思。君全椒人。

記曾投筆學從戎，馬上歸來句益工。世路炎涼鄒子律，名場得失楚人弓。客游久耐風霜苦，禄養翻愁杼柚空。連日西窗同翦燭，清談不覺漏聲終。

贈秦補茵少府

早從畫裏讀君詩，塵海空留姓字知。見面忽驚雙鬢老，談心翻恨十年遲。梅花宫閣聯綦履，萍梗天涯慰夢思。從古才人多蹇嗇，莫因丞尉笑官卑。

答孔璧符明府，再用蘇韻

廿年蘭譜跡成陳，傀儡衣冠樣卻新。底事盧生同入夢，那堪杜牧早傷春。故園荒到三三徑，客路寒消九九辰。此日一官依舊冷君由廣文保升，難禁猿鶴笑斯人。

叔雨、璧符、霞城連日和章不已，再疊前韻

編珠綴玉積陳陳，五色雲霞照眼新。良梓造車都合轍，雜花開樹各成春。風塵到處皆知己，杯酒論交正及辰。宛上題襟傳雅集，騷壇誰是主盟人。

淮陽道中作

無端行色太匆匆，連日奔馳道路中。野堠落殘鴉背日，鞭絲催趁馬啼風。千家井竈新成壘，萬頃田疇遠接空。遥憶故山兵未罷，可憐無計起哀鴻。

過赤倉集

去年冒雪此停車，林際昏黄躁暮鴉。轉瞬風光過上巳，滿園開遍碧桃花。

隨王青崖太守襄校開封試卷，賦呈四律

花信剛傳紫楝開，龍門高敞擢群材。虚堂明鏡當空照，冷爨焦桐入聽來。早樹風聲嚴舉錯，覆試題「舉直錯諸枉」。久從月旦費栽培。月課彝山書院，奬訓殷勤。好張寒士千間厦，美錦都應玉尺裁。

銅章首郡領專城，熊軾班春按部行。薙本拔時知令肅，棠陰芾處覺風清。寬嚴悉體包歐意，

父母争傳召杜名。報績連年膺上考，頭銜三錫荷恩榮。擢用觀察，加都轉銜。撫字心勞已卅年，才非百里早稱賢。安仁舊著栽花譜，賈讓新成治水篇。前任東河司馬。賣劍買牛徵治化，彈琴馴鶴即神仙。平生風骨惟忠鯁，事事焚香夜告天。同寅商摧總和衷，夙夜辛勤凛在公。實政須登循吏傳，虚懷真見古人風。簿書煩劇仔肩重，時事滄桑老眼空。笑我東籬歸未得，摳衣猶隸舊帡幪。

開封試院夜坐感懷，即贈阮少台丈

彈指光陰十二年，戊申春，曾隨岳岱青太守入場襄校。重來此地坐青氈。文章久已翻新樣，筆墨何堪理舊緣。幾日春風依座上，謂青崖太守。一般秋月照簾前。曾分校秋闈。白頭老友還相伴，撒手名場即散仙。

試院呈同事諸君

香銷簾捲晚風天，攜得新茶試院煎。滿樹烟花三月暮，一堂綦履五星聯。同事共五人。才高倚馬誰甘後，門重登龍此最先。舊是名場酣戰地，青衿髫齔憶當年。

偕少台丈夜話

談心促膝坐宵分，斗室爐香自在熏。早種愁根緣識字，偏持樽酒細論文。春寒瑣院三更月，夢繞長江一片雲。幾樹棲鴉眠正穩，但驚風鶴不堪聞。

雨後獨坐呈少台丈

空庭十笏長苔紋，几凈窗明對夕曛。樹杪微聞初過雨，山中猶有未歸雲。燕成新壘泥還落，蟻鬪閒堦陣自分。世外風光誰管領，莊襟老帶獨憐君。

狂風忽作，棲鴉無定，即目偶成一絶

風緊雲沈送落暉，空堂簾捲燕初歸。亂鴉點點争棲急，三匝何堪繞樹飛。

試院庭中有枯樹二株，感賦同劉午橋大令作

消閒有客撫庭柯，對此輪囷歎奈何。莫怪婆娑生意盡，從來雨露受恩多。

繁蕪枝葉已全删，錯節盤根歷世艱。生傍龍門真得地，不教風雨老空山。

老幹參天勢倔彊，亭亭高影立斜陽。長材倘遇工師度，尚可人間作棟樑。

四月十九日杜文貞公生辰

一生歌哭老風塵，落拓空憐稷契身。祇有西川嚴節度，幕中猶肯着斯人。
奇才天馬自行空，大禮初成獻賦工。畢竟文章憎命達，一官草草亂離中。
秦關蜀道幾回遷，骨肉流離實可憐。一飯不忘君國事，亂愁都付浣花箋。
窮途無計泛沅湘，寂寞成都舊草堂。處處巢居如燕子，孤舟老病淚沾裳。
五九公年歎數奇，耒陽牛酒事疑非。三唐詩叟高年少，七十真堪説古稀。
久向騷壇拜下風，瓣香敬祝少陵翁。偃師曾展詩人墓，故里還過鞏縣東。公由襄陽徙居鞏縣，殁後由岳陽歸葬偃師。
甫也名齊白也傳，一稱詩聖一稱仙。長庚星是何時謫，去便騎鯨亦了然。太白生死年日無可考。

有友人好疊險韻，多至十數次，詩以報之

偶因唱和索枯腸，競病尖叉疊韻忙。險語力争韓吏部，苦聯思繼段文昌。蕉心剥處層層見，蛹繭抽時乙乙長。獨惜性靈多窒礙，一般兒戲捉迷藏。

曉起

茜紗窗外日初明，縠霧全消曉氣清。有夢乍驚胡蝶影，無家愁聽子規聲。激昂論世陳同甫，慷慨書懷阮步兵。落落自憐知己少，道途何處説班荆。

送蕭紫珊明府回里

樂事無如返故鄉，真堪消受酒千觴。蔭門好種陶公柳，芾舍猶留召伯棠。暮景桑榆過七十，浮雲軒冕本尋常。回思瑣院論文夜，四字箴言敢暫忘。辛亥同事秋闈，先生每言「儉以助廉」。

題唐六如小像

才子江南早著名，浮雲無着一身輕。荒天老地容吾輩，破帽殘衫了此生。四海流傳新畫稿，六朝管領舊風情。桃花塢裏春如海，曾奠山塘絮酒傾。

送黄小竹廣文從軍

之子有奇氣，此行真壯哉。拂衣朝躍馬，看劍夜銜杯。秋隼盤空出，鯨魚跋浪開。萬言看草檄，早識不凡才。

久困風塵裏，人情閱歷深。蓴鱸常繫念，戎馬總關心。鞭共祖生著，詩成梁父吟。從軍真樂事，鐃吹聽佳音。

書謝皋羽集後

西臺高高矗天半，精靈晞髮如相見。挑燈夜誦招魂詞，研朱更讀先生傳。先生但識文文山，正氣同彌天地間。川竭山崩餘痛哭，冬青猶帶淚痕斑。死傍西湖真得所，湖水清漣照千古。謝豹花開十里香，争酹忠魂一坏土。

口占

不妨萬事有明日，安得此生長少年。是色是空空是色，何人參破口頭禪。

王柳坪比部歸自塞外，旋調皖江軍營，道出中州，喜晤賦贈

賜環已重荷君恩，况復遨榮入玉門。萬里倍深知己感，扎將軍奏請開復原官，勝宫保奏調皖江軍營。全家猶幸老親存。漫憐皮骨空奔走，好把心肝奉至尊。磨盾急須書露布，燕然山石認題痕。

己未秋日闈中，月夜登聚奎樓，和路漁賓同年作

萬里長空一色秋，捲簾明月恰當頭。沉沉庭院人聲静，耿耿星河夜氣浮。到眼英雄都入彀，側身天地此登樓。我來三度空桑宿，舊雨相逢話昔游。謂唐敬軒刺史。

瑣闈聯袂記同年，蘭譜應增盛事傳。闈中提調、監試、主司、房考，與余同年者計得十人。漫笑衣冠新傀儡，尚留文字舊因緣。半生辛苦初禪地，幾輩飛鳴得意天。差喜門墻種桃李，六枝花發五雲邊。辛亥、壬子兩科所薦士，現官京朝者六人。

光分奎璧畫堂新，誥誡重看巽命申。文明堂懸有上諭一道。但使冰壺懸朗鑒，便從珊網得奇珍。文章見説堪争命，通顯原須早致身。此日西江馳露布，同開慶榜荷恩綸。闈中始得邸抄，江西鄉試於十月舉行。

簿書迷悶溷名場，此事應惟拙可藏。久憶陶公三徑好，自慚陸氏一莊荒。黄粱夜醒仙壇夢，丹桂秋飄玉宇香。獨倚危闌空四望，問天搔首總茫茫。

揭曉前一日闈中，和邊袖石觀察原韻

幾輩丹梯捷足登，綵雲連日結層層。星羅胸次元精貫，劍躍腰間紫氣騰。蟾窟香飄秋折桂，螢窗功苦夜挑燈。最憐玉尺量才地，一桁疎簾冷似冰。

和路漁賓同年闈中小雨漫興原韻

窣地簾垂几硯安，虚窗兀坐影形單。三霄氣朗聞清籟，一雨秋深釀薄寒。笑我胸中多磈礧，問誰筆底有波瀾。仰天夜看文昌宿，散步空堦獨倚欄。

瞥眼新晴鳥語譁，滿庭幽草似山家。行厨日試湯官餅，瑣院宵烹學士茶。且共登樓玩明月，尚遲把酒看黄花。聯吟錯落珠璣富，擬拓詩城護碧紗。余有藏詩之所，顔曰「小詩城」。

和邊袖石觀察試院即事原韻，即贈監試高琴舫司馬

重門嚴鎖鑰，此地净聞根。倚樹知秋氣，焚香看篆痕。樓空明月入，亭小古碑存。喜遇高常侍，良宵共酒樽。

主司華堯封同年重九日招飲，即席賦贈，兼以留别

斗魁昨夜擢珠躔，苹鹿笙簧敞盛筵。初八日揭曉。喜更開樽重九日，記曾分袂十三年。家山荆棘知無地，京國風雲悵各天。又唱驪駒催祖道，使車還望再來緣。

高琴舫司馬饋蟹，賦謝

空憶蓴鱸興不豪，翦燈獨坐飲醇醪。故人忽致江鄉味，一笑新持左手螯。

幾輩蟛蜞入夢祥，漫將無據説文章。摩挲倦眼看星象，斗柄分明戴六匡。

贈陸芷泉别駕，兼酬惠酒

瀟灑襟懷迥出塵，偶逢談笑見天真。案無留牘身偏暇，家有藏書宦不貧。肘後良方功濟世，閨中綵筆妙通神夫人善畫。白衣先送王宏酒，我願重陽作主人。

悼姬人吴氏作

彈指風簫廿四年，紅塵小謫早生天。如何一霎曇花現，便了人間伉儷緣。

打槳章門憶買春，八年前事黯傷神。無端同作梁園客，裙布釵荆肯耐貧。

性本温柔氣自和，平生從不蹙雙蛾。近來我卻多愁甚，事事煩君慰藉多。

每道世情須看破，誦經長供佛香燒。那知一卷波羅蜜，斷送雲軿上玉霄。姬素性好佛。

弄瓦頻年入夢祥，繡衣親疊女兒箱。何堪雪虐紅蘭萎，又向風前感杳殤。姬生二女，忽殤其一。

去隨青鳥太匆匆，變起鴞鳴頃刻中。死别可憐猶隔面，此生惟有夢魂通。姬一夕暴亡，時余在闈中。

殘簪遺挂付誰收，寂寞空閨黯别愁。月夜尚疑環佩響，特安銀蒜押簾鈎。
荒涼古寺殯宫移，烽火長江實可悲。説與九原應抱痛，故鄉歸骨尚無期。

白雲閣爲亡姬念經

愛禪原爾性，死即傍文殊。蕭寺孤燈照，何人旅櫬扶。撫棺知慟否，化鶴得歸無。此日營齋奠，空教老泪枯。

金陵謝詩樵司馬相晤大梁談次，朗誦余辛丑過隨園之作，過蒙獎許，不覺變欣聽爲慙顔，再成短什，聊記前游

舊游如夢久茫然，一别金陵十九年。偶向隨園留爪跡，名山敢道結詩緣。
幾入題壁見籠紗，獎許何堪借齒牙。猶記閒吟叉手候，碧桃花映小棲霞。
聞道江南事可哀，倉山劫火賸殘灰。雙湖柳谷荒煙滿，無復游人載酒來。

郊行

蕭疎楊柳尚藏鴉，籬落沿山路向斜。一望郊原明似雪，木棉開徧晚秋花。

溪烟漠漠晚凉生，绿繞陂塘一水盈。最好斜陽初落候，亂蟬聲雜亂蛙鳴。

雨夜不寐

苦雨連宵滴到明，不堪秋是可憐聲。愁來欹枕難成寐，欲促蝦蟇打六更。

將赴桐柏仕，留别省垣諸友

幾年雪苑賦閒居，重到邯鄲入夢初。衣在空箱痕疊摺，琴彈新調手生疎。瘡痍未起民猶是，踴躍先登我不如。本分一官空守拙，聽呼老吏轉愁予。

金明池北吹臺東，爪印憑看雪後鴻。踏月每攜良友至，開樽常喜老僧同。詩篇唱和猶留草，宦跡飄摇似轉蓬。小别不禁千里隔，桐邑至省九百餘里。往來從此藉郵筒。

許昌八里橋

英雄從古每多情，樽酒綈袍此訂盟。别有深衷無限恨，幾人能不負平生。

東門祖道强攀留，立馬踟躕望不休。清淺衹今橋下水，沿溪流去尚回頭。

潁考叔祠

一灣清㶟照荒祠，到此人應動孝思。愧我有羹難遺母，十年久廢蓼莪詩。

襄城

城郭瞻完固，規模拓壯觀。水光三面繞，樹影萬家團。馬踏橋霜冷，雞號店月寒。昨聞烽火過，廬舍間摧殘。捻匪昨經此地。

葉縣訪秦竹人明府未晤

不見神仙令，嗟余別緒牽。開樽聊獨酌，欹枕未成眠。月滿中庭地，霜清曉角天。明朝過舊縣，握手定歡然。

舊縣喜晤竹人

昨宵如避面，今日偶談心。一刻千金值，孤懷兩地深。論詩嚴將律，作吏本儒林。又各鳧飛去，相將聽好音。

保安驛

薄暮甫停車，鵲噪深林裏。晨興趁月光，人偏先鵲起。

裕州

宛南山色曉雲蒸，霜重溪流澌有棱。大驛軍書嘶白馬，平原枯草下蒼鷹。蘭香巖谷仙人住，旗動風雷帝業興。近日萑苻滋蔓甚，停車不覺恨填膺。

趙河

半衰冬草尚縈坡，匹馬晨征渡趙河。畫策近來奇士少，留題是處故人多。蕭條山色渾如睡，潦倒詩懷怕入魔。時事十年看爛然，一官此去又如何。

博望驛

迷茫萬頃捲平沙，古驛經行偶駐車。回望黄河千里隔，更從何處覓仙槎。

唐縣

萬家煙火傍城根，幾處疎林半露村。鳥帶斷雲微露影，冰消淺澗尚留痕。千帆繞郭河流静，孤墖淩霄地勢尊。邑宰卻欣逢舊雨，霄深剪燭話東軒。謂高藝芝明府。

王詩漁明府卸桐柏篆，將赴宛南，詩以留别

相逢宦海各關情，文字緣深意倍傾。笑我轉爲新令尹，喜君不改舊書生。飄摇踪跡泥中爪，變幻功名夢裏程。願飲平原留十日，胎簪山下聽泉聲。

答桐淮書院山長黨鶴峰同年

蓴鱸久已動鄉情，徑入深山愧轉生。舊跡自憐尋馬磨，新交愿與訂鷗盟。何妨北海尊常滿，見説南陽地可耕。咫尺柴桑歸路近，好栽五柳繼淵明。

洪汝舟觀察從軍數載，賦寄皖江軍營

長江七載黯妖氛，凱曲鐃歌久不聞。大帥幾時能破虜，故人今日尚從軍。廟堂宵旰憂非細，帷幄機謀望正殷。網底鯨鯢應就戮，會看賜券勒殊勳。

赴信陽州，途中遇雪

雪虐風饕撲面寒，關河百里徑千盤。清泉自悔出山誤，久客早知行路難。縮瑟哀鴻棲澤畔，褷褷老鶴警林端。戰袍未寄征人苦，悵觸愁懷起浩歎。

過淮河店

淮流一綫轉峰坳，屈曲羊腸路幾條。雪裏畫皴山没骨，溪邊人涉水平腰。偶沽村酒尋茅店，爲探梅花過板橋。此去休嗟泥滑滑，乘籃終日踏瓊瑶。

小林店雪夜有懷鶴峰

先生高卧我長征，僕馬瘏痡悔此行。賞雪自慚虛後約，看梅差喜赴前盟。萍蓬聚散原無定，肝膽輪囷久共傾。準擬來朝拚一醉，還敲詩鉢聽吟聲。

和家春門觀察咏雪中紫薇樹元韻

老幹三冬雪作花，開從頃刻艷天葩。瓊枝玉葉羅仙種，錯節盤根感歲華。滿室陽和春有脚，此身清白玉無瑕。恰逢東閣頻張讌，寒夜觥籌取次加。

壽王笑山少宗伯六十，用樂蓮裳壽王述庵少司寇八十原韻原作見湖海詩傳。

先生著望當清時，皎如卓午升晴曦。龍門萬仞峻不極，仰瞻山斗聲華垂。壯歲已入明光殿，早朝獨冠全唐詩。木天高敞課清晝，四庫書史觀列眉。畫省曹司倏分隸，鳴鑾佩玉群師師。恪守禮器典禋祀，上林聽囀遷鶯遲。京華塵土撲人熱，淀園來往依清湄。列宿郎官老顏駟，同時物望咸依歸。玉策書賢亟剡薦，帝心簡在知無違。烏府清嚴凜霜日，秉筆那許旁人知。獬冠嶽嶽立朝右，得所藉手憑設施。關心民瘼抱隱痛，良醫醫國爲上醫。壘膺寵命歷卿秩，言責獨守無阿隨。退食委蛇自公暇，紽緎羔羊歌素絲。望隆八座陟台輔，大厦原須梁棟支。摩挲銅狄鼎彝在，步履回憶堂堦陲。由禮部司員擢署少宗伯。手持簜節暢文化，門下玉笋班聯齊。恰逢覽揆歲周甲，萊衣舞綵供娛嬉。賤子一官寄河洛，洗腆未進蒲萄巵。聊獻蕪詞藉郵祝，鶴算永享綿綿期。

小除夕感懷，用蘇公除夕粲字詩韻，即柬鶴峰，兼謝饋鶩米

臘鼓歲已闌，更籌夜將半。剪燭坐東軒，撫懷良自歎。身世卜窮通，易爻再三玩。愧乏棟梁材，猥同樗櫟散。十載溷風塵，久别漁樵伴。迷悶簿書中，奔走失昏旦。有時仕爲貧，欲翻古人案。苦縣已難堪，況治繭絲亂。淮水幸清漣，衣塵聊濯盥。吏俗惜難醫，良方寡和緩。

老鶴未脱籠，窮魚久在貫。自笑狂奴狂，莫起懦夫懦。世路慣逢迎，相别總冰炭。武城得澹臺，來往適賓館。照人秋月明，坐我春風煖。何當饋籠鵞，拜登兼白粲。

除夕偕兒輩守歲偶成

宵深圍住火爐紅，回憶兒時樂事同。笑語渾忘家是客，蹉跎漸覺我成翁。妻孥侍讌杯盤盛，僕婢分行拜跪工。整頓朝衣方待旦，恰從艮地起和風。

次鶴峰元旦喜晴韻

瑞雪繽霏卜有年，元辰曉霽靄祥煙。沿街爆竹聲聲徹，迎歲新梅樹樹妍。共樂耕桑懷禹甸，長銷烽火戴堯天。三多擬上吾皇祝，凝紹前庥享十全。純廟八十壽徵，自稱十全老人。今歲庚申，恭逢皇上萬壽。

新正二日，黨鶴峰明經邀同朱文甫學博、許海亭戎總讌集山房，即席偶成一律

年頭纔轉物華新，舊雨招邀快飲醇。大雅兒童三揖禮，諸子弟皆出見。太平文武一家春。雄談各騁連朝暮，拇戰頻鏖忘主賓。片刻憐余享清福，不知何事尚風塵。

初四日邀同人讌集署齋，用蘇韻

行藏各不同，吏隱欲兼半。衹宜對酒歌，毋爲當食歎。落落數交親，苦與世相玩。阮籍笑猖狂，嵇康嗟懶散。來往不嫌頻，影形堪結伴。拚作飲中仙，開樽每旦旦。縱論到古今，酣呼輒拍案。除將風月談，放言不及亂。行竈伺杯盤，家人奉匜盥。元日尚馳箋，作答烏容緩。笙磬本同音，珠璣原共貫。豪氣漸消磨，藉此激頹懦。漏盡更傳觴，圍爐添獸炭。誰識醉鄉寬，堪作忘憂館。酒國有長春，人情無冷煖。搔首對青天，彼此各一粲。

和文符學博新正六日夜晴見月，用東坡尖叉韻二首

新月如弓影尚纖，訟庭似水夜方嚴。寒更正轉紞紞鼓，妙句還歌昔昔鹽。柏葉浮觴香滿座，梅花帶雪笑巡檐。吟髭撚斷勤呵凍，喜有閒情付筆尖。

斜行矮紙字如鴉，曾向韓門賦雪車。薄宦浮沈波上鷺，虛名飄瞥鏡中花。賓朋讌集思梁苑，羔酒風流羨黨家。彈指新年纔七日，幾回促我手頻叉。

鶴峰用尖叉韻作迴文體見示，仍用蘇韻奉答

坡老尖叉吟，和者工拙半。讀君迴文體，忽發望洋歎。風日正晴和，小窗供展玩。字

字貫珠璣，寶光不外散。恍織錦機成，寄遠魚緘伴。麗句與清詞〔一〕，儘教評月旦。喜遺錦繡段，擬報青玉案。倘置雪堂中，定將楮葉亂。暮取瓣香薰，朝承薇露盥。自調單父琴，厥音苦噍緩。欣逢肝膽交，金石尚堪貫。昌黎本文雄，實足起衰懦。啞鐘無遠聲，奚啻土吞炭。感時托危言，行欲陳史館。安得萬里裘，一覆茆檐煖。扣角漫高歌，空覩南山粲。

【校記】

〔一〕「清詞」原漫漶不清，據十二卷本補。

登金庭山玉皇閣

仙山樓閣鬱岧嶢，金翠交輝插斗杓。嵐氣漸濃雲欲斂，草痕乍活雪初消。丹成羽客空留石，

有石大可丈餘，張三丰成仙處。

風過鈞天尚聽簫。閣前新建戲樓。坐對萬峰排笏起，真靈絳節恍來朝。

十三日立春

試燈逢令節，剛是立春時。月漸冰輪滿，星纔斗柄移。土牛占候煖，竹馬看兒嬉。也合簪幡勝，呼僮晉酒巵。

戊午、己未併科江西鄉試，吾邑中歐陽熹、歐陽燿泰、張經畬三人皆續學士，同榜獲雋，喜賦一律

果然名下無虛士，從此文章信有憑。八載兩科方並舉，三人一榜喜同登。中年知遇休嫌晚，藝苑聲華覺倍增。轉瞬青雲看翮足，扶摇風送九霄鵬。

城外謁廟歸偶作

東風吹暖净無塵，萬象宏開大地春。作宰喜逢山水縣，比閭猶見葛懷民。家家簫鼓喧燈節，處處雞豚賽土神。愧我衣冠足官樣，尚防人笑楦麒麟。

彝山酒丐歌，爲文荇學博作

佛門清静飲須戒，何處狂生稱酒丐。拚將麴蘖作生涯，覓得醉鄉爲世界。我從江右來中州，偏向彝門訪酒儔。重名久耳朱公叔，但許神交寡面謀。今年攝篆桐山中，昕夕談心屢過從。手把酒杯常獨醉，一生相伴祇壺公。公餘暇日還招飲，報道先生猶未醒。西窗剪燭復開尊，拇戰頻鏖寒漏永。黨家酒美興尤豪，折柬三人每共邀。世外不知天地窄，糟邱鎮日任酕醄。到此酒泉渾似海，玉壺何必春醪買。儘好腰間挂一瓢，行吟坐嘯真瀟灑。散去狂名未易收，

題詩曾滿酒家樓。與君願結騷壇伴，酒地詩天互唱酬。

哀家琴叔孝廉

太息清狂甚，偏教福命摧。斯人窮到死，吾道實堪哀。亂世空思隱，名心已久灰。玉樓知赴召，天意究憐才。

聞項甸民同年之訃，詩以弔之

百五人中最少年，江西每科選拔，例得百五人。風流猶憶廿年前。滿腔奇氣空千古，侈口雄談動四筵。成佛肯居靈運後，着鞭常怵祖生先。有才如此偏無福，手把離騷且問天。

余與胡鐵夫同年月生，戲贈一律

嗟余覽揆正秋風，壽讌君偏九月同。戊子合應分大小，甲辰安用别雌雄。石麟久已成虚讖，磨蝎何堪守命宫。屈指流光將半百，相期頭白作村翁。

聞江南逆燄已衰，蕩平有日，喜賦

星芒太白黯長空，露布飛馳一騎風。賊勢已成强弩〔一〕末，軍威應振大江東。久聞薄海争輸賮，但冀元戎肯效忠。指日師貞占折首，椎牛釃酒策膚功。

【校記】

〔一〕原刻爲「努」，當作「弩」。

書感

豨膏終莫轉方輪，腰扇難遮污面塵。强把碔夫當璞玉，忍將苻拔溷麒麟。逃名擬學韓康伯，歸隱思隨賀季真。卻笑庸醫誤投藥，葠苓和事轉傷人。

赴鄉巡閲民團

弓刀小隊出郊坰，楊柳春旗一色青。地僻本無雙隻堠，山深時有短長亭。千家笳鼓籌防警，四境絃歌按部聽。好入杏花邨裏去，勸農還講相牛經。

茶庵小憩

一徑入雲房，茶烟裊榻旁。談心逢老衲，合掌禮空王。松子當頭墜，蘋婆沁齒香。早知空是色，奚事問津梁。

野田茅屋

萬竿竹篠三分水，半畝蔬園一草廬。南北兩宗繙畫譜，繪來得似此間無。

見杏花

紅雨霏霏二月天，深林花落鳥啼烟。鞭絲帽影長安道，曾作春明俠少年。
聽雨樓頭坐夜分，前游如夢復如雲。看花此日非吾分，已是朱陳舊使君。

曉行雲氣中

萬峰青不斷，一路曉雲生。着袂濕疑雨，隨風吹入城。遥望村烟合，還指霧眼明。乘籃足清興，恍惚御風行。

途中偶作

茆龍處處正更衣，臨水人家晝揜扉。地有閒牛耕輟早，門無吠犬客來稀。當風弱柳青猶嫩，冒雪寒山白尚肥。滿眼鄉村好烟景，道途何事困塵鞿。

山家

山裏人家野趣幽，方塘水漫碧如油。雨餘菌蓋自黄耳，春老韭花初白頭。一桁短籬藏語燕，滿陂芳草健耕牛。祈年處處喧簫鼓，茆舍糟牀酒正篘。

山行

山高大復亂雲遮，石磴崎嶇取徑斜。行過巖腰無數曲，小橋流水見人家。

訪鶴峰未晤

深山猿鳥漫驚猜，雪夜空教訪戴回。君竟閉門同泄柳，我猶至室望澹臺。商量近日新詩稿，檢點名園舊酒杯。謝客無端聊托病，蔣家三徑幾時開。

黨繼新、銘新昆季兩茂才均有和作，喜贈

愳愳名家子，侁侁大雅材。機雲文並富，儀廙世交推。敢説傳衣鉢，昆季皆從余受業。聊欣睹酒杯。霓裳看共詠，期爾上蓬萊。

寄兄

吾家世守祇青箱，愧我年來學業荒。且喜今年食官俸，延師督課兩兒郎。十年未見阿咸面，毛羽知應已養成。更有羅兒方六歲，可曾識字驗聰明。

感念亡姬，悽然成詠

何處招魂總渺茫，别離悽斷九迴腸。可憐弱小懷中女，猶向人前喚阿娘。裁得生綃爲寫真，搴帷風動妙鬘雲。鏡中恍現珊珊影，特爇沈檀手自薰。

憶家鄉七首，仿杜少陵七歌體

我所思兮潯江濱，小孤山色青嶙峋。嵐氣滿城光入户，門前鷗鳥時相親。曾聞粤寇蔽江下，毒霧四捲迷妖塵。城中居民盡逃匿，危樓廣厦同摧薪。嗚呼一歌兮歌已哀，故園劫火餘殘灰。

我家居傍東山麓，東城之外多陵谷。先人壟墓在其中，鬱鬱佳城森古木。自從兵燹遭蹂躪，月黑天陰聞鬼哭。清明無復紙錢飛，那得墦間饜酒肉。嗚呼二歌兮歌聲緩，回望南雲腸欲斷。

有兄有兄將白頭，數載避亂荒山陬。茆舍三間蔽風雨，田夫野老相唱酬。昨年攜家入城市，先人老屋難重修。城東城西半瓦礫，那復載酒酣高樓。嗚呼三歌兮歌三發，綣懷骨肉增忉怛。

有姪有姪困鄉里，一事無成吁老矣。壬年奔走來共城，歸途忽遇盜氛起。奉母山中竄負逃，家居地棘天荊裏。瓶無餘粟寒無衣，區區薄田何所恃。嗚呼四歌兮歌四奏，清泪霑襟霑欲透。

有姊有姊生同胞，大雷書斷途路遥。一姊鴻案老並舉，青衿相繼看兒曹。一姊中年忽喪偶，室如懸罄哀鴻嗷。人生何處論福命，集枯集菀隨所遭。嗚呼五歌兮歌正長，十年不見心感傷。

同時不少同心友，芸館雞窗常聚首。清泉自悔出山悮，事業名山總孤負。底事年來多噩耗，天上修文需妙手。周（琴叔）曾（望三）項（甸民）計（秀峰）俱云亡，早識才人困箕口。嗚呼六歌兮歌清越，使我痛心兼刺骨。

瓶城山館多藏書，玉軸牙籤富五車。縹緗世世守相繼，編排甲乙如貫魚。粤匪焚燒繼秦火，窮搜蠹簡幾無餘。曹倉鄴架一時盡，應有鬼哭神靈吁。嗚呼七歌兮悄終曲，安得買書仍滿屋。

朱少蓉茂才賦詩見贈，喜答一律

卓爾金閨彥，風標夐出群。偶吟長慶體，能繼老蘇文。（少蓉爲文苻學博哲嗣。）價自龍門重，功猶蛾術勤。騷壇添健將，亦足張吾軍。

由縣城赴平氏鎮

犖确崎嶇九十程，亂峰無數不知名。荒村倚澗耕農少，瘠土連山國賦輕。灘面人行沙怒語，橋頭石激水争鳴。田家喜見風猶古，父老衣冠出社迎。

謁禹廟

萬里淮流一綫通，遥從疏鑿想神功。楯檽四載隨刊久，黻冕千秋肸蠁隆。堦剪茅茨宫闕壯，山高桐柏水源窮。閒看古井無波起，應有潛虬卧此中。廟有古井，即淮源。

夜行村市中，比户攜燈相照，大有鄉爲田燭之禮，詩以紀事

鞅掌風塵戴月行，惜無照乘火珠明。千門朗徹燈如海，恍入東萊不夜城。

夜宿寺中〔一〕

山門日落駐行旌，一點禪心定後生。衙鼓聽殘人已倦，送來雲外晚〔二〕鐘聲。

【校記】

〔一〕以下幾首詩殘缺不全，十六卷本與十二卷本皆漫漶不清或缺失。

〔二〕「外晚」兩字據十二卷本補。

題陳□耕丈斗酒聽鶯圖

十年久聽絃歌聲，白華□□兼吹笙。老人耳福亦已足，晝長還愛春鶯鳴。春鶯□□□何□，□□青青楊柳樹。分明鼓吹□詩腸，扶得吟筇出郊去。閒游隨意挈雙柑，斗酒同攜野□釀。一串珠喉音宛轉，也教俗耳耐鍼砭。風光世外堪行樂，鳥自能歌翁□□。□然□□作神仙，老帶莊襟無束縛。

題□翊圖明府香徑倚松弄鶴圖

衙齋□□□，君竟雅懷開。獨抱古香□，幾人幽□□。高松同偃蹇，□□□□□。我欲歌招隱，相期倒舊醅。

瓶城山館詩鈔卷十一

春寒

春帶今年閏，春寒草未芽。尋春春過半，纔放報春花。

自詠

杜陵塞蘆子，白傅城鹽州。諷喻具深感，常懷家國憂。緊我困塵坱，有筆終難投。聊繙說劍篇，撫衷念恩仇。

獨坐見復齋有感

宦途盡處是青山成句，坐對青山轉汗顏。手版未抛終是累，脚跟無着那能閒。但憐骨傲難諧俗，敢道時危且濟艱。滿口說歸歸未得，倦飛空羡鳥知還。

一官

少日狂名久未收，長安曾作看花游。縱談直欲淩三島，放眼渾疑隘九州。萬事安排終有命，一官牢落只供愁。團團驢磨循陳跡，須識神鋒讓曲鉤。

答鶴峰招飲原韻

山翁招我醉鄉遊，羨煞山家事事幽。縱飲卻嫌春夜短，銅龍須緩報更籌。

鶴峰、文荇作春夜會飲歌見贈，答賦一律

屈指寒消九九天，百花生日好開筵。同盟雅合成三友，縱飲何妨聚八仙。談笑禮忘賓主分，唱酬情洽弟兄緣。來朝更約看山去，攜酒還招舊雨聯。

過山家

亂峰高下擁柴門，路入桃源別有村。樹上慈烏將哺子，籬邊苦竹早生孫。雙流出壑如蛇鬭，獨石當軒似虎蹲。博得瓦盆邀一醉，豐年處處足雞豚。

三月初旬連日雨雪，諸同人各有感懷之作，勉和三首

久約尋芳曲水涯，同修禊事到山家。如何冷過重三節，不見桃花見雪花。

滿眼泥鴻爪印留，春郊偏阻踏青游。雙柑準備聽鸝酒，祇合關門聽雨鳩。

故人紛遞吟箋至，白雪陽春古調彈。我亦聯吟邀白戰，寒宵誰共酒杯寬。

喜晴

連日祈晴上戒壇，年豐冀得此心安。漸看四野開新霽，愧聽千門頌長官。桃岸霞蒸鋪錦繡，桑疇陰重膩羅紈。今日且喜春兼閏，展禊流觴興未闌。

過金碉橋

方塘春水長魚苗，翠影參差荇帶飄。絶好一株横卧柳，村農來往當溪橋。

晴嵐暖翠萬峰遮，鳥道千盤取徑斜。樵子歸來剛唱晚，擔頭紅帶杜鵑花。

閒遣

簾旌書幌舊安排，入户春風暢雅懷。擬學劉伶成酒頌，欲呼莊吏寫齊諧。日蒸花氣紅侵檻，

雨潤苔痕緑上堦。卻恐故山猿鶴笑，折腰何事苦筋骸。

散衙

散衙剛值暮晴天，偶向池邊坐晚烟。花影半遮琴榻畔，嵐光低落印牀前。特搴簾幙迎歸燕，閒倚窗櫺聽杜鵑。但願時清無警報，塵生范甑也安然。

春暮偶成

訟庭如水静無譁，竹外疎簾一桁遮。書卷倦看防引睡，宦場久歷苦思家。每因泥污愁飛絮，常爲風狂惜落花。春去春來坐悠忽，不成一事鬢將華。

水簾洞

峰高太白曉雲横，萬丈泉流聽水聲。穴湧璇源穿地絡，光摇銀海漾簾旌。儘多石在堪支枕，合有人來好濯纓。慚愧坡公詩句美，亂山深處長官清。

感事

何人撾鼓着岑牟，築室空聞聚道謀。枉説庭前投楚璞，每從燈下看吴鉤。守株久已難逢兔，刻棘還思得類猴。萬事輕心終釀禍，須防積羽可沈舟。

閏三月初四日偕王君詩漁、李君子貞、童君蕉屏、徐君小齋游水簾洞，詩漁先得詩四章，即次原韻

萬重嵐氣鬱崔嵬，滿谷花明錦繡堆。遥指精藍緣磴上，偶攜蠟屐撥雲來。分明曲水群賢集，遮莫天台道士回。桐柏山亦名天台。到此看山真不厭，築亭我欲翦蒿萊。余擬泉邊添築一亭。

銀河倒落百重泉，一桁晶簾萬仞懸。此日樵蘇多牧豎，當時辟穀有神仙。俗傳張留侯辟穀處。茶魚粥板清嚴地，野鶴晴雲淡蕩天。便是桃源真樂處，洞中雞犬亦翛然。

雲房待客釀新醅，婪尾同傾藥玉杯。花落閒堦僮未掃，香焚净室鼎初開。游蹤恐被山靈笑，暮雨驚聞侯吏催。卻喜塵襟剛洗滌，行行且住總低徊。

子猷歸路聳吟肩，爲索詩成急就篇。載酒怕孤連日約，游山偏結再來緣。詩漁去歲攝桐柏篆。重修禊事聯今雨，共話離悰憶去年。底用蘭亭尋搨本，桐淮應補畫圖傳。

和詩漁明府感懷原韻，即以留别

桐山重聚首，半月强勾留。縱論亦云樂，撫懷空復愁。林泉隨處好，兵革幾時休。潦倒風塵裏，應須悔浪游。

又送春郊别，東風漲緑波。相看成老大，無計補蹉跎。拙宦逢迎少，中年感慨多。流光真迅速，欲挽魯陽戈。

我昔亡兄慘，君今喪弟悲。衷情同結轖，門户費撑持。永抱鶺鴒痛，空懷梨棗推。話來風雨夕，相對各漣洏。

世事原無著，浮雲過眼飄。且將杯在手，猶自劍横腰。客路嗟垂槖，吟壇許奪標。驪歌聽互唱，别恨已全消。

答詩漁

山裏何堪贈白雲，雲多要與老僧分。祇餘一勺清泉水，聊和詩篇共送君。

立夏前一日送别詩漁，次原韻

今日送春去，明朝又送君。兩重添别恨，一樣悵離群。花瓣林間散，溪流谷口分。看山留後約，握手更殷勤。

答鶴峰招飲

兀兀終朝恨滿膺，忽逢高會興飛騰。憐君獨享山林福，招徧吟朋又酒朋。
爲囑黄昏散步來，乘軒恐惹鶴驚猜。提壺竟效龍邱叟，寂寂蓬門特地開。
世間滋味菜根長，更喜山厨餅餌香。歸向妻孥燈下説，轉因菘韭憶家鄉。

夜坐有感

空留織錦認迴文，閒把濃香蕙帳熏。對影恰宜邀夜月，返魂猶自望朝雲。忍聽艷曲歌三婦，怕縱愁懷到十分。幸有孟光眉案在，雞鳴戒旦尚殷勤。

又二首

窗前猶照鏡光圓，人影分離竟渺然。記得去年秋雨夜，入闈衣替我裝棉。
蕙葉蘭枝各競芳，新圖畫就好裝潢。自從紫玉成烟去，不聽啼鵑也斷腸。

四月初十日接家信，擬秋間卜葬先太宜人於先大夫左側。予宦塵羈絆，大事弗獲躬親，愧悔之餘，感成一律，即寄介生二兄

仍依舊壟卜新阡，馬鬣重封又十年。道遠愧難親負土，宦貧悔未早歸田。幸承寵誥來天上，差喜諸孫拜墓前。兩親見背時，僅見長孫一人，近連得四孫。寄語元方須盡禮，松楸遥望只潸然。

贈曹蓉江

梁園半載寄萍蹤，偶向吟壇邂逅逢。争羨才華堪繡虎，若論聲價早登龍。疎狂頗類嵇中散，清曠渾疑阮仲容。林下何年同把臂，黄山須占兩三峰。蓉江，皖南人。

歐陽虞生明府需次秦中數載，未通音問，究不知近况何如也

一官消息近如何，親老家貧累自多。遥望秦川腸欲斷，不堪重唱隴頭歌。

東園獨步

蛙鳴閣閣鳥關關，水竹清幽相對閒。莫訝此間爲傳舍，半年容得看青山。

遣興

闌干曲曲路斜斜，老樹扶疎繞屋遮。洗浄最憐經雨竹，開遲偏愛閏年花。偶磨斷墨書團扇，特汲清泉乳嫩茶。萬籟銷沉剛習静，草間何事着鳴蛙。

庚申春闈，予門下士捷南宫者又得三人，喜而有作

報捷泥金喜不勝，神魚燒尾各飛騰。馬蹄好趁春風疾，鼇背還期絶頂登。殿上紅綾欣啖餠，案頭黄卷憶挑燈。争誇此老無花眼，轉覺光榮爲我增。

恭逢皇上萬壽，奉旨遣河南歸德鎮總兵致祭淮瀆神祠，向例以道府大員陪祭，此次即派桐柏縣知縣恭陪，洵曠典也。劻躬親盛事，爰紀以詩

桐柏淮源蹟可稽，功成禹甸錫元圭。側聞天上恩綸賁，特遣王褒祀碧雞。典隆望秩肅明禋，香帛頒來御案陳。各奠尊彝同稽首，微臣何幸得躬親。

前桐柏令莫公量齋歿於任所，不能歸骨，已閱八年。庚申，余蒞此邦，聞而心惻，爰勉强醵金，命其子扶櫬歸葬粤西，聊慰死者於九泉，似亦我輩分所應爾也

本非朱邑祀桐鄉，寂寞荒郊墓草長。宦橐可憐貧似洗，西華公子葛衣凉。

一棺八載寄淮壖，桂管迢迢路五千。今日送君丹旐返，此情應可慰重泉。

和家春門觀察六十自壽原韻

優游壽寓享清時，長戴堯天耀午曦。入手聲名偏太早，遷階官職轉嫌遲。棠陰舊日家家頌，旌節頻年處處移。甲子初周春正永，抽毫自製詠懷詩。

隻手真堪挽百川，如公中外久推延。鉅艱獨任誰能爾，寵辱無驚聽偶然。但使此心清似水，何妨斯道直如絃。邯鄲尚待黃粱熟，卻被盧生一夢牽。

行年五十始生男，曾見趨庭訓二南。修福此生應獲報，告天諸事可無慚。桂枝郄氏初栽一，槐樹王家定種三。更喜東牀有佳壻，年來久共我清談。謂王夢嵩駕部。

憶從趨傍戟門前，彈指星霜已十年。北海孔融常舉讌，東山謝傅且安絃。憐才每許居人上，課吏應惟勗我先。局促轅駒循舊轍，枉承青睞受恩偏。

薄暮飲，見復齋，集陶一首

日暮天無雲，悠然見南山。好風與之俱，飛鳥相與還。户庭無塵雜，虚室有餘閒。稱心固爲好，斗酒散襟顔。

放歌集杜一首

白日放歌須縱酒，濁醪粗飯任吾年。籬邊老卻陶潛菊，蝦菜忘歸范蠡船。歡劇提攜如意舞，晴窗檢點白雲篇。名垂萬古知何用，自斷此生休問天。

夏日即事，口占示兒子

一雨涼生透葛衣，濃雲初散月光微。莓苔漸向牆陰長，惹得流螢滿院飛。
高枝大葉緑陰交，一樹蓬蓬屋角梢。穉子不知桐乳結，垂涎錯認作山桃。
廨舍東偏水竹居，一庭花鳥共相於。兒童下學斜陽候，偷取長竿去釣魚。
東角荒園蔓草長，芟夷自笑荷耡忙。但求無礙栽花處，滿眼青蕪也不妨。
青青荷葉正田田，水漲池深没影圓。真笑一官貧似洗，室中無物可名錢。
簷前乾鵲噪聲聲，又聽斑鳩樹上鳴。正是熟梅天氣好，晝長贏得半陰晴。

方丈平臺好種瓜，瓦盆新發玉簪芽。呼僮支起薔薇架，要看中庭姊妹花。薔薇有名「七姊妹」「十姊妹」者。

插禾天氣喜新晴，魄魄彭彭打麥聲。我愧卧龍岡畔住，南陽有地勸人耕。

二麥新嘗説餅師，冷淘槐葉正相宜。自指寒具油污手，珍重晴窗讀畫詩。寒具即今之油饊。

一朵紅蓮折取來，含苞插向紙屏隈。十分開處人應惜，欲賞花時趁未開。

紈扇團團月樣摹，書成半面老鴉塗。更貪吉利誇先兆，添寫瀛洲一甲圖。畫家以一蟹爲一甲。

院邊隙地草花開，幾朵嫣紅映緑苔。不覺捲簾香乍入，一雙蝴蝶也尋來。

銜山斜日透疎櫺，謖謖涼風入户庭。小婢偶從花底坐，自攜團扇撲蜻蜓。

訟庭花落草痕侵，閑坐薰風欲鼓琴。驀聽緑槐深葉裏，日高風定一蟬吟。

菊苗方長菊牛生，願祝天陰怕旱晴。辛苦自將花蝨去，愛花如命本生平。

掃地焚香室自幽，繞牆高樹緑陰稠〔一〕。小窗剔破新糊紙，特放青蠅出一頭。

小小元駒列陣匀，穴邊酣戰識君臣。須知科第憑陰騭，鼇背先登救蟻人。

丈六涼棚滿院遮，兩層高聳出檐牙。午陰好覓圍棋處，恍住壺中歲月賒。

豹脚蚊多攪暮天，雷聲徹夜總喧闐。好懸四角流蘇帳，穩趁新涼聽雨眠。

漫擬韓公訓阿符，蒙泉果育慎童初。老夫偶趁公餘暇，桐樹陰邊聽讀書。

【校記】

〔一〕原文「槝」，形近而誤，徑改。

車水謡

車水鼓，聲冬冬，朝暮車水民力窮。淮流一綫抱山轉，泉源已竭塘堰空。自從三春斷雨脚，雨師兩月潛無蹤。東山不見舞石燕，西山不見興潭龍。旱魃欲爲虐，藴隆方蟲蟲。赤日火繖張天中，老天日日號炎風。農夫坐對秧田哭，徒聞鳥聲唤布穀。秧色微黄秧漸枯，秧枯民命將誰續。縣官見之慘心目，虔誠頂禮衣冠肅。朝禱銕環山，暮禱桃花谷，禱遍山靈及淮瀆。回望山頭一片雲，定卜明朝歌霢霂。

桐山謡

淮河水，一條綫。水簾泉，一匹練。桐山高高入雲漢，山頭雲罩梵王宫。山脚泉穿禹王殿，亂山深處有人家。小小荒城圍，一縣縣官吁，可憐塵竈炊無烟。明明臣朔飢欲死，事事焚香猶告天。民間美田二萬頃，歲輸國賦僅數千。民間積穀萬億秭，歲輸官幣無一錢。吁嗟！桐山縣官真可憐。

家鄉遣使送鰣魚來桐，喜成一絶

十載蓴鱸繞夢思，生憎河鯉寄書遲。今年且喜家山近，饋到江南四月鰣。

六月二十五日介生兄書來，先太宜人擬別謀窀穸。千餘里外，予何能爲？遥望家山，痛深次骨，信後覆寄一律

及親三釜願空懸，風木悲深未表阡。何處湖邊來鶴問，誰家宅後見牛眠。敢教子職留餘憾，應與山靈有夙緣。從古陰陽須相度，沇溪但看五星聯。朱文公祖塋在沇溪，地名五星聚講。

見復齋前有小池一方，種荷數本，此間偶坐，適逢驟雨傾盆，口占一絶

小池清淺漲微波，頭上雲陰一片過。惜少家姬彈別調，正逢驟雨打新荷。明廉文正宴客萬柳堂，命家姬唱「驟雨打新荷」之曲。

立秋日朱文苻學博招飲

十日不相見，如懷千里思。一見握手談，如獲新交知。有約共樽酒，高會追南皮。紅榴開滿樹，白蓮開滿池。矧當新雨後，撲面吹凉颸。舍此不爲樂，取醉將何時。招我良朋來，同泛蒲萄巵。今夕是何夕，秋至以爲期。陶公欹葛巾，山公倒接䍦。翩翩子弟佳，入座皆令儀。此事頗稱快，安敢深杯辭。相如惜善病，轉爲秋風悲。何當止瘧疾，一誦杜陵詩。時文苻患瘧疾。飲酒倘須戒，便勝良醫醫。借醉且逃禪，蘇晉吾將師。

哀江南

江南金粉繁華地，虎踞龍蟠鍾王氣。多少樓臺易夕陽，興亡莫問前朝事。咸豐癸丑四月初，滔天粵寇彌江湖。金陵城闕沐猴據，鐘山山色雲糢糊。越歲洪楊竟内亂，深宫夜半來酣戰。自殲渠首厭天心，洶洶鼠輩争逃竄。從此東南盼捷音，欃槍漸覺夜光沈。向將軍死張良繼，保障江淮歲月深。忽報諸軍將退守，節旄移駐丹陽口。六載奇功一旦隳，籌防枉説相持久。萑苻逆燄復鴟張，鼙鼓聲喧動地忙。樓船直下黄天蕩，更把金焦作戰場。江北揚州久寂寥，烟花無復可憐宵。但愁烽火雷塘滿，袁浦何堪亦蕩摇。指點青山横北固，旌旗回繞争南渡。鎮江江外斷潮聲，蚩尤頓起常州霧。常州節鉞住年年，轉餉徵兵握大權。風鶴驚聞三舍避，允爲民望去宜先。棄置城池真可惜，萬民遮道攀轅泣。頃刻民廬化劫灰，錫山誰説山無錫。水程連日達姑蘇，太息金閶好畫圖。竟斬重關如破竹，虎邱三匝夜啼烏。妖氛延蔓過青浦，咫尺雲間亦焦土。近海波濤静不驕，鼓聲馳驟驚風雨。此日三吴滿甲兵，紛紛魑魅日中行。執冰士卒看兒戲，不見將軍細柳營。烏紗夜半更微服，草間只合藏狐兔。臨事方知一死難，搔首茫茫空四顧。從古人文萃此邦，尚憑忠烈振綱常。捐軀報國知多少，青史能爭日月光。

我爲江南更哀感，府海官山充物産。邇來天庾惜空虛，但藉梯航作飛輓。蹂躪頻年已不堪，

江淮民力盡凋殘。救時到此無良策，何日能謀衽席安。自慚五斗竊微禄，時事如斯慘心目。

庚申七月秋風悲，聊賦長歌當痛哭。

七夕有感

神仙今夕慶團欒，漫道銀河似海寬。卻惹阿儂添别恨，微雲低掩小星寒。

中庭瓜果結蛛絲，忙煞人間好女兒。願祝天公多與壽，免教死别只生離。

聞道深宫舊結盟，君王妃子共長生。誰知地久天長後，千載難爲此夜情。

雲錦分明織七襄，徘徊空際想衣裳。癡情欲向天孫訴，知否牛郎鬢欲霜。

亡姬生日偶觸悲懷

迅速光陰若轉輪，相離已隔一年春。强持絮酒空營奠，憐爾生辰是忌辰。

生天何苦太匆忙，畢竟年華算早觴。慟到斷腸無可慟，但教先死亦何妨。予有輓姬聯云「九載影隨形，説到分離真可慟；廿年吾長汝，算來先死亦何妨」。

七月二十八日爲東坡先生騎箕之辰，按宋建中靖國辛巳距我朝咸豐庚申八百二十年矣，因讀公遺集，感而成詩

芳徽千載仰眉山，此老風流未易攀。漫説游踪傳海外，尚留文字滿人間。忠誠懷抱匡時切，轗坷平生歷世艱。今日定知靈爽在，笛聲吹引鶴飛還。

寄陳九香參軍

苦將紗帽尚籠頭，偃蹇風塵三十秋。到老難除名士氣，冷吟閒醉耐園秋。

竹園寺

嶺側峰横十萬層，攀蘿緣磴比猱升。雲藏古寺迷高下，竹與名園共廢興。清妙好參初地佛，幽閒最愛此山僧。疎鐘一杵紅塵斷，小憩蒲團萬念冰。三十年前，園竹盡枯，今日萬竿重緑。

雙峰寺

冥濛雲霧裏，無數亂峰横。風擊烏巢墮，人争鳥道行。寒天疎樹影，流水送鐘聲。偶到初禪地，何期老衲迎。

赫明寺

萬峰圍一寺，水到寺門分。蟻垤蜿蜒上，猿聲斷續聞。澗低烟外樹，天放嶺頭雲。徙倚山門望，回頭已夕曛。

和赤城親家五十初度感懷四章原韻

交情卅載敢忘諸，曾共長安道上車。作宦君方遲入楚，問年我亦慚幾蘧。風塵潦倒愁無那，花月流連樂有餘。遥望南天獨惆悵，平安惟寄幾行書。

故園松菊幸猶存，早賦歸來乞主恩。何必逢人羞説老，也應如佛欲稱尊。事因多阻翻難料，心到能清可見原。嶽麓烟霞遊覽徧，題詩都記雪泥痕。

猶憶論詩共解頤，蘇門山下好傳巵。五言偶賦河梁别，六載俄驚歲月馳。過眼雲烟多變幻，關心桑梓半流離。中原鼙鼓喧天震，愧未從軍答聖時。

近來舊雨太寥寥，一盞寒燈坐永宵。湘水尚聞民氣靖，桐山不耐土風澆。桐柏素多捻匪。浮名易醒炊粱夢，壯志真成退海潮。何日林間同嘯詠，滿腔萬斛俗塵銷。

哭陳凝甫中翰

苦耽著作了平生，珠玉千篇刻未成。中翰著有量齋詩古文集。秘省才人驚短折，騷壇我輩失長城。劉伶醉死真如願，伯道無兒最愴情。猶憶卷頭題句在，挑燈重讀淚頻傾。

王夢嵩駕部入都，臨別以趙子昂畫馬留贈，賦此謝之

皮相紛紛恥俗流，塵中今喜見驊騮。群空冀北真無匹，獨立蒼茫四野秋。圖中祇一馬。
趙家真蹟久難摹，索驥還應按此圖。幾見千金求駿骨，好馳腰褭入燕都。
磊落王郎意氣豪，平生自詡九方皋。飛黄此日偏持贈，贈策吾猶愧繞朝。

夜坐狂風大作

一穗寒燈短榻横，狂風蕭槭滿山城。堦前木葉紛紛脱，夜静疑聞戰馬聲。

摘花

摘花休怨一枝空，差免殘英委地紅。但使根株留尚在，來年猶得遇春風。

飛蛾

傍晚一燈上，飛蛾撲短檠。趨炎何性急，憐爾太輕生。

桂樹

曾折高枝上斗槎，秋風香滿月輪斜。於今怕看叢開處，招隱由來是此花。

閒遣

宦味深嘗興已闌，衙齋蕭瑟强名官。多愁祇覺心常醉，耐事真令腹漸寬。共道萑苻滋皖水，更聞烽火近長安。南陽自是躬耕地，我欲攜琴抱膝彈。

過村塾

茅舍清幽此讀書，我來門外一停車。不知何處逢名士，空見橋頭活鯽魚。

哭王柳坪比部同年

造物生才竟忌才，如君摧折實堪哀。十年晝省簪毫入，萬里窮邊荷戟來。浩蕩天恩猶未報，飛騰壯志那能灰。一棺倏掩梁園雪，應識將軍挂劍回。謂勝克齋都統。

飄零八口寄秦中，凄絶安輿類轉蓬。有子共憐年尚少，無家堪歎路先窮。秋雲滿眼人情似，春夢回頭宦境空。我欲飛書傳少宰，脱驂知有古人風。謂萬藕舲侍郎。

寄慰赤城親家楚南，詩以代柬

仕途稱宦海，本爲風濤區。風濤亦何定，變滅由須臾。策名登仕版，識見定厥初。升沉置度外，不以窮達殊。古來達觀人，處境當何如。

人生如寄耳，軒冕即浮雲。黄粱屬夢境，何必認爲真。所學果何事，毋負君與親。三已與三仕，喜愠無由分。倘非浩蕩懷，鬱鬱終此身。

時事正艱難，到處傷兵燹。東南財賦區，蹂躪窮物産。民力盡凋殘，瘡痍悲滿眼。牧令親民官，撫字烏容緩。今日重催科，何處藏吾短。

達人貴知命，君子重見幾。但守固窮節，休誇輕與肥。所以陶淵明，深悔昨日非。八旬甫折腰，解組飄然歸。松菊徑未荒，念此常依依。

菊隱我所願，竹隱君所思。把袂入林下，偕隱知何時。惜我困塵鞅，猶畫東施眉。縱收大海帆，見事終遲遲。君今倘息肩，勇退當毋疑。

昨者接君書，寄我試士作。頻賡倡和詩，情懷頗不惡。舊稿云已編，八卷紀約略。檢點付麻沙，曾費我斟酌。傳不傳安知，敝帚享亦樂。

詩人探勝境，往往浮沅湘。洞庭波渺渺，衡嶽烟蒼蒼。大觀岳陽樓，神仙飛羽觴。君今三載住，好句充奚囊。慎毋讀離騷，令人增感傷。

上書至痛哭，昔有賈長沙。吴工早被薦，漢文恩禮加。得遇終不遇，惜此好才華。宣室方召回，鬼神空歎嗟。往古一憑弔，荒祠湘水涯。

白傅曾有言，官職爲他人。賓歡僮僕飽，簿書徒繞身。銜齋食指繁，大都無業民。飲博兼游卧，了此昏與晨。一朝鳥獸散，惘惘失所因。

讀書半貧士，倚官便爲家。三徑苦無貲，欲歸徒願賒。君本足穀翁，二頃盈桑麻。還山趁黑頭，此樂真無涯。相約待三年，同賞東籬花。

重九日偕李君藍田、胡君引侯游水簾洞

平生性癖愛看山，仕節聊偷半日閒。特借登高呼酒伴，偶思入定欵禪關。爐香裊室鐘初動，夕照當門鳥正還。回首前游曾幾日，丹楓紅柿滿林閒。

萬丈懸崖瀑布飛，天然山水有清暉。松花好進仙人食，槲葉應添道士衣。勝境重來初願遂，小亭補築此心違。提壺不少同游客，痛飲林泉醉始歸。同日游山者絡繹而至。

風高落帽且勾留，爲愛澄淵欲枕流。滿院正看黄菊放，此身如伴赤松遊。雲生户牖經牀潤，碑卧莓苔石室幽。我輩尚欣腰腳健，攀蘿隨步到峰頭。

偏插茱萸憶故鄉，十年孤負好重陽。蓬蒿久已荒三徑，兄弟遥憐各一方。漫説風塵知己少，卻愁簿領爲人忙。今朝且盡登臨興，攜手看雲話正長。

擬遊大復山、石柱山不果

我欲遊大復山，大復山與我苦無緣。我欲遊石柱山，石柱山與我苦無緣。相去兮路僅尺咫，相望兮徑隔巒環。白雲出岫兮，常入我室；清泉出澗兮，常繞我闠。或晴光之豁露，千巖萬壑呈孱顔；或雨餘之净沐，濃嵐輭翠浮窗間。儘好攜蠟屐，躡層巒，討幽勝，窮躋攀。有花有草足以恣娱弄，有詩有酒可以供盤桓，胡爲乎簿書迷悶碌碌窮年。約春遊兮良辰已負，約夏遊兮佳想空懸。倏秋風之容易，仍裹足其難前。行將别青山而遠去，重尋舊轍居塵寰。噫吁嚱，看山須福分，樂志須林泉。徒笑我結習未能化，凡骨未能仙。夙願未能副，隱恨未能捐。巖壑谷愧兮，竟三生之罕覯；猿驚鶴怨兮，竟一見之猶慳。曷若倩李將軍之妙手，仿吴道子之真傳。開卧遊之勝境，繪四壁之雲烟。君不見，大復山，石柱山，與我無緣終有緣。

次韻酬郭迪甫丈

莫問名都白馬篇，羸縢槖筆感華顛。尚留豪氣三千丈，偶話離悰二十年辛丑晤於淮上。擊筑歌應悲壯士，吹笙夢易醒游仙。酒家浪把金龜擲，未了江湖浩蕩緣。

將去桐柏，留别朱文苻學博、黨鶴峰山長

一年光景迅奔輪，小住淮源亦宿因。喜有游蹤留此地，愧無善政及斯民。林深漸覺飛鴞静，麥秀方欣野雉馴。奎璧樓臺新焕采，會看桃李艷三春。桐邑科名甚少，因新葺魁星樓於城東南隅。

故人餞别正開筵，十月剛逢小雪天。幾度詩篇頻唱和，者番離緒更纏綿。歡聲尚滿來時路，交誼知留去後緣。説與山靈應戀我，新題多在水簾泉。

送潘宇恬刺史還蜀

宦海情親十四年，喜君先我竟歸田。種花舊滿河陽路，折柳輕摇灞岸鞭。已見衣冠殊俗吏，好攜眷屬作游仙。東門漫聽驪歌唱，不少攀轅大道邊。

何處尋幽到薜蘿，地形最險是三峩。成都久説栽桑易，巫峽何妨感夢多。儘有琴書消歲月，更無江海畏風波。浣花箋紙憑君寄，舊雨彭鏗在澗阿謂彭餘村。

寄懷彭餘村同年蜀中

偶因感舊動離情，無限蕭蕭落木聲。與我别曾逾十載，共君談每到三更。春帆細雨黄河岸，落日悲笳白帝城。纔過中年猶未晚，可堪重作出山行。

李藍田明經贈劍賦謝

先生命世之英豪，胸羅經史精鈐韜。腰間三尺淬秋水，起舞不待寒雞號。即今時事正多故，中原誰掃蚩尤霧。手把吴鉤躍欲鳴，雷雨經綸須展布。牛斗中間紫氣騰，寶光何事匿豐城。國仇未報終懷歉，自有忠肝抱不平。斫地高歌持贈我，酒酣耳熱心如火。世無雷焕與張華，神物猶應嗟轗軻。幾度銜杯拂拭看，匣中蓮鍔逼人寒。方欣薛燭同真賞，漫道風塵遇合難。拍案狂呼燈欲滅，銛鋒閃並中庭雪。袖底腥風撲鼻吹，摩挲猶帶蛟龍血。三寸毛錐合亟投，儒冠怎似鐵兜牟。相期得寶終須用，徒抱鉛刀恥俗流。吁嗟乎，英雄幾輩乘時起，拔劍登壇立功矣。願君攜手上凌烟，莫更埋頭書卷裏。

黎君獻臣與余字偶同，戲贈一律

我名公字偶相同借句，耳熟曾無一紙通。樽酒好聯今日話，詩懷大有古人風。是何年少才堪妒，怪底愁多遇尚窮。感事不禁狂態發，幾回咄咄欲書空。

于役鄧州，適逢黄子紱刺史同年覽揆初度，喜贈二律

屈指丁年兩鬢青，忽看短髮已星星。八千鶴算從頭數，半百駒光轉眼經。坐擁專城膺紫綬〔一〕，早誇妙墨繼黄庭。書法入能，早年馳譽。老來得子如民愛，衆母循聲滿耳聽。君五十後連得二子。

豐年瑞兆雪飛揚，是日大雪。萬户臚歡晉壽觴。聽到笙歌傾北海，飲來菊酒愛南陽。桑麻舊俗風原古，桃李新陰望正長。州試甫畢。我是紫袞腰笛客，也隨珠履共登堂。

【校記】

〔一〕原刻爲「綏」，當作「綬」。

與子紱同年夜話，感懷二首

宦海相逢且暫留，連宵情話總綢繆。喜君政績登黄簡，愧我官階誤黑頭。京國烟花成昨夢，梁園風雪憶前游。清樽有酒須拚醉，堪歎年光似水流。丁酉與君同譜，迄今廿四年矣。

幾看滄海變桑田，時事茫茫欲問天。才拙本無經世策，身閒聊著養生篇。貧從宦後何須諱，

數定生初莫乞憐。卻恨風塵歸未得，且驅羸馬著吟鞭。

前詩意有未盡，續成二律

我亦年華近五旬，蹉跎塵海歎勞薪。雄心尚舞中宵劍，歸夢空思故國蒓。亂世求榮皆左計，天涯知己亦前因。風流名士休相誚，識字由來誤此身。有沮予者，誚以名士風流，宦途之險，殊可歎也。

自焚詩草避人知，入世何堪見事遲。妄擬披肝争國是，斷難强項合時宜。散材樗櫟應嗤我，長柄葫蘆卻問誰。聞道故人登極品，漫忘車笠訂交時。萬藕舲侍郎新升總憲，吾鄉同年中第一人也。

雪夜觀劇

陽春一曲入雲高，燈滿華堂白雲飄。徹夜笙歌聽不厭，有人新奏鬱輪袍。

珠香翠煖敞華筵，醉舞霓裳列衆仙。莫唱梨園天寶曲，琵琶淒絶李龜年。

勸觴連宵九醖觴，歌聲清脆漏聲長。舊人喜遇何戡在，轉惹三生杜牧狂。

阻我歸程不自由，哀絲豪竹足勾留。爲言滕六多情甚，何事天風祝石尤。

由鄧州赴淅川

鄧林朝策騎，遥指順陽川。馬蹬郵程外，龍巢古寺前。沿溪疑落井，陟嶺若登天。底事深山裏，偏來結俗緣，時因公赴淅川。

馬磴集曉發

星光的的雞鳴早，鈴語當當馬步遲。最是五更情緒惡，酒和殘夢半醒時。

淅川署中作

司馬新官舍，道光十三年，始改縣爲廳，設分防同知於此。商於古驛程。斜陽丹水岸，衰草漢王城。翦燭烹松茗，銜杯絮菜羹。山中太寥寂，欹枕聽江聲。

徐春衢司馬出所著含英堂詩集見示，奉題一律

梁園十載共綢繆，丹水相逢話舊游。展榻把君詩過目，「把君詩過目」，王荆公改杜詩句。焚香使我拜低頭。輿人早聽棠陰頌，君初任宜陽，即召公聽訟處。宰相曾將藥籠收。君久爲湯蕭山相國所器重，集中酬唱頗多。度世金金〔一〕針親領取，删存偏許姓名留。

【校記】

〔一〕第二個「金」爲衍字。

由淅川赴内鄉

百里崎嶇路，言尋菊水源。有山皆積石，無樹盡荒村。雲崙常遮路，溪灣半繞門。我來剛雪後，泥爪正留痕。

内鄉喜晤秦補茵少府

喜入深山遇故人，菊潭風景最清新。交從患難情逾摯，去歲同在陳州守城。談到文章氣總真。三徑好尋中隱地，一官空賸苦吟身。瓊瑶未報終懷歉，那忍匆匆促去輪。秋間見寄四章，未暇奉和。

途中遇雪，戲成二絶

瓊瑶世界混茫間，策馬行吟任往還。卻笑袁安無眼福，此時高卧不看山。

轉惹村農笑我非，天寒何事不曾歸。地爐煖酒同煨芋，儘好開窗看雪飛。

山中偶見鷺鷥，感而有作

千巖萬壑倦登臨，雪滿寒村霜滿林。忽見鷺鷥橋畔立，水禽何事入山深。

冬夜

淺斟低唱是誰家，夜静閒烹陶穀茶。清漏滴殘詩夢醒，一牀香影共梅花。

南陽諸葛祠

高歌梁父白雲邊，叱犢耕殘隴上烟。台斗出身宜將相，英雄養晦本神仙。三分早定興衰局，兩表能操進退權。羽扇綸巾空想像，草廬風雨尚依然。

十二月二十五日立春，連朝大雪

立春剛逢四九節，連朝飛舞漫天雪。浩浩不辨東南疆，山程水驛人踪滅。平地約深四五尺，瞥見人人盡橋舌。街前父老談往事，數十年來此奇絶。牛馬凍僵林雀噤，冰柱排簷樹枝折。天寒市冷無炭賣，煖酒圍爐燒榾柮。此時高卧了無事，何處逢人堪就熱。懷刺偏多踏雪人，門外哼哼走車轍。

瓶城山館詩鈔卷十二

新正八日，傅太守青宇招同王太守魯園、顧太守湘波、徐太守易齋、劉刺史子卿、齊明府竹泉讌集郡齋，即席賦呈

三尺雪積中庭隈，清光朗照瓊筵開。醉翁設宴衆賓集，酒酣座上春風來。新換年頭纔八日，隔歲唐花猶滿室。牡丹富貴梅清高，海棠艷冶尤無匹。雪裏看花眼倍明，浮蛆滿泛碧螺傾。豪情且自拚泥飲，便占人間福分清。主人捧觴行勸客，酒籌各把花枝折。白髮王融最倔强，握麈清談霏玉屑。顧況神清意灑然，振衣脱帽露華顛。共邀徐勉談風月，白眼銜杯只望天。更喜風流傅刺史，劉幾口辯懸河似。不飲偏來一老饕，堪嗤學佛齊無己。我叨末座接光塵，自飲醇醪滿面春。欣逢傀儡場中客，都是循良傳裏人。放懷此樂真何極，卻道風塵不易得。脱略形骸忘主賓，世界長春惟酒國。醉容狂態倩誰摹，應有詩留記事珠。好追九老香山會，擬畫南陽雅集圖。

上元節前數日，俗傳紫姑神下降，婦女取廚中竹箕，覆以巾幅，使兩人夾持，插箸爲筆，作書以占休咎，陸放翁詩中所謂「箕卜」是也

年頭景象一番新，吉兆欣占趁吉辰。兒女家家問箕卜，焚香争迓紫姑神。

傅青宇太守以近作索和，依韻奉答

小窗閒坐倚晴曛，懶漫抛殘舊典墳。使節歡迎新太守，騷壇曾拜上將軍。撫時感慨情何限，懷古蒼茫思不群。回首玉堂天未遠，殿前五色早書雲。

家居羅甸本巖疆，（太守籍隸黔中。）烽火田園已就荒。誓滅黃巾來汴水，（太守奉特旨來河南軍營差遣。）特膺丹綍守睢陽。窮檐撫字居無恙，寶劍摩挲夜有光。今日宛南移五馬，好從樂土勸農桑。

舊游如夢渺山河，我亦長安縞紵多。（余同年萬藕舲總憲即太守鄉試座師，故及之。）快覩卿雲依斗極，自憐小草尚巖阿。（予舊歲攝桐山篆。）天邊鴻雁無書至，江上琵琶奈老何。擬傍醉翁邀一醉，酒酣斫地放高歌。

新正十三日，黎君獻臣邀飲元妙觀，即次獻臣原韻，並柬道士耕雲

雪裏雲山未許登，俊游蘭若昨朝曾。丹房烟裊初開鼎，春日風和正試燈。啼鳥數聲花徑寂，疎鐘一杵客懷冰。洪崖拍手應相笑，同是人間有髮僧。

次前韻柬黎君獻臣，並呈同游諸子

攜手雲階喜共登，雪泥爪印記吾曾。偶憑倡和聯今雨，静證華嚴續舊燈。金粟無香春尚淺庭中多桂樹，羽觴勸醉酒初冰。儒宗道旨欣同契，惜少東林送客僧。

再次前韻贈耕雲

茫茫道岸幾人登，熟讀南華我亦曾。破戒自傾千日酒，愛明常傍九華燈。松風掃榻揮談麈，梅影横窗落硯冰。得遇安期欣啖棗，寒山煨芋記高僧。

燈節後擬再游元妙觀，因道途泥淖不果，三疊前韻

丹梯咫尺望難登，回首游蹤幾日曾。蔬筍已教嘗野饌，笙歌猶自沸春燈。當風院落堆殘雪，繞郭河流帶斷冰。知己每尋方外友，前身合是打包僧。

聞耕雲頗工繪事，以詩易之，四疊前韻

畫禪上乘竟先登，妙手丹青得未曾。洗伐功深丹竈火，空明心澈水晶燈。經奩展罷朝裁絹，粥鼓敲殘夜飲冰。底用山陰鵞換字，郵筒先付送詩僧。

輓江南提督張公國梁

短歌歌罷轉傷神，前有《短歌行》，爲張軍門作。獨惜東南失重臣。百戰功高三楚地，八年人老六朝春。誓從京口收餘燼，欲爲汾陽繼後塵。天助奇勛偏吝福，不容圖像上麒麟。

名將何人見白頭，裹尸馬革足千秋。百端委曲全臣節，九死從容報國仇。元老和衷期共濟，謂和制軍。飢軍解體苦難謀。捫胸敢作偷生計，忍付長江萬古流。因餉竭兵潰，殉難丹陽江口。

盆梅已謝，作詩送之

年頭臘尾已多時，磬口檀心放幾枝。今日寒消花亦盡，惜花還作送梅詩。劍南有送梅詩。

二月十四日飯元妙觀歸偶賦

道院清嚴絶點塵，重來風景一番新。庭前尚伴寒三友，席上猶羅野八珍。茶碾詩筒消永晝，

藥爐經卷稱閒身。木樨香裏偏留戀，願借雲房過一春。

雨後

東風吹煖徧天涯，雨後園林緑意賒。幾日忽驚春滿眼，牆頭一樹白桃花。

寒食日行經唐縣道中，凄然有作

廬舍村墟已蕩然，燒殘劫火實堪憐。忍從此地過寒食，比户人家早斷烟。溝壑傷心白骨填，青燐飛徹晚來天。一盂麥飯何人祭，空聽山頭哭杜鵑。

吾彭於去冬失陷，旋即克復。數月以來，家鄉無一人至汴者，正不知此時又何光景也

我有兄與姪，同住在鄉里。孤城又失陷，難爲卜生死。南北千里隔，家書無一紙。望望長江雲，疑是烽烟起。

題鍾馗嫁妹圖

靚妝紅粉笑么麽，隱約天孫此渡河。閥閱歡聯名進士，尊章禮拜活閻羅。照妖定許開奩鏡，作合憑誰執斧柯。遥望終南山色裏，兩家同住好烟蘿。

陸壽珊觀察招飲看牡丹時寓江浙會館。

幾番招我醉花前，四面花光照綺筵。越水吴山金粉地，姚黄魏紫綺羅天。傾城消受原奇福，雅會流連亦散仙。遮莫沈香亭畔坐，調高誰繼李青蓮。

元妙觀看牡丹

旅館安閒度歲華，行蹤瀟灑到仙家。不圖天上清虚府，也種人間富貴花。傾國已空凡艷俗，過時偏惹客愁賒。花殘將落。偶來好挹浮邱袖，小憩新嘗日鑄茶。

南陽紀事詩

太歲在辛酉，暮春三月三。捻匪衆數萬，麕集來宛南。旗幟蓋四野，城闕争窺探。蠢兹狐鼠輩，虎視殊耽耽。官民約守禦，韜略何人諳。

壯哉城與隍，有備可無患。城上旗已張，城外橋先斷。畫角聲嗚嗚，哀笳聲緩緩。按户選丁男，甲乙盡魚貫。雖非訓練精，尚足資防扞。

礟聲震天地，賊膽知已寒。彼豈不惜死，卻走離城闕。離城廿餘里，欲去仍盤桓。防守敢或疎，詭謀多萬端。告爾偵諜者，片刻毋苟安。

日日盼官軍，官軍何日至。昨日羽書來，今日芻糧備。鄭重持老謀，輕敵恐非計。昆陽古戰場，到此成功易。千城與腹心，堂堂專閫寄。

宛南十三屬，滋蔓嗟難圖。唐城既已失，擾及完善區。鄉人方議團，經費猶躊躇。群逆闖然至，逃匿成空墟。甘心死殉難，未必皆愚夫。

枌榆古鄉社，衡宇相鈎連。劫火忽焚燒，炎炎光燭天。村墟堆瓦礫，井竈成荒阡。何以蔽風雨，棲止無一椽。樂國究何處，尤難安土遷。

爾羊三百群，殺之供一飽。爾牛九十犉，牽之就遠道。子女與玉帛，家室終難保。忍見此流離，心傷惄如擣。皇天倘厭亂，敬向蒼蒼禱。

哭聲滿道路，老幼相提攜。夜深更鬼哭，風雨增慘悽。深溝白骨填，燐火飛東西。掩之固誠是，模糊難考稽。惻惻復惻惻，四野愁雲低。

馳箋奏天子，天子方隱憂。三日捷書至，宵旰爲解愁。一戰賊酋獲，再戰城池收。迎擊復追勦，敵愾争同仇。紙上且談兵，毋貽今日羞。

功勳各懋著，戰守群矜誇。方今急需人，破格宜褒嘉。夾袋忽然滿，名紙紛如麻。翠羽炫光耀，彩服增榮華。冒濫急須慎，俗口譏評加。

郊行

風日晴和天氣新，平堤春水漲芳津。櫻桃帶露猩紅潤，楊柳含烟鴨緑勻。乳燕營巢知戊己，老農築屋趁庚申。閒游領略郊原趣，散漫真成物外身。

春暮

九十春光緩緩歸，榆錢落盡柳綿飛。滿筐蠶子粟苞大，種水魚苗鍼穎微。焙出新茶香正糝，劚來甘蕨雨初肥。何當沂浴偕童冠，且試風前白袷衣。

送凌甥鎮岳南，歸藉探故鄉近况

痛定還思痛，他鄉憶故鄉。遥知同患難，誰與話滄桑。骨肉何年聚，田園此日荒。平安須寄語，兩地正相望。

春夏之交，老烏伏雛樹上。忽一雛墜地，群烏翔繞中庭，不下數十輩，聲啞啞若哀鳴狀。予命僕梯置巢中，鳴聲始息。此足見烏之慈，亦足見烏之義也，爰詩以記之

中庭忽見群烏集，入耳哀鳴聲太急。知是雛烏墜地初，争相挽救嗟何及。弱羽依依劇可憐，生還重借一枝安。轉傷道路流離苦，破卵傾巢那再完。

寓院種花

時花分種小吟窩，好待花開泛碧螺。我欲山中乞靈藥，栽來還可活人多。

偶書所見

纔看煮繭弄繅車，風味真同野老家。容易客中過四月，楸花落盡落榕花。河南樹多此二種。

吴振白貳尹投効軍營，久不通音問，適周子紱州佐來宛，知振白襄理大營文案，詩以寄之

露布争傳起草工，未能投筆且從戎。欣聞杜甫依嚴武，見説班彪佐竇融。棋局好安人静後，

陰符細注月明中。文昌碑版君須記，待紀平淮第一功。

弔唐縣令彭公智亭

我來唐縣城，瘡痍慘心目。劫火飛殘灰，山邱感華屋。十室已九空，逃亡相繼續。横尸積街衢，夜深聞鬼哭。有客爲余言，縣官死尤酷。正當城破時，特地衣冠肅。罵賊不絶口，可殺不可辱。群逆盡髪指，竟思啖其肉。身受十數創，忍遭此荼毒。愧我救援遲，兵力苦不足。尚藉民團威，孤城幸克復。到此尋遺骸，敬向我公祝。面色尚如生，鬚眉留古樸。倉卒具衣衾，殮含始就木。知公有靈爽，定爲蒼生福。莅任甫兩旬，已使輿情服。城亡與俱亡，更見忠貞篤。嗟彼踰垣者，短衣溷僮僕。瞬息且偷生，狐兔草間伏。歸猶冒戰功，廁名登薦牘。何以慰忠魂，請卹真宜速。

李孝子廬

城中烈火炎炎起，燭龍燄照長江水。頃刻延燒數十家，劫灰堆積通闤裏。吁嗟華屋成山邱，斷瓦頽垣滿目愁。中有數椽無恙在，祝融偏使一家留。競傳此是李家宅，素稱孝子名希白。事父當年刲股聞，黄香何止能温席。父死還遭母病危，苦無兄弟獨含悲。七年湯藥親調護，朝夕扶持不少衰。孝子精誠感天地，一身利害何曾計。不聞噀火求欒巴，長房枉説灾能避。

佑善誰知理不誣，經來險處是夷途。從今堪勸人間孝，千古乾坤此一廬。

雙烈歌

咸豐癸丑正月，粤匪自武昌順流而下，彭澤於上元節後一日城池失陷，地方蹂躪不堪。居民多有倉卒未及避者，如吾族已故秀才固齋之妻丁氏，賊入城時，猶閉門獨處，賊見而相謔，氏持翦刀欲刺。賊笑卻之，於是反顔相向，紿以傍晚至，賊方出，而丁氏已闔户自經矣。又吾從堂妹毛姑，年方及笄，隨父母居城外，時鄰舍皆紛紛避難，四處逃竄，妹曰：「吾爲處女，與其偕狐兔於草間，恐猶不免於禍，何若速得死所，留一完璧乎？」遂奔大江而没。嗚呼！之兩人者，女子耳，視死如歸，凛然大節，較之當世握重權、擁高位，臨事猶偷生苟活者，其相去爲何如耶？故特書梗概，以俟輶軒之採訪，守土之蒐羅，或不至湮没不彰，是則吾之所厚望者爾。

有客故鄉來，爲言故鄉事。咸豐癸丑春，近事猶能記。狂寇蔽江來，鼙鼓震天地。彭邑彈丸區，水上孤城寄。欲戰無兵援，欲守無糧峙。居民逃已空，死亡鎮相繼。吾族有孀婦，倉卒未及避。猶自杜門居，賊已闖然至。誓刃此紅巾，翦刀苦不利。求死更無從，小醜正環伺。强顔反爲歡，暫作生全計。宛轉始相約，彼曹方得意。何當出户初，梁上青絲縊。留此清白軀，九泉吾願遂。又聞吾女弟，及笄猶未字。父母同安居，膝下歡常侍。驀聽兵戈聲，鄰里各驚悸。

紛紛鳥獸散，家室盡捐棄。難爲問死生，遑暇恤老穉。不圖小女兒，深能明大義。恐遭强暴污，獨矢冰霜志。渺渺長江流，一死真無媿。吁嗟兩完人，貞節實兼備。慷慨與從容，有美終成二。足以光吾宗，旌門或可冀。守土詎無聞，闡揚原有例。何日採歌謡，持此告疆吏。

歐陽潤生明府出示元配高孺人殉難節略徵詩，書此以應

潤生與我居同里，離家不見十年矣。終童挾策走京都，竟綰銅符來汴水。起居朝夕日相親，倜儻襟懷夐出塵。爲話家山近來事，不禁含淚黯愴神。家山到處皆荆棘，烽火餘生何足惜。獨憐少婦守閨中，罵賊此身輕一擲。那堪伉儷遽分離，筆擱空閨冷畫眉。半窗月落烏啼夜，猶憶雞鳴戒旦時。難兄直秉董狐筆，作傳徵詩傳事實。令兄石甫農部爲孺人立傳。凛然大節動公卿，已教潛德幽光出。我披卷册覺情傷，時事關心問彼蒼。巾幗尚能留正氣，人間應不墜綱常。

相逢行

買花沽酒争行樂，散盡黄金渾不知。聞道結交須此物，相逢偏是罄囊時。

偶憶陸放翁「鐘鼎山林俱不遂，聲名官職兩無多」二語，自分此生大都類此，遭時多故，亦復相同。但公以忠君愛國之心，爲弄月吟風之什，予則短材薄植，愧無萬一，聊占長句，獨抒愁懷

堂堂歲月歎蹉跎，搔首臨風且放歌。得失自憐經事久，妍媸頗覺閲人多。漫將薄禄辭升斗，安得深山住薜蘿。指日王師應告捷，中原親見定干戈。

黄山三十六峰，深巖邃谷，林壑尤美，中有白猿，不知幾十百年物，游人得目覩者蓋罕。劉君芷軒性喜登臨，攀躋絶頂。適值天朗氣清，遥見峰頭有猿數輩，踞石而坐，毫光閃閃，色白如雪。聞此猿非夙有根器者不能見，因憶鮑覺生侍郎督學安徽時，有「三到黄山見白猿」之句，益信靈異之不易覩也。劉君繪黄山見白猿圖，囑予爲詩以紀事

鮑老當年留韻事，劉郎今日得奇觀。山靈知有前因在，應與袁公話古歡。
毫光閃閃斷崖中，彷彿顔回練馬同。輪與先生多眼福，天高雲霧不朦朧。
幾輩逍遥古洞天，朝三暮四不知年。多情合是唐供奉，修煉真成劫外仙。
峰高卅六繞晴嵐，林壑幽深子細探。繪出白猿圖一幅，黄山靈異冠江南。

游卧佛寺歸

嫩緑新烹紫筍茶，不須仙子飯胡麻。卻憐方外巾盂浄，一笑先拈洗手花。

由南陽至新野作

宛南水勢達荆襄，來往多憑一葦杭。自笑車塵獨勞頓，輸他帆飽順風張。

沿途多種鸎粟花者，感而賦此

淺紅深白米囊花，競説秋成利較賒。願祝民風敦古處，依然四野種桑麻。

宿古寺

烽火摧殘後，郊原景況凄。屋燒餘斷瓦，牛去賸空犁。窮鳥集髠樹，破船膠淺溪。行人何處宿，寂寞古招提。

贈佛

古佛低眉坐，愁容不肯開。自憐雕朽木，幾至泣殘灰。乞食僧方出，參禪我恰來。無人堪共飲，相對且銜杯。

王魯園太守招飲宛南書院，賦呈二律

逍遥世外老神仙，七十懸車又四年。官閣昔曾施五馬，講帷今喜集三鱣。故鄉烽火家無定，中秘文章世已傳。興至忽教呼酒伴，靈山知有舊因緣。

湘南遠寄故人書，邂逅粱園識面初。三載倏成千里别，兩家偏共一城居。談經每侍高賢席，欵户常來長者車。更喜東牀聯世好，翩翩子弟接襟裾。

糊窗

玲瓏窗眼净無瑕，不用玻璃四面遮。欲使江波常縐起，糊來須夾兩重紗。楊升庵詩「兩重紗夾起江波」。

院中有巴豆樹一株，約數十年物。此物入藥最毒，不知從前主人何以種此。予屢請伐之，主人力止。噫！或即君子用小人之意與？因作詩以自廣

庭中高樹，猗猗緑陰。覆我窗下，時聽鳴禽。
其樹維何，厥名巴豆。有毒鴆人，如穿泉竇。

有客有客，嫉惡如仇。斧以斯之，言去其尤。主人曰否，非木之咎。天地無私，並生良莠。用必因材，調劑有方。毒可攻毒，盧扁稱良。物有本性，事有至理。取舍去留，各行其是。

輓朱淦泉刺史

江左留遺愛，吾鄉喪老成。大年逾八秩，濃福占三生。共領園林趣，先生致仕後，與予比鄰而居，如聞謦欬聲。先生聲如洪鐘。曾蒙青眼盼，知己淚縱橫。予以選拔入都，舟次高郵，過蒙獎許，欵洽甚殷。及予捷南宫，先生每以眼力自誇，惜僅博五斗官，不能副厚望耳。

贈玉竹軒刺史

隨身琴劍任遨游，抛擲邯鄲舊枕頭。懶上三書通宰相，恥懷一刺拜諸侯。眼看嵩嶽千峰壯，足濯黄流萬里流。與我相逢如舊識，談詩攜上酒家樓。

從軍行爲歐陽潤生明府作

男兒生不游幽燕，乾死竈頭真可憐。書生不能事戎馬，老注蟲魚終牖下。君不見，金臺百尺齊雲高，千金市駿羅英豪。又不見，高牙大纛軍門開，提戈殺賊需群才。方今袞袞英雄起，腰間寶劍光如水。終童弱冠請長纓，從軍更見歐陽子。歐陽子，方少年。離几席，抛槧鉛。左持黃金鉞，右執珊瑚鞭。長安走馬春風顛，誓掃欃槍盪鼠穴，功成直欲銘燕然。報道豫州烽火急，短衣慷慨親臨敵。負弩前驅鋭莫當，倚馬萬言看草檄。帷幄參籌果出群，九重天子策殊勳。上游剡薦交章上，留作中州舊使君。從此風雲際會多，遷階稠疊沐恩波。召公棠與將軍樹，威望循聲播兩河。吁嗟乎！吾鄉昔有劉觀察，布衣徑致公卿札。百萬軍中一書生，此仁廟褒劉公語。天語煌煌親簡拔。吾邑劉公曉，康熙間以布衣從軍，官至江南兵備道。

送黎君獻臣還許州

吟朋不易得，小聚遽分離。送子還家去，毋爲泣路岐。
亂世無長策，人情到處難。隨身琴劍好，但借一枝安。
入洛年猶少，相期命世英。滿腔空抱憤，無路請長纓。
我亦羈愁客，浮生未有涯。柴桑每南望，久負故園花。

夜讌

笙歌開夜讌，漏盡更傳觴。可歎郊原外，烏鳶食國殤。

久不得赤城書，賦此卻寄

望斷南天字數行，心隨飛雁到衡陽。料將荷芰裁新服，定有珠璣富錦囊。時事誰能論成敗，生涯何處定行藏。干戈滿地真愁絶，短髮頻搔向彼蒼。

扳倒井

裕州東三十里有扳倒井，相傳漢光武憩此，扳石得泉，遂掘爲井。後人覆以小亭，亭前有池二方，種荷百本。祠宇幽静，過客必往觀焉。

漢家遺廟尚巋然，過客争看勝蹟傳。早識天心歸白水，長留地脈湧清泉。宛南我自勞塵軌，方外誰堪理凈緣道士甚俗。一角小亭圍古井，滿池荷葉正田田。

葉縣南三十里，俗名舊縣，即古昆陽地。今春捻匪焚燒太慘，過此不勝慨然

一天雷雨助龍驤，漢室中興此戰場。今日不堪烽燧警，瘡痍滿眼過昆陽。

葉縣與秦竹人明府夜話

聞至談詩客，匆匆倒屣迎。終宵同促膝，時事最關情。譽我成阿好，知君不近名。黎生舊相識，應莫負前盟。謂黎君獻臣。

許州葉硯農刺史止宿署中，喜晤高六笙、王詩漁、黃雲階、孫薇卿諸君子，暢飲連宵，書此留別

座中勝友竟如雲，欲仿延之詠五君。各話離情同把酒，西窗翦燭坐宵分。

憐予家世本南州，駐馬偏教下榻留。萬柄新荷搖碧沼，桃花潭館小如舟。署西廳事，前刺史汪公顔曰：「桃花潭館」，闢池種荷。

許昌舊是論交地，八里橋頭送別時。依舊兩行官道柳，綰人離緒總絲絲。

有人告予，巴豆即蠟梅樹所結。予始而疑，繼而察其根幹枝葉，無不與蠟梅一致。徧訪同人，説皆類此。嗟乎！何其開花之使人愛，結實之使人疾耶？一物也，而前後判然，不謂天下事竟有不可以常情測者，因復作詩記之。不敢諱予之陋，且俟質予之疑焉

學問重格致，聞見病太拘。一物有未知，安得爲通儒。鳥獸與草木，名類原萬殊。爾雅志怪異，箋註尤紛挐。惟彼目前物，往往易忽疏。我性愛梅花，山館常共居。豈知巴豆樹，是即梅根株。尺許小盆盎，花開已無餘。結實必老幹，纍纍如貫珠。今年始見此，疑爲非種鋤。此物實尋常，有人方告予。留取窗外陰，枝葉常翳如。好待三冬花，老鶴還招呼。寄語真蠟國，傳聞應不誣。行當覓仙人，親授種樹書。

題歲寒三友圖，爲黄星垣刺史作

浮世競繁華，逢場多熱客。桃李艷春光，都矜此顔色。
有客抱冬心，穩插塵中脚。冰霜鍊此身，不管花開落。
松竹韻自清，老梅香自古。好訂歲寒盟，寫入金蘭譜。
妙筆伊何人，共説楞烟子。齊下管雙雙，陡貴洛陽紙。

我有菊隱圖，與此可爲偶。何日話林泉，同結烟霞友。

述懷

人生縱百歲，彈指亦須臾。流光若擲梭，時運紛乘除。憶昨垂髫日，敏妙誇神駒。雙目下數行，能讀秦漢書。試輒冠童軍，摩厲常相須。迨當弱冠後，策馬馳皇都。看花閬苑旁，日出扶桑初。老境倘相較，遠隔千里如。忽忽坐蹉跎，日月荒居諸。三十博科第，四十沈宦途。轉瞬臨半百，故我仍今吾。同學多不賤，奮翮登天衢。故舊半新鬼，感歎人琴俱。英英後起賢，長者群相呼。陽休訝古人，時文猶揣摩。即論門下士，久已青紫紆。門下見門生，此樂頗有餘。我頭應可白，有杖應可扶。儘好入山林，泉石供嬉娱。獨憐困塵坱，奔走長欷歔。暮景飛騰至，中年哀樂殊。遭時況多故，干戈滿寰區。漫歌歸去來，田園就荒蕪。進退實狼狽，高蹈安可圖。但願繫長繩，挽住羲和車。壯盛雖已逝，猶未爲桑榆。起舞中夜劍，羊牢思補苴。敢忘君父恩，負此七尺軀。卻恐庸俗流，竊竊笑老夫。

素雲曲並序

素雲姓王氏，明季溧陽伊密之公子之歌姬也。密之才兼文武，意氣無前，有豪華公子之稱。聞素雲色藝爲當時冠，以三千金聘之。時有山左傅生者，徒步至溧陽，叩密之之門請見。閽人見其來之遽，卻之。傅曰：「吾以要事報爾主，何可辭也？」閽人不得已爲通。密之固未識其人也，甚異之。既相見，傅不及他言，但曰：「我山東傅某，聞公侍姬中有素雲者，爲天下絶艷。某自慚寒賤，生平未睹佳麗，願得一見傾城，公能許我乎？」密之心竊訝之，而外負豪氣，曰：「見亦何難？君遠來勞甚，且少坐一談。」顧左右命茶。傅慷慨言曰：「某千里徒步至此，專爲一見佳人而來，無他圖也。公如能許我，當静坐以待〔二〕，否則無事過留也。」密之見其意切辭偉，乃命出見。於是時已薄暮，酒筵既設，佳餚雜進，酒方數巡，燈燭輝映，環珮鏗然，侍女十餘人擁素雲而出。傅起立，睇視良久，嘆曰：「是誠絶色，名不虚矣！此來爲不負矣！」即辭别密之欲行。密之留至再三，曰：「必不可留，且終今夕之宴，去未晚也。」傅曰：「所以不憚跋涉者，爲欲見傾城也。今既見矣，私願已遂，而吾事已畢，可以行矣，豈爲酒食哉？」遂徑去不顧。密之怏怏如有所失，蓋密之有心人也。始雖訝傅生之驟來，及見其容貌魁奇，辭氣英斷，知其抱負卓越，必非常流。於是傅生既去之明日，密之太息曰：「嗟乎！豈有愛一婦人而失國士乎？」即乘駿馬自追傅生，至三十里，與傅俱歸。乃重爲設宴，每宴饌益豐，執禮益下。至數日夜午，引傅入至一處，華屋雲連，羅綺炫爛，帷帳几席器用之具，極其華麗。傅不測所以，告曰：「君之乘興而來，雖出無心，然此中亦有天意，吾將素雲贈君，以償道路之辛勤。此室即爲洞房，此夕即合巹之夕也。」傅辭以義：「不可，且不敢奪公之愛。」密之曰：「君何疑焉？贈姬之事，古有之矣。今君貧賤，力不能致佳人。吾方處豪盛，何求不遂？且粉黛盈列，豈少此一女子乎？吾以君爲丈夫，乃反效書生羞澀態耶？」語未卒，而待〔二〕者已導素雲出拜矣，傅驚喜過望。既欵留踰月，供給備至，言論愈浹。傅挈素雲歸里，密之具舟親送，贈數千金以資生計。素雲奩中之值，亦不下千餘金，盡聽隨去。傅生家本貧窶，自此安居爲富人，嘯咏風流，有司馬長卿之樂矣。居久之，逆闖犯闕，懷宗殉國，我大清定鼎燕京。有仇人告舊姓十家蓄異志者，密之在所陷之内，以其素施恩於人，人多爲之地。家雖籍没，而隻身得脱，遂竄伏草莽以待赦。是時天下初定，四方尚未清平，群盜盡聚山澤。密之託身其間者有年，欲雪其冤而無自。當此之際，朝廷新設科取士，而傅生遭逢聖世，已登高第，致顯仕。十餘年間，遂至宰輔，密之聞之久矣。適有舉子應部試，路經山下，密之强之，使爲致書於傅。時傅公扈蹕出都，素雲啓書視之，驚嘆流涕，曰：「始以爲密之家破身亡矣，今方知其尚存也。」於是傅公歸，素雲佯爲憂戚。公問故，對曰：「妾近有心疾，善忘。今不知母家何在也。」傅公笑曰：「夫人忘諸乎？伊密之即汝母家也。」曰：「然則密之安在？」傅公悲歎曰：「密之遭禍及身，物故早矣。」素雲曰：「君一介寒士，無生人之累，得以專心學業，際會風雲者，伊密之之力也。此恩可以忘乎？」傅公曰：「非敢忘之，奈其人已死，只可結草於再世矣。」素雲曰：「設使密之不死，可以報德而累及君，君爲之乎？」曰：「苟能及其生而報厥施，身且不惜，他何計也？」於是素雲乃以密之手書與傅公，曰：「密之固在，君何以爲計？」公閲畢，沉吟久之，蓋密之欲傅公爲昭雪其冤也。公於是謀之二日，計不遂。素雲欲翦髮事佛，且曰：「此人不能救，何顔苟貪富貴，爲負義人也。」傅公乃竭力殫思，遍謀於在朝公卿，欲同爲申奏，而未有閒。會告謀逆者日多，而情事皆虚。天子察知前此十姓之枉，問及此，傅公乘間白之，於是十姓皆赦其罪，還其家産，密之得出山返里矣。傅公既雪密之之冤，乃專書至溧陽，請密之入都。密之竟謝卻之，其復書以爲：「吾昔日之施，君今日之報。前後之事既奇，彼此之心各盡，可以無憾於朋友矣。自兹以往，君自爲熙朝重臣，吾自爲山林逸士，各成一是，不必相見也。」傅公與素雲皆歎息不置，益高密之之爲人。

夫二公與素雲，其事皆奇，而密之尤爲罕見。其始不拒傅公之求見，其繼以愛妾相贈，其後不從入都之請，割情杜私，匪惟成一己之高，亦以全素雲之名也。此事二百年來無有傳者。溧陽狄相圃太守任南康時，爲桐城劉生孟塗述其事，孟塗作歌誌之。余讀孟塗集，獲此異聞，不禁喜躍，因亦和作長歌。

古來不少如花貌，遇合奇緣總天造。國色端邀國士憐，悦己每圖知己報。王家有女名素雲，色艷才華夐出群。苧蘿村裏紗猶浣，絶代佳人到處聞。溧陽公子人中傑，家山穩住黄金穴。長劍摩挲常在腰，滿腔熱到心頭血。十萬金錢撒手空，買將歌舞入簾櫳。一時争羨無雙品，幾隊蛾眉拜下風。紅綃深鎖三重院，琵琶抱掩芙蓉面。金屋嬌藏睡海棠，後堂那許彭宣見。忽傳俠士來山左，意氣如雲心似火。急語司閽報主知，世有豪華應識我。一生低首爲紅顔，徒步渾忘道路艱。但得嬋娟邀一顧，此行差不算空還。公子躊躇情默默，風塵知己殊難得。嫦娥原許萬人看，何惜傾城與傾國。行厨命酒倏開筵，一諾交逾金石堅。銀燭輝煌燈燦爛，侍兒扶出畫堂仙。娉婷玉立天人樣，花光不隔青綾帳。儘教平視任劉楨，敢發狂言嗤孟浪。一見欣將夙願酬，萍踪底事尚勾留。重尋芳草王孫路，不唱驪駒祖道周。行過吴門三十里，飛騎追來行且止。願贈金釵當縞投，英雄兒女成雙美。旅館權爲小洞房，藍橋今夕飲瓊漿。且償道路奔波苦，好逐簫聲引鳳凰。折取名花方割愛，漫作書生羞澀態。計到身家更代謀，送歸囊橐黄金載。從此相如是富人，丹鉛黄卷度青春。不圖萍水成奇遇，珍重酬恩視此身。埏垓一旦烽烟起，九廟塵生神器徙。那堪時事换滄桑，遑暇交游問生死。我朝定鼎鎮燕京，兵氣長銷日月明。特宣丹詔羅群彦，射策名高得傳生。傳生躡足青雲上，大海鵬摶空所向。鄴侯煨芋記山中，領取十年成宰相。是時公子正罹殃，誣陷難逃法網張。萬丈銅山都削盡，自憐狐兔草間藏。早知舊雨登臺閣，車笠欲尋前度約。待白奇冤藉使君，交情料得應如昨。千里遥緘一紙書，好憑過客寄雙魚。相公門限高如此，聊致殷勤問起居。尺書竟落夫人手，開函驚訝頻搔首。消息青鸞久不聞，誰云公子無何有。相公扈蹕返蜺旌，可奈深閨百感生。結轖寸衷難自遣，母家何在最關情。母家舊説伊公子，轉瞬繁華空逝水。尚有淮陰未報恩，敢同秦越人相視。往事重提一夢中，宛如再世更相逢。負心豈是男兒事，籌畫深時計轉窮。夫人情重辭尤激，深恐斯人救不得。窮鳥無枝實可哀，轉旋要藉回天力。見説回天力稍遲，誓將念佛翦烏絲。苟貪富貴終何益，徒抱慙顔只自悲。相公涕泣愁無奈，濟困還須權利害。中奏偏無得間時，覆盆昭雪將安賴。九重一旦赦書頒，籍没依然趙璧完。始信相公能造命，翩翩裘馬返家山。家山風景多幽趣，天上故人書忽至。欵洽聊申往日情，纏緜更説今朝事。相期策馬到京華，同倚瓊樓望眼賒。但冀生還重聚首，不曾孤負舊栽花。金玉空山報好音，白駒維縶有遐心。長安氣象開新運，已沐皇家雨露深。自憐少日多豪舉，抛擲黄金如糞土。螺黛輕教委去塵，故人聚散如風雨。豈意當初偶結緣，翻爲事後有情天。施恩報德都無憾，別緒離懷枉用牽。巢許山林守寂寥，夔龍歌管在雲霄。相離何必重相見，請自分途慶聖朝。生來俊骨真奇絶，炙手偏難就炎熱。彼此皆成一代豪，巾幗才尤誇俠烈。到底良謀巾幗多，分明隻手挽頽波。紅羊已換丁年刼，福果修成仗綺羅。此事遥遥二百年，舊時人物散如烟。恨無野史書閭左，惜少丹青妙筆傳。南康太守風流伯，偶憶家鄉話陳迹。欲藉風騷譜異聞，座中幸有江南客。讀到劉郎幼婦辭，聞知不恨我生遲。只因紅粉留佳話，離合悲歡事總奇。

【校記】

〔一〕「侍」，疑爲「待」。

〔二〕「待」，疑爲「侍」。

瓶城山館詩鈔卷十三

安陽令朱錦橋司馬之太宜人八旬上壽，司馬援推廣新例，請二品太夫人封典，以遂顯揚，徵詩寅好，謹成三十韻

聖朝重孝養，錫類恩榮加。子職貴顯揚，閥閱增光華。一官起蓬蓽，寵誥承天家。覃恩復推廣，被澤尤靡涯。朱母太夫人，遭際洵可嘉。板輿甫就養，七品嘗新茶。疊疊膺鸞褒，晉秩炫五花。起居同八座，褕翟張九霞。實惟賢母賢，教子賢聲誇。御下逮温惠，服飾祛浮奢。日必問平反，失恐毫釐差。哀矜在得情，感泣囚人車。饑鴻聞嗷嗷，軫恤恒咨嗟。到處栽甘棠，何止課桑麻。衆母更有母，歡譽騰邇遐。豐碑紀去思，驛路攀轅遮。積善云有報，此語誠非夸。八旬享大年，鶴髮垂笄珈。膝下綵衣舞，晝錦明官衙。瑶池衆仙宴，笙簧調女媧。争祝壽無量，數比恒河沙。母福正未艾，繞砌生蘭芽。含飴顧且樂，笑分梨與樝。團欒慈竹陰，永覆緜緜瓜。待滿北堂願，行建中州牙。芝綸荷再賁，璀璨垂天葩。伊我職猶子，宦遊違絳紗。未捧介

眉爵，空憐途路賒。側聞闔教彰，心口常嗟呀。揚芬藉彤管，里頌慚淫哇。

見雁

是物關兵氣杜句，寥空夜有聲。江湖多險阻，邊塞更淒清。風急雲如駛，霜寒月獨明。離人與思婦，惆悵不勝情。盼爾隨陽去，江南稻正肥。莫呼中澤伴，應避弋人機。爪跡天涯遠，音書客裏稀。故鄉有兄弟，相見定依依。

聞蟬

垂楊一樹短長條，葉底蟬聲破寂寥。憐爾只餐風露飽，緣何不逐侍中貂。

宿博望驛

乘槎星使記張騫，今我來游作地仙。一綫銀河耿秋夜，此身如宿斗牛邊。

過汝墳橋

沿村烽火感頻年，滿目瘡痍劇可憐。何事頑民梗王化，祇今愁過汝墳邊。

過洧川

洧水縈洄清復清，幾人遺愛著賢聲。回思十五年前事，竹馬兒童已長成。

旅店壁間見鎮遠李文森途次悼亡之作，不禁振觸〔一〕，步韻遣懷

湘絃寫怨不勝哀，觸我無端舊恨來。眯眼黃塵空弔影，傷心紅粉已成灰。搜殘蓋篋金釵折，留待家山玉骨埋。亡姬尚停柩寺中。那忍客中添感慨，挑鐙默坐懶銜杯。

【校記】

〔一〕原刻爲「振觸」，當作「振觸」。

道旁書所見

塵沙漠漠遠連天，去馬衝殘驛路烟。羡煞老雅獨清絶，穩棲牛背看耕田。

白衣禪院

滿地荆榛不翦除，蕭條真稱野禪居。幾株衰柳荒烟外，一箇殘僧劫火餘。古碣斜攲蒙薜荔，小池淤淺長茨菇。上方鐘磬無聲久，猶聽經房響木魚。〔一〕

【校記】

〔一〕八卷本「古碣斜攲蒙薜荔，小池淤淺長茨菇。上方鐘磬無聲久，猶聽經房響木魚」作「古刹荒頹圍薜荔，小溪清淺長茨菇。虚堂鐘磬無聲久，猶爲持齋響木魚」。

陳橄生書來，夏閒旬夜不寐，心神交耗。近染風痺之症，半體將枯。囑其善爲調攝，寄詩慰之

一紙書來慰我情，忽聞染疾覺心驚。人如楊柳三眠起，體似梧桐半死生。好坐安禪牀曲录，漫嫌調藥鼎彭亨。蒙莊瓦注終非巧，養静功須百鍊成。

聽芝衫道士彈琴

嵇心羊體妙追尋，三疊初成道味深。何必成連求海上，鍾期山水有知音。
妙聲能散不平氣，好語吾昔聞東坡。時事頻年多感慨，聽來頓覺此心和。
久將筝笛俗塵湔，廉折温和指上傳。願拜穎師爲弟子，典衣常蓄七條絃。

題蘋香女史折梅圖

兩株紅白鬬仙姿，正是東風破蕾時。摇曳窗前憑折取，免教驛路寄相思。
倚檻娉婷掃淡妝，寒侵縞袂沁餘香。癡情合化羅浮蝶，管領春閨夢正長。
畫眉彩筆妙通神，玉骨冰肌著手春。絶代佳人偏獨立，披圖我欲唤真真。

詠黄雀

飲啄荒田足療饑，須防要路有危機。羽毛文采遭羅網，莫逐炎洲翠鳥飛。

黎君獻臣來書，多不平之語，賦詩寄答，即以規之

從來箕口困才人，憂患偏叢識字身。獨惜清廉陳仲子，誰憐哀怨屈靈均。齊竽衆好休操瑟，

楚璞堪珍苦混珉。佛法圓通惟善轉，須知四角礙車輪。
胸中磈磊急須澆，酒可驅愁病自消。放論休同王景略，醒狂漫學蓋寬饒。過剛劍鍔終防折，未辨琴材半帶焦。名士何曾一錢值，古來貧賤幾人驕。

王魯園太守和作有「如何落寞偏尋我，不向侯門去曳裾」二句，讀之不勝感慨，因借句冠首，續成一律

不向侯門去曳裾，性情自笑太迂疎。滿腔憂憤空磨劍，涸跡風塵尚著書。半世守株終待兔，幾人緣木竟求魚。上牀鎮日酣高卧，豪氣元龍總未除。

中秋日元妙觀看桂花，即贈道士耕雲

殷家七七君能繼，蔣徑三三我獨來。幾樹低垂金粟影，恰逢時節遣花開。
蒲團小憩玉清堂，活火閒烹苦荈嘗。説法果然無隱處，静中新領木犀香。

詠園中秋色即「老少年」，亦名「雁來紅」。

色界群芳鬬化工，齊開時節趁春風。人閒別有閒花草，不到秋來不肯紅。

游菩提寺

嵯峩宫闕倚層巒，十幅袈裟拓地寬。古瓦百年蒼鼠竄，澄淵千尺黑蛟蟠。笙竽滿耳松濤壯，鐘鼓無聲桂殿寒。一片野心被留住，白雲深處且盤桓。

過汝陽太守宗資墓在南陽府。

莽莽山榛劫火餘，嶙峋高塚已成墟。辟邪天禄無人見，墓前列二石獸，左名天禄，右曰辟邪，今無矣。猶掃殘碑認隸書。

亡姬吴氏生有二女，長已暴亡，次又痘殤。振觸〔一〕予懷，曷勝悲悼。最慘者，姬人與二女相繼而殁，適皆值予外出，臨死不得一見，豈緣之已盡耶？抑有數存乎其間耶？哀感之餘，實有不能已於言者

斯人孰無情，何況骨肉間。生離尚淒楚，死别尤悲酸。安敢希太上，幾人能達觀。我生多憂患，愁緒渺萬端。

東坡哭朝雲，遺恨已千載。茫茫儋海邊，尚有穹碑在。我亦罹厥憂，衾裯復誰待。怕種海棠花，淚向牆陰灑。

停棺在蕭寺，黯黯懸孤鐙。塵封二三寸，騷除煩老僧。焚黄作家祭，九原知有靈。魂應戀故鄉，旅櫬傷幽冥。

憶作我家婦，于歸剛九年。生男不可必，生女聊欣然。繡褓費針黹，湯餅開華筵，膝下雙瓊枝，索乳扶牀前。

阿娘頓委化，一夕離紅塵。長女亦暴亡，鸞鶴隨飆輪。稚齒歲六周，識字如有因。遮莫來探環，再世金鑾身。

彈指三年秋，次女甫四歲。初離乳母懷，學語頗聰慧。如何忽痘殤，葠朮苦無濟。可憐新鬼小，長棄人間世。

惻惻復惻惻，悽悽重悽悽。母女繼殂謝，永訣無還期。而我獨離家，相左正此時。若爲參與商，此事終懷疑。

理既不可知，數亦不可測。安得彭殤齊，但恨幽明隔。恍惚來夢中，猶疑見顔色。一慟涕不收，顧我頭將白。

【校記】

〔一〕原刻爲「振觸」，當作「振觸」。

重九日捻氛逼近宛南，予與葉熙侯明府同膺守城之役，熙侯賦詩志感，即次原韻

杜陵老去正悲秋，烽火何堪起戍樓。囊底朱萸難化劫，籬邊黃菊只供愁。空聞越石笳聲急，誰掃蚩尤霧氣收。悵望家山雲樹渺，欲尋鄉夢託莊周。

揮毫有客竟題餻，手握驪珠奪錦袍。鴻雁極天砧韻遠，干戈滿地陣雲高。撫時感慨心常怒，倚檻蒼茫首重搔。相約持螯同把盞，南樓清興尚能豪。

和顧湘坡太守感懷原韻

塵世何人笑口開，驅愁聊自倒深杯。萬重眼底浮雲過，一片城頭畫角催。感事欲陳平虜策，匡時須仗出群材。草廬依舊龍岡在，我亦攜琴此地來。

先生早作葛天民，猶是東山養望身。亂世最難商出處，壯懷常恐負君親。才防招忌何如拙，官到能清不諱貧。回憶邯鄲同入夢，磨礱彌見性情真。予分發豫省，與太守同出都門。

自詠

女學雙鈎帖，兒吟半格詩。老夫酣睡起，布局且圍棋。

半山堂看紫薇花

叢叢圍古錦，艷艷浸明霞。底事高人宅，猶栽官樣花。

即景偶感

斜陽閃閃照平臺，幾陣西風驛路催。紅到芙蓉黄到菊，好花都傍戰場開。

卻悔

澤叟山翁百事輕，閉門高卧了平生。阿儂廿載風塵裏，卻悔因人著姓名。

醉後書

撲面車前十丈塵，紛紛投刺太勞辛。自憐留得寒酸骨，也算人間得計人。

黎君獻臣待聘宛南，窮愁日甚，書來作此答之

胸懷兀岸氣難平，骨格梅花一樣清。我似東坡老居士，不知何處薦黎生。

將赴固始任，留别宛南諸友

倦羽乘風起太遲，早秋盼到暮冬時。予由内鄉改署固始，秋初奉委，因道路梗阻，冬杪始赴任。此身行止原無定，與世浮沈强自支。宦跡年年鴻爪印，人家處處燕巢危。宛南纔報烽烟息，匹馬還從蓼國馳。

聞道淮西正調兵，偏教赤緊領專城。固始界連皖北，時苗逆未平。跋山險叱王尊馭，冒雪潛過李愬營。久溷風塵儕俗吏，未嫻韜略愧書生。繭絲保障吾何計，惆悵難爲此日情。

諸君掎藝且盤桓，落落交情結古歡。風雨聲中同翦燭，旌旗影裏共登壇。遥天鶴唳霜晨警，遠樹烏啼月夜寒。攜手河梁休惜别，好憑驛使報平安。

江南有客最情深，聽唱驪歌淚滿襟。萍水喜聯今舊雨，風花時和短長吟。謂王魯園太守、葉熙侯明府。身經亂世無良策，人到中年有道心。上馬揚鞭還彳亍，幾回搔首望山林。

行至信陽州，前途梗阻，仍回宛南，歸途感賦

時事艱虞劇可傷，宦途如海更茫茫。有官不仕身難隱，與世無争拙易藏。立脚要尋安穩處，回頭應悟進修方。歸來好傍龍岡卧，也算盧生夢一場。

從此山林志益堅，羞將信口説歸田。自慚時世終無補，便作公卿亦可憐。二頃尚難爲老計，一經差幸有兒傳。欣聞故里妖氛靖，載酒應乘范蠡船。

抵寓廬，口占示兩兒子

檐前喜聽鵲聲譁，快雪初晴我到家。且共圍爐斟臘酒，還同倚檻看梅花。

獨酌

打窗風雪助寒威，獨酌醺醺酒力微。人似蟄虫門閉早，庭堪羅鵲客來稀。扶摇大海心徒切，著述名山願又違。俯仰不禁身世感，真成四十九年非。

夜坐偶感

斗室孤鐙照永歎，青琴誰共雍門彈。名心久似吴江冷，宦境真如蜀道難。酒可銷愁呼太白，老多忘事笑師丹。鵁鶄且喜風能避，鐘鼓無聲夜月闌。

看梅

獨傲冰霜裏，清高絶俗塵。此中有真賞，誰是别花人。白樂天詩：「不别花人不與看」，别，入聲。

小除日攜壻許小霞，兒子昌鳳、昌麟游元妙觀，登斗姥閣望雪

高閣倚天萬仞，遠山積雪千重。放眼光明世界，果然開拓心胸。
爆竹聲中臘盡，梅花香裏春來。莫放千金一刻，天時人事相催。
布韈青鞋落落，談禪說法津津。古佛低眉暗笑，烏紗竟有閒人。
驢背尋詩此日，庭前詠絮今朝。安得滕王閣上，一誇快壻才高。
策杖親攜二稺，提壺更喚雙僮。卻喜丹房道士，地爐爇火初紅。

予少作有除夕句云「老親明日又增年」，語頗真摯，憶之不勝風木之感。今舊稿已刪，全詩不復省記，因即原句足成一律

回憶當時除夕句，老親明日又增年。於今三釜嗟無及，每遇佳辰一泫然。銀燭條條輝永夜，晨雞喔喔叫寒天。流光迅速如奔馬，我亦霜華到鬢邊。

同治建元，壬戌新正恭紀

大寶承家日，冲齡踐祚年。皇基千載固，懿旨兩宫宣。河湧璇圖出，天開璧曜聯。熙朝群瑞集，華祝徧垓埏。謂黄河清，日月合璧。

玉牒傳宗令，金縢感至親。恭邸授爲議政王。乾坤扶正氣，廊廟絶奸人。誅不臣者三人。災異宸衷惕，喪儀孝悃伸。深宮師保訓，天亶智如神。

求言頻下詔，取士特開科。耆舊登崇亟，先朝舊臣致仕者概予起用。篇章採納多。凡有益於身心政事之書進呈者，無不立加採納。黜奢紓地力，泣罪迓天和。國脉培忠厚，中原定止戈。

聖世軍威振，寰瀛德化昭。冠裳重譯集，玉帛萬方朝。海口通商，四夷賓服。有穴皆探虎，無林不靖鴞。江南髮逆將平，河北捻蹤漸斂。兩階干羽舞，垂拱奏簫韶。

汴城寓齋感賦

全家寄宛郡，實出不得已。南北隔烽烟，道路寡行李。自離桐山署，歲星一周矣。郡城屢告急，防堵罔或馳。夜聞礮聲喧，朝聽笳聲起。何從寢饋安，愁緒紛難理。遥望汴京城，六百有餘里。雖非極樂國，彼或善於此。幾度思移家，欲行行且止。雞犬幸平安，權當桃源裏。

我身羈宦轍，未許長偷閒。南陽作寓公，如入林泉間。有花兼有酒，謝客常閉關。忽聞剥啄聲，羽檄軍門頒。内鄉使承乏，藏拙宜深山。厎事復量移，畀之以煩難。固始本劇邑，厥任維鉅艱。淮西半蠶食，唇亡嗟齒寒。斯民有父母，何以策治安。簡書豈敢畏，上馬憑征鞍。江湖柰阻絶，到處驚狂瀾。時事竟如此，撫懷良永歎。

驅車入汴垣，摳衣趨大府。大府何巍巍，衙參聽晨鼓。覿面挹和光，温言聊慰撫。謂是老吏才，民情熟中土。選擇任繁區，相期看建樹。星言速整駕，去去勿延佇。我聞大府言，自覺慚顔沮。中夜起徬徨，尚作聞雞舞。維彼中息閒，群盜莽豺虎。但祝妖氛平，長途無梗阻。吾行雖遲遲，寸衷可共諒。復聞大府言，用人期各當。固始禮教邦，在昔文風尚。今爲賊盜藪，雅化半淪喪。撫字與催科，厥考奚論上。此間得將才，庶藉聲威壯。文弱舊書生，恐難資保障。守土責匪輕，器使職無曠。遷地或爲良，差免速官謗。感激不自勝，遑事再三讓。小技守雕蟲，愧恧實無狀。

遣興

鶴脱樊籠馬脱銜，酒痕狼藉漬春衫。貧能行樂皆爲福，事可原心那畏讒。早識人情分冷煖，好從世味别酸鹹。履霜便懍堅冰至，拭几焚香啓易函。

讀亡友陳凝甫舍人詩稿

記曾文字訂前盟，遺稿重繙淚雨傾。怕惹秋墳新鬼哭，一回雒誦一吞聲。

寄懷歐陽石甫、潤生昆季都中

梁園雨雪薊門霜，水驛山程道阻長。偶檢魚緘動離緒，風流遥憶兩歐陽。蘇詩「坐念兩歐陽」。

喜潤生來自京師賦贈

長途千里卸征鞍，裘敝猶遮二月寒。惜别轉增情脉脉，入門喜見面團團。君真宦海揚帆早，我愧名山卒業難。爲謝京華諸舊雨，寄傳書札問平安。

清明日偕蕭獻可司馬，歐陽潤生、家友松兩明府游吹臺

東風吹煖出春城，挈伴尋芳得得行。草長緑蕪迷去馬，花開紅樹聽啼鶯。梵樓鐘磬諸天接，禪榻茶烟特地生。佳節不堪鄉思起，客中惆悵是清明。

劉梓卿刺史招飲孝嚴寺

人間何處覓丹邱，爲愛城西古寺幽。花草禪房僧自樂，滄桑時事佛應愁。特攜樽酒拚泥飲，偶話風塵悔浪游。閒與生公參了義，夕陽西下尚勾留。

孝嚴寺僧能海蓄盆中水仙數十本，群葩盛開，清芬繞室。此間小憩，迥異塵凡，得小詩四章，聊以誌方外清游之勝

四照琪花滿洞天，淡中多結静中緣。神仙奇福誰消受，一箇頭陀五百年。
餘香何必嗅栴檀，明鏡臺前自在觀。儘有聞根參不了，願來此地結蒲團。
羅羅清影浸虚堂，一種孤標壓衆芳。祇有寒泉堪並薦，焚香應祀水仙王。
今日花前醉數杯，凌波寫照共徘徊。風塵不少看花眼，誰向烟霞冷處來。

二月十六日城東小園賞海棠，用陸劍南二月十六日賞海棠韻

一百五日寒始竟，春氣方濃花事盛。牡丹艷艷開重臺，海棠更與群芳競。雨洗猩紅嬌不勝，蜂狂蝶舞來無定。竹籬笆外一渠水，曉日靚妝波作鏡。剛值東風嫁杏天，直擬山茶呼作媵。有客貪看抵死狂，拈花合療維摩病。儘好開樽巢上飲，漫爲無香阻清興。折取歸來鬭艷姿，一枝且當芙蓉贈。

紀事

羅衫新試舞衣飄，楚殿風流鬭細腰。争看蓮花郎面似，前身知是鄭櫻桃。

流管青絲競擅場，幾回聽唱小排當。玉釵偶向臣冠挂，更解同心叩叩囊。
合歡團扇裂紈工，持贈應教拱璧同。但得逢場皆熱客，莫從篋底怨秋風。
密字真珠寫練裙，衣香權當女兒熏。鄂君繡被何堪覆，久已風情薄似雲。

汪梅村二女節烈詩

江甯上舍汪梅村，年年橐筆淮湘濱。家有二女同食貧，長名淑莚次淑蘋。癸丑逆賊陷金陵，呼天搶地無人膺。一女絶粒歸九京，一女入井波不興。哀哉二女同時死，慷慨從容各知止。縱使冤禽木石銜，難填嗚咽秦淮水。

鄒烈婦詩

同治紀元歲壬戌，有婦年方二十七。婦生於謝適於鄒，夫列上庠名永吉。夫家聚族居閿鄉，城東十里青楊莊。寇至紛紛議團練，翦除虎兕驅豺狼。小醜跳梁勢無敵，村廬一炬成平地。練甲三千已潰圍，授命鄒生明大義。少婦逃亡山谷中，忽聞夫死心忡忡。誓將滅此甘朝食，恨不韡刀助鬼雄。歸家路轉青山口，鼠輩洶洶山下走。竟揮利刃刺於菟，何必男兒好身手。厲聲罵賊賊忍聽，默語禱夫夫無靈。直拚一死以身殉，沙草濺血罡風腥。遺屍七日具棺殮，争看懔懔猶生面。一坏黄土死人香，巾幗英雄誇僅見。

題姜愛珊藩經仙壇紀恩圖

人世求人求不止，昏夜乞憐真可恥。須知頭上有青天，人能求天即求己。姜子久作信天翁，焚香事事告蒼穹。呼吸果能通帝座，姓名早隸日華宫。陽烏驀地仙壇降，丹詔銜來書善狀。説孝談忠本世情，禍淫福善歸天上。穆藹堂成德行科，三清黄簡録功多。苦修因果非圖報，已見靈光滿大羅。宰官身是神仙現，除書敕下通明殿。五等頭銜不次遷，爲圓功行仙曹冠。乘風直擬叩天閽，絳節親朝紫極尊。願伴玉皇香案吏，珥將綵筆紀新恩。我亦披圖深起敬，善念由來多感應。但看全家道氣濃，人間自有蓬萊境。

題李菘畦小照，畫工頗失形似，詩以嘲之

手持一卷據匡牀，小几閑焚睡鴨香。頭似筆尖嗤古弼，腰如瓠大笑張蒼。竟無我相無人相，半世仙裝是道裝。遮莫畫工貪重購，漢家延壽誤王嫱。

雨霽

鳩鳴聲縠縠，鵲噪語楂楂。卧柳生新菌，髡槐發舊芽。溪添流水活，雲放夕陽斜。好

趁春泥濕，呼僮且種花。

雨後至孝嚴寺

積潦環牆緑一窪，苔痕滿院壁粘蝸。佛龕香裊經爐爇，僧竈烟霾粥鼓撾。當殿古碑嵌屓贔，迎門老衲曳袈裟。雲堂梵唄八聲繞，我亦和南禮釋迦。

喜晤陳濟生

東國欽寄士，中州邂逅逢。蝌文摹篆體，象板選詞宗。雄辯疑焦遂，奇才似李邕。需人當代急，誰爲爾先容。

過東張鎮

莽莽塵沙撲面來，停車荒店獨徘徊。那堪衰草黄河曲，也有昆明劫後灰。

訪鄭篠槎學博山居

柴門臨水藕花香，桑柘陰濃緑過牆。道左停車剛問訊，兒童争説鄭公莊。唐張芸叟詩：「兒童不識字，耕稼鄭公莊」。

聞汪氏姊訃，詩以哭之

我生五同胞，兩兄及兩姊。長兄已早亡，廿載流光駛。阿嫂逾六旬，阿姪尚無子。眷懷手足閒，吹塤惟仲氏。膝繞三男兒，相依皆稚齒。長姊適於汪，四德實兼美。蘭桂茁階前，白頭諧伉儷。去歲辛酉冬，花甲方周始。有酒進延齡，高堂歌燕喜。忽聞二豎侵，輾轉困牀笫。念我羈宦塵，遠隔千餘里。見面知無期，此生長已矣。昨接長甥書，開緘淚盈眥。上言喪禮儉，下言家運否。老父傷過情，痛泣至哀毁。中饋乏主持，兒婦誰指使。鄰舍哭同聲，平居和妯娌。慘當易簀時，滿室異香起。覆以九霞帔，浴以八功水。齋戒畢一生，揮手謝塵滓。五福備箕疇，含笑重泉裏。姊茹齋奉佛已二十餘年。我獨銜悲酸，殯殮未親視。斷絶大雷書，招魂聊翦紙。惟有勗諸甥，立身趨正軌。殷勤事阿父，毋爲缺甘旨。庶可慰幽冥，我心盡如此。感歎不自禁，摭述愧銘誄。打窗風木聲，淒淒吹滿耳。

李參將逢春，饒州餘干縣人。由行伍出身，前以把總任彭澤城守。性剛直，有古烈士風，遇事輒排解，吾鄉人士咸愛之。部居與予最近，朝夕過從，遂爲莫逆交。旋擢大孤山千總，予赴豫章時，往來猶得一見。及遠宦中州，音問間達。軍興以來，則渺無消息矣。頃閲邸抄，知屢著戰功，洊升參將，已於咸豐九年五月間，進攻景德鎮，力戰陣亡，被害較烈。蒙恩照副將例賜卹，予謚壯愍，並准在康山前明丁普郎等忠臣廟側建立專祠，列入饒郡祀典。褒崇已極，大節永垂，洵爲一代完人，允足光昭信史。予欽仰公忠，倍增私感，爰製新樂府七章，略標梗概云爾

李參將，名逢春。氣蓋世，勇絶倫。年甫二十投鎮軍，謂是虎頭燕頷，定侯封萬里，爲一代名臣。

初出仕，官把總。彭澤沿江事繁冗，職任巡防責綦重。秩滿三年，僉曰官賢。小孤山接大孤山，早春出谷看鶯遷。

群盜横矣，大軍興矣。檄調兵矣，弁從征矣。小將偏裨，趫健如飛。旌旗所指，立解城圍。

援撫州，援臨江。援建德，援浮梁。援金谿，援建昌。援新淦，援宜黄。從軍數載兵威揚，所向克捷鋭莫當，官階洊陟逾尋常。咸豐九年月建午，進攻景德鎮，血戰捐軀亡。

飛章奏天子，天子嘉爾忠。以爾參將，卓著戰功。煌煌丹詔，備極褒崇。優加副將例，賜卹秉大公。予謚曰壯愍，破格恩尤隆。

同治紀元，歲在壬戌。諸將論功，猶爲感泣。劉臬使于湑統江軍，乃乞曾相國，乃乞沈中丞，再告我后，酬彼忠勳。康山昔有忠臣廟，建立專祠，亟頒詔飭撰碑文及祭文，千秋泉壤恩光照。

嗚呼噫嘻！臣節昭，垂陣亡，員弁附列公祠。春秋致祭，鼎俎尊彝。生氣尚懍烈，觀者皆涕洟，我亦聞之心慘悲。愧無史筆傳來茲，聊編樂府當哀辭。

閒遣

天高偏動杞人憂，萬事如雲過眼浮。執御輿儓皆列第，釋戈酋虜亦通侯。虞翻寂處無知己，庾信閒吟易感秋。牛跡可圓羊角直，剛鋒到底不能柔。

五月十四日喜眷屬自宛南來汴

遠道征裝卸，全家笑口開。苦曾車下宿，險自賊中來。喜見團欒月，同斟瀲灎杯。他鄉久流寓，安穩即春臺。

六月二十四爲荷花生日，姜愛珊藩經請仙壇乩筆，畫荷花一枝爲壽，同人傳觀殆徧，珍賞不已，復綴以詩

芙蓉出水本天然，活色生香劇可憐。争道人間無此筆，瓊華觀裏採芝仙。乩筆自署採芝仙。

花裏荷花壽最長借句，一枝寫照當稱觴。私心竊向花神祝，願侍仙壇奉瓣香。

七月十三日立秋作

高梧一葉墮闌干，滚滚光陰下坂丸。歲序遷遲緣置閏，露華凝重覺生寒。早知青史傳名易，但覓黄金得術難。聞道東南收殺運，中台星耀五雲端。謂大帥曾相國。

偕陳芷亭參軍、趙敬亭州佐游吹臺

吹袂凉颸趁早秋，侵晨並馬出郊游。高談喜遇陳驚座，佳句聯吟趙倚樓。四野烟雲迷艮嶽，千家燈火憶樊樓。酒酣欲繼登臺詠，媿我頻年客汴州。

新樂府七章，題完貞伏虎圖述略後，爲黄郎中雲鵠太高祖母談孺人作

歐陽縣令，來自燕都。示我完貞伏虎圖，謂是黄郎中雲鵠，爲太高祖母，濡筆而特書。

展讀再四重欷歔。我亦年家子，安敢嘿嘿歟。

母何氏，談孺人。夫何名？黄國珍。世居建昌縣，力穡同食貧。不幸夫早卒，孑然存此身。上無尊章，下有幼子。此身可生不可死，一死諸孤無活理。苦節勵冰霜，井波誓不起。潭潭親族，竟伏禍機。願得而甘心，無翅安能飛？攖身躍入水當中，若輩銜恨尤靡窮。悲哉！孤兒寡婦，真作可憐蟲。

茫茫四顧，誰爲主張？家山虎口，客路羊腸。嫠也出走何倉皇，展轉黄梅過九江。手攜懷抱暨背縛，諸孤哭泣道途旁。蘄州有樂土，是爲大同鄉。結我一把茆，開我半畝莊。

夜半聞虎聲，咆哮自户外。宛轉前致詞，山君爾無害。藐兹未亡人，攜孤來此界。我命若爾盡，此事奚足怪。無怖我孤兒，速徙便稱快。虎方弭兩耳，聞言若有會。虎兮虎兮去不回，誠可格天心自泰。

不識字，但耕田。母若子，命相連。家道日起，足穀逢年。迨至孫曾輩，庠序書香緜。五人領鄉薦，甲榜春花鮮。誰知坐食苦節報，此中自有蒼蒼天。

吁嗟乎！孺人守節日，年齒逾三旬。請旌格於例，不獲邀皇恩。幽光閟已久，大節巋然存。我歌一曲招靈魂，附之閭史揚清芬。

署閿鄉縣王令其昌殉難詩

生有官，死無尸，道路聞者咸生悲。可憐賸有七齡兒，隨母逃入荒山陲。君不見，王縣令，危授命，此中冥冥有天定。舊官久占新官任，新官有難舊官殉。

己未、辛酉，次三兩女相繼夭殤，憶之不勝痛悼

掌珠連失劇堪嗟，秋雨秋風感歲華。地下有緣同伴母，膝前無分再呼爺。燈昏難掩雙行淚，棺小空埋兩朵花。一瘞梁園一宛音安郡，魂歸應解認吾家。

孔璧符同年令嗣來豫省親喜贈

東山舊塾久傳經，汶上車從宛上停。想見當年詩禮教，孔家兒子正趨庭。璧符時在陳州。

將赴睢州任，口占自嘲

牢落風塵不自由，又看捧檄到襄牛。睢州在春秋爲襄牛地。此身竟類僧行腳，托鉢年年我亦愁。

柴桑空説賦歸來，陶令門前柳未栽。閒煞籃輿無用處，呼兒聊賭菊花杯。

赴睢有日，彭暄塢明府賦詩送行，即次原韻

幾輩封侯侈爛羊，一官匏繫尚睢陽。偶繙稗史將焚硯，欲續離騷且盡觴。隙影白駒消壯歲，雲容蒼狗幻名場。憐君車笠盟交晚，佳句新投古錦囊。

謁湯文正公祠公睢州人

睢渙成文閒氣鍾，熙朝景運慶遭逢。名臣事業垂江左，理學淵源溯夏峰。奏牘三千親脱手，甲兵十萬獨羅胸。春秋合饗烝嘗報，喜繼程朱入辟雍。

李烈婦詩

婦氏蕭，睢州人。夫氏李，字樹平。兩家聚族長岡里，廿五于歸羨之子。伉儷同諧十一春，卅六光陰付流水。夫病沈緜牀褥間，朝朝默禱向蒼天。典衣市藥苦無濟，以身乞代天應憐。壬戌六月初十日，鬼伯相催夫命畢。棺槨衣衾獨力支，治喪事事儀無失。忍着麻衣痛撫棺，青山窀穸未謀安。九原有約應同穴，馬鬣崇封願始完。負土歸來獨扃户，寸心已死無生路。七尺青緜梁上懸，屋角明星沈寶婺。節烈堂堂大可風，捐軀重比泰山同。闡揚幽隱守土責，我方作牧睢城中。州學官，郭與周，州諸生，湯與劉，急請旌表呈上游。待看綽楔耀門第，

從此襄山錦水闥範傳千秋。

署齋夜坐，偶憶藏園集中有「當官擔子如山重，未上肩時已白頭」二語，不勝悵惘，借句續成四絶

當官擔子如山重，此事深從閲歷知。十五年來心力瘁，卸肩難似上肩時。

當官擔子如山重，今日偺科第一難。但道王師軍餉匱，那堪民力盡凋殘。

當官擔子如山重，四顧烽烟滿豫州。斗大孤城須固守，存亡難免杞人憂。

當官擔子如山重，鎮日勞形案牘中。願與斯民關痛癢，欲平雀鼠恐無功。

中秋日作

放衙獨喜今朝早，把酒堪憐小閣幽。政拙官原書下考，天高時又屆中秋。好邀佳客談風月，欲寄閒情問鷺鷗。正及瓜期偏我代，桂花香裏且勾留。

登袁家山在睢州城内。

小山風景足登臨，勝事推袁直到今。四面寒烟浮雉堞，一灣行潦浸牛涔。笛聲吹處留仙蹟，

上有呂仙閣。劫火焚餘感客心。州城曾失陷。王墅叢梅李園竹睢州八景之二，荒涼遺址不堪尋。

登火星閣

樓高跨，州當中，横亘十里分西東。州城東西長十里，閣居其中。火星南面正離照，軒窗八扇開玲瓏。我乘公餘此閒憩，上臨重霄下無地。烟火樓台一萬家，滿城葱鬱多佳氣。

閏八月十五夜玩月作

明月長如此，中秋月再中。重邀賓客集，漫放酒杯空。影度雲間雁，音流草際虫。更番閒領略，陣陣桂花風。

長男十齡初度，喜成一律

屈指髫華甫十齡，摳衣朝夕學趨庭。語言略可酬賓客，筆墨差堪試性靈。喜爾方童眉獨白，憐予將老鬢猶青。始基自昔端蒙養，珍重延師課六經。

兒子信來乞衣，寄示三絶句，誡之勗之

宦況年來事事非，窮愁累我不能歸。應憐老子清貧甚，遞換兄衣作弟衣借句。

一絲一縷總堪珍，來處當知極苦辛。莫學朱門紈袴子，綺羅多誤少年身。

初離文褓尚垂髫，世業青箱付爾曹。但願詩書勤服習，動人最好是宫袍。

惜蚊

營營亦似被飢驅，敢笑謀生爾太愚。但願微軀能自保，莫將性命博膏腴。

閏八月二十八日王文簡公生辰，高小崧茂才畫漁洋山人笠屐小像，設位祀之

笠屐東坡此後身，尚書退老亦山人。文章海内推宗匠，經濟朝端倚重臣。甲第欣逢新景運公登順治辛卯乙未鄉會榜，豫州原是舊生辰。公生於河南。偶吟絶代銷魂句，一瓣心香感夙因。

予因公赴鄉，適村人家祭，留飲而歸

鞅掌風塵往復來，茅檐父老共銜杯。儘堪歸去驕妻妾，賺得墦間醉飽回。

途中書所見

柳枝折取當雙旌，笑聽兒童喝道聲。一例官家好模樣，溪邊惹得鷺鷀驚。

瓶城山館詩鈔卷十四

黄莘農河帥移撫粤東，秋後入覲，賦詩送行

黄河秋老正霜清，九曲安瀾聽頌聲。使節持趨雙鳳闕，卿雲移覆五羊城。才堪應變心逾小，量可容人福自宏。疊荷三朝恩眷渥，黑頭早已到公卿。

軍門嚴比玉堂深，風度依然老翰林。四載籌防嫺將畧，兩河宣力瘁臣心。令公威德群羌服，潞國聲華衆望欽。祇恐綸扉待襄贊，不容南海沛甘霖。

偶檢許赤城親家文竹閣詩集，即成一律，寄衡州代柬

衡陽偏少鴈書傳，悵望瀟湘橘柚天。剪燭偶繙丁卯集，論詩猶憶甲寅年。是年赤城在予輝縣署中。南中近況知何似，北上行期或未然。聞有北上之信，想不果行。君有佳兒吾贅壻，但催猛着祖生鞭。

示壻許小霞

晨昏風雨總相隨，三載真成共命時。兵革倉皇增感慨，米鹽凌雜費支持。勸君莫歎離家遠，助我差償得子遲。兒女團欒足安樂，待商行李訂歸期。

傅青宇太守寄示闈中述懷詩四章索和，次韻奉酬

詩箋遥寄我，丹桂正芳時。好句連城璧，靈心獨繭絲。名高秋榜並，吟苦夜蟲知。愧未隨裾後，登樓共詠詩。

冰闈深鎖處，三度閲重陽。月色當頭白，槐花過眼黄。採山知璞美，鍊冶得金良。省識登科記，紅箋姓字香。

吾友萬司馬，識公黔嶺西。高岡鳴鸑鷟，滄海跋鯨鯢。太守官原貴，蓬山價未低。十年從戰伐，到此息征鼙。

彼此神交久，相逢説宦情。但知吾道坦，安得世途平。風雨樽前話，功名夢裏程。艱難謀薄禄，一笑代躬耕。

接兒子手書家信，閲畢，得詩二首

古來達觀人，淵明乃其一。生有五男兒，不好弄紙筆。此皆天所定，非人所能必。我材本薄植，束髮事佔畢。三徑慚荒蕪，五斗困微秩。悠忽到四旬，始兆夢蘭吉。啞啞纔學語，教識六與七。葆此中人資，箕裘冀無失。

昨者接家書，來自大梁城。吾兒能搦管，事事記詳明。舉家幸平安，差慰離人情。衙齋本傳舍，鎮日喧囂聲。何如旅館中，小窗風景清。發憤此讀書，外務毋兼營。寄語勗二穉，可畏在後生。

重九日游袁家山，約郭雲坡、周韶亭兩廣文不至，歸訪湯麓泉明經、蔣綬珊孝廉

但須興至便登山，落帽風高獨往還。一片白雲飛鳥外，幾株紅樹夕陽間。朋因折柬約偏爽，吏不催租身轉閒。睢境迭經匪擾，户少輸將。何處吟聲方互畣，會攜樽酒叩柴關。

聞鴈

忽聞天半鴈聲孤，可有南來信息無？知爾稻粱謀不易，年年飄泊在江湖。

杜小山通守寄示海棠詩十首，即書其後

妊紫嫣紅鬬艷妝，淵材底事恨無香。君家闕典今纔補，十首新詩詠海棠。杜工部無海棠詩，後人頗多疑議，特失傳耳。

送李子幹明經歸里

天下兵常鬬杜句，浮生到處難。烟塵悲異地，魂夢悵家山。宦況憐予拙，秋風送汝還。何當尋樂土，相約欵柴關。

黄莘農中丞將赴粵東，出檢書看劍圖命題，書此以應

蓬島神仙將相材，好調鼎鼐作鹽梅。近聞南海多蛟蜃，瘴霧憑公一掃開。

河壖回首感勞薪，豫魯封疆倚重臣。宦橐蕭條無長物，只餘書劍尚隨身。

芸籤細檢燭高燒，蓮鍔頻看酒正澆。莫訝書生慣戎馬，自傾肝膽報熙朝。

鶴髮飄蕭偉丈夫，金貂翠羽沐恩殊。他年畫上淩烟閣，貌得丰神按此圖。

凍蠅

到處趨炎頗自矜，終朝擾擾復騰騰。於今欲動渾無力，堪笑窗間十月蠅。

聞洛中警信

萬木聲號一騎風，羽書飛遞告元戎。争傳烽火連秦晉，誰挽天河洗洛嵩。野老壺漿應有淚，村氓練甲已無功。飢軍羸卒空留守，愁聽山城畫角雄。

輓鄭州刺史阮少台丈

矍鑠分明見是翁，年逾七十貌還童。忽驚飛鵩來庭際，那料盤蛇墮鏡中。八口衹餘孤息在，九原遑恤宦囊空。從今愁過西州路，腸斷山陽一笛風。

輓劉舜臣孝廉

傳來噩耗尚生疑，老淚浪浪似綆縻。生寄死歸原早悟，天乎命也究難知。結交回憶成童日，送别曾偕計吏時。莫恨春官艱一第，讀書聞道有佳兒。

寄赤城衡州，並懷劉小竹武陵

朝衫脱卻了塵因，嶽麓烟雲寄此身。歸隱好追陶靖節，離騷休感屈靈均。夢爲將相終成幻，福占山林始是真。寄語桃源劉子驥，扁舟我亦問津人。

讀楊誠齋詩集書後

開卷空堂玉屑霏，心香一瓣想傳衣。源頭活水清如許，詩骨從今笑我肥。

偶檢吴蘭雪刺史香蘇山館詩鈔感賦

赚得稱名士，窮愁了一官。愧予爲後起，無分主騷壇。徒負山林約，空謀朝夕餐。青琴嗟獨抱，古調向誰彈？

答寄党鶴峰

桐淮無數好青山，風景常縈夢寐間。知有幽人住空谷，閒吟終日掩柴關。道是詩星是酒星，一生安穩傍山靈。無端萬壑松風裏，鐵馬金戈不忍聽。寄示登陴雜咏。

蠟屐游山興不孤，南隣朱老是吾徒。歲寒早已成三友，好倩倪迂補畫圖。予與鶴峰、文符爲同盟友。
別後郵筒往復來，離懷鬱鬱總難開。倘教縮地傳仙術，免得相思日幾迴。

老梅

老梅幾日盡情開，枝上香留一寸苔。我欲呼童收艾蒳，細和殘雪嚼將來。艾蒳，梅枝上苔也，極香。嚼之，味如橄欖。

看月

雪後寒天夜氣清，老鴉棲樹悄無聲。壺觴傾盡眠猶未，獨倚梅花看月明。

贈董生耕南

十年朝籍未知名，孤負昌黎薦士情。走食奔衣何日了，嗟哉徒賦董生行。昌黎有嗟哉董生行。

檢讀陳凝甫舍人文集，不禁潸然，感而有作

碎玉零珠次第編，偶繙遺集覺潸然。幾番斟酌師元亮，兩卷删存賴孝先。舍人文集爲陶凫香少宗伯、

邊袖石方伯所校定，僅存兩卷，未及刊行。小占才華慳福澤，早傳文藻邁時賢。好將柏櫃牢收貯，凄絶無兒白樂天。

輓符南樵孝廉

老符今已矣，名姓定千秋。身世拚吟管，光陰赴選樓。爲貧常作客，避亂總多愁。望斷揚州鶴，傷心涕泗流。君江都人。

偕星使王篠泉郎中、恭振夔員外赴陳州汝甯勾當公事途中，感賦一律

茅檐疾苦達楓宸，内詔傳宣遣使臣。元氣要從中土復，封章原許下情申。弊如稂莠除難盡，風是輶軒采更真。我愧十年徒作吏，問心終覺負斯民。

贈王筱泉郎中

仙曹久重魯靈光，卅載纔登傀儡場。早識清名傳海内，先生在户部時，因鈔案株累，家貲籍没，後始昭雪。忽銜丹詔赴戎行。藏家只有司農笏，發篋空餘古錦囊。驄馬並隨天使至，新硎先試寶刀鋩。先生隨張少宰來豫，留以道員補用。

長至日大雪，偕恭振夔員外赴汝陽途中作

絶好瓊瑶滿地鋪，光明世界一塵無。從今缺陷都填遍，行盡天涯是坦途。

絮影漫天舞不休，馬蹄深踏去痕留。道旁忽報飛書過，昨夜將軍下蔡州。時毛侍郎統兵過上蔡。

瑄藏緹室正吹灰，六出奇花頃刻開。今我簡書逢歲暮，恰隨天上使星來。

公子翩翩響玉珂，君爲琦相國哲嗣。衝寒飛渡古溵河。夜來應有還朝夢，正好同賡瑞雪歌。

折得梅花逐後塵，自憐驢背冷吟身。遥知寒夜冰天裏，高卧空齋尚有人。筱泉郎中尚在陳州。

夜宿武津行館戲作

閈閎博敞麗譙東，旌節鳴騶此寓公。蟈蟈紗圍窗四面，蛩蛩氈貼地三弓。銀槎杯泛葡萄緑，金膾盤盛瑪瑙紅。自笑螢光隨月影，沉酣高卧畫堂中。

將返省門淮陽道中贈振夔員外

並馬揚鞭去若飛，長堤雪壓草根肥。料應此日梁園裏，早敞賓筵待客歸。

踏遍淮西又汝南，駪征千里敢停驂。客中莫道無歡意，煮茗挑燈促膝談。

瘡痍觸目總關情，怕聽嗷鴻澤畔聲。繪得監門圖一幅，此來應不算虛行。

浮生踪跡等摶沙，泥爪剛留汴水涯。計日唐花開遍後，送君騎馬又京華。

隨子青中丞赴汝陽戎幕，臘月十七日立春許州途次感賦

瑞雪飄餘臘正殘，又迎春色上征鞍。敢誇王粲從軍樂，自愧陳琳草檄難。在手陰符欹枕讀，横腰寶劍引杯看。人家處處簪幡勝，偏戴岑牟冷鐵冠。

汝陽旅夜

潘鬢驚霜歲月催，一官如贅壯心灰。家山夢裏常歸去，風雨愁邊獨聽來。黯黯燈檠孤館夜，滔滔時事幾人才。今年别有安身處，汝水新營避債臺。

除日

乍看帖子寫宜春，爆竹聲聲入耳頻。此夕儘多歸去客，阿儂偏作别離人。喜無米券追逋急，雅有餻盤饋歲新。兒女團欒應念我，滿堂樺燭正横陳。

癸亥新正元日

座上喜斟新歲酒，案頭猶點去年燈。五更忽報雞聲唱，片刻旋教馬齒增。亂世服官知未易，長纓縛虜愧無能。匆匆客裏過元旦，破悶揮毫炙硯冰。

新正三日

黍谷吹回煖律融，連朝晴霽謝天公。新年又過初三日，舊壘誰收第一功。萬頃田疇滋茂草，滿城絃管醉春風。梟鳴牙上占應驗，露布飛馳驛路中。

初八日汝郡捻首伏誅，餘逆勢已窮蹙，賦詩記捷

十萬貔貅挺鏌鋣，麗譙環聳咽鳴笳。滔天逆燄銷張魯，指日前鋒獲呂嘉。饗士不妨朝設宴，行軍何礙夜量沙。泐碑久染昌黎筆，功業淮西自古誇。

游東城外

穀日天連人日暖，今年春是去年回。尋芳偶步東郊外，喜見青青柳眼開。

新正驟暖，群花半開

纔入新年天驟暖，好花已見五分開。願教一半春寒勒，留待遲遲看後來。

過二龍里汝陽許劭、許靖，稱爲平輿二龍，因以名里。

許氏兩兄弟，平輿稱二龍。才名高月旦，千載仰詞宗。三尺古碑在，蒙茸苔蘚封。我來下車揖，汝水訪遺踪。

春夜偕黄少愚司馬、馬俊侯別駕小飲寓齋

風動疎簾月繞廊，盆梅花落酒杯香。儘堪隨處安吟榻，絶好偷閒入醉鄉。鄙吝已消黄叔度，遭逢偏靳馬賓王。時危也合長纓請，抵掌歡呼説戰場。

予以客臘十三日赴營，今正十三，已匝月矣，偶成一律

斗柄東迴月再圓，春風重撥十三絃。離愁觸處無虚日，家信傳來已隔年。草色青黏盤馬地，花光紅鬧試燈天。敢從灞上觀兒戲，卻喜軍門放紙鳶。

上元日接赤城親家長沙舟次書，知已於去冬歸里，感成一百韻

春風吹我衣，煖氣襲筋骨。忽得故人書，神魂頓飛越。輾轉看封面，來自季冬月。長沙二千里，彈指兩年隔。開緘讀未竟，喜極口嗟咄。君已解組歸，不逐宦場熱。買舟下沅湘，閒釣寒江雪。長別賈傅祠，願傍陶公宅。游魚思故淵，倦鳥振歸翮。蘿薜易簪纓，此樂幾人得。回憶少年場，與君肝膽結。平生金石交，意氣不磨滅。文戰每同鏖，詞華工組織。賭韻搆奇句，拍案輒呼絶。春挂潯陽帆，秋鼓章江楫。相憐夔與蚿，相依蛩與蟨。驅車上長安，出門仍合轍。敝到黑貂裘，戀戀京華客。何處堪讀書，暫托禪門鉢。潞河風雪裏，苦吟不肯輟。除夕執杯酒，法共老僧説。偶留王播詩，曾許紗籠碧。東風忽改歲，柳弄黃金色。揖別已公房，看花到九陌。天橋舊酒樓，文讌重開席。慷慨論時事，舉觴浮大白。驤首雲路長，騏驥各鞭策。解牛必導窾，射虎必中額。思奪造化權，須得文章力。世事有贏輸，試看弈秋弈。君竟作劉蕡，閏遇黃楊厄。滄海遺明珠，共爲斯人惜。我倖穿楊枝，孰料霜蹄蹶。二豎偶爲灾，養此六月息。團團守驢磨，鬱鬱食雞肋。刻楮知無功，補牢期有獲。蓬山一萬里，可望不可即。無福作神仙，颶風迴海舶。五斗聊代耕，本分耐微職。捧檄來夷門，塵土滿襟襞。名紙書蠅頭，腰向督郵折。笑指蘇門山，宦游且託迹。簿書苦迷悶，朋友悵契闊。酒敵與詩軍，誰共樂晨夕。況值妖氛横，道路梗南北。家書尚難

達，兩載變鵰蜂。君偏計吏偕，公車獨行役。險自賊中來，禍機渺難測。餘生脱虎口，天地莽荆棘。見面認鬚眉，笑容猶可挹。剪燭坐西窗，家事從頭説。贈我以瓊瑶，字字氣凛烈。風雨羈愁中，歌聲出金石。解榻强淹留，蓂葉幾番易。朝暮看青山，太行天下脊。散步百門泉，水聲流活活。暇日偶同游，搔首岸巾幘。呼童理風爐，茶烹新雀舌。橋頭垂釣竿，得鯉不盈尺。驚起雙鷺鷀，池心飛拍拍。四座引薰風，樓高松翠滴。分明安樂窩，絶好烟霞窟。恨我困簿書，胸次俗塵積。愧赧對山靈，未蠟阮孚屐。君已作閒人，白雲自怡悦。得失笑雞蟲，浮名輕一擲。側聞聖天子，下詔求賢亟。搜採到巖珍，四門方洞闢。八月鶴書來，催臣星火廹。筵開祖道觴，重九題糕節。坐嘯嘯臺旁，牽衣話離别。燕臺市駿馬，遥指黄金闕。都門卸輕裝，暫落雙鳬舄。朝廷重牧令，銓曹慎選擇。衡州赤緊區，門户控黔粤。清泉泉水清，較勝百泉百。掃盡衆峰雲，南嶽實奇特。鴈到君亦來，授治此繁劇。甘棠追召公，膏黍念郇伯。桃李羅公門，人材廣培植。百廢見具興，不負專城責。争道漢循良，官聲傳藉藉。定遷出谷鶯，待看摩宵鶻。湘南忽寄聲，一紙來桐柏。上言作吏難，下言返鄉國。勇退趁急流，此志已早决。初衣今已遂，且喜頭尚黑。抛將案牘塵，仍飲子卿墨。吟詩數千首，檢點付剞劂。三徑恐就荒，打槳下彭澤。豆種南山邊，菊植東籬側。俯仰自寬閒，不知天地窄。伊我獨飄萍，一官仍守拙。偃蹇歎馮唐，飄零嗟趙壹。積憤摧心肝，唾壺應擊缺。鑄錯知何時，難聚六州鐵。惆悵念家山，愁懷總脉脉。豈無偕隱意，憑君問丹訣。歸裝擬料理，相約入林密。重看竹隱圖，把酒話疇昔。

輓陳静山刺史

三巡濁酒奠芳樽，弔客青蠅正在門。驂絓死留千古恨，君因馬逸被害。燐飛歸認五更魂。全家尚待遺孤託君無嗣，聞有遺腹，痛哭何堪老母存。報國男兒真不負，定光泉壤荷殊恩。

夜坐偶感

世事真如幻影泡，撰著默繹履霜爻。驚心月夜聞吹角，託足軍門等繫匏。狂飲醉呼容我傲，囈詞癡步任人嘲。何如脱却弓衣好，歸葺三重屋上茅。

月夜懷赤城

何人長夜共清談，對月銜杯酒獨酣。解組歸田君自樂，還家上塚我猶慙。人生難得一知己，身世真成七不堪。遥憶鄉園好時節，杏花春雨正江南。

題吴彩鸞寫韻圖

小謫人間十八年，風霆何事感仙緣。秦簫吹徹樓頭月，唐韻書售市上錢。丹桂碧桃花四季，西山南浦屋三椽。依然跨虎飛昇去，真誥分明莫浪傳。

游静山寺

匼匝重巖繞，逶迤一徑彎。無風喧竹院，有客欵松關。大佛乘鵞至，高僧放鴿還。何當享清福，長住白雲間。

迎春花正月底始開，口占一絶

一樹迎春花，春深花始着。莫怨花開遲，遲開便遲落。

將辭營務返省，感懷偶作

蒿目烟塵萬事非，小儒何敢論兵機。久抛白木長鑱柄，誤着黄皮短後衣。作吏本來初願負，封侯終覺壯心違。名場捷足知多少，褭足吾偏緩緩歸。

曉起

愁來曉起看春色，惟有春禽偏惱客。聲聲盡道不如歸，又道哥哥行不得。

別張子青撫帥，兼以言懷

明知朽木本難雕，青眼低垂到末僚。作吏早教焚筆硯，從軍敢妄著鈐韜。三川杜甫空流涕，五斗陶潛慣折腰。不是封侯無骨相，凌雲壯志已全消。

春分日見上蔡署中牡丹盛開

何事西園羯鼓催，春分已見牡丹開。三章未進清平調，先帶鐃歌一曲來。

潁川道中

長堤草長緑陰齊，馬足初停日暫西。驟惹行人歸思急，一林紅雨鷓鴣啼。

途中春寒

料峭西風撲面寒，長途早起怯衣單。酒罏悔把貂裘質，不定陰晴客况難。

過山居

榆柳青青護短垣，此中風景似桃源。停車欲訪高人宅，一路野花開到門。

早發許州

去時路即來時路，兩日程兼四日程。雞正三號更五點，驅車已出許昌城。

小召鎮

許昌重過輒經年，煖律吹回二月天。鴻爪泥深餘積雪，馬頭雲活帶晴烟。勞生又捧潘安檄，壯志空揚祖逖鞭。但願師貞占折首，三軍同唱凱歌旋。

榆錢

片片榆錢落水隈，分明鵞眼漫相猜。悔曾浪擲春光去，借爾還須買得回。

清明日作

墦間酒肉且謀生，醉飽歸來得得行。爲報閨中妻妾道，乞人今日也公卿。

朱仙鎮謁岳忠武祠，用鄭虎卿明府韻

重鎮沙埋久寂寥，岳家兵氣已全消。北來未飲黄龍府，南渡空傷白馬潮。殿上金牌終自誤，階前鐵像太無聊。茫茫汴水英靈在，幾見河山劫火焦。

茶庵小憩

塵途偶遇野僧家，小憩蒲團日漸斜。儘有清齋堪供客，雲門糊餅趙州茶。

春盡日寄介生兄，用東坡送春和子由韻

荏苒韶華去莫追，空思寸草報春暉。十年久作無家别，兩腋安能着翅飛。賭韻應成花萼集，灌園久息漢陰機。獨憐生長淵明里，何日還山説昨非。

太康署東廳事前有小園一方，花木蕃滋，足供清玩，公餘小憩，聊記以詩

東風吹樹緑參差，看到櫻桃結子時。錯認江南春色好，欲拈紅豆説相思。
瓦盆匀土菊分苗，黄紫簽名次第標。欲展緑天圍一角，曲欄西畔種芭蕉。
鋤將蔓草怕藏蛇，一桁踈籬當檻遮。滿院蜀葵開不盡，隔牆還放紫薇花。
繞牆萬个碧琅玕，分得清陰覆小欄。恰喜新抽當户筍，養成留挂竹皮冠。
小小清池水一方，微風動影漾迴廊。幾莖乍出新荷葉，便覺吹來水氣香。
微雨初過日正長，滿園草木有清香。飛來牆角穿花蝶，立向窗西曬夕陽。
雨後葡萄長蔓藤，低垂馬乳結層層。急編葦桿緣牆起，扁豆花開共一棚。
囑咐園丁且種瓜，邵平風味足生涯。朝榮暮落何容易，莫種人間木槿花。園中有木槿一株，甚大。

魚池將涸，車水注之，此陸放翁詩中題也，即次原韻

果然水到便成渠，池面新添一尺餘。已見柳陰初放鴨，恰看蓮葉好藏魚。韡紋淺縐風來侯，鏡影虛涵月到初。且向閒中謀樂趣，不妨傳舍即吾廬。

園中疊石爲小山喜賦

昨夜蓬萊失左股，東海飛來入中土。鑿空萬竅碧玲瓏，帶得雲烟尚吞吐。仙山何處可位置，我有種花之老圃。安排疊疊復重重，點綴庚庚復午午。果然成嶺亦成峰，橫看側看殊媚嫵。或蹲以爲獅，或踞以爲虎。或翼如鸞翔，或騫如鳳翥。或鼎峙如三公，或羅列如六祖。或磊落如壺中九華，或峻峭如江中孤嶼。不假神斤鬼斧去雕琢，倏忽千巖萬壑一一當門户。我生好作名山游，對此數拳已足取。大有邱壑小有天，此山是賓我是主。想米顛之袖裏，未必可同觀。東坡之仇池，未必可爲伍。小園況有屋三椽，四壁群花相夾輔。偶乘暇晷散閒步，留客更宜竹深處。攜我竚月琴，握我談元麈。烹我紫笋茶，酌我葡萄醑。逍遥片刻即神仙，人間自有清虛府。私心竊恐石能語，笑我胡不歸，與卧聽匡廬之風雨。廳事前，予撰聯云「此地闢三楹，好栽四季新花，休論傳舍。何時游五嶽，聊疊數拳奇石，如入名山」。

偶成

流水行雲了一官，乾坤猶窄酒杯寬。戰場此日封侯易，宦海從今作吏難。冷煖人情隨分過，滄桑時事等閒看。但愁到處皆荆棘，空憶苕溪舊釣竿。

老去

文章得失寸心知，心緒如麻懶詠詩。老去觀書多折角，愁來對酒亦攢眉。儘容鼾睡宜風漢，肯把清歌付雪兒。聞道故鄉烽火逼，菊花誰與護東籬？

園中有垂絲老柳一株，瘦影蕭疎，天然如畫，對此不禁感觸

長條吹颺緑絲絲，悄立牆陰瘦影垂。不管人間離別事，免教攀折路旁枝。
東角荒園託地偏，一株摇曳帶晴烟。永豐坊裏曾移植，誰是詩人白樂天。
依稀風景憶江南，荒到陶家舊徑三。轉惹金城增感慨，樹猶如此我何堪。
二月春風唱渭城，不堪回首亞夫營。從今懶作封侯夢，憐爾依依尚有情。

聞歐陽九雲同年春闈獲雋，感賦一律

一紙泥金千里傳，春風得意定欣然。紅綾啖餅原堪羡，白髮簪花亦可憐。九雲年近周甲。少日故人躋極品，謂同年萬藕舲尚書。同時新貴領群仙。宦途已覺嗟予老，况後登科十九年。

弔河北鎮總兵余公繼昌

汝陽識面正横戈，忽賦招魂聽楚歌。今春予在汝郡戎幕，蒙公往拜，倉卒接談。頃聞陣亡，曷勝悲悼。無限功名書竹帛，公由兩湖調至河南，身經大小百餘戰。有靈魂魄壯山河。虜酋越日心肝祭，生擒捻首，剖心致祭。大帥臨風涕淚多。未許再生偏再死，茫茫天道竟如何。壬戌初春杞縣之戰，公已被害，横卧亂屍中，次日復甦，至秋始愈。今復爲國捐軀，大將中不可多得。

李芝亭廣文招游水雲别墅

半畝方園一徑深，繞庭竹木自蕭森。溪頭流水有回意，洞口閒雲無出心。最愛風來吹醒酒，偶呼月到照彈琴。此間着我真塵俗，世外逢君獨賞音。

石榴花墻歌

漢陽有某孝婦，殺雞奉姑，姑食雞而歿，族人訟於官。獲罪臨刑時，取頭上所戴石榴花插地曰：「我冤不昧，此花當生。」後花果活，竟成大樹。土人因建石榴花墻。吴白華先生曾詠其事，予亦作歌以彰之。

一隻雞，厨中殺，殺雞奉姑姑已歿。一朵花，頭上插，插入土中花已活。婦殺雞兮雞殺姑，此冤只向皇天呼。婦插花兮花成樹，此冤已有明白處。惜哉！此冤當日無由申，孝婦千載冤沉淪。幸哉！孝婦冤魂終不滅，此花即是冤魂結。土人聞之心慘悲，及見此花皆涕洟。莫道花開紅似火，點點血淚在花朵。幽芳軼行宜闡揚，争傳花下死人香。七級浮屠耀金碧，晴川鄂渚生輝光。

救姑行

姑蘇臨頓里汪吴氏，夫早歿，奉翁姑以孝聞。適里中災，延及汪屋，婦扶翁出，復入火救姑，遂與姑共被焚。長洲彭相國有詩紀事，予亦仿古謡諺，藉揚芳烈焉。

臨頓里，孝婦吴。夫氏汪，共勤劬。不幸夫早歿，留此未亡軀。堂上有白頭，煢煢翁與姑。翁姑何人奉甘旨，孝婦此時即孝子。方期安穩侍高堂，那料城中火災起。譆譆出出，火焚其室。翁兮誰扶？姑兮誰掖？翁姑不生，婦生何益？翁老尚能行，倉卒聊偷生。幸扶老翁出，差慰孝婦情。姑兮姑兮猶在屋，火光閃爍射人目。從井救人古所無，入火救姑吾願足。嗚呼！皇天佑善竟不聞，姑兮婦兮同被焚。世人莫謂此愚孝，孝婦千載留清芬。

秋凉

四時節序本如流，紈扇初抛暑氣收。凉至何關人瘦覺，一番風雨一番秋。

秋郊

秋容郊外浄，秋氣水邊饒。枯樹雨生耳，遠山雲束腰。西成禾稼稔，南去鴈聲遥。比户欣安堵，妖氛已漸消。

贈李煥軒明經

獨享神仙福，林泉歲月長。閉門同子柳，學道類庚桑。閒放孤山鶴，貧分博士羊。澹臺吾已得，讀灋喜登堂。

寄家書

幾回指眼望南天，家信還凴驛使傳。道阻不知何日到，臨封書月更書年。

今歲屢聞家鄉警信，半載以來，竟無一人來豫。七月二十一日，接介生兄手書，始知吾邑慘遭荼毒，苦不堪言。此又癸丑以來未有之變，茫茫浩劫，迄無盡時。親朋相繼死亡，指不勝屈，爲痛悼者累日，慨然有作，聊當哀辭

忽展鄉書涕泗流，又聞戎馬擾江州。死亡莫逭今生劫，屠戮應知上帝愁。有幾故人成厲鬼，儘多華屋變荒邱。田疇萬頃無耕種，虎口餘生更可憂。

與凌葆齋各話故鄉近事

我籍今彭澤，君家古會稽。山川形勝在，烽火客魂迷。人命輕於草，黄金賤似泥。何時諸將帥，溝壑起蒼黎。

中秋日感賦

四年四處過中秋，偏記泥鴻爪印留。庚申在桐柏，辛酉在南陽，壬戌在睢州，癸亥在太康。明月隨人空對影，青山送客亦生愁。百端交集誰能遣，一事無成只自尤。今日匡城聊插脚，可容終老作菟裘。

重九日感賦

雲浄長空鴈影高，又逢佳節快題糕。風塵擾擾迷雙眼，歲序匆匆感二毛。紅紫青黄看樹葉，香酸苦澀辨村醪。那堪桑梓烽烟慘，悵望南天首重搔。

十二年來多戰場杜句，更從何處説還鄉。傷心邱壑皆榛莽，屈指親朋半死亡。此日登高應有淚，當時解厄已無方。豫州亦是干戈地，匏繫依然爲口忙。

雨後至西關外

野闊禾收盡，溪明水漲高。蘆根鸂鶒浴，柳外蟪蛄號。久乏登臨興，空嗟簿領勞。年豐吾願足，擊壤樂陶陶。

題蔣椠亭明府畫蘭

破爛烏紗久不聊，先生興致總超超。果然三絶詩書畫，抵得江南鄭板橋。

九月晦日登東城作

萬頃芳疇似掌平，瀰漫積潦欲浮城。三秋已覺重陽過，一月偏無十日晴。鴈帶孤雲横斷影，蟬嘶高樹曳殘聲。道旁忽報軍書緊，大將淮西正調兵。

輓汪東初别駕

久依幕府種紅蓮，猶記相逢在洛川。投筆欲追班定遠，裹尸旋見馬文淵。一官未得終歸命，九死難逃莫問天。如此殺身原不負，料應含笑到重泉。

聞王子雲副將殁於陜西軍次

丹旐關西出，將軍大樹枯。妖星明格澤，長劍冷昆吾。霜雪窮邊早，風塵舊雨孤。惜無磨鏡具，遠去奠生芻。

謝屠蒔香惠菊

重陽已過菊方開，老圃香挑滿擔來。本與先生同隱逸，何當俗吏共追陪。迷離五色侵書幌，潦倒孤芳伴酒杯。笑我田園久蕪落，東籬何日數枝栽。

寄懷彭覲庭明府嵩縣

嶽色平分二室尊，喜君舄舄落嵩門。得沾五斗爲家計，許住三年亦國恩。憶舊每傷今雨散，論交猶覺古風存。擬尋源水看花入，直訪幽人到陸渾。明府時已卸篆。

小駐鄉村偶賦

風味羡山家，柴門偶駐車。瓦壺温老酒，土銼煮新茶。屋角安期棗，籬根吉貝花。長官和野叟，圍坐笑言譁。

寄懷高樹人同年閩中

南北迢迢悵各天，緘愁無復鴈書傳。亂餘難覓還鄉路，老去休乘渡海船。薄宦心情消似雪，同時朋輩散如烟。交深卻憶香山老，恰比微之長七年。香山長微之七歲，樹人長予亦然。

羅敷廟在扶溝縣東。

聞道羅敷自有夫，女兒佳話遍鄉閭。千秋貞節知多少，消受香烟似此無。

小園夜坐

螢火出深樹，小池荷氣香。恰當疎雨後，消受晚風凉。遲客開三徑，懷人醉一觴。仰天群籟寂，河漢影微茫。

懷張鐵如

一别江淮歲月深，思君常惹淚盈襟。短衣久賦從軍樂，長劍空懷用世心。南國才人悲蔣濟，西崑詞客惜陳琳。最難風義高千古，然諾曾揮季布金。

歲暮懷人詩

十年不見蕭常侍，每覺斯人入夢中。安得袁江同射鴨，扁舟閒挽竹枝弓。蕭庚生侍御。

雲山南望正蒼蒼，每爲登臨憶侍郎。杜甫詩「登臨憶侍郎」。鹿洞鴦湖風趣好，午橋新置陸家莊。李晴川少宗伯。

迴翔中外歷三朝，陸地神仙白髮飄。十八灘頭歸路好，懶從南海看風濤。黄莘農中丞。

官階萬里隔霄壤，與子結交三十春。不羡夔龍簫管奏，但期伊吕作臣鄰。萬藕舲大司馬。

挑燈猶憶話長安，許我新詩後必傳。家本藏園傳法乳，題詞還寄衍波箋。蔣樸山都轉。

傳聞太守清貧甚，别後音書一字無。我亦松江舊游客，秋風還憶四腮鱸。袁漱六太守。

作吏争誇最少年，循聲直達九重天。雲車風馬飛騰速，汴水分巡到薊燕。祝爽亭觀察。

鵷班舊隸水曹郎，七載馳驅百戰場。博得黄堂二千石，漢家争重此循良。王松圃太守。

桂花香動鎖闈秋，樽酒論文記昔游。倘卜文昌星再聚，梁園不少舊賓儔。華堯峰侍御。

驅車同冒雪霜寒，山色淮西並馬看。今日梅花春又放，一枝我欲寄長安。恭振夔員外。

磨穿鐵硯桑維翰，咬斷寒虀范仲淹。碌碌公車歸未得，風塵空使鬢霜添。王槎仙孝廉。

不愛擔簦賦遠遊，懶從枕竅夢公侯。天倫樂事如君少，八十高堂兩白頭。李藍田明經。

襟懷灑落真名士，筆墨蕭閑老畫師。草草一官偏不耐，黄綢被底放衙遲。王丹麓明府。

髫齡聰穎邁群倫，經笥羅胸井大春。羨爾和凝衣鉢好，登科名列十三人。蔡芝山孝廉。

一門科甲積陳陳，又見郊祁有後身。弟不先兄成故實，臚傳金殿第三人。張香濤編修。

太息中年病體孱，勞心偏想濟時艱。閒雲入岫非容易，莫爲風吹又出山。王雲楣廉訪。

懶上長安薄笨車，故園泉石樂幽居。靈山即君住址自有謨觴洞，好讀瑯嬛未見書。李梅心孝廉。

生同梓里歲同庚，友愛真如老弟兄。聞道西河曾抱痛，荔枝今日可旁生。曹皖生拔萃。

判袂都門二十霜，君家喬梓又聯芳。多牛足穀人生樂，獨享山林歲月長。曹葆初孝廉。

筆頭五色好花開，與我曾鏖白戰來。偏是馬當風不順，江神空負子安才。詹竹珊明經。

獨駕單車返故鄉，天寒歲暮更途長。漫誇腰腳如恒健，七十衰年兩鬢霜。陳泗津明府。

老去西湖作宦游，弓刀隊裏漫勾留。勸君且貰烏程酒，事大如天醉亦休。謝雲鶴通守。

名門父子如羲獻，更得珣珉作弟昆。絶代才華誰繼起，惟君不負此淵源。王夢嵩駕部。

白頭筋力不知疲，猶列戎行戰馬馳。得句也應投筆起，弓衣争繡陣前詩。陳勉堂司馬。

山圍羅甸碧嶙峋，産出黔西獨角麟。共道匡時能獻策，我憐太守是詩人。傅青宇太守。

緑莎廳裏好安眠，鎮日哦松興灑然。漫道官閒無一事，本來梅福是神仙。汪也珊縣尉。

瓶城山館詩鈔卷十五

正月二十日白太傅生辰，詩以爲壽

龍門最數香山勝，下馬曾經弔我公。今日生辰虔設祀，何妨九老一樽同。
大集收藏柏櫃堅，世傳何必子孫傳。文星天上無祧位，香火人間有夙緣。
襟懷瀟灑任天行，三泰居然過一生。吴郡杭州皆樂地，櫻桃楊柳總多情。
諷諭詩成樂府新，關懷時事黯傷神。詩名遠播雞林外，唐代中間第一人。
仙龕海上渺難求，一瓣心香此日留。更喜南薰深殿裏，詩人小像供千秋。

題蘇賡堂方伯小像，即用方伯樂昌阻水，葉、王二生邀游仙人石室元韻

先生玉堂彥，早歲登鳳池。巋然魯靈光，典型今在斯。烏府舊聲華，藉藉海内知。謇諤補袞職，斧鉞驚窮奇。掉頭歸嶺南，遠別彤墀螭。人倫得冠冕，木鐸鱣堂司。海天鱷浪息，

昌黎妙文辭。被命守鄉國，親提一旅師。蒼生賴以安，即此覘猷爲。九重亟徵召，求賢如渴飢。出山作霖雨，敢爲邦人私。仰止高山高，泐像珠江湄。

贈李竹谿孝廉

五年襆被走都城，臺閣文章舊有名。知是相公門下客，令狐久重玉溪生。
元龍湖海氣偏豪，放眼雲天萬仞高。幾度宏張王府宴，新聲懶奏鬱輪袍。

胡熙伯太守以六十自壽詩郵寄索和，即次元韻

別離彈指歲方周，猶憶相逢汝水頭。在昔杯盤常衎燕，祇今篇什許賡酬。並馳短轡風塵久，難挽長繩日月留。聞道長庚初報甲，鬢霜莫爲老人羞。
回頭春夢鎮難忘，捷足曾登選佛場。珥筆早依青瑣地，簽名合隸水曹郎。贊襄樞密經綸富，荏苒京華歲月長。不道馮唐容易老，廿年辛苦歷冰霜。
一紙除書下紫廷，相期豫魯作藩屏。君以部曹揀發東河。桃花春漲朝搴荇，瓠子秋防夜戴星。治水楊蟠通地絡，匡時賈讓註河經。宣房屢上安瀾頌，黃簡明敭姓字馨。
西川節度借長才，杜老高歌幕府來。嚴中丞調赴軍營差遣。胸貯韜鈐揮檄草，風清帷幄絶氛埃。

兩河凱奏標殊績，三錫恩榮廁上台。紫綬金章方出守，太行山色爲誰開。清獻焚香夜告天，關心民瘼總纏綿。二千石自傳家遠，十萬錢因報國捐。時捐助京倉米石。但守官箴行古道，早從治譜得真詮。萬家生佛歡呼徧，久與群生結善緣。心田種福樂無涯，日駐仙壺景正賒。爲有窮愁能自遣，漫將老健向人誇。尋常詩酒三生契，六十光陰兩鬢華。願祝恒春天上樹，年年歲歲自開花。

喜姪静庵來豫

老坡正岑寂，安節喜南來。安節，東坡姪。宦况憐予拙，愁懷爲汝開。家山痛兵燹，客路苦烟埃。近事從頭問，挑燈共舉杯。

題孫薇卿明府小照

宦境苦風塵，殊少清凉福。手版日倉皇，冠帶事拘束。孫君倜儻人，雅度越流俗。甘棠處處栽，桐陰偏結屋。科頭踞石坐，四面天光緑。撥絃叶宫徵，流水鳴聲續。一鶴鎮相隨，分飼官倉粟。三徑時往還，更友林間鹿。渴或吸蕉漿，飢或餐芝肉。平地作神仙，此願人生足。何事乞君恩，鏡湖分一曲。我亦偶披圖，遐心在空谷。

友人贈酸梅戲謝

沁齒流酸味太醲，秀才原有舊家風。先生想更吟詩苦，走入王維醋甕中。

訪丹林居士

曲折到幽棲，朝暾上茅屋。深院寂無人，滿地苔錢緑。

游城東花圃，用黄山谷演雅韻

久不出城兩足褁，偶爲看花遍巡邏。城東老圃十畝拓，茅屋三間紙窗破。千紅萬紫門爛熳，簽名欲共園丁課。海棠睡穩雨初足，文杏交加柳横卧。櫻桃結子蓋魚網，荼蘼牽蔓繞牛磨。林篩日暖鶯亂啼，泥補巢成燕來賀。粉牆簇簇畫蝸角，土穴蠕蠕動蜾蠃。此間陋室可避禍。去年兵燹近郊熾，依舊平安守寒餓。三徑蓬蒿久未剪，欵門時有高軒過。酒爐茶竈妥位置，得識羊求與坡可。一泓溪水清可掬，洗净胸中俗塵涴。隔籬犬吠人影見，滿院蜂喧香氣播。小亭覆草頂圓矗，亂石疊山足斜跛。始信桃源在人世，小小蓬廬天地大。鹿門輞口媲佳勝，隱約樊樓映燈火。梁苑鄒枚已寥寂，高詠何人繼飯顆。作此清游偶乘興，利藪名場失韁鎖。花開花謝任東風，落溷飄茵殊瑣瑣。寄語風塵逐熱人，踏青那更閒於我。

斷腸詞

半生偃蹇，寸步迍邅。洎届中年，更多哀感。己未秋，姬人吴氏遽爾夭亡，弔影傷形，時揮老淚。不謂事以久而成故，變忽起而重新。甲子暮春，喬氏又以疾卒於省邸。執手彌留，愴懷曷極！繞牀兒女，哭不成聲。僕本恨人，有不爲之肝腸寸斷者耶？爰作斷腸詞，聊以誌慟，亦藉以紀事云爾。

瑶琴兩度斷么絃，屈指剛剛恰六年。縱使女媧能鍊石，有情難補奈何天。

清明三月落花飄，化作烟塵紫玉消。四十年來成短夢，空留遺恨一條條。

尋春曾記到江東，韻事流傳徧皖公。争道女兒真國色，卻慚夫壻不英雄。時萬明府鰲峰、胡明府照亭、顔同年博洲邀諸同人連朝讌集，賭韻催妝，極一時之樂。曾幾何時，諸公亦星散雲流，不堪回首。

買得輕舟返故廬，登堂猶及拜慈姑。城中少婦誇高髻，都畫眉娘十樣圖。

瑶英無礙寵專房，肯把旁妻待少姜。絶好鶬羹能療妒，一家人坐合歡牀。

攜手梁園作宦游，生無離別勝封侯。夜來紅袖添香罷，檢點詩牌更酒籌。

眉間聰慧本天生，問字常教傍短檠。我愛高吟君愛聽，隔宵賭記尚分明。

時事艱難頗不支，在官敢忘在家時。量薪數米辛勞甚，中饋多年仗主持。

持籌我自愧無能，筦庫煩難苦不勝。惟爾獨神勾股法，寸心真似水晶燈。

萬錢日費羨何曾，春韭秋菘當大烹。伴久最知儂食性，下厨纖手自調羹。

故人千里覔知交，笑我囊空氣不豪。賴有閨中憐苦況，滿天風雪贈綈袍。

虔心拜佛念心經，鸚鵡前頭子細聽。吩咐侍兒勤換水，瓶中楊柳要青青。氏誦經奉佛，不懈晨昏。

恤嫠掩骨總求安，送藥施棺亦大難。穆藹堂中諸善行，一生心力已全殫。

鍼神比似薛靈芸，花樣新裁百鳥裙。繡褓更煩親手製，篝籠香透女兒熏。

平生御下總寬容，暇日都教習女紅。往愬不曾逢彼怒，從無詩婢在泥中。

膝前雛鳳正髫齡，生恐兒嬉不識丁。早爲延師勤課讀，芸緗親訂十三經。

有弟飄零汴水邊，况逢天寶亂離年。傷心已是無家別，好爲重開合卺筵。氏同胞只一弟，亂後無家，爲之再娶。

烽火連年逼兩河，城圍解後聽鐃歌。半生甘苦皆同受，安樂偏輸患難多。

一官傳舍屢移家，處處關情替種花。十載久尋偕隱地，祇今流落尚天涯。

苦説歸田願未償，累君辛苦治歸裝。先塋幾處松楸冷，代我親臨奠酒漿。庚申，家鄉稍平，特遣氏歸掃墓。

家山亂後久凋零，滿耳鄉愁不忍聽。爲買薄田供祭掃，署支門户妥先靈。氏在家捐置宗祠祭田，咸稱美舉。

陟屺空傷未表阡，誰家宅後見牛眠。尋山問水遲遲事，又報長江下戰船。先太宜人未葬，氏歸擬謀吉穴，忽又賊氛告警，大事無成。

汴水言旋六月天，勞勞如此實堪憐。私心頗訝容顔瘦，卻喜人誇内助賢。

性太聰明體太孱，雙修福慧得兼難。病根只爲多愁累，夢裏常驚淚不乾。

癸秋病肺染沉痾，二豎侵尋唤奈何。蕿术有靈偏誤用，庸醫從古殺人多。癸亥秋初患病，醫家以血脹爲痢疾，誤投藥劑，病益加沈。

繩牀輾轉漸纏綿，藥鼎烹調已半年。自信修成多善果，壽能延處可憑天。

全家禱佛一聲聲，壽字香焚徹五更。堪笑女巫傳幻術，换人魂魄保長生。

輪迴難認過來身，特寫生前面目真。瘦到梅花無可瘦，幽蘭不是舊丰神。氏自知不起，預倩畫工寫真。

留得春光怕我悲，苦心不語我能知。香山居士頭將白，自唱新詞遣柳枝。氏蓄一婢，年已及笄，性頗聰穎。予仿白香山遣楊枝故事，亦自傷老之將至也。

彌留尚囑買青山，此願常存夢寐間。但冀瀧岡同卜葬，九原猶得侍慈顔。

炯炯雙眸熱淚枯，連朝捧腹只長呼。平生事事商量慣，反到臨終一語無。氏以腹脹，號數晝夜而絶，聞者惻然。

捫胸一事總傷情，封誥難邀恨此生。釵釧典空衣質盡，兒膺官職母銘旌。氏每以不能受封爲恨，次子昌麟爲氏所出，病中命售衣裳釵釧，爲昌麟捐五品官，請給生母封典。嗟乎！事雖如願，命不重延，有數定者，莫能强也。

含殮親臨視蓋棺，安排差覺我心安。此生此日良緣盡，不及黄泉再見難。

緘愁無語坐深更，兩目鰥鰥睡不成。怕惹滿房兒女哭，每從痛極轉吞聲。

剪紙招魂酒滴階，漫言營奠復營齋。今年又值居無俸，依舊貧家百事乖。

及笄嬌女早宜家，作賦争將快壻誇。幸有孟光憐少子，斷無閔損衣蘆花。

縷金箱鎖更誰開，雲帔霞裳舊日裁。篋裏倘煩親摺疊，魂歸應待夜深來。

漫向荒郊卜殯宫，首邱猶恨路難通。重泉喜得閨房伴，雙櫬同棲古寺中。與吴氏同厝五龍宫寺内，歸骨無期，曷勝於邑。

蘭已摧殘蕙又凋，鬟雲空對畫圖描。可憐薄命真如此，過眼紅顔没福消。予曾畫蘭蕙競芳圖，今則蘭摧蕙萎，能勿悲乎？

思量何事不愴神，事到傷心最怕真。料得幽冥腸亦斷，老夫已是斷腸人。

游仙詩

女宿初沈唱曙雞，罡風吹墮彩雲低。離鸞一曲何堪聽，報道劉綱喪小妻。

滄海成田起白沙，斗牛何處泛靈槎。碧桃開落三千歲，終是蓬山短命花。

昨日西池曉宴開，敕傳使者赴瑶臺。紅雲擁仗東風緊，騎得青鸞欵欵回。

憶向桃源嫁阮郎，親擎玉斝酌瓊漿。結成廿載同心結，也算壺中日月長。

八景風迴怯曉寒，杜蘭香去杏花殘。倘從寫韻軒前過，定見西山吴彩鸞。

駁氣真靈萼緑華，雲輧偶爾落羊家。别來留贈金條脱，那得委蛇賦六珈。
雲路何人剗韈行，翩然飛舞掌中輕。迷離三寸弓弓影，猶見金蓮貼地生。
脯劈麒麟宴客豪，纖纖鳥爪執鸞刀。麻姑一别仙壇冷，背癢無人爲我搔。
繡成金蓋羨眉娘，絶妙鍼神更擅長。忽漫逍遥南海去，空留雲影想衣裳。
萬片宫花繞樹開，紫簫吹月不勝哀。翻教弄玉飛昇早，蕭史空留住鳳臺。
颷車飛駛太匆匆，惹得劉安唱惱公。還乞全家都付與，帶將雞犬入雲中。
寂寂嫦娥獨處時，桂宫香占最高枝。何妨廣賜長生藥，免得人間死别離。
娉婷弱質董雙成，吹斷雲和碧玉笙。霧鬢風鬟無覓處，微聞空際步虚聲。
分明銀漢是紅牆，一别塵凡事渺茫。忽聽九閽宣帝詔，龍宫新賜返魂香。
紫珮元冠禮玉真，彈璈搦琯度芳辰。九華帳裏沉酣睡，應念空幃薄命人。
冷風吹落碧雲冠，醉倚雕窗夜欲闌。半臂何人親送與，可憐消受五更寒。
徐福空乘渡海船，三山采藥亦徒然。白榆歷歷星明處，可是仙家好墓田。
駕得斑龍九輦尊，西飛青雀過崑崙。細環清珮丁東響，知是歸來月夜魂。
落葉哀蟬一曲新，傷情空憶李夫人。潛英石上輕紗幙，得見姍姍面目真。
洛川仙子水中央，裊裊丰姿淡淡妝。一幅白描神活現，安排寶鴨夜焚香。

五更

五更殘月尚留光，欹枕尋思舊夢長。佛寺鐘聲官閣鼓，慣催人鬢白如霜。

題王陽明先生遺像

高樓仰止瑞雲開，妙相鬚眉結聖胎。講學自知無盡境，匡時早裕不凡才。龍場宦跡憐孤往，鹿洞游踪感再來。三百餘年瞻道貌，壽筵須晉菊花杯。公生於成化八年九月三十日。

贈玲瓏仙館主人

殘花無計挽芳春，鏡裏容顏劫後身。我是貞元老朝士，君如天寶舊宫人。琵琶易墮青衫淚，車馬空消紫陌塵。苦憶樊樓燈火盛，歌翻玉樹幾回新。

謝賀楷仙同年惠扇

聚頭聊取義，珍重故人情。塵恐元規汙，風憐吉甫清。烟雲揮滿幅，文字訂三生。見説君將隱，相邀把臂行。

贈符守之茂才

饋我鮮魚得得來，且留花下共銜杯。東坡舊日相知友，最愛符家老秀才。

三君詠

鍾繇古隸邊鸞畫，雙管齊開夢裏花。更喜苦吟聲不絶，老何殁後又名家。何春農明府。

幾回訪戴空乘興，幸有詩筒往復來。聞道買鄰新卜宅，掃花三徑爲誰開。戴鐵珊明府。

久慕詩人張子野，偶然握手便傾襟。青燈白髮長相伴，獨向風塵抱苦心。張維楨明府。

聞官軍克復金陵，詩以志喜，時甲子六月日也

中興開景運，南服寢干戈。大地山川險，清時將帥多。軍威雄虎豹，劍影伏蛟鼉。瞥眼滄桑幻，茫茫浩劫過。

六代繁華地，高冠據沐猴。戰争何日息，歌舞幾時休。半壁支殘局，孤城起暮愁。秦淮嗚咽水，鞭已斷長流。粵匪將秦淮河填平成路。

天上妖星落，人間眚氣消。水流江左赤，土剩秣陵焦。五路誅張角，三軍縛曩霄。捷書連日報，大凱唱鐃簫。

欣聞民氣靖，稍釋廟堂憂。大驛通京口，歸帆指石頭。酬庸書竹帛，錫爵列公侯。祏席安如故，皇圖鞏九州。

戴鐵珊明府過訪，出示近作，即次登大梁鼓樓元韻

鎮日蕭齋一榻横，炎歊洗浄雨初晴。忽聞好友高軒過，得讀新詩老眼明。到處儘多名士鯽，十年空負故園鶯。相逢莫漫談時事，只恐中宵劍欲鳴。

雨夜

夜雨淒凉百感增，不成眠只自挑燈。身閒每想良朋集，老至偏招後輩憎。但覺逢人心可白，卻愁媚世骨無能。還山久動蓴鱸想，宦味年來冷似冰。

有囊螢者放之，爲螢志喜

借得螢光堪照字，處囊替汝亦生愁。會須穩趁秋風便，好放光明出一頭。

甲子闈中感賦

中天甲子上元新，聖化光昭慶作人。已見狼烟消薄海，正逢鹿野宴嘉賓。匡扶文運歸宗子，（正考官爲宗室崑筱峰宫贊。）貢舉人才仗老臣。（監臨爲蘇賡堂方伯。）紙尾書名襄盛典，（予籤掣第十二房。）自慚符拔溷麒麟。

秋風吹老桂花開，十二經房四度來。邀客宵中傾白酒，呼僮門外掃蒼苔。特指寶鏡防疲照，常恐焦桐歎棄材。静坐平心自摩揣，手持玉尺漫量裁。

競説珊瑚入網中，十人先已捷南宫。及時騰達都歸命，隨分吹噓敢計功。花好本來無定樣，曲高何必屬同工。萬間廣厦成虚願，尚有唐衢哭路窮。

回憶冰闈舊雨聯，幾家喬木聽鶯遷。馮唐自笑郎官老，羅友應逢路鬼憐。共道科名成老輩，欲尋車笠少同年。不栽松菊栽桃李，文字偏留未了緣。

題孫公和鐵琴拓本，爲陳雨薌明府作

雨薌好古有深致，高山流水遥情寄。愛聽泠泠太古音，筝琵繁響都捐棄。買琴可惜囊無錢，拓紙摹形形不異。高張雪壁凉風生，無絃但得絃中意。良材非椅亦非桐，古鐵錚錚成此器。長袤五尺闊七寸，云是孫登手親製。廣陵散絶已千年，天籟閣成傳軼事。（明項子京起天籟閣，藏此鐵琴。延陵相國復珍藏，古調獨彈古音嗣。鐵琴後落吴菘圃協揆家。子孫世世守寶物，鉅公鐫蓋留名字。蓋上鐫阮文達公小跋。抱仙司馬抱琴來，抱仙即相國孫。師曠臺邊堪位置。家家争購剡溪藤，一琴可化身千億。汴城鐵琴拓本甚多。武林有客索題詩，攜入闈中示同志。一泓秋月映冰簾，鸞鳳聲疑天外至。吁嗟乎！我與斯琴有舊緣，蘇門是昔曾游地。登高時坐嘯臺嘯，每對名山慚俗吏。七條冰柱落誰家，久向風塵謀不易。偶然拂紙當揮絃，十年我亦琴心遂。

題篔谷圖，爲周勉民廉訪作

圖係方伯曾祖青在先生作於乾隆乙未，畫工爲東海徐浩，名公鉅卿，題詠甚夥。卷長五六丈，亦藝林大觀也。

此圖將百年，相傳已四世。不見圖中人，但解圖中意。先生宦早成，文章發經濟。苦厭風塵多，欲賦初衣遂。妙筆倩徐熙，圖成堪縮地。巖壑窈而紆，林泉幽以邃。種竹千萬竿，叢篁滴深翠。秋風籦龍老，春雷筍根穉。繞屋琅玕稠，戛窗寒籟細。此中合有人，安得此身寄。玉軸争傳觀，紙上烟雲漬。咳唾落珠璣，名公多鉅製。手澤付孫曾，滿幅蠶眠字。長流翰墨香，何止簪纓繼。我幸獲披吟，眼福真天畀。中州作屏藩，道是先生裔。在昔聯宗盟，交情並昆季。皓月映水簾，舉觴謀共醉。廉訪曾與予同入秋闈分校。雲泥歎路歧，滄桑感時事。文字舊因緣，尚合苔岑契。粉本畫溪山，特地周行示。對此忽振觸，蓴鱸起鄉思。家世本柴桑，五柳門前植。底事塵鞅羈，終朝短裾曳。田園久荒蕪，面目匡廬愧。方將圖菊隱，準擬決歸計。佩欲紉秋蘭，衣想裁荷芰。還歌招隱篇，攜手約同志。深谷結比鄰，君家好兄弟。

題張裕之明府元配方宜人節烈傳後

君本幹濟才，首邑綰符綬。折獄號神君，愛民稱父母。側聆大府訓，褒忠事毋後。節烈繫綱常，闡揚期不朽。實迺守土責，九原恐孤負。採訪罄兩河，徵信及童叟。回憶大江南，咸豐歲癸丑。逆虜陷金陵，十室死八九。家住長干里，弱質閨中守。慷慨與從容，大義能明否。客自故鄉來，約畧説誰某。中有方氏女，嫁作張家婦。罵賊賊不膺，呼天天不佑。園中池水清，愛此寡塵垢。一笑赴重泉，倉皇孰援手。鄰里各飲恨，賊衆亦驚走。夫壻客中州，薄禄謀升斗。遥聞風鶴聲，痛心兼疾首。悵望阻關河，招魂空奠酒。悔作游子身，鸞鳳嗟失偶。百感集秋宵，傷懷到箕帚。潛德宜表敭，湮没誰之咎。忽忽八年餘，太歲在辛酉。有志終未逮，何時告我后。幸逢嚴節度，兹事垂詢久。摭實綴哀詞，輾轉下情剖。感此三歎息，相待意良厚。謂是巾幗中，斯人世罕有。請卹慰幽冥，封章達朝右。九重綸綍頒，歡聲騰萬口。卓哉方宜人，永享貞珉壽。我欲持告君，悼亡習毋狃。雖死尚如生，偷生實可醜。已見閭史彰，况復國恩受。綽楔高凌雲，峩峩媲鍾阜。寶婺輝中天，芳型垂宇宙。銘誄何紛紛，徵文徧僚友。咳唾生珠璣，好辭識虀臼。賤子偶揮毫，雷鳴笑瓦缶。忽現妙鬘雲，清風生户牖。

節母郁太恭人詩爲任樂如刺史作

人稱刺史賢，我識賢母節。刺史循聲萬口傳，節母耗盡心頭血。憶昔撫雛孫，青年甘茹蘗。篝燈夜課讀，苦歷冰霜雪。今日甫垂髫，但事詩書承手澤。他日冀成人，安得功名光閥閱。傷哉節母心，寸寸肝腸裂。轉瞬門庭寖熾昌，孫賢果是人中傑。終童弱冠請長纓，直走天山探虎穴。燕然片石姓名留，腰綰銅符歸故國。矧當粤逆久不靖，奇勳屢奏河南北。天家懋賞正頻邀，博取黄堂二千石。吁嗟乎！節母心，應已悦。刺史心，偏痛絶。節母劬勞三十年，五鼎未供先永訣。報劉日短報國長，一片苦衷何處説。惟有貞珉字字鐫，永並口碑不磨滅。

書滇南永昌郡妓女何秀貞駡賊死難節畧後，爲錢實生作

一曲琵琶落教坊，春風吹醉綺羅香。那堪璧月瓊花地，忽作金戈鐵馬場。駡賊竟同毛惜惜，惜惜，明季高郵名妓，駡賊而死。成仙應逐李當當。當當，元時名妓，悟道求仙。也知一死如山重，合有貞珉勒永昌。

書吴南陔明府癸丑全家殉難節畧後，爲吴小南參軍作

鼙鼓江城亂似麻，清門猶指故侯家。平安久種團圞竹，頃刻都成節義花。八口依依空雀鼠，六軍草草化蟲沙。當時不少衣冠侣，轉悔生全一念差。

贈劉净軒

昔聞靈運呼山賊，又聞羊曼呼嚃伯。從古倒冠落珮人，大都酒賦琴歌客。先生名隱身未藏，街頭賣藥同韓康。但見終朝爛醉唤不醒，那管世事千場與萬場。

飯孝嚴寺歸

寒烟繚繞寺門開，留客禪房笑舉杯。恰似金山逢佛印，燒豬爲待子瞻來。

過村塾

破扉兩扇舊編荊，措大安居過一生。堪笑都都平丈我，兒童喧嚷讀書聲。謂訛讀「郁郁乎文哉」，見瞿歸田詩話。

題吴紫珊種松軒詩稿後

天孫雲錦七襄成，咳唾珠璣照眼明。絶好風流追復社，前身應是鹿樵生。

題齋壁爲李芝生明府作

漫道斯人最倔强，須知此老是醒狂。貞心本自侔松柏，辣性由來類桂薑。今是昨非陶靖節，不才多病孟襄陽。紛紛眼底浮雲過，時事催人鬢欲霜。

和劉春生明府晨起見雪原韻

淮陽雪後偶相遭，快讀新詩癢處搔。才短何堪論尺寸，時艱無分補絲毫。故人下榻情原厚，寒夜開樽飲尚豪。促坐圍爐談往事，更呼奴子爇蘭膏。

得閒方愛此身輕，懶向紅塵熱處行。宦味早知同嚼蠟，客懷常覺類懸旌。滄桑易變終成幻，憂樂無端敢自鳴。差喜豐年三白見，歸途我亦趁冬晴。

自遣

潦倒風塵歲月徂，買山可笑一錢無。誰爲諸葛真名士，我本苕溪舊釣徒。難妙語言憐舌澀，未嫺禮節愧腰纚。青衫莫漫悲司馬，且喜銜書下大夫。

送吴仲延歸南康、陳少梅歸黄州

兩年雪苑接襟裾，忽滌征衫返故居。蘆荻秋風彭蠡鴈，桃花春水武昌魚。得歸田里先謀養，爲愛山林好著書。倘過柴桑煩問訊，我家三徑菊何如。

雪夜

短檠燈黯影幢幢，雪點横斜夜打窗。寒重尚知裘可禦，愁深偏覺酒難降。已聞逆燄消淮海，又報烽烟接楚江。聖世酬勳原破格，是誰國士果無雙。

贈謝理齋

分明世外作神仙，賃廡偏教傍市廛。葱肆餅傖新伴侣，芸籤詩卷舊因緣。憑君縱目空千古，自我知名已十年。黄海歸來頭漸白，未妨重作出山泉。

黄心垣刺史囑題其封翁紫藤洞記後

人間何處著神仙，别有藤陰小洞天。好築菟裘娱老計，早從塵外絶塵緣。
小窗閒敞榻横支，一桁濃青四角垂。不是淵明曾作記，桃源風景有誰知。
手澤摩挲淚暗霑，公餘還爲理芸籖。恍披皇甫碑文讀，一字分明抵一縑。
眼底家山即畫圖，莫教鄉夢繞蓴鱸。從今好捧紅藤杖，安穩棠陰侍板輿。

吴烈婦詩

烈婦爲黄安李貢南簉室，夫亡，絶粒而死，其里人徵詩哀之。

妾夫有子，妾何敢死。妾夫若存，妾願同生。無子夫又亡，妾身誰主張。可憐妾命薄，妾心徒感傷。君不見，燕子樓中關盼盼，霜凄月苦腸空斷。與其寂寂樓中老，曷若相從地下好。

過村莊下車小憩，入室見主人，知爲白姓，偶作小詩，書牆而去

四圍修竹引薰風，知是誰家住此中。道左停車來問訊，閉門閑坐白家翁。

送崔子鍾還山右，用五平五仄體

送子汴水上，東風吹楊枝。去去勿復道，悠悠長相思。白璧本至寶，青山無餘貲。我亦念故里，南歸知何時。

烈女李三行有序

女李三者，河南鹿邑縣人也。父某，單貧業田，嘗以隱事與邑大豪相恨疾。豪陰謀殺之，使客陽與親，召之酒，而藥以飲，遂發病。心知豪所爲，將死，女從母泣於前。某齘齒切吒曰：「若何泣？若非我子也。且吾爲人殺，幸有兒，俟壯，或行能復仇。若眇子煢稚，後無望也。吾恨終不吐矣。」女時年十餘，聞父言，晝夕憤傷，時時蓄報豪志。比數歲稍長，日誓鬼神，往祝某墓，願魂魄相助。挾利刃候道上，期乘便刺豪。豪出入乘馬，從僮奴，彪彪然，勢不得逞。乃匄人爲詞，屢愬有司大吏，咸徧列于官者三年矣，無一人肎白其事者。女甚恨曰：「此曹雖官人，實盜隸耳，徒知探金錢，取醉飽，何能爲直冤痛者乎！」遂辭其母，當呼枉京師。鹿邑道京師二千里，女孤弱，無相攜挈，慷慨行。暮託逆旅，主人或怪其獨來，疑有他，固不納，則潛伏草間。既至，將擊登聞鼓自訟，數爲吏所闌，以陳於刑部與都察院交格之，一如有司大吏之在河南者。久之，會有新任令於鹿邑者，頗强直任事。女聞，乃走還。令方升車出，遮前大呼，且涕且陳，伍百箠驅不能動。令以某死深歲月，且無驗，意其未信。更詰得死時語及奔京師狀，乃爲受牒，縛鞫客與豪，皆自窮服，遂論正豪罪。未即決，豪死牢户中。豪家滋憎女甚，横宣謗詞，以爲嘗受污。有邑公子獨心知女賢，請聘之。其母與長老姆媪皆勸之行，矢不許。及母卒殯埋，悉召宗族親戚里鄰告之曰：「吾痛父見害楚毒幾十年，幸得雪仇。而名爲人垢，忍不早就死者，傷無兄弟終奉老母。今吾事大已，其將有所自明！」室而掩之，遂自絞也。女死康熙中，惜當時無能文章爲之揚洗昭暴，至乾隆初，山陰胡稚威明經舉鴻博入都，始聞其事，立傳系以長歌，即隨園集中論詩所謂「一篇烈女李三行」是也，迄於今又百年矣。予久客中州，未聞都人士有所稱述，足見古今節烈，可傳而不傳者何可勝道。因讀胡公詩集，感文人之好事，慕大節之可風，爰和作長古一篇，非敢效顰，亦藉以闡揚幽隱云爾。

我游中州十餘載，聞聞見見紛如海。闡揚節烈無時無，宋都尚有芳型在。女氏李，家業農。父無子，愛獨鍾。十一十二時，膝下牽衣從。十三十四時，弱質如春葱。慘聞阿爺疾大作，爺與豪仇飲以藥。臨終切齒恨無兒，報仇此事將誰託。有女有女心暗悲，雙淚浪浪垂綆縻。生小有計將安施，轉瞬十五十六時。磨我削葵刀，淬我青萍劍。道旁匿影乘豪便，誓揮利刃將頭斷。血肉齏虀死亦甘，阿爺地下應相見。豪勢彪然不可當，摇鞭走馬氣揚揚。僮奴撐目皆如虎，吾戴吾頭口已張。縱哺爲糜事安濟，不如歸去善刀藏。女歸何所思，女歸何所憶。女亦無所思，女亦無所憶。但願爺仇有報時，皇天后土明吾志。情急呼縣官，縣官充耳杳不聞。匍伏詣太守，太守酒食終朝薰。輾轉告疆吏，堂皇廨舍高連雲。聲聞有鼓一再擊，沈沈冤獄猶難伸。此曹徒飽官倉粟，尸居肉氣何足云。聞道京師多顯貴，鐵柱峩冠大廷尉。白雲司冷凄風號，執法如山人盡畏。朝辭阿母去，暮宿黃河邊。黃河水遠波連天，逆旅孤魂驚不眠。朝望黃金闕，暮抵長安街。長安輦轂清塵埃，御史驄馬去復來。陳帛書，捧冤牒。搶地更呼天，烏臺霜凜烈。數爲吏所闌，痛哭氣將絶。二千里路苦備嘗，三四年來仇未雪。此生此世且歸休，抱憾終天那可説。偵知鹿邑得神君，急返鄉關叩縣門。雲霧撥開天日見，九原冀可慰幽魂。令尹聞之三歎息，死深歲月成陳迹。精衛空思大海填，杜鵑枉向深山泣。弱女陳情實可哀，披肝瀝膽訴將來。兒時記得阿爺語，鴆毒分明入酒杯。畢竟阿爺誰所屍，冥冥井底無朝曦。十年奔走空皮骨，今日還將仗有司。令尹聞之旋起舞，世間果見緹縈女。此中定有覆盆冤，爾言痛切尤凄楚。急呼吏卒縛豪至，鋃鐺鎖押階前地。一鞫琴堂信讞成，陰謀細説從前事。爰書歷歷有專條，行看群凶赴市曹。草長圜扉方待罪，泉臺鬼伯遽相招。此際深仇應可報，此時憤恨已全消。阿母聞女來，攜手入閨房。親戚聞女來，梨棗傾盈筐。理我青絲鬢，開我黃竹箱。脱我塵中衣，着我家中裳。阿爺知有靈，靈前再拜奠酒漿。阿爺只有女，女今奉母終高堂。女身潔如玉，女名震如雷。里黨嘖嘖群交推，實三實七嗟摽梅。邑有公子無匹儕，殷勤折節求良媒。賢哉此女世罕覯，願爲嘉耦生同諧。女聞鄰媪至，委婉前致詞。女命賤且薄，女家寒且衰。但爲獨活草，不爲連理枝。母老多疾病，何忍相乖離。母兮母兮病不起，湯藥烹調仗之子。風燭吹殘薤露晞，衣衾棺槨親料理。更教同穴兩親安，一生大事粗完矣。招我姑姊來，慘慘話離别。招我親戚來，凄凄成永訣。銜辛茹苦有誰知，忍垢含羞真痛絶。梁間七尺朱繩懸，天上女星光乍滅。君不見，桂之樹，青蓼蓼，女兒墳上香長留。又不見，淮之水，波瀰瀰，女兒墳前清澈底。山陰有客發幽光，詩如作史兼三長。大書列傳貞珉勒，烈女千秋闡德彰。

瓶城山館詩鈔卷十六

至聖大成殿祀位，四配外，十哲已增爲十二；東西兩廡先賢，七十二已增爲七十九。東西兩廡先儒，自唐迄明，只二十八。國朝自雍正二年至同治二年，已增爲六十一。皇上右文稽古，重道崇儒，鉅典煌煌，至隆且盡。近日臺諫中猶復連章累牘，請增先儒升祔學宫。歷經奉旨，交部核議。原以朝廷鄭重，配饗隆儀，恐滋昌濫。昔朱太史彝尊，以淹通博雅之儒，不肯删風懷百韻，不願食兩廡特豚，雖屬囈言，具有深意。予因考兩廡先儒坐次，聊志顛末於此

萬世有師表，尼山惟一人。俎豆食崇報，累代虔明禋。大成啓殿宇，數仞宫牆新。素王立人極，八佾陼前陳。烝嘗享中祀，子弟羅彬彬。顔曾與思孟，具體醇乎醇。四配首升祔，與聖同尊親。閔冉游夏輩，道統能傳薪。十哲亦極詣，入室超等倫。其次列兩廡，祀位東西均。

及門七十二，道德相爲鄰。益以兩人夫，斯道皆功臣。繼以宋五子，理學先程遵。賢位已極盛，七九陳陳因。先儒接踵起，聖域期同臻。砥行礪名節，經術尤紛綸。儒位首公穀，千載趨後塵。自唐迄明代，落落廊廟珍。我朝邁往古，大雅争扶輪。六十有一人，教化昌其身。金聲玉振地，肸蠁羞蘩蘋。修德果獲報，無復嗟沉淪。人材應運出，中天歌鳳麟。搜採必至當，豈雜玒與珉。觀止蔑以加，鉅典咸遵循。繪圖示限制，後世存其真。

閉門

閉門青草長庭隅，誰向春風倒玉壺。自笑今年真箇懶，梅花開盡一詩無。

閒裏

小齋岑寂似僧家，焚罷爐香乳嫩茶。閒裏不知春欲暮，好風吹落隔牆花。

尋春

尋得春光轉眼遲，東風解凍已多時。但教吹緑堤邊草，不管游人鬢上絲。

送吴氏、喬氏兩櫬南歸，至南門外三里始返。老淚難收，曷勝凄咽。死生之感，離别之情，聊志數言，藉抒悲悶

説道南歸喜欲顛，爲傷死别轉凄然。何堪梵宇羈雙櫬，擬傍瀧岡慰九泉。道路幸無烽燧警，家山惟有夢魂牽。自揩老眼難收淚，愁絶鰥魚夜不眠。

楊柳枝詞

垂垂楊柳擲鶯梭，駿馬驕嘶陌上過。誰説春風最公道，閶門偏是落花多。

春暮游古吹臺，用楊誠齋春晴懷故鄉原韻

桃花滿樹紅正開，楊柳千條翠作堆。古寺浮圖插天起，小橋流水沿溪回。春雨初晴穀雨過，市聲漸遠鐘聲來。游人趁此踏青去，同醉禪房傾玉杯。

斬新風景古園亭，繞遍闌干得得行。短垣薜荔斷碑翳，小檻玻璃斜照明。酒邊吹滿落花片，雲外聽殘啼鳥聲。舊是詩人題詠處，游踪歷歷記平生。

游孝嚴寺，用黄山谷題簡州景德寺覺範道人也足軒韻

鴨桃種罷騎龍竹，白頭老僧杖緑玉。迷津普渡覺路開，歲歲來游游不足。蒲團坐久想入定，胸次隱隱離塵俗。日斜雲外鳥啼花，依舊滿園春草緑。

訪戴功甫不值二首

破曉烟初霽，橋頭尚有霜。尋君認蹤跡，安得馬蹄方。

君是戴安道，我慚王子猷。偶然忘興盡，門外尚勾留。

題謝子儀比部平湖泛槎圖

平湖水色清而姝，中有小艇如輕鳧。槎客不聞犯牛斗，泛宅頗類苕溪漁。人生足跡本無定，烟波到處供嬉娱。願君乘風直破萬里浪，慎毋身在廊廟心江湖。

題能海和尚小照

瘦權懶可略似，南能北秀差同。鎮日蒲團静坐，五藴四大皆空。

慧遠結交陶令，參寥締好坡仙。三昧何妨游戲，佛家最重因緣。

子儀比部將返都門，詩以促之

年少翩翩氣概雄，謝家門第擅江東。京朝畢竟風塵少，莫使鴻泥滯雪中。

洪蓮生同年由戎曹改官楚北，相晤大梁，即次留别都中諸友原韻，兼以送行

飄然琴劍過夷門，回望觚棱戀主恩。十載京華叨雨露，一時聲價重瑶琨。早知庾信文章貴，漫道虞翻骨相屯。欲答昇平從此去，篋中應有六韜存。

休嗟老大尚風塵，握手欣看面目真。千里關河輕遠别，一官升斗耐長貧。名場久歷無同局，宦海相關有幾人。回憶百花洲上宴，匆匆已閲卅年春。丁酉選拔，同年公讌許滇生師於此，回首舊遊三十年矣。

懶從亂世博功名，都付風簫過耳聲。笑指頭顱成底事，獨傾肝膽見平生。陽關唱别尋詩友，客路驅愁仗酒兵。攜得妻孥同伴好，團圞差慰老來情。

小亭何日築休休，且作江干魚釣求。作宦三遷原樂事，買田二頃亦良謀。儘多勳業垂青史，從古英雄易白頭。倘遲高樓黄鶴返，笛聲吹處足勾留。聞樓燬於粵匪，今未知重建否。

答寄王湘九明府，即次元韻

不見冲天大鳥飛，自修毛羽久忘機。三生杜牧言皆罪，五十蘧瑗事總非。對鏡何堪撩短髮，買山空説遂初衣。狂名我亦難收拾，亭伯翻勞著答譏。

題程道南進士循陔采蘭圖 道南時從軍豫省。

短衣匹馬走天涯，回望南雲道路賒。欲潔晨羞馨夕膳，幾時歸去采蘭花。

誰傳縮地有方無，收取家山入畫圖。開卷畧消游子恨，萊衣如見老親娱。

報國男兒有俠腸，科名何足慰高堂。軍門聽罷鐃簫唱，好補南陔樂一章。

送董玉圃同年改官歸里

明珠薏苡謗何因，獨立蒼茫賸此身。西笑祇今還故里，左遷從古屬詩人。座中點檢青氈舊，鏡裏消磨白髮新。官冷莫教心再熱，十年應悔落風塵。

王孝子剜股行

王孝子，名永吉。田可耕，字不識。家運屯遭母病急，輾轉中庭獨掩泣。只有股可剜，無藥醫母疾。一剜兮再剜，三四剜兮剜至七。吁嗟乎！王永吉，其孝可謂愚，其愚不可及。

謝王桐伯畫菊隱圖

年年開徧東籬菊，五柳當門好閉關。卻恨風塵歸未得，倩君着意寫家山。

題張荔軒明府登樓望雨圖

幾番祈禱沛甘霖，試倚高樓望澤深。名士登臨無限感，宰官憂樂此時心。大江東去憑釃酒，爽氣西來欲上襟。留得畫圖常把玩，早知遺愛在湘陰。

周貞女詩

兒既字，早問名。聘已定，同死生。昨聞兒壻歸九京，無妻爲殤則已矣，有壻安可渝前盟？兒身玉同潔，兒心冰樣清。既不能爲西申雙鳳舞，又何忍爲女几孤鸞鳴。兒不歸高氏，誰爲立孤繼宗祀。兒願歸高氏，翁姑有兒奉甘旨。長跪父母前，涕泣不能起，兒身雖存心已死。着我素衣裳，脱我舊簪珥。一輛柴車衰絰來，依然廟見成嘉禮。寂守空閨歲月長，十二年中一彈指。廿八尚青春，遽返重泉裏。差慰當年同穴心，墓前花發仍連理。噫吁嚱！士未受禄不殉國，女未于歸不殉夫。此情此理雖至當，寸衷何以明區區。君不見，褒山里，周孟姑。貞且孝，綱常扶。

暇日懷鄉，集蘇十首

我欲歸休瑟漸希，舞雩何處着春衣。舊因蓴菜思長假，轉眼廬山覺又非。逐鹿亡羊等游戲，春鴻社燕巧相違。吾廬想見無限好，垂柳陰中晝掩扉。

千里詩盟忽重尋，世緣終淺道根深。青山有約常當户，白髮秋來已上簪。五畝漸成歸老計，微官敢有濟時心。孤雲出岫豈求伴，自要閒飛不作霖。

草合平池憶惠連，浩歌長嘯老斜川。百年未滿先償債，二頃方求負郭田。失路今爲噲等伍，着鞭從使祖生先。自言久客忘鄉井，交舊何人慰眼前。

望鄉心與雁南飛，病骨難堪玉帶圍。萬事思量都是錯，十年流落敢言歸。狂吟醉舞知無益，累盡身輕志莫違。大隱本來無境界，此身何處是真依。

羽扇斜揮白葛巾，西風還避庾公塵。休驚歲歲年年貌，乞得紛紛擾擾身。元亮本無適俗韻，東坡也是可憐人。回頭自笑風波地，野草幽花各自春。

青春不覺老朱顔，雙鬢無端只自斑。一仗文章何足道，數詩狂語不須删。相從杯酒形骸外，早晚抽身簿領間。笑指西南是歸路，倦飛弱羽久知還。

乘興真爲玉局游，不妨仍帶醉鄉侯。去無所逐來無戀，月自當空水自流。世事飽諳思縮手，曲音小誤已回頭。人生到處知何似，一落紅塵不易收。

自笑先生爲口忙，高情猶愛水雲鄉。病妻起斫銀絲鱠，童子能煎鶯粟湯。嗜好酸鹹不相入，是非憂樂兩都忘。疎狂似我人誰顧，貧賤安閒氣味長。

從今閉口不論文，耳冷心灰百不聞。暫借好詩消永夜，年來家醖有奇芬。且同月下三人影，自撥牀頭一甕雲。莫笑官居如傳舍，愛奇不厭買山勤。

在家靈運已忘家，尚憶江南酒可賒。厭伴老儒烹瓠葉，更教踏雪看梅花。恨無揚子一區宅，且盡盧仝七椀茶。何日五湖從范蠡，逝將歸釣漢江槎。

嘲吴樸生

守竈頻年笑太迂，舐殘丹藥已無餘。紛紛雞犬昇仙去，獨爾拖腸鼠不如。樸生好佛。

贈馮芷生

平原門下客，彈鋏忽思歸。涕泣悲生事，江湖大布衣。英雄蝨間老，談笑麈毛揮。苟合非吾願，朝中薦達稀。

宿汝陽貳尹廨舍題壁

閑官無事户長扃，有客來過轍暫停。我學昌黎留壁記，松花吹落縣丞廳。

輓科爾沁博多勒噶台親王僧格林沁，時戰殁於山東曹州軍次

舊部諸蒙長，名藩異姓王。山河同帶礪，功績紀旂常。武備資游牧，軍威震大荒。國恩無以報，效死在沙場。

曾奉先皇命，能成蓋代勳。海天消瘴霧，畿輔靖妖氛。但使貔貅整，從無畛域分。雲霓蘇大旱，争迓上將軍。

獨惜王師老，誰分主帥憂。山深偏叱馭，河渡早焚舟。天上金棺降，人間玉骨收。身同名不朽，靈爽定千秋。王殁於四月二十四日，殮後棺猶未蓋，越十餘日，蒙恩賞多羅經被始至，覆之，面色如生。

天語褒忠勇，親臨奠酒卮。烝嘗躋太廟，郡縣立專祠。錫賚真無已，幽冥合有知。紫光先繪像，風雨颭靈旗。

題吴小芝州司馬詩草後

材大難爲用，詩人遇更窮。古今盡如此，何處問蒼穹。之子邗江彦，浣花詞賦工。所

嗟成大老，猶自困塵中。

老符吾舊友，與子昔同游。遥溯古愚集，曾開文選樓。令祖著古愚軒詩，符南樵選入國朝正雅集。淵源家學在，仙骨幾生修。莫謂蝸廬小，能容千古愁。前稿名蝸牛廬集。

途窮方退想，兩步更何堪。後稿名退兩步齋集。天下關憂樂，人情歷苦甘。長歌聊當哭，時事敢輕談。領略閒官味，吟懷分外酣。

虎口餘生在，重裝古錦囊。少作燬於兵燹，此稿皆近作。七歌傷弟妹，五字唱河梁。氣韻梅同馥，聲情劍吐芒。阿蒙應避舍，旗鼓敢相當。

呈陶松君觀察

髮無可白公真老，顔不重紅我漸衰。梁苑風塵嘗已慣，章門雲樹渺相思。眼中時事滄桑改，局外人情冷暖知。但願鏡湖同乞與，扁舟一棹采蓴絲。

呈汪小浦刺史

須知貧是吾曹分，不信詩從窮後工。尋樂最宜書卷裏，消愁還向酒杯中。十年輪鐵馳驅苦，一室妻孥笑語融。汝水甘棠餘蔭在，未妨廉儉繼家風。

和黃山谷薄薄酒二章

山谷序云：「蘇密州爲趙明叔作薄薄酒二章，憤世嫉邪，其言甚高。以予觀趙君之言，近乎知足不辱，有馬少游之餘風焉。故代作二章，以終其意。元豐元年北京作。」攷山谷此詩，附之外集，公志在謹嚴，此詩稍涉放縱，故以外之者别之。然數百年來，膾炙人口，語語生辣，足以振聾瞶而啓愚蒙，讀集中此章不勝傾倒，勉强效顰，亦以自儆云爾。

薄薄酒，醜醜婦。酒薄薄如水，婦醜醜如鬼。酒薄如水，勝於飲茶。婦醜如鬼，勝於無家。無辱即爲榮，無禍即爲福。無累即爲安，無求即爲足。裋褐可以蔽體，何必鮮衣綵服。蓬蓽可以容身，何必高樓華屋。歌聲可以出金石，何必哀絲豪竹。瓦缶可以備器用，何必精鏐美玉。翠以羽殺，象以齒焚，雞以尾斷，蚌以珠烹。壟則生木，木有異心。林則鳴鳥，鳥有殊音。水則游魚，魚有浮沉。天則明星，星有商參。吁嗟乎！窮通得喪原無定，爵禄功名皆有命。何如飲薄酒，薄酒消愁傾一斗。擁醜婦，醜婦持家偕白首。

飲酒何必瓊漿，娶婦何必艶妝。薄酒亦可薦廟堂，醜婦自古重糟糠。有酒有酒香滿杯，安知此中無鴆媒。有婦有婦顔如花，安知就中刀斧加。去者日以疎，來者日以親，幾家兒抱孫。幾家媳作姑。莫以葠苓貴，棄捐蕭與艾。莫以知交契，棄捐兄與弟。危流無失權，坦途有覆轉。履霜須懍慎，未雨宜綢繆。君不見，能加我於膝者，能墜我於淵。喜怒本叵測，趙孟司其權。又不見，能驕人於白晝者，能諂人於昏夜。自忘廉與耻，一任笑且駡。吁嗟乎！人生富貴皆子虚，男兒氣節不可無。何如飲薄酒，擁醜婦，薄酒可以赬顔，印大如斗不足爲君歡。醜婦可以補綻，金玉滿堂不足爲君羨。

題劉茗園明府梅花帳額，時方抱鼓盆之戚，借此慰之

一枝疎影横窗動，紙帳酣眠鶴同夢。此是林逋舊日妻，偎香久耐孤山凍。知君寫出有深情，欲結梅花雪裏盟。五内愁深潘騎省，青琴絃斷夜三更。香焚寶鴨魂難返，縞袂仙人天際遠。姍姍倘自鏡中來，玉骨冰肌堪作伴。冷淡風情劇可傷，須留鐵石舊心腸。人間艷福終消受，一笑春風聘海棠。時新納姬人。

徐星垣明府拱辰爲汀漳龍道曉峰觀察之姪，觀察殉難閩中，不能歸骨，星垣需次豫省，慷慨請行。余嘉其義，作詩送之

男兒死耳當報國，馬革裹尸死亦得。天陰鬼哭青燐飛，誰向沙場收戰骨。偉哉星垣徐令尹，滿腔熱血抱忠鯁。慘聞阿叔喪閩中，擭身欲度仙霞嶺。草草行裝理半肩，馬頭紅葉曉霜天。深閨莫擣清碪急，應念征人夜不眠。時續絃未久。遥指三山空縹緲，忠魂合在蓬萊島。覓得遺骸

正首邱，全家尤喜團圞好。

書儒粹編劉文靖詩後

吾慕南溪老，風流百世師。功夫希聖在，心事渡江知。卒以書名貴，徵容奉母辭。如何孔庭祀，吴許不同時。

昔有王景略，能方諸葛公。先生樂高尚，志量與之同。過客疑才傲，呼兒識命窮。瓊山徒刻論，惜未喻深哀。

輓張接三明府

萬里滇南道路賒，故鄉群盜亂如麻。十年作宦貧偏甚，三載居憂病更加。寂寞夷門空聽鼓，淒涼潁水屢移家。捫胸事事真堪痛，纔過中年鬢已華。

一病經旬卧客中，黄粱夢醒太匆匆。全家陡覺聞驚耗，古寺權教作殯宫。白馬敢期元伯至，青蠅惟弔仲翔終。九原莫再論恩怨，早識生前倚傍空。

廣東河源縣城内有文信國祠，相傳宋端宗駐蹕甲子門，公興國師潰，奔行在，道經河源，遇鄉友謝某，以二女定姑、壽姑寄託於此。祥興元年，公師次五坡領被執，女聞之，俱投水死，葬謝村。邑人建公祠，以二女配享。數百年來，有司歲時致祭，無少替焉。事載河源縣志，友人從惠州來談及，故亟誌之，以補史册所未備

厓山萬丈洪濤起，更有河源一渠水。久爲忠臣女孝子，一門節烈乃如此。憶昔勤王誓義師，遑從家室問流離。國亡家破遭多難，弱息何堪借一枝。二女公然明大義，視死如歸承父志。三尺孤墳俎豆香，尚留寸土南朝地。慘目燕塵去路遥，悲風怒捲海門潮。天南地北同生死，慷慨從容節並高。

清宵

清宵明月伴孤斟，懶學揚雄作酒箴。每諱談詩防敵手，久疎對奕怕勞心。愛才奴少隨來去，論事人多各淺深。舊雨年來苦分散，洪喬書信任浮沉。

題夢筆山人詩草 江名錦

君家一管生花筆，夢裏交還郭景純。料得金山藏故物，留將今日贈山人。

題楊忠愍公腰裂硯拓本

銘曰：「余不能書，故無佳硯。入獄次日，望湖贈此，伴我寂寥，意誠佳也。相依既久，乃知此硯才德之優。昨夜忽然腰裂，鏗然一聲，驚我夢寐。是豈知予之將死，而不忍爲他人用耶？」噫！異矣！此硯舊藏臨川李穆堂侍郎家，今爲東鄉艾至堂明府所得，拓硯圖徵詩，友人以拓本見贈，特誌數語。

石不能言腰忽裂，臣爲敢言身已滅。石存堅性臣堅節，石心永共臣心結。鸜鵒眼中皆淚血，蚺蛇有膽何須説。嗚呼！琴可碎兮刀可折，片石通靈禍尤烈。臣身願隨鐵杖没，臣心只恐金甌缺，硯兮硯兮何忍别。

吴抱仙司馬惠鐵琴拓本，索以詩易，作此奉酬

延陵相國真清門，惟有一琴遺子孫。公和手製已千載，七條古鐵今猶存。抱仙司馬吾舊友，祖澤未忘琴在手。麥光鋪几拓新圖，贈我家珍情孔厚。憶從天籟起高閣，紛紛珠玉傳名作。

巴人敢謬託知音，其奈琴何歎才薄。偶然伸紙動琴心，三疊曾諳嘯旨深。寂寞何人彈古調，一天風雨助孤吟。

嫁婢

香山何事遣楊枝，兩鬢看看漸有絲。若算年華休誤爾，即論宗祧已生兒。拜辭堂上全家喜，交代房中火伴知。一樹夭桃花正好，成陰結子莫嫌遲。

偶感

閱遍滄桑浩劫空，白駒馳隙太匆匆。美人自古無長壽，名將由來寡善終。天聽甚卑偏尚左，水流直下總朝東。人生禍福誰能測，遇事還須問塞翁。

于觀察鍾岳爲邘山司馬之孫，其尊人野漁明府曾官貴州普安令，城破殉難。一子蔭襲知縣，遂由軍功洊升觀察。頃閱邸抄，觀察忽又陣亡，是于氏之祀斬矣。憶予與邘山司馬林泉握手，車笠盟心，交我十年，哭君三世，良可慨也

忠貞能世篤，死不愧綱常。可歎全家没，空留信史光。蘇門何黯淡，金筑更淒涼。老

淚浪浪下，吾將問彼蒼。

息縣本中州劇邑，近爲群盜淵藪，催撫均難，適以予詳補斯缺，自愧輇材，莫勝鉅任，固辭獲免，詩以志慚

筋力衰方覺，風塵久亦疲。何堪膺重任，更使治棼絲。用武非吾事，論才只自知。深恩恐孤負，得禄敢言辭。

塾師課童子，以貓碗、狗竇命題。予見之，不覺失笑。噫！塾師其有意耶？其無意耶？口占里言，聊助笑柄

貓碗

呼僕飼貓食，貓飢眠不安。烹鮮供一飽，購取成窯盤。黠鼠何處來？與爾竟同餐。

狗竇

勢家畜群犬，竇中時往來。乞憐自摇尾，主人常相偎。莫謂此中小，捷徑終南開。

寄嵩山會善寺詩僧智水

未見高僧面，新詩讀幾回。嵩山空縹緲，梁苑獨徘徊。何日擔簦訪，期君杖錫來。願交方外友，佛印况多才。

空城雀

官倉鼠苦飽，空城雀苦飢。苦飢常苦瘦，苦飽常苦肥。肥鼠有牙穿我墉，殘書咬盡毒無窮。罪惡已難擢髮數，一旦張湯磔爾躬。回頭笑視苦飢雀，猶處空城獨行樂。空城無人挾彈來，此輩何妨在高閣。君不見，西山餓死千古傳，銅山餓死無人憐。

擬古

太行山不高，黄河水不深。高深猶可測，難測惟人心。口蜜而腹劍，端倪何處尋。覿面若千里，消息終浮沉。名猶博忠厚，古道群相欽。筮卦得坤象，用六柔爲陰。春秋倘誅意，斧鉞嚴難禁。

東鄰一老翁，無病溘然死。西鄰一叟來，涕泣不能止。謂昔相友善，結盟天日指。一朝嗟薤露，願爲託妻子。此情何太長，此意亦良美。誰知致死由，仇殺陰謀使。昨日飲西家，鴆毒入杯裏。

昔爲深閨女，今作青樓妓。作妓已多年，不聞名與利。老大畫蛾眉，當場羞獻媚。齒齵髮漸稀，旁觀笑且棄。亂後苦無家，何處此身置？江口守空船，琵琶彈苦思。昨逢白司馬，同墮青衫淚。

赫赫羽林衛，巍巍軍門開。有客短衣至，門外空徘徊。將軍揖之入，談論頗詼諧。一再登薦牘，爵秩躋上台。翠羽冠上飄，錦繡房中堆。阿嬌貯金屋，華筵傾玉杯。借問何出身，昔日爲輿儓。

題金谷園册子

座上擊碎珊瑚紅，樓頭墮落珍珠緑。如此豪華古所無，名園千載傳金谷。金谷園荒花自開，春風籬落生蒿萊。洛陽多少如花女，猶向芳田拾翠來。

題沈石田聽泉圖 有序

中州名泉甚夥，以蘇門山百泉爲冠。予三載共城往來，泉源者數數矣。每當春秋佳日，風月良辰，坐白露園清暉閣中，聽泉流直瀉，滿耳潺湲，山水清音，恍如絲竹。擬繪蘇門聽泉圖，久之，願未遂。越甲子夏，偶從坊間購得沈石田所畫聽泉圖一幅，再三把玩，不覺怦然。觀其山石犖确，樹木蕭疎，泉流平衍，風景不減蘇門。而獨立聽泉之老翁面目不可辨認，即以爲當日聽泉之蘇門主人，似無不可。十年夙願，一旦相償，宗少文得以卧游，亦快事也。但撫時感舊，猶憶與二三賓侶銜杯暢飲，峰歗泉吟，此時别恨依依，不免星散雲流之慨爾。爰記二十八字，藉題畫以証前游。

繪水居然聽有聲，百泉曾此結鷗盟。十年偶觸蘇門夢，回首前游記得清。

有鬻銅雀臺瓦者，偶占一絶

曹瞞死後皆疑冢，銅雀臺荒尺地無。此是漢家乾净土，燒成金碧不模糊。

書湖海詩傳後

聖世文明全盛日，乾嘉景運正中天。九州人物收羅網，一代聲詩被管絃。賓館快聯今舊雨，郵筒争遞短長箋。别裁恰繼歸愚叟，青浦風流已並傳。

書西江詩徵後

西江詩派圖曾繪，更見詩徵次第編。五十四人同樹幟，後生何必讓前賢。
首從彭澤推陶令，終向鉛山拜蔣侯。千百年來傳韻事，南城詩老最風流謂曾賓谷中丞。
高曾矩矱分明在，我亦騷壇拜下風。願續吾鄉耆舊集，庚郵處處寄詩筒予擬輯西江耆舊集。

相見歌贈劉浄軒

不見故人面，相思在遠道。既見故人面，一見一回老。相見每匆匆，相思仍草草。何如未見時，夢中顔色好。

題王菊農歸舟載書圖

檢點輕裝自笑貧，清風兩袖出風塵。載將萬卷書歸去，我道先生是富人。

題楊太真雙魚鏡

唐家早見金甌碎，淒絶驪山葬玉環。底事長生深殿裏，尚留寶鏡在人間。
山下温泉漾碧漪，㛹隅曾此躍清池。寶光豈爲訶梨掩，照見華清出浴時。

淒涼夜雨正霖鈴，戎馬西來不忍聽。只有團團明月影，不隨羅襪共飄零。
土花繡澀費摩挲，千載滄桑一瞬過。縱使白頭宫女在，也應相對淚痕多。

明内官監牙牌歌

牌長五寸，寬二寸，厚五分。面鐫「内官監」三字，背鐫「凡官長隨，懸帶此牌，勿許借失。僞造陞遷者改寫，兑换事故者繳監。無牌不許擅入宫禁，違者制罪」，兩側鐫「忠字號，崇禎八年造」。面篆書，背及兩側皆楷書，共計四十九字。

明季國柄歸貂璫，廟堂笱簴嗟淪亡。縉紳入朝受鈴制，當頭委鬼尤披猖。南内不聞天子令，但聞奄寺秉王政。督造牙牌忠字鐫，薰天廠勢嚴宫禁。飾將腰佩比璆琳，朝官懸帶宜小心。科以借失有餘罪，律以擅入防僉壬。是時奸宄已倡亂，宫人那復論魚貫。四司八局縱交横，九門慘見烽烟熢。可憐御用多寶珍，倉皇委棄蒙灰塵。破碎河山同瓦解，銅駝石馬皆荆榛。區區象齒藏何處，不隨浩劫成烟去。二百餘年製尚新，冰斯篆刻深文著。吁嗟乎！微物無端兆禍基，分明殷鑒此留遺。試將輿服稽明史，劉瑾宫牌事並奇。此牌形式與明史輿服志合，即劉瑾之穿宫牌也。

周熊足盉歌，爲顧月墀明府作

顧侯好古勤搜羅，揭來坊肆如織梭。至寶偶獲笑拍掌，日陳几席千摩挲。獨具佛家正法眼，鑒別真贋無差訛。形象詭異按圖索，世傳舊譜惟宣和。鼎鼒鈚鬲各異制，彝尊罍卣原殊科。湯冰斗鑑備鎔冶，丁觚乙斝精琢磨。盤杅銷洗匜表槃，敦甗瞿瓿鐫横戈。五金六錫溯閏枘，三辰百戲超羲娥。肖形萬類更須辨，歲增代購遑知他。變者雲雷怪海若，凹者水折凸坡陀。獰者饕餮祥者鳳，吼者蒲牢鳴者鼉。魚蟲葩卉巧錯采，馬犛蟬翼工旋螺。人官物曲已盡致，匠心獨運闢臼窠。乙丑之年月建酉，顧侯偶得西周盉。調和五味濟烹飪，和之取義音同禾。蓋高七寸口三寸，腹空六寸呀然番。三熊爲足峙端好，謂熊從火理不頗。流以鳳味提以虎，細紋鏤刻蟠虬蝌。土花班駁露光怪，重器永壽同山河。什襲裝潢錦繡段，琅函點綴珊瑚柯。傳觀古物争快覩，斗室隱隱神靈呵。富媪千年不愛寶，曾登清廟賡猗那。堯樽舜榼想並列，湯盤禹鼎誰重摩。得此珍玩定無斁，自來遺蹟中州多。背邙面洛古都會，金銘石泐藏巖阿。耕者偶獲庋高閣，渡河三豕求非苛。鼫鼠職方識奇異，羵羊宣聖知么麽。煌煌寶典耀耳目，騷壇那不資吟哦。昔聞昌黎咏石鼓，猶嫌才薄歎奈何。我今放膽爲此歌，把酒自愧衰顏酡。

恭振夔侍御書來，云有朝鮮貢使金柳莊太史，見予瓶城山館詩鈔，欽佩已極，囑爲索贈一函，攜歸展玩。予聞之不勝駭異，自顧何人敢詡雞林價重。及詢其阿好之由，乃知柳莊太史即道光年間貢使金秋史殿撰哲嗣，家傳詩學。秋史曾以梅花一龕，供養吾鄉吴蘭雪中翰詩集。因予與蘭雪同鄉，擬將西江兩詩人同供龕内。五夜捫胸，徒增慚汗。閲一年，始將拙詩郵寄振夔侍御轉贈。昔張船山太史有句云「憐才此日偏收我，積毁他年恐累君」，質之，並博一笑

一龕詩佛供梅花，梅隱中書海外誇。今日忽教添韻事，阿儂何敢比才華。漫將鼠腊藏燕璞，恐誤雞林當白家。未必龍門聲價重，緣深香火勝籠紗。

題葉貞甫大令繁陽賑粟圖

辛官無善政，惟有恤斯民。胞與原齊量，痌瘝總切身。况當飢饉候，同是亂離人。補救籌良法，能迴大地春。

見説繁陽路，歡聲動地來。窮黎皆得所，旱魃不爲災。争拜仁人粟，群誇使者才。監門圖繪就，觸目有餘哀。

商略

商略平生强自寬，百年何日此心安。時遭多故官非易，家本無田隱亦難。羡煞漁樵真樂事，浮雲世外等閒看。

游城東田氏花圃

茅屋清幽傍水涯，呼僮閒種四時花。分明城郭無多路，如此園林有幾家。桐葉驚看秋色老，鐘聲催送夕陽斜。來游偶觸東籬興，可有青山爲我賒。

城東龔氏花圃已更他姓，過此不勝慨然

老圃風光尚未殘，好花看到子孫難。洛中金谷更他姓，輞口欹湖改舊觀。欵户曾經來往熟，銜杯猶憶主賓歡。園丁識我情偏戀，惆悵斜陽獨倚欄。

送汪甥少梅歸里

南嚮賓鴻正此時，寒暄珍重爾應知。半肩行李雖云儉，千里長途亦可危。河南捻匪未靖。有伴也須投宿早，無衣莫漫到家遲。故園親舊如相問，苦説歸期未有期。

田笠雲茂才、雨田孝廉兩昆季，招同徐司馬春衢、李刺史叔雨、高太守荔樵、顧明府月墀、姜明府豫齋、劉明府心蘭、姜藩參愛珊暨予，賓主凡十人，小飲菊圃，作展重陽。因予詩首，倡和者甚多。園中滿壁琳琅，頗稱快事，復用前韻，即席賦酬主人

秋郊攬勝興無涯，重到名園就菊花。舊雨歡聯同作客，新詩遞和各成家。閒來轉厭風塵苦，坐久渾忘日晷斜。賴有多情賢地主，百壺清酒不須賒。

九月杪水忽成冰，雖北地苦寒，亦不數見，詩以記之

九月霜初肅，連朝水忽冰。寒威偏早到，陰氣苦常凝。塞外衣裳寄，壚邊酒價增。占爻須懍慎，履薄正兢兢。

厩中所畜騾忽瞽兩目，亦可哀也

數載供驅策，風塵總共隨。何堪攖痼疾，刮目竟無醫。伏櫪心徒壯，牽車力已疲。團團轉驢磨，是爾退休時。

接小霞壻來書，知其尊人赤城親家已於八月下世，悲悼之情烏能自已

忽接南來信，開緘涕泗流。而翁吾老友，今歲六旬周。未識緣何病，匆匆赴玉樓。幸能視含殮，差免別離愁。

蘆花

萬花一白映清波，瑟瑟西風冷釣蓑。我向溪邊重洄溯，古來窮士此中多。

寒夜有感

駒影匆匆隙裏馳，寒生深夜動相思。月虧尚有重圓日，人往終無再見時。傷別傷春憐杜牧，營齋營奠感微之。繩牀經卷空閨裏，一任蜘蛛結網絲。

游孝嚴寺

偶尋熟徑叩禪扉，小憩蒲團暫息機。老圃黄花孤客至，滿林紅葉一僧歸。好留茶話消清晝，又報鐘聲送落暉。古佛多情應識我，十年來往共依依。

示凌甥定五

九月霜寒未授衣，客中形影共依依。憐予薄宦猶然滯，累爾頻年不得歸。有母難謀官廩粟，無家空憶故山薇。春華努力終須愛，行解鳶絲刷翅飛。

示内姪張夢福

髫齡失怙恃，爾命一何孤。教養子猶父，淒涼姪傍姑。鄉山苦兵燹，田宅久荒蕪。好共燈檠讀，吾家有二雛。

丁巳，予客都門，因符南樵孝廉、陳凝甫中翰得謁少宗伯陶鳧薌先生。時先生年已八十有五，精神矍鑠，談論風生，愛才下士之心，老而彌篤。抄呈途中近作就正，極蒙歎賞，並索觀全稿，賜題一律，雒誦迴環，徒增慚汗。今先生歸道山已七年矣，知己之感情何能忘？爰賦小詩，以誌景慕

宦海長生佛，詞壇不老仙。迴翔中外久，著述古今編。閱世空儕輩，憐才啓後賢。趨承猶未晚，名想附公傳。

附梟薌先生原作

匡嶽精英萃，濂溪派衍清。此才真間出，大集早觀成。已入昭明選，都聞雅頌聲。大著選入國朝正雅集。吾衰猶及見，鄭重汝南評。

題劉可園菊籬禪隱圖

闢佛何其迂，佞佛何其愚。不如得禪意，浩然游太虚。禪關本空闊，世界三千俱。此中可招隱，山水皆吾徒。君今悦禪味，習静忘百須。花中有隱逸，秋菊正相於。獨立東籬邊，風貌癯仙癯。如何髪竟落，此老稱無無。在家思出家，今吾忘故吾。嫉俗覺已甚，未免人情孤。我欲爲解嘲，入釋休妨儒。逃禪且借醉，菊婢還相扶。曷不偕梅兄，併入三友圖。前題令兄茗園司馬梅花帳額，故云。

驛亭見梅花

知是郵亭第幾程，梅花乍見一枝横。如何絶代高人格，也向風塵管送迎。

室中蓄盆梅數本，安置小爐

不爐也合覺堯夫，卻爲寒梅置小爐。花到開時香更暖，乾坤春氣在吾廬。

憶山居

回憶山居好，匆匆卅載餘。風塵今倦矣，松菊近何如？敢説希高尚，行將賦遂初。數椽茅屋裏，還讀老莊書。